瑞蒙·錢德勒
Raymond Chandler
作品

漫長的
告別

The Long Good-bye

Raymond Chandler

瑞蒙・錢德勒

宋碧雲[譯]

1

我第一眼注意到泰瑞．藍諾士的時候，他醉了，人就在「舞者」飯店外的一輛勞斯萊斯「銀精靈」車上。泊車服務生坐在車上，並敞著車門等候，泰瑞．藍諾士左腳懸在車外，似乎忘了有這麼一條腿。相貌年輕的他，頭髮卻是天然白。光看眼神就知道他醉得一塌糊塗，除了這一點，他跟那些穿著晚宴服、在銷金窟花掉大把銀子的貴公子沒有兩樣。

他身邊有位女郎，頭髮是迷人的暗紅色，嘴角掛著淡漠的笑，肩上披著件藍貂皮，幾乎讓那輛勞斯萊斯黯然失色。當然這只是個比喻。不可能是眞的。

服務生是個常見的半吊子小混混，身穿白外套，胸前縫有紅色的飯館名稱。他受不了了，語帶尖刻說：「喔，先生，你能不能快點把腳伸進車裡，好讓我關門？還是我乾脆把門打開，讓你順著滾出去？」

女郎拋出一個凌厲如刀、足可捅進背脊四、五吋的兇狠眼神。他根本沒放在心上，一點反應也沒有。要是你以爲花錢打高爾夫就能是大爺，「舞者」的服務生會讓你馬上幻滅。

此時，一輛低檔迴轉的外國敞篷跑車開進停車場，有個男人下了車，用打火機點起一根長香菸。

他身穿套頭格子襯衫、黃色長褲和馬靴，在裊裊煙圈中緩步走去，連看都沒看勞斯萊斯車一眼，可能瞧不上眼吧。到了通往露台的階梯底，他停下來戴上一個單眼鏡片。

女郎突然賣弄起風騷地說：「寶貝，我有個好主意。我們幹嘛不搭計程車到你那兒，把你的敞篷車開出來？在這種夜裡開車沿著海岸到蒙蒂西托，一定很棒。我有幾個那邊的熟人正在開池畔舞會。」

白髮青年彬彬有禮說：「眞抱歉，那輛車不在了。我不得不賣掉。」聽他的口氣和聲音，會以爲他剛剛只喝了橘子水，滴酒未沾哩。

「賣了，寶貝？你是什麼意思？」她輕輕挪開身，坐得離他遠遠的，聲音比距離更疏遠。

他說：「我是說不得不賣。爲了吃飯錢。」

「噢，我明白了。」現在女郎身上熱力全失，連乾果冰淇淋在她身上都化不掉了。

服務生將白髮青年當作比自己高明不了多少的低收入戶。他跟著說：「喂，老兄，我得去幫忙停車。改天見，如果還有機會的話。」

他放手讓車門盪開。醉漢立即滑下座位，一屁股跌坐在柏油馬路上。這時我走過去，伸出援手。我猜干預酒鬼永遠是一項錯誤。就算他認識你而且喜歡你，還是隨時會出手打你一拳。我把手伸到他的腋下，扶他站起來。

「多謝你。」他客客氣氣的說。

女郎迅速坐到駕駛座上。她用冷如不銹鋼的嗓音說：「他喝得越醉，就越他媽的英國紳士味。謝謝你接住他。」

「我來把他扶進後座。」我說。

「眞抱歉，我赴約要遲到了。」她打上檔，勞斯萊斯開始移動。她冷冷地笑道：「他只是一條迷途的狗。也許你可以幫他找個家。他養在屋裡生活習慣還不錯——可以這麼說。」

勞斯萊斯順著匝道開上日落大道，向右轉，就此消失。我正目送她，服務員回來了。我還扶著那個男人，他現在睡得正香。

「噢，居然可以這麼搞。」我告訴白外套服務員。

他冷嘲熱諷說：「當然。何必為一個酒鬼傷神？他們都麻煩得要命。」

「你認識他？」

「我聽見那位小姐叫他泰瑞。否則擺在運牛車上我也認不得他。我才來兩個禮拜。」

「請把我的車子開過來。」我把停車券交給他。

等我的奧斯摩比車開過來時，我感覺自己像扛著一袋鉛那般沉重。白外套服務員幫我把他扶上前座。這位貴客睜開一隻眼睛說謝，又睡著了。

「他是我見過最有禮貌的酒鬼。」我對白外套說。

他說：「酒鬼有各種身材，各種長相，各種態度。但是他們全是癟三。看來這一位曾動過整容手術。」

「是啊。」我給他一元小費，他謝謝我。整容的事他說得沒錯。我這新朋友的右半邊臉僵硬，膚色較白，有幾道細疤，疤痕旁邊的皮膚看起來亮亮的。動過整容手術，而且是大手術。

「你打算怎麼處理他？」

「帶他回家，讓他醒醒酒，說出他住什麼地方。」

白外套對我咧嘴一笑，「好吧，凱子。要是我，我就把他丟進水溝，儘管走。他們這些酒鬼只會給人添麻煩。我對他們這些傢伙有一套辦法。現在競爭這麼激烈，人得省點力氣，在緊要關頭保護自己。」

（譯註：「緊要關頭」原文 in the clinches 為雙關語，亦指男女熱烈擁抱時。）

「我看得出來，你就這一點出息。」我說。

他沒聽懂，然後發起脾氣來，但那時候我已上車啓動了。

當然他說的也有點道理。泰瑞・藍諾士給我惹來好多麻煩。不過那畢竟是我的本行呀。

那一年我住在月桂峽谷育嘉街，是死巷裡的一棟山坡小屋，前門有長長的紅木台階，對面有片油加利小樹林。房子帶家具，屋主是位婦人，目前到艾達荷州孀居的女兒家暫住去了。房租很便宜，半是因爲屋主想要隨時變卦搬回來住，半是因爲那些台階。她年歲漸大，每次回家都得面對一長列台階，實在受不了。

我總算把酒鬼扶上了台階。他很想幫忙，但兩條腿像橡皮不聽使喚，每次說抱歉說到一半就睡著了。我開了門鎖，把他拖進屋內，癱在長沙發上，給他蓋上一條毯子，讓他繼續睡。他像大海豚打鼾打了一個鐘頭；然後突然醒來，要上廁所。出來後，他盯著眼睛偷看我，想知道他究竟在什麼鬼地方。我跟他說了。他自稱名叫泰瑞．藍諾士，住在威士伍區，沒人會爲他等門。他的聲音嘹亮，清清楚楚。

他討一杯不加糖的咖啡。我端出來，他小心翼翼端著托碟緊靠著咖啡杯。

「我怎麼會來這裡？」他四處張望說。

「你在『舞者』門外醉倒在一輛勞斯萊斯車上。女朋友丟下你走了。」

他說：「是，那她完全有理由。」

「你是英國人？」

「我在那邊住過。不是那邊生的。若能叫到計程車，我馬上走。」

「有輛現成的車等著。」

他自己走下台階。前往威士伍區的路上他沒說多少話，只是向我致謝，還抱歉自己這麼惹人嫌。這種話他可能對很多人說過很多次，變得像是自動裝置的對話。

他住的公寓又小又悶，沒有半點人住在裡面的氣息，要說他是那天下午才搬進去我也會信。綠色硬沙發前面的茶几上有一瓶半空的蘇格蘭威士忌、一碗融化的冰、三個汽水空瓶和兩個玻璃杯，玻璃菸灰缸堆滿菸蒂；有些沾了口紅印。屋裡沒有照片和任何私人物品。就像是提供租借開會或餞別、喝幾杯閒聊天、睡個覺的旅館房間。不像長住的地方。

他請我喝一杯，我婉謝了。我沒坐下來。走之前他又謝了我幾句，不像我為他爬過高山，卻也不像一點都沒什麼的樣子。他有點顫慄，有點害羞，卻客氣得要命。他站在敞開的門口，跟我一起等電梯，我進了電梯。不管他有什麼缺點，他至少很有禮貌。

他沒再提那位女郎。也不提自己沒有工作，沒有前途，最後一張鈔票已爲一個高級蕩婦付了「舞者」的帳，而她竟不能多逗留一會兒，確保他不會被巡邏警察車關進牢房，或者被一個粗暴的計程車司機捲起來，甩到外面的空地去。

搭電梯下樓的時候，我恨不得回樓上搶走那瓶蘇格蘭威士忌。但我知道事不關己，而且不會有用的。酒鬼想喝酒，總會找到酒。

我咬著唇一路開回家。我心腸算硬，可是那人身上有些東西讓我硬不起來。除了白髮、疤臉、清楚的聲音和禮貌的態度，我不知道還有什麼。也許那幾樣就夠了。我沒有理由還會見到他。正如那女郎所說的，他只是一條迷路的狗。

2

我再次見到他，是感恩節後的那個禮拜。好萊塢大道沿線的店鋪開始擺出價錢荒唐的聖誕節廢物，報紙天天疾呼：再不早點採購聖誕節禮物，後果不堪設想。其實，不管什麼事最後都是不堪設想；向來如此。

我就在距離自己辦公大樓約三條街的地方，看見一輛警車並排停著，車上那兩個體面的傢伙正盯著人行道一面展示櫥窗前晃動的東西，那東西正是泰瑞．藍諾士——或者說那是他的皮囊——當時他看上去實在不怎麼樣。

他倚著一家店鋪的門面，不靠的話根本站不穩。身上穿著髒襯衫，敞著領口，夾克外面看得見局部襯衫，亂塞亂穿。他已經四五天沒刮鬍子了，鼻子皺著。皮膚慘白，臉上長長的細疤幾乎看不出來，眼睛像雪堆裡兩個凹洞。巡邏警車上那兩個體面傢伙顯然正伺機逮捕他，我快步走過去，抓住他的胳臂。

我惡狠狠地說：「站直，往前走。」並由側面向他眨眨眼，「辦得到嗎？你是不是喝醉了？」

他茫茫然看了我一眼，露出他特有的半邊微笑，吸口氣說：「我剛才醉了。現在我猜只是有一點——空虛。」

「好吧，動腳走路。你眼看要被抓進醉漢牢房了。」

他努力伸腳，讓我扶他穿過人行道的遊民群，來到護欄邊。那邊停著計程車，我拉開車門。

「他先的。」司機用大拇指比比前面的計程車。他轉過頭來，看見了泰瑞，「如果他肯載的話。」

「這是緊急狀況。我的朋友病了。」

司機說：「是啊。讓他到別的地方病去吧。」

「五塊錢，」我說：「讓我們看看美麗的笑臉。」

「噢，好吧。」說著他把一本封面有火星人的雜誌塞到鏡子後面。我伸手進去把門打開，將泰瑞・藍諾士弄上車，警察巡邏車的陰影擋住了另一側的車窗。一位白髮警員下車走過來。我繞過計程車，迎上前去。

「等一下，麥克。現在是怎麼回事？這位破衣爛衫的傢伙眞是你的熟朋友嗎？」

「很熟，熟到我曉得他需要朋友。他沒醉。」

警察說：「一定是爲錢。」他伸出手來，我把執照放在他手上；他看一看就交回來，說：「喔——喔，私家偵探路上來撿客戶。」他的口氣變得很兇，「馬羅先生，執照上有你的資料。但是他呢？」

「他名叫泰瑞・藍諾士，在影片公司工作。」

「不錯嘛。」他探頭到計程車內，仔細看後座一角的泰瑞，「我敢說他最近這一段時間沒有工作過。我敢說他最近這段時間沒在屋裡睡過覺。我甚至可以斷言他是無賴，我們該逮捕他。」

我說：「你們的逮捕標準不會那麼低吧？這裡可是好萊塢呢！」

他仍舊望著車上的泰瑞，「你的朋友叫什麼名字，老兄？」

泰瑞慢慢說：「菲力普・馬羅。他住在月桂峽谷育嘉街。」

警察把腦袋由窗口縮回來，轉身做了個手勢，「可能是你剛剛才告訴他。」

「可能，但是我沒有。」

他盯著我一兩秒鐘，「這回我信你。可是你得把他弄走，別在街上混。」他上了警車，車子揚塵而去。

我上了計程車，開了三條街多一點的距離來到停車場改搭我的車。我拿出五元鈔給司機。他僵僵看我一眼，搖搖頭。

「照錶算就行了，你若願意，給個一元整數也可以。我也落魄過。在藩市。沒有計程車肯載我。鐵石心腸的城。」

「三藩市。」我脫口說。

他說：「我叫它藩市。去他的少數族群。謝了。」他接下一元鈔票，把車開走了。

我們開到一家得來速快餐店，裡面做的漢堡不像別家那樣連狗都不肯吃。我給泰瑞．藍諾士吃了兩個，喝了一瓶啤酒，就載他回家。他爬台階還是很吃力，但他咧著嘴笑，氣喘吁吁往上爬。一個鐘頭後，他剃過鬍子，洗過澡，看起來又像正常人了。我們坐下來喝了一杯很淡的調酒。

「幸虧你記得我的名字。」我說。

他說：「我特意記的。我還查了你的資料。這點事還做不到嗎？」

「何不打個電話給我呢？我一直住在這邊。我還有個辦公室。」

「我沒理由打擾你。」

「因爲你有必要打擾人。因爲你的朋友不多。」

他說：「噢，我有朋友，某一類的。」他轉動茶几上的玻璃杯，「向人求援並不容易——況且這一切都得怪我自己。」他抬頭露出疲憊的笑容，「也許有一天我會戒酒。他們都這麼說，對吧？」

「要花三年左右的時間。」

「三年？」他顯得很震驚。

「通常要。那是一個不同的世界。你必須習慣比較蒼白的色彩、比較安靜的聲音。你必須給自己留點復發的空間。所有你以前熟識的人都會變得陌生。你甚至會不喜歡大部分老友，他們也不會太喜歡你。」

「那不算多大的改變，」他說，回頭看著鐘，「我有個價值兩百元的手提箱寄放在好萊塢公車站。若能保出來，我可以買個便宜貨，把現在寄放的那個當了，換一筆路費搭車到拉斯維加斯。我在那邊可以找到工作。」

我一句話也沒說，只是點頭，坐在那邊慢慢喝我的酒。

「你在想我早該有這個念頭。」他平靜的說。

「我在想背後一定有文章，但不關我的事。工作是有把握，還是有希望而已？」

「有把握。我當兵的好友在那邊開了間大型俱樂部，『泥龜俱樂部』。當然啦，有人覺得他是個地痞流氓，他們都是——另一方面也都是大好人。」

「我可以籌出車錢和另外一點費用。但我希望能換到比較穩固的東西。最好打個電話跟他談談。」

「謝謝你，沒必要。藍帝·史塔不會讓我失望的。從來沒有過。那個手提箱可以換到美金五十元。我有經驗。」

我說：「聽好。我會提供要你需要的錢。我不是什麼軟心腸的笨蛋。所以我給你多少你就收下，乖乖的。我要你別再煩我，因爲我對你有一種感覺。」

「眞的？」他低頭看玻璃杯，只小口小口啜飲，「我們才見過兩次面，兩次你都很夠意思。什麼樣的感覺？」

「總覺得下一次你會遇到大麻煩，我救不了你。我不知道自己爲什麼會有這種感覺，但就是有。」

他用兩根指尖輕輕摸右半邊臉，「可能是這個。我猜疤痕害我看來有點兇相。不過這是光榮的傷疤

——至少是光榮受傷的結果。」

「不是那個。疤痕我根本沒放在心上。我是私家偵探。你是一道我不必解的難題。但難題是存在的。就說是預感吧。說得客氣些，就叫個性的認知。女朋友在『舞者』門前離你而去，也許不只是因爲你醉了。說不定她也有一種感覺。」

他淡淡一笑，「我跟她結過婚。她名叫雪維亞·藍諾士。我是爲錢娶她的。」

我站起來蹙著眉頭看他，「我給你弄點炒蛋。你需要吃東西。」

「等一下，馬羅。你想不通我這麼潦倒，雪維亞既然很有錢，我爲什麼不跟她要幾文。你可曾聽過自尊心這個東西？」

「你笑死我了，藍諾士。」

「是嗎？我的自尊不是口頭說說，是此外一無所有的男人那種自尊。惹惱了你，眞抱歉。」

我走到廚房，煮了加拿大醃肉、炒蛋、咖啡和土司麵包。我們在廚房的早餐檯吃。這棟房子是在流行廚房加設早餐區的那個時代建的。

我說我必須到辦公室，回程再去領他的行李箱。他把寄物單交給我。現在他臉上有一點血色，眼睛不再像深陷在頭顱裡，叫人得進去探索。

出門前我把威士忌酒瓶放在沙發前的茶几上，「把你的自尊心用在這個地方。」我說。

「還有，打個電話到拉斯維加斯，就算幫我一個忙吧。」

他只是微笑聳聳肩。我下台階心裡還很不高興。我不知道理由，也不懂一個男人爲什麼寧願挨餓流浪街頭，不肯典當衣飾。不管他的規則是什麼，他是照自己的規矩行事就對了。

我從來沒見過那麼不尋常的手提箱。豬皮漂白做的，新的時候該是淺奶油色，配件是黃金製品。英國製，就算這邊買得到，看來也要八百美元，不只兩百元。

我把手提箱用力放在他面前，看看茶几上的瓶子。他碰都沒碰過，跟我一樣清醒。他正在抽菸，但不怎麼喜歡。

他說：「我打過電話給藍帝。他氣我不早打給他。」

我說：「竟要陌生人幫你。」我指手提箱，「雪維亞送的？」

他眺望窗外，「不。遠在我認識她以前，人家在英國送我的。真的是好久以前的事了。你若能借一個舊的給我，我把它留在你這兒。」

我從皮夾裡抽出五張二十元的鈔票，放在他面前，「我不需要抵押品。」

「不是這個意思。你又不開當鋪。我只是不想帶到拉斯維加斯。我用不著這麼多錢。」

「好吧。你留下這些錢，我留下手提箱。可是這間房子很容易遭小偷。」

他漠然說：「無所謂。根本無所謂。」

他換了衣服，五點三十分左右我們在莫梭餐館吃晚飯。不喝酒。他在卡璜加車站搭上公車，我開車回家，一路想東想西的。剛才他在我床上打開行李，把東西塞進我的一個輕便提袋，如今他的空提箱還放在我床上。箱子附有金鑰匙，插在一個鎖孔裡。我把空提箱鎖好，鑰匙綁在手把上，收進我衣櫥的高架頂。摸起來不覺得是全空的，可是裡面裝什麼與我無關。

夜很靜，屋裡似乎比平常更空虛。我擺出棋盤，下了一盤棋，站在法國這邊抵抗史坦尼茲，史坦尼茲四十四步打敗我，可是我讓他捏了兩次冷汗。

九點三十分電話鈴響了，說話的聲音我以前聽過。

「是菲力普·馬羅先生嗎?」

「是的,我是馬羅。」

「馬羅先生,我是雪維亞·藍諾士。上個月有一天晚上我們在『舞者』前面匆匆見過一面。後來我聽說你好心送泰瑞回家。」

「是的。」

「我猜你知道我們現在已經不是夫妻了,可是我有點替他擔心。他放棄了威士伍的那間公寓,好像沒人知道他在什麼地方。」

「我們初識的那晚,我已經領教到妳多麼擔心他。」

「聽著,馬羅先生,我跟那人曾是夫妻。我不太同情酒鬼。也許我當時有點無情,也許我有很重要的事要辦。你是私家偵探,你若願意,可以按行情來計價。」

「藍諾士太太,根本不必照什麼行情計什麼價。他正搭車前往拉斯維加斯。他在那邊有個朋友會給他一份差事。」

她突然精神來了,「噢——到拉斯維加斯?他眞多情。那是我們結婚的地方。」

我說:「我猜他忘了。否則他寧可到別的地方。」

她沒有掛我電話,反而笑起來,笑得很俏皮,「你對客戶向來這麼沒禮貌?」

「妳不是我的客戶,藍諾士太太。」

「也許有一天會是。誰知道呢?那就說對你的女性朋友吧。」

「答案還是一樣。上回那傢伙落魄潦倒,渾身髒兮兮,一文錢都沒有。妳若認爲値得花時間,可以找到他。當時他沒要妳幫忙,現在可能也不要。」

她漠然說：「這你就不可能知道了。晚安。」

當然，她說的完全正確，我錯得離譜。但我不覺得自己錯，只是心裡不痛快罷了。她若早半個鐘頭打來，我說不定會氣得把史坦尼茲打得一敗塗地——可惜他已經死了五十年，棋局是書裡看來的。

3

聖誕節前三天，我收到一張拉斯維加斯銀行的百元現金支票。裡面附了一張用旅社信紙寫的便條。他謝謝我，祝我聖誕快樂，祝我幸運，還說他希望不久能再見到我。精采的在附啓中，「雪維亞和我正開始二度蜜月。她說請不要氣她想再試一次。」

其他的細節我是在報上社會版的一個勢利眼專欄看到的。我不常讀那些專欄，只是找不到東西可以討厭的時候才拿來看看。

一則令人興奮的消息，泰瑞和雪維亞．藍諾士小倆口在拉斯維加斯重新結合。女方是舊金山和卵石灘億萬富翁哈蘭．波特的小女兒，她正在叫馬瑟和珍妮．杜豪克斯重新裝潢位在恩西諾的整棟巨宅，預計將採用最爆炸性的新潮式樣。讀者諸君，你們也許還記得，這棟十八個房間的木屋是雪維亞的上上一任丈夫柯特．魏斯特希姆送給她的結婚禮物。至於柯特出了什麼事？各位如果還感興趣，答案在法國的聖丘珮茲，而且聽說這次會持久。那兒還有一個血統非常非常高貴的女伯爵和兩個可愛極了的孩子。或許人們會問，哈蘭．波特對這樁二度婚姻有什麼看法？只能猜囉。波特先生從來不接受訪問。誰也沒他那般神祕。

我把報紙扔進角落，扭開電視機。看過社會版的狗屁文章，連摔角都顯得很有趣。不過事情可能是眞的。都上了社會版，假的也成眞了。

我在心中臆想那種有十八個房間、能搭配波特家族幾百萬元氣勢的木屋，至於杜豪克斯近期那種潛陽具崇拜式新裝潢就更不用提了。但我無法想像泰瑞・藍諾士穿著百慕達短褲在其中一座游泳池畔閒逛，用無線電話吩咐總管把香檳冰一冰，松雞烤一烤……的樣子。我沒有理由想像得出來。那傢伙要當人家的玩具熊，不關我事。我根本不想再見他。但我知道會見面的——就算只爲了他那個混帳的豬皮鑲金手提箱，也躲不掉啊。

三月某個下雨天的傍晚五點鐘，他走進我那不稱頭的辦公室。他看來變了很多——比較老，比較清醒、嚴肅，而且很平靜。他像那種學會了閃避拳頭的人。身穿一件牡蠣白的雨衣，戴手套，沒戴帽子，白髮像鳥兒的胸脯一樣平滑。

他說：「我們找個安靜的酒吧喝一杯，」活像他十分鐘前還在這裡，「我是說，你有時間的話。」

我們沒握手。我們從來不握手。英國人不像美洲人成天握手，他雖然不是英國人，卻有一點他們的習癖。

我說：「走，到我家去拿你的時髦手提箱。那玩意兒害我提心吊膽。」

他搖搖頭，「要是能幫我保管更好。」

「爲什麼？」

「我就是這麼覺得。你不介意吧？那東西是屬於我沒變成無賴漢之前的那段日子。」

我說：「鬼扯。但不關我的事。」

「假如你是怕被人偷走——」

「關我屁事。喝酒去吧。」

我們前往維多酒吧。他開一輛鐵銹色的「朱彼特柔威特」載我，車上有個薄薄的帆布遮雨篷，底下的空間只容得下我們兩個人。車上的裝潢是淺色的皮革，配件看來像銀製品。我對汽車不太講究，但這鬼東西確實讓我流了一點口水。他說秒速可達六十五。車上有個高僅到他膝蓋的粗短小排檔。

他說：「四速。他們還沒發明替代的自動排檔。其實不需要。連上坡都可以三檔起步，反正車陣中能開的最高也只有這樣了。」

「結婚禮物？」

「是那種『我剛好經過看到』隨興買的禮物。我是個被寵護的男人。」

我說：「很好。如果不是作賤販賣自我的話。」

他迅速看了我一眼，又把目光轉回溼溼的人行道。雙重雨刷輕輕刮著小擋風玻璃，「賣？老友，凡事都有個價碼。你大概以爲我不快樂？」

「抱歉，是我失言。」

「我有錢。他媽的誰要快樂？」他的語調中有一種我沒聽過的酸楚。

「你喝酒的事呢？」

「百分之百斯文，老兄。由於某些奇怪的原因，我似乎可以掌握那玩意兒。不過事情很難說，對不對？」

「也許你本來就不是酒鬼。」

我們坐在維多酒吧的吧檯一角喝Gimlet（譯註：一譯「螺絲錐子」。）。他說：「這邊的人不會調。他們所謂的Gimlet只是萊姆汁或檸檬汁加琴酒，再加一點糖或苦料。眞正的Gimlet是一半琴酒加一半羅絲萊姆汁，不加別的。遠勝馬丁尼。」

「我對酒向來不講究。你跟藍帝・史塔合得來嗎？我的街坊說他是壞蛋。」

他身子往後靠，顯得心思重重，「我猜他是。我猜他們都是。但是外表看不出來。我可以告訴你一兩個在好萊塢屬於同一路數的浪子。藍帝不煩人。他在拉斯維加斯是合法的生意人。下回你到那邊不妨查查看。他會成爲你的朋友。」

「不見得。我不喜歡流氓。」

「那只是個名詞，馬羅。世界就是這個樣子。兩次大戰下來，世界變成這樣，我們要活下去。我和藍帝和另一個夥伴曾共同遇到困難。從此我們之間就有了默契。」

「那你需要幫助的時候爲什麼不找他？」

他把酒喝乾，向服務生打手勢，「因爲他不可能拒絕。」

服務生端來新的酒，我說：「我覺得那是空話。如果那傢伙恰好欠你的情，對他而言，他會喜歡有個機會回報。」

他慢慢搖搖頭，「我知道你說得沒錯。當然啦，我確實向他討過一份差事。但我得到工作就賣力幹啦。至於求人施恩或向人伸手，我不要。」

「可是你卻接受陌生人的幫助。」

他直盯著我的眼睛，「陌生人可以打你身旁走過，假裝沒聽見啊。」

我們喝下三杯Gimlet，不是加倍的，對他一點影響都沒有。這種份量只夠叫眞正的酒鬼動起酒癮來。所以我猜他的酒癖大概治好了。

接著他開車載我回辦公室。

他說：「我們通常八點一刻吃晚餐。只有百萬富翁花得起那種錢。也只有百萬富翁請的傭人肯忍受。

好多可愛的人都來了。」

從此以後他習慣在五點左右順便進來聊聊。雖然不是老去同一個酒吧，但是去維多酒吧的次數比別的地方多。那兒對他來說可能有我所不知道的特別之處。他從來不過量，這點連他自己也很驚訝。

他說：「大概像隔日瘧疾發作。發作的時候很慘。過了以後就好像從來沒發生過一樣。」

「我不懂像你這樣享有各種榮寵的人爲什麼想跟私家偵探混。」

「你是謙虛嗎？」

「不。我只是想不通。我是講理的人沒錯，不過我們不屬於同一個世界。我甚至不知道你住在什麼地方，只知道在恩西諾。你的家庭生活應該很美滿。」

「我沒有什麼家庭生活。」

我們又喝Gimlet。店裡幾乎空空的。只有幾個嗜酒成性的酒徒坐在吧檯邊的高凳上。這種人總是慢慢伸手拿第一杯，小心望著雙手，免得打翻東西。

「我不明白。可以弄個清楚嗎？」

「大型家具，沒有人味，就像電影布景。我猜雪維亞就算沒有我也會很快樂。在我們的圈子裡那不太重要。你若用不著工作或考慮花費，隨時有事可做，不是眞有樂趣，但有錢人並不知道這一點。他們從來沒嘗過眞正的樂趣。他們從來沒有非常想要一樣東西，也許別人的老婆例外，跟水管工的太太想要爲客廳換新窗簾相比，他們那種欲望相當淺。」

我一句話也沒說，讓他主講。

他說：「多數時候，我只是殺時間。時光漫漫啊。打點網球，打點高爾夫，游個泳，騎騎馬，看著雪維亞的朋友們努力撐到午餐時間，再開始吃喝消除宿醉，那是頂級的快樂。」

「你去拉斯維加斯那天晚上，她說她不喜歡酒鬼。」

他歪著嘴巴笑。我看慣了他的疤痕臉，除非表情變化，半邊臉僵硬的感覺更加明顯，我是不會注意到的。

「她說是沒有錢的酒鬼。有了錢他們只是癮君子而已。他們吐在門廳，自有管家處理。」

「你用不著照著他們要的規則過日子。」

他一口把酒喝完站起來，「我得走了，馬羅。何況我惹你厭煩，上帝知道連我自己都覺得厭煩。」

「你沒惹到我。我是受過訓練的聽眾。我遲早會明白你爲什麼喜歡當一頭被人豢養的獅子狗。」

他用指尖輕輕摸他的疤痕，臉上掛著淡漠的微笑，「你應該奇怪她爲什麼要我陪，而不是我爲什麼要在那兒，在緞子椅墊上耐心等她來拍我的腦袋。」

「你喜歡緞子椅墊，」我一面站起來跟他走一面說：「你喜歡睡絲質床單，有鈴可按，有總管掛著恭順的笑容前來。」

「可能。我是在鹽湖城的一家孤兒院長大的。」

我們跨出門外，走進疲憊的黃昏，他說他想要散散步。我們是搭我的車來的，這一次我快速搶過帳單。我望著他消失。一家店鋪櫥窗的燈光照見他白髮閃啊閃，片刻之後他就沒入薄霧之中。

他喝醉酒、落魄潦倒、又餓又慘自尊心又強的時候，我反而比較喜歡他。眞的如此嗎？也許我只是喜歡當老大哥。這傢伙不按牌理出牌。我這一行有時候該問問題，有時候該讓對方慢慢發火終至勃然大怒。每一個好警察都知道這一招。有點像下棋或拳擊。有些人你必須設法催逼，害他站不穩。有些人你只要出拳，他們自己就會敗下陣來。

我若問他，他會把一生的故事告訴我。可是我連他的臉是怎麼毀掉的都沒問過。如果我問了，他也告訴我了，說不定能救下兩條人命。只是可能，僅此而已。

4

我們最後一次在酒吧喝酒，是在五月，時間比平常早一點，四點剛過就去了。他顯得很疲倦，比以前瘦，但他臉上掛著喜孜孜的微笑，打量四周。

「我喜歡開門準備做生意時的酒吧。空氣涼爽乾淨，樣樣都亮晶晶的，酒保會在這時最後一次照照鏡子，看領帶有沒有歪，頭髮梳得平不平。我喜歡吧檯後面整潔的酒瓶、發亮迷人的玻璃杯和那分期待。我喜歡看人調黃昏的第一杯酒，放在乾淨的墊子上，還在旁邊放一張摺好的小餐巾。我喜歡慢慢品嚐。在安靜的酒吧裡喝晚上第一杯安靜的酒——妙極了。」

我跟他有同感。

他說：「酒精就像愛情。第一個吻神奇，第二個吻親密，第三個吻就變成例行公事了。接下來你只是等著脫掉女方的衣服。」

「那樣算糟嗎？」我問他。

「那是更高的刺激，卻是不純的情緒——美學上看來是不純粹的。我不是瞧不起性愛。那是必要的東西，但沒人說那東西只能醜陋原始。可是性愛要高檔可不是隨便就行。把整個搞成刺激迷人可是十億元的大產業，要享受它自然也少不了花銷。」

他看看四周，打了個呵欠，「我沒睡好。這邊很舒服。可是過一會兒酒鬼會擠滿這個地方，高聲談笑，令人生厭的女客會開始招手，擠眉弄眼，叮叮噹噹搖晃著手觸，施展包裝過的魅力，晚一點就會帶點汗酸味了。」

我說：「放寬心。她們也是人，會流汗，身體也會髒，她們必須上廁所浴室。你指望什麼——粉紅迷霧中盤旋的金色蝴蝶？」他把杯裡的酒喝乾，杯子倒放，望著一個水滴慢慢在杯緣形成，然後滾落下去。

「我替她難過。」他慢慢地說：「她是一個徹頭徹尾的娼婦。或許我也不是沒有想遙遙愛慕她。有一天她會需要我，我將是她身邊唯一不坑她的人。說不定那個時候我會退出。」

我只看看他，「你很會推銷自己嘛。」過了一會兒我說。

「是啊，我知道。我是個弱者，沒有膽量沒有抱負。我抓到銅戒指，發現不是金的，簡直驚呆了。像我這種人一生只有一個偉大的時刻，只在高鞦韆上做過一次完美的演出。餘生就只求盡量不從人行道跌進水溝罷了。」

「你到底要說什麼？」我拿出菸斗，開始塡菸絲。

「她嚇壞了。她嚇得發呆。」

「怕什麼？」

「我不知道。現在我們不常交談了。也許怕老頭吧。哈蘭．波特是狠心的雜種。表面上像是維多利亞時代的權貴，內心像蓋世太保殺人魔。雪維亞是蕩婦。他知道，他討厭，他無可奈何，但他等著，望著，如果雪維亞鬧出大醜聞，他就要把她分爲兩半，將兩半埋在相隔一千里的地方。」

「你是她丈夫耶。」

他舉起空杯，再用力「碰」地放回檯面邊緣。杯子砰的一聲碎了。酒保瞪大眼睛看，但沒說什麼。

「就像這樣，朋友。就像這樣。不錯，我是她丈夫。證書上是這麼寫的。只要走進那三道白色階梯、綠色大門和銅門環，你只要敲一長兩短，女傭就會讓你進入廉價妓院。」

我站起來，放一點錢在桌上。我說：「你他媽話眞多，而且他媽都談自己的事。再見。」

我走出去，任他坐在那兒目瞪口呆，由酒吧的燈光可以看出他面色白慘慘的。他在我身後喊了一兩句話，可是我繼續往前走。

十分鐘後我就後悔了。可是十分鐘後我已在別的地方。他沒再來辦公室。根本就不來了，一次也沒來過。我已經刺傷了他。

我一個月沒有看到他。再見他時，是早晨五點鐘，天剛亮。門鈴響個不停，把我從床上硬吵起來。我拖拖拉拉走下門廳，穿過客廳去開門。他站在那兒，活像一個禮拜沒有睡覺。身穿一件輕便的大衣，領子向上翻，似乎在發抖。一頂深色毛氈帽拉下來遮著眼睛。

他手上有一把槍。

5

槍不是對著我，只是抓在手上。那是中口徑的自動槍，外國製，確定不是柯爾特或薩瓦基手槍。憑他這張慘白疲憊的面孔、臉上的疤痕、翻起的領子、拉低的帽緣和手上的槍，活脫脫就是從警匪片中跳出來的人物。

他說：「你載我到提瓦納去搭十點十五分的飛機。我有護照和簽證，除了交通，我一切都安排好了。基於某種理由，我不能從洛杉磯搭火車或公車或飛機。計程車費五百元合理吧？」

我站在門口，沒挪開讓他進門，「五百元外加一把槍？」我問道。

他茫茫然俯視手中的槍，然後把它放進口袋。

他說：「這可能是一種保護，爲你，不是爲我。」

「那就進來吧。」我側到一邊，他用最後一點氣力衝進來，一屁股跌在椅子上。

由於屋主任其滋生，窗外滿是密密的灌木，遮住了窗屏，所以客廳還暗暗的。我開了一盞燈，摸出一根菸點上。我低頭瞪著他，伸手抓抓已經亂蓬蓬的頭髮，臉上露出疲倦的老笑容。

「我究竟怎麼回事，這麼迷人的早晨還睡懶覺？十點十五分，呃？好吧，還有很多時間。我們到廚房，我來煮一點咖啡。」

「我碰上大麻煩了，偵探。」偵探，他第一次這麼叫我。跟他闖入的方式、他的穿著以及手上的槍等很相配。

「今天會是很好的日子。和風徐徐。你可以聽見對街的老油加利樹彼此竊竊私語，大談以前在澳洲小袋鼠跳躍樹枝下、無尾熊互相騎在肩上的時光。好吧，我也覺得你遇到了某種麻煩。等我喝下兩杯咖啡，我們再談。我剛起床總有點恍惚。我們來跟胡金斯先生和楊格先生商量一下。」

「聽著，馬羅，現在不適合——」

「別怕，老兄。胡金斯先生和楊格先生是兩個傑出的人。他們製造胡金斯－楊格咖啡。費了一輩子的心血，那是他們的驕傲和喜悅。以後我會看到他們得到應得的嘉勉。到目前爲止他們只是賺錢而已。他們不會這樣就滿足的。」

我一面閒扯淡，一面走到後面的廚房。我扭開熱水，把咖啡壺由架頂拿下來；使用量匙，量了一些咖啡倒入上壺。我把下壺裝滿，把它放在火上燒等水滾，上壺再套上去轉牢。

這時候他已經跟著走進來，在門口探頭片刻，然後穿過早餐區，坐進位子裡。他還在發抖。我由架子上拿起一瓶「老大爹」，倒了一大杯給他。我知道他需要一大杯。即便如此，他還得用雙手捧著才能送到嘴邊。他大口吞下，砰的一聲把杯子放下，軋的一聲貼到椅背上。

他呢喃道：「差一點死掉。活像一個禮拜沒睡似的。昨晚整夜沒睡。」

咖啡壺快要滾了。我把火轉小，看著水往上升，玻璃管還剩一點水。我把火再開大，讓水漫過咖啡粉，然後又快速轉小。我攪動咖啡，把它蓋上。定時器撥到三分鐘。講究方法的傢伙，馬羅。天塌下來也不能干擾他煮咖啡。就是一個絕望的漢子手上拿把槍來也不管。

我又倒了一杯酒給他。我說：「就坐在那兒，不要講話。就坐著。」

第二杯他用單手拿。我匆匆在浴室漱洗一番，回來的時候計時器的鈴聲正好響起。我關了火，把咖啡壺放在桌面的一塊草墊上。我爲什麼要說得這麼詳細呢？因爲緊張的氣氛使得每一件小事都像表演，像一個明顯又重要的動作。那是超敏感的一刻，敏感到你所有不自覺的動作無論多麼熟悉，多麼習慣，都變成許多分割的意志表現。你就像一個患了小兒痲痺症之後學走路的人。沒有一件事是順理成章的，絕對沒有。

上壺裡的咖啡咻一下被吸到下壺，咖啡滾燙一會兒，冒泡，然後靜下來。我取下咖啡上壺，擺在罩子凹處的滴水板上。

我倒了兩杯咖啡，在他那杯加了一點酒，「你的沒放糖，泰瑞。」我這杯加了兩塊糖和一些奶精。這時候我睡意漸消。我不知道自己是怎麼打開冰箱，拿出奶精盒的。

我坐在他對面。他一動也不動，靠在早餐區的角落，全身僵僵的。然後下一刻他突然趴在桌上哭起來。

我伸手拿出他口袋裡的槍，他一點感覺都沒有。是毛瑟七．六五，很漂亮。我聞一聞，把彈匣拉開。彈匣是滿的。後腔什麼都沒有。

他抬頭看見咖啡，慢慢喝了一點，眼睛沒看我，「我沒開槍殺人。」他說。

「那倒是——至少最近沒有。這把槍早就該清了。我想你不太可能用來射人。」

「我說給你聽。」他說。

「等一下。」咖啡很燙，我盡快喝完，又倒滿。我說：「是這樣。你向我報告要非常小心。如果你真的要我載你去提瓦納，有兩件事千萬不能告訴我。第一件——你有沒有注意聽？」

他輕輕點頭，一雙茫然的眼睛瞪著我頭頂後面的牆壁。今天早上他臉上的疤一片青黑，皮膚幾近死白，但疤痕照樣發亮，很明顯。

我慢慢說：「第一，你若犯了罪或者做了法律上稱爲犯罪的行爲——我是指嚴重的罪——不能告訴我。第二，你若知道有人犯了這樣的罪，也不能告訴我。如果你要我載你去提瓦納，千萬不能說。明白了嗎？」

他望著我的眼睛。目光有焦距，卻毫無生氣。他灌下咖啡。臉上沒血色，但精神穩定。我又倒了一些給他，照樣再攙些酒進去。

「我剛才說過我遇到困難了。」他說。

「我聽到了。我不想知道是什麼樣的困難。我得賺錢謀生，得保護我的執照。」

「我可以拿著槍逼你呀。」他說。

我咧嘴一笑，把槍推到桌子對面。他低頭看看，沒有伸手碰它。

「泰瑞，你不可能拿槍押著我到提瓦納。不可能押過邊界，不可能登上飛機。我是一個偶爾會動槍的人。我們把槍拋到腦後。我告訴警察我嚇得要命，不得不照你的話去做，看來可就妙了。當然啦，假設我不知道有什麼事該向警察報告的話。」

他說：「你聽我說，要到中午或者更晚才會有人去敲門。僕人很識相，她晚起的時候不會去打擾她。可是中午左右她的女侍會敲門進去。她不會在屋裡。」

我啜一口咖啡，沒說什麼。

他繼續說：「女侍會發現她不在家睡覺，接著會去另一個地方找。離主屋很遠的地方有一棟大客宅，那邊有獨立車道和車房。雪維亞在那邊過夜。女侍最後會在那邊找到她。」

我皺眉頭，「泰瑞，我問你話要非常小心。她不會是出門去過夜嗎？」

「她的衣服總是堆得一屋子都是。她從來不把衣物掛好。女侍知道她在睡衣外面披一件袍子，就那樣走出去了。所以只可能去客房。」

「不見得。」我說。

「一定是去客房。渾蛋，你以為他們不知道客房裡進行什麼勾當？傭人向來知情。」

「跳過去。」我說。

他用手指使勁兒摸沒有疤痕的半邊臉，留下一道紅印子。他慢慢接下去說：「在客宅裡，女侍會發現——」

我厲聲說：「雪維亞醉得一塌糊塗，全身麻痺，樣子很狼狽，全身冰涼直到眉尖。」

「噢，」他想了一下，長考。加上一句，「當然啦，可能會那樣。雪維亞不是酒徒。她喝過頭的時候，可不得了。」

我說：「故事就說到此為止。差不多。讓我即席瞎掰。你大概記得吧，上次我們一起喝酒的時候，我對你有點粗魯，自己走掉不理你。你實在激得我發狂。事後仔細想想，我看出你只是想自嘲，擺脫大禍將臨的感覺。你說你有護照和簽證。拿到墨西哥簽證需要一點時間。他們不會隨便讓人進去。原來你計畫出走已經有一段時間了。我正奇怪你能忍多久呢。」

「我自覺有義務待在她身邊，覺得她需要我大概只不過是當個幌子，免得老頭查東查西的。對了，我半夜打過電話給你。」

「我睡得很熟。我沒聽見。」

「然後我到一家土耳其浴場，待了兩個鐘頭，做了蒸氣浴、全身浸浴、噴霧淋浴、按摩，還從那邊打了兩通電話。我把車子留在拉布里亞和噴泉街口。我從那邊走過來。沒人看見我轉進你這條街。」

「那兩通電話跟我有沒有關係？」

「一通打給哈蘭．波特。老頭昨天飛到帕薩迪納，有事情。他沒回家。我好不容易才找到他。但他最後終於跟我說話了。我跟他說抱歉，我要走了。」他說這些話，眼睛斜睨著水槽上方的窗戶和摩挲著紗窗的金鐘花矮樹。

「他聽後感覺如何？」

「他很難過。他祝我好運。還問我需不需要錢。」泰瑞粗聲笑起來，「錢。他的字彙中最先出現的就是錢字。我說我有很多錢。接著我打給雪維亞的姊姊。過程差不多。就這樣。」

我說：「我想問一件事。你可曾發現她和男人在那棟客宅裡？」

他搖搖頭，「我沒查過。要查不會太難。從來就不難。」

「你的咖啡涼了。」

「我不想再喝了。」

「她有很多男人，呃？但你還回去再娶她一次。我明白她是大美人，不過還是——」

「我跟你說過我一無是處。渾蛋，我第一次爲什麼要離開她？事後爲什麼每次看到她就醉得一塌糊塗？爲什麼寧願跌進陰溝也不向她要錢？她結過五次婚，不包括我。只要她勾勾指頭，任何一個前夫都會回到她身邊。不只是爲百萬鈔票。」

我說：「她是大美人。」我看看手錶，「爲什麼一定要十點十五分在提瓦納登機？」

「那班飛機隨時有空位。從洛杉磯出發的旅客可以搭『康妮』飛機，七個鐘頭就到墨西哥市，誰要搭『DC13』翻山越嶺？而且『康妮』不停我要去的地方。」

我站起來，身子貼著水槽，「現在我們套個招，你別打岔。今天早上你來找我，情緒很激動，要我載你到提瓦納去趕一班上午的飛機。你口袋裡有一把槍，但我未必看得出來。你告訴我你盡量忍，但是昨天晚上你終於大發脾氣。你發現你太太醉得半死，有個男人在她身邊。你出來，到一家土耳其浴場去打發時間，直到早上，你打電話給你太太兩個最親的家人，告訴他們你正在做什麼。你去什麼地方不關我的事，你有必要的文件可進入墨西哥，你怎麼去法也不關我的事。我們是朋友，我沒有多考慮，就照你的要求行事了。幫忙有何不可？你不會付我一毛錢。你自己有車，可是心情不好，不想自己開車，那也不關我事。你很情緒化，戰時受過重傷。我想我應該去領你的車，找一家車庫存放。」

他伸手到衣服內，把一個皮製鑰匙套推到桌子對面來。

「聽來合不合理？」他問道。

「那要看誰在聽啦。我還沒說完。除了身上的衣服和岳父那邊拿到的一點錢，你沒帶什麼。她給你的每一樣東西你都留下了，包括你停在拉布里亞和噴泉街口的那輛漂亮汽車。你要盡可能走得乾乾淨淨，日子還要過下去嘛。好吧。我信了。現在我刮鬍子，換件衣服。」

「你爲什麼要幫這個忙，馬羅？」

「我刮鬍子的時候，你去買杯酒喝。」

我走出去，留下他弓著背坐在早餐區的角落裡。他還戴著帽子，穿著輕便大衣，可是顯得活潑多了。

我進浴室刮鬍子，回臥室打領帶的時候，他走過來站在門口。他說：「我洗了杯子以防萬一。不過我一直在想，也許你最好打電話報警。」

「你自己打給他們。我沒有話要跟他們說。」

「你要我打？」

我猛轉身，狠狠瞪了他一眼，「他媽的！」我幾乎對他狂吼，「看在基督耶穌份上，你能不能閉嘴了？」

「抱歉。」

「你確實該抱歉。你們這種人永遠在抱歉，卻永遠後悔莫及。」

他轉身順著門廊走到客廳。

我穿好衣服，鎖好房屋後半部。等我走到客廳，他已經在椅子上睡著了，頭歪向一邊，臉上毫無血色，整個身體累得鬆垮垮的。他看來真可憐。我碰他的肩膀，他慢慢醒來，彷彿從他置身的地方到我置身的地方隔著好長一段路。

等他注意我，我忙說：「帶個行李箱如何？那個白色的豬皮箱子還在我衣櫥的頂架上。」

他興味索然說：「那是空的，而且太醒目了。」

「不帶行李更醒目。」

我走回臥室，站在衣櫥內的階梯上，把白色豬皮箱子由頂架拉下來。方形的天花板活門正在我頭頂，我把它往上推開，手盡可能伸進去，將他的皮製鑰匙套丟進某一根灰濛濛的小樑柱後面。

我拿著手提箱爬下來，拍掉上面的灰，在裡面塞了一點東西：一件從來沒穿過的睡衣、牙膏、備用牙刷、兩條廉價毛巾和洗臉巾、一包棉手帕、一條十五分錢的刮鬍膏，還有附送整包刀片的刮鬍刀。沒有一件是用過的，沒有一件有記號，沒有一件引人注目，當然若是他自己的東西會更好。我還放了一瓶八分之一加侖仍裹著包裝紙的波本威士忌。我鎖好手提箱，把鑰匙插在一個鎖孔裡，拿到前面。他又睡著了。我沒叫醒他，打開門，把手提箱直接拿到車庫，放進敞篷車的前座後面。我把車子開出來，鎖好車庫，爬台階回屋裡叫醒他。該鎖的門窗統統鎖好，我們就出發了。

我開得很快，但沒快到被開罰單的程度。一路上我們幾乎沒說話，也沒停下來吃東西。沒有那麼多時間。

邊境的人沒跟我們說什麼。到了提瓦納機場所在的那個颳風的台地，我把車子停在機場辦公室附近，坐著等泰瑞買票。「DCI3」的螺旋槳已經慢慢轉動熱機。一位穿灰色制服、體型高大、夢中情人型的飛行員正和四個人聊天。其中一位身高約六呎四，帶著槍套。他身邊有個穿長褲的女孩子、一位個子小小的中年男人，以及一個高得把男伴襯得更弱小的白髮婦人。還有三、四個一望而知是墨西哥人站在附近。看來飛機搭載的就是這些人了。登機扶梯已架在機艙門口，但似乎沒有人急著上飛機。這時候一位墨西哥空服人員走下扶梯，站著等候。好像沒有擴音器設備。墨西哥人登上飛機，可是飛行員還在跟那幾個美國人聊天。

有一輛大派卡轎車停在我隔壁。我探頭出去，看了一眼那輛車的牌照。也許哪天我會學乖不管閒事。我把頭伸出去的時候，看見那個高個兒女人往我這邊瞧。

這時候泰瑞穿過灰濛濛的石子地走過來。

他說：「都辦好了。我在這邊告別了。」

他伸出手來，我跟他握手。現在他氣色不錯，只是疲乏，疲乏到極點。

我由奧斯摩比車拿出豬皮手提箱，放在石子地上。他氣沖沖瞪著它。

「告訴你我不要。」他不耐煩地說。

「泰瑞，裡面有八分之一加侖好酒喔。還有睡衣之類的。都是匿名的。你若不要，就寄放在什麼地方。扔掉也可以。」

「我有我的理由。」他僵僵地說。

「我也有。」

他突然微微一笑，拎起手提箱，用空著的一隻手捏捏我的手臂，「好吧，朋友，聽你的。記住，如果事情變得棘手了，你可以全權決定怎麼做。你不欠我什麼。我們一起喝過幾次酒，漸漸熟起來，我談自己談得太多了。我在你的咖啡罐留了五張百元大鈔。別生我的氣。」

「我寧願你沒留。」

「我的錢連一半都用不完。」

「祝你好運，泰瑞。」

那兩個美國人正爬扶梯登機。一位面孔寬寬黑黑的矮胖男子由辦公大樓的門口走出來，揮手指指點點。

我說：「登機吧。我知道你沒殺她。所以我才會來這兒。」

他強打起精神，全身變得很僵硬。慢慢轉過身，回頭望。

他靜靜說：「抱歉。這一點你錯了。我要慢慢地上飛機。你有充分的時間阻止我。」

他走過去。我望著他。辦公室門口的傢伙正在等，但是不太急。墨西哥人很少失去耐性。他伸手拍拍豬皮手提箱，對泰瑞咧嘴一笑。然後他側到一邊，泰瑞穿過門口。過了一會兒泰瑞由海關那一邊的門口出來。他非常緩慢地走過石子地，走到扶梯前，停在那兒，朝我這邊看。他沒打訊號或揮手。我也沒有。接著他上了飛機，扶梯就收走了。

我上了奧斯摩比車，啟動，倒退，迴轉，駛過停車場。高個子女人和矮個子男人還在停機坪上。女人伸出一條手帕揮舞著。飛機開始滑行到停機坪末端，揚起大量塵土。機身在那一端轉彎，馬達加速轉動，吼聲如雷，飛機開始慢慢加速。

塵煙漫天，然後飛機升空了。我望著它慢慢飛進颼著風的空中，消失在東南方的蔚藍天空裡。

然後我離開那兒。邊境大門沒有人看我一眼，彷彿我的面孔平凡得像鐘錶的時針。

6

從提瓦納開車回來，覺得路好長，而且是全州少有的無聊路段。提瓦納沒什麼，那邊的人只要錢。小男孩羞答答走到你的汽車邊，用渴望的眼神看著你說：「老爺，一毛錢，拜託。」接下來就會向你推銷他的姊姊或妹妹。提瓦納不等於墨西哥。沒有一個邊境城只是邊境城而已，正如沒有一處水濱只是水濱。聖地牙哥？世界少有的美麗港口，除了海軍和幾艘漁船什麼都沒有。晚上卻是仙境。巨浪柔得像唱聖歌的老太太。可是馬羅必須回家數湯匙。

北行的道路像水手歌一般單調。穿過城鎮，下山坡，順著海灘走，再穿過城鎮，下山坡，順著海灘走。

我回到家已是兩點鐘，他們坐在深色轎車裡等我，車上沒有警察標幟，沒有紅燈，只有兩條天線——天線不只警車有。我爬階梯爬到一半，他們下車對我大吼，兩個人照例穿平常的制服，動作照例懶散呆板，彷彿全世界都壓低了嗓門靜靜等他們吩咐。

「你叫馬羅？我們要跟你談談。」

他向我亮了一下警徽。沒看清什麼，若以爲他是防疫人員也不爲過。他是灰金髮色的白人，看來很討厭。另一位搭檔個子高高的，俊美整潔，有一種考究的猥鄙相，像是受過教育的暴徒。他們的眼神充滿守候和等待、耐心和警覺、冷淡和不屑，警察才會有那種眼神。從警察學校畢業遊行時就有了。

「我是葛林警官，中央刑事組。這位是戴頓警探。」

我走上去，把門打開。你不會跟大都市的警察握手。那樣太親密了。

他們坐在客廳。我打開窗戶。輕風徐來。說話的是葛林。

「有個叫泰瑞．藍諾士的人。認識他吧，呃？」

「我們偶爾共飲一杯。他住在恩西諾，娶了有錢人。我沒到過他住的地方。」

葛林說：「偶爾，那是指多久一次？」

「那是含糊的說法。就是偶爾嘛。可能一星期一次，也可能兩個月一次。」

「見過他太太？」

「匆匆見過一次，在他們結婚以前。」

「你最後一次見到他是什麼時候什麼地方？」

我由側几上拿起一根菸斗，塡上菸絲。葛林身子向我這邊傾。高個兒坐在後面，手拿原子筆和一本紅邊便條簿，等著記錄。

「現在該我說：『到底出了什麼事？』你說：『由我們發問』了。」

「你只管回答，嗯？」

我點菸。菸草太濕。我花了一段時間才點燃，用掉三根火柴。

葛林說：「我有時間，不過我已經花了不少時間在附近等你。先生，趕快說。我們知道你是誰。你也知道我們不是閒著沒事來培養食慾的。」

我說：「我只是在思考，我們以前常去維多酒吧，比較不常到『綠燈籠』和『野貓與熊』──落日區底想裝出英國客棧風味的那家──」

「別再拖時間。」

「誰死了？」我問道。

戴頓警探開腔了，他的語氣嚴厲、成熟、一副「別跟我鬼扯」的味道。「馬羅，只管回話。我們是在做例行調查。你不用知道太多。」

也許我又累又氣吧。也許我有點愧疚。我甚至不認識這個人就可以討厭他，只要隔著自助餐廳的距離看他一眼，就恨不得踹掉他的大牙。

我說：「得了，小伙子。把那一套留到少年署去用。連他們都會覺得可笑。」

葛林咯咯笑起來。戴頓臉上看不出什麼明顯的變化，但他好像突然老了十歲，猥鄙了十歲，鼻孔吐出的氣輕輕作響。

葛林說：「他已通過律師考試。你不能跟戴頓胡扯。」

我慢慢站起來，走到書架前，取下加州刑法的裝訂本，遞給戴頓。

「麻煩你找出我必須回答這些問題的條款給我看好嗎？」

他靜止不動。他想狠狠打我，我們倆都知道，但他在等時機。可見他不敢確定自己若行爲不檢葛林會不會支持他。

他說：「每個公民都必須跟警察合作。多方合作，甚至以實際的行動配合，尤其要回答警察認爲有必要問的、不含歧視性的問題。」他說這話的口氣嚴厲、機警又流暢。

我說：「會有那樣的結果，大抵是靠直接或間接的威嚇達成的。法律上沒有這種義務存在。誰也不必告訴警察任何事情，在任何時間，任何地點。」

葛林不耐煩地說：「噢，閉嘴。你在找退路，你自己也知道。坐下。藍諾士的太太被殺了。在恩西諾他們家的一棟客宅裡。藍諾士逃了，反正是找不到人。所以說我們正在找凶殺案的嫌犯。你滿意了吧？」

我把書扔進一張椅子，回到葛林那張茶几對面的沙發上。我問道：「為什麼來找我？我從來沒走進那棟房子。我告訴過你了。」

葛林輕拍大腿，上上下下，上上下下，他靜靜對我咧著嘴笑。戴頓在椅子上一動也不動，眼神活像要吃掉我。

葛林說：「因為過去二十四小時內你的電話號碼寫在他房間的一本便條簿上。那是帶日期的便條，昨天的已經撕掉，但今天那頁看得出印痕。我們不知道他什麼時候打電話給你。我們不知道他去什麼地方，為什麼要去，什麼時候去的。可是我們必須要查，當然。」

「為什麼在客宅裡呢？」我發問，沒指望他回答，他竟答了。

他有點臉紅，「她好像常常去那邊。晚上。有客人。屋內有燈，傭人隔著樹影看得見。車子來了又走了，有時候很晚，非常非常晚。夠了吧，呃？不要騙自己。藍諾士是我們要抓的人。他在凌晨一點左右過去。總管剛好看見了。大約二十分鐘後他一個人回來。然後什麼事都沒有，燈還亮著。今天早上遍尋不著藍諾士。總管走到客宅。小姐像美人魚全身光溜溜躺在床上，告訴你，他認不出她的面孔。她連面孔都沒有了。被人用一尊猴子雕像砸得血肉模糊。」

我說：「泰瑞．藍諾士不會幹那種事。沒錯，她背叛了他。陳年舊事了。她一向如此。他們離婚又再結合。我猜他不太愉快，但他怎麼會到現在才為那種事發狂呢？」

葛林耐心說：「沒有人知道答案。那種事隨時都在發生。男人和女人都有。一個人忍耐忍耐忍耐，有一天忽然忍不下去了。他可能自己也不知道為什麼在那一刻突然發狂。反正他確實發狂了，而且有人翹了辮子。於是我們就有事做啦。於是我們來問你一個簡單的問題。別再扯遠，否則我們把你抓進去。」

戴頓酸溜溜說：「他不會告訴你的，警官。他讀過那本法律書。念過法律書的人都差不多，以為法律就在書裡面。」

葛林說：「你作你的筆錄，暫時別耍聰明。假如你眞行，我們會讓你在警局吸菸室唱『慈母頌』。」

「去你的，警官，我這話算是敬重你的官階了。」

我對葛林說：「你跟他打一架。他跌倒我會扶他。」

戴頓小心翼翼放下便條簿和原子筆。他雙眼發亮站起身，走過來站在我前面。

「站起來，機伶小子。我上過大學，但不表示我會容忍你這種人渣胡說八道。」

我站起身來，還沒站穩，他就出手打我。他給我一記漂亮的左鉤拳，沒打中。鈴響了，當然不會是吃飯鈴響。我用力坐下，搖搖頭。戴頓還在那兒。現在他笑咪咪的。

他說：「我們再試一次。剛才那回你還沒準備好。不算眞正就緒。」

我看著葛林。他正俯視大拇指，好像在研究指甲上的肉刺。我不動也不說話，等他抬頭。我若再站起來，戴頓會再打我。其實他不管怎麼樣都會再出手。但我若再站起身而他打了我，我會要他好看，剛才那拳證明他是拳擊手。他打在恰當的位置，但要打倒我需要好多好多拳。

葛林似乎心不在焉地說：「老弟，幹得好。你這麼做，他求之不得。」

然後他抬頭和和氣氣說：「馬羅，再問一次好作筆錄。上回你見到泰瑞・藍諾士，在什麼地方，怎麼見的，談了些什麼，剛才你從什麼地方來，說——還是不說？」

戴頓輕輕鬆鬆站著，重心很穩。他眼中有柔和甜蜜的光輝。

我不理他，開口問道：「另外一個傢伙呢？」

「什麼另外一個傢伙？」

「客房床上。沒穿衣服。你該不是說她到那邊唱獨腳戲吧？」

「那個以後再說——等我們抓到她丈夫以後。」

「好。等你已經有了代罪羔羊，不太麻煩的話。」

「少廢話，我們會把你關進去，馬羅。」

「因爲我是重要證人嗎？」

「重要證人個鬼。嫌疑犯。有凶殺案事後從犯的嫌疑。幫助嫌犯逃走。我猜你把那傢伙載到某一個地方去了。目前我只需猜測。最近我們組長很兇。他也懂法律，但他不見得看重它。這可能是你的不幸。不管怎麼樣我們都得要你自白。愈難問出來，我們愈確定有必要。」

戴頓說：「對他來說全是廢話。他懂法律。」

葛林冷靜的說：「對每個人來說都是笨方法，可是挺管用。來吧，馬羅，我正吹哨子叫你呢。」

我說：「好，吹出來。泰瑞．藍諾士是我的朋友。我在他身上投下了相當的感情，不會因爲警察吆喝幾句就沒了。你有案子要告他，也許比你們說給我聽的更明確。有動機、有行兇機會、加上他開溜的事實。動機是陳年舊事，早沒了，那也算在交易裡。我不欣賞那種交易，但他就是那種人——有點軟弱，非常溫和。如果他知道她死了，自然知道你們一定會逮他，其他的毫無意義。有偵查庭，那就傳訊我，我會答訊。我用不著回答你們的問話。葛林，我看得出你是好人。我也看得出你的搭檔是一個他媽的有權力情結、愛亮警徽的傢伙。你眞想要我進大牢，叫他再打我呀。我會把他媽的那根玩意兒打斷。」

葛林站起來，傷心的望著我。戴頓沒有動，他是只打一發的兇漢。他必須休息一下，撫一撫背脊。

葛林說：「我打個電話。但我知道答案是什麼。你是隻小病雞，馬羅。一隻病得很重的小病雞。滾開，別礙手礙腳。」最後一句是對戴頓說的。戴頓轉身走回去，拿起便條簿。

葛林走到電話邊，輕輕拿起來；爲了這一趟冗長不討好的苦差事，臉都起皺了。跟警察打交道的麻煩就在這裡。你已打定主意要恨他們，卻遇到一個對你講人情味的，叫人不知怎麼辦才好。

組長吩咐把我逮進去，而且來粗的。

他們給我銬上手銬，沒搜查我家，那是他們疏失。也許他們覺得我經驗老到，一定不會在家裡留什麼對我自己不利的東西。這一點他們錯了。他們若搜查，就會發現泰瑞．藍諾士的汽車鑰匙。等車子找到了——遲早會找到——他們把鑰匙和汽車一核對，就知道他曾經跟我在一起。

結果證明他們的努力都白費了。警方沒找到那輛車。車子在半夜被偷了，很可能已經開到艾爾帕索，配上新鑰匙和偽造的文件，甚至在墨西哥城賣掉了。這些再尋常不過。賣車的錢變成海洛因流回來。照流氓黑道的看法，這也是睦鄰政策的一部分。

7

那一年的刑事組頭頭姓哥里葛瑞斯，屬於日漸稀少卻還沒絕種的警察類型，愛用強光、疲勞審訊、踢人腰子、用膝蓋頂人鼠蹊、出拳打太陽穴、用警棍打人尾椎等手法辦案。六個月後他因僞證罪被傳喚到大陪審團面前，還沒審問就遭解雇，後來在懷俄明州的自家牧場被一匹大公馬踩死。

目前我得任他宰割。他坐在書桌後面，外套已脫下來，襯衫袖子幾乎捲到肩膀。腦袋禿得像磚塊，腰部粗圓，跟所有肌肉結實的中年人差不多。魚肚灰色眼珠子，大鼻子微血管破裂，密佈如蛛網。他正在喝咖啡，喝得很大聲。粗壯的手背長滿濃毛，灰白的毛簇由耳朵伸出來。他正在撫弄桌上的一樣東西，眼睛看著葛林。

葛林說：「老大，我們問了半天，他什麼都不肯說。我們是因爲那個電話號碼才去調查他的。他開車出去，不肯說去哪裡。跟藍諾士很熟，卻不肯說最後見到他是什麼時候。」

哥里葛瑞斯冷冷說：「自以爲是硬漢，我們可以改變他的觀點。」聽他的語氣，好像什麼都不在乎。也許是眞不在乎喔。沒有人對他狠過。「問題是地方檢察官從這個案子嗅出不少風頭。不能怪他，看女孩的老爸是誰嘛。我想我們最好替他挖挖這傢伙的鼻孔。」

他瞄了我一眼，只當我是一根菸蒂或一張空椅子，是他視線內的某一樣東西，不必當回事。

戴頓恭恭敬敬說：「他那樣子就是要拒絕開口。他引述法律給我們聽，激我出手揍他。這方面我行爲失當，組長。」

哥里葛瑞斯鬱鬱看了他一眼，「如果這個流氓激得動你，那你一定很容易激動。誰打開手銬的？」

葛林承認是他，「銬回去，」哥里葛瑞斯說：「銬緊。給他一點刺激提提神。」

葛林把手銬重新套上。「銬在背後。」哥里葛瑞斯吼道。葛林把我的手銬在背後。我坐的是一張硬椅子。

「緊一點，讓他痛得受不了。」哥里葛瑞斯說。

葛林把手銬栓緊。我兩手開始發麻。

哥里葛瑞斯終於望著我，「現在你可以說話了。快說。」

我沒搭腔。他身子向後靠，咧嘴笑起來。一手慢慢伸出來抓咖啡杯，環握著。他微微向前傾。杯子急飛而出，我向旁邊斜出椅子外，逃過一劫；肩膀重重著地，翻個身，慢慢站起來。現在雙手麻得厲害，一點感覺都沒有。手銬以上的臂部開始發疼。

葛林扶我坐回椅子上。溼溼的咖啡淋遍椅背和座位的一角，但大部分流到地板上。

哥里葛瑞斯說：「他不喜歡咖啡。不過手腳俐落，動作快。反射動作不錯。」

沒有人說話。哥里葛瑞斯用一雙魚眼打量我全身。

「先生，在這邊偵探執照不如一張電話卡。現在我們要口供，先用問的。我們待會兒再記下來。要說得很完整。譬如說，你從昨晚十點到現在的全部行蹤。我是指完整的。組裡正在調查一宗謀殺案，主嫌犯失蹤了。你跟他有聯絡。那傢伙逮到老婆偷腥，把她的頭打成一團生肉、骨頭加血淋淋的頭髮。用我們熟悉的銅雕像。不是原版雕像，卻挺管用的。你以爲隨便什麼混蛋私家偵探都能引述法律條文給我聽，先生，你有苦頭吃了。這個國家沒有一支警力是法條就管用。你有情報，我要。你可以說沒有，我可以不相信。但你甚至不說沒有。朋友，你騙不了我。說破不值六分錢。開始吧。」

我問道：「你能不能把手銬打開，組長？如果我肯說的話？」

「也許。長話短說。」

「我若跟你說最近二十四小時我沒見到藍諾士，沒跟他說過話，不知道他在哪裡——組長，這樣你會滿意嗎？」

「也許——假如我相信的話。」

「假如我跟你說我見過他，還說出了時間地點，但不知道他殺了人，也不知道有這麼一件凶殺案發生，更不知道他此刻在哪裡，你根本不會滿意的，對不對？」

「說得詳細一點我也許會聽。例如何地，何時，他外表看來如何，談了些什麼，他要去什麼地方。也許可以湊成一篇報告之類的。」

我說：「你這麼一處理，也許就把我變成從犯了。」

他的下巴肌肉鼓鼓的，雙眼像污濁的冰，「所以呢？」

我說：「我不知道。我需要法律顧問。我會合作。我們請地方檢察官派個人來如何？」

他短促而沙啞地笑了一聲，很快就停了。他慢慢站起來，繞過書桌，低頭靠近我；一隻大手放在木頭桌面上，露出笑容。然後，表情一點變化都沒有，忽然用硬如鐵塊的拳頭用力打我的脖子側面。

出拳最遠不超過八到十吋，差一點把我的腦袋劈下來。膽汁滲入我的嘴巴。我舐得出裡面雜有血腥味。什麼都聽不見，只覺腦袋瓜轟轟響。他仍然笑咪咪低頭對著我，左手還按著書桌。他的聲音似乎來自很遠的地方。

「我以前很兇，可是現在漸漸老了。你挨了一頓狠打，我就只出手這麼一次。我們市立監獄有幾個小伙子眞該在屠宰場工作。也許我們不應該雇他們，因爲他們出拳不像這邊的戴頓警探那麼斯文、乾淨、像拍粉撲一樣軟綿綿的。他們也不像葛林有四個孩子和一個玫瑰花園。他們活著另有樂子。各種人材都需要，而且勞工短缺嘛。你還有什麼好玩的小主意要說嗎？煩請你說出來。」

「戴著手銬不說，組長。」連說這麼一句話都痛得要命。他傾身更靠近我，我聞到他身上的汗臭和口臭。接著他站直起來，繞過書桌走回去，結實的屁股一把落在椅子上。他拿起一把三角尺，大拇指順著一邊滑動，活像那是一把刀。他看看葛林。

「你還在等什麼，警官？」

「等命令。」葛林咬牙說出這句話，似乎討厭聽自己的聲音。

「你一定要人吩咐嗎？依照紀錄，你是經驗豐富的警官。我要這個人過去二十四小時活動的詳供。可能要查更長的時間，不過先查二十四小時。我要知道他每一分鐘做什麼。我要這份供簽上名、找到證人、查證過。兩個鐘頭後就要。然後我要他乾乾淨淨、沒有傷痕回到這個地方。還有一點，警官。」

他停下半晌，狠狠瞪著葛林，那種目光連剛烤好的馬鈴薯都會爲之凍結。

「——下次我問嫌犯幾個文明的問題，希望你別站在那邊活像我扯下了他的耳朵似的。」

「是的，長官。」葛林轉向我，「我們走吧。」他粗聲粗氣說。

哥里葛瑞斯向我露露牙，他的牙齒需要刷——非常需要，「我們來念退場台辭，朋友。」

我客客氣氣說：「好的，長官。你也許不是有意的，但你幫了我一個忙。還有戴頓警探也幫了忙。你們替我解決了一個難題。沒有人喜歡出賣朋友，但我連仇人都不願出賣給你們。你頂多算隻猩猩，還是隻殘廢的。你不會進行簡單的調查。我站在直立的刀尖上，你們隨便往哪邊擺弄我都行。可是你們卻在我無力反抗的情況下整我，用咖啡潑我，出拳打我。從現在開始，叫我看著牆上的鐘告訴你幾點，我都不幹。」

不知道基於什麼奇怪的理由，他居然一動也不動靜靜坐著讓我說。然後他笑一笑，「朋友，你只是一個小小的警察仇家。偵探，如此而已，一個小小的警察仇家。」

「組長，有些地方警察可以不遭人憎恨。可是在那種地方你當不上警察。」

這話他也忍下了，我猜他有本錢忍受。他可能聽過更壞的話很多次。這時候他桌上的電話鈴響了。他看一眼，作了個手勢。戴頓機伶的繞過桌子，拿起聽筒。

「哥里葛瑞斯組長辦公室。我是戴頓警探。」

他聽電話，微微蹙額，兩道英俊的眉毛鎖在一起。他柔聲說：「請等一下，長官。」

他把電話交給哥里葛瑞斯，「長官，歐布萊局長。」

哥里葛瑞斯怒目而視，「喔？那個討厭的雜種有什麼事？」他接過聽筒，拿著一會兒，表情漸漸和婉起來，「局長，我是哥里葛瑞斯。」

他注意聽，「是的。局長，他在我辦公室。我正問他幾個問題。不合作。一點都不合作……怎麼又這樣？」他臉上突然露出兇相，黑黝黝皺成一團。血色使他額頭發黑，但他的語調一點都沒變。「局長，如果是直接的命令，應該透過警探組長……當然，我會去辦，直到獲得證實。當然……他媽的，不。沒有人動他一根汗毛……是的，長官，馬上辦。」

他把電話放回基座，我覺得他的手有點發抖。一雙眼睛向上移，橫掃過我的面孔，然後轉向葛林，「把手銬打開。」他說話沒有抑揚頓挫。

葛林打開手銬，我兩手互揉，等著血液流通痛如針氈。

哥里葛瑞斯慢慢說：「把他送進郡立監獄。他涉嫌謀殺。地方檢察官已經從我們手上把案子搶過去了。他媽的制度設計。」

沒有人動。葛林離我很近，呼吸困難的樣子。哥里葛瑞斯抬頭看戴頓。

「你在等什麼？娘娘腔？等冰淇淋嗎？」

戴頓幾乎愣住了，「老大，你沒對我下令啊。」

「他媽的，叫我『長官』！我是警官以上人員的老大。不是你的老大，小子。不是你的老大。出去。」

「是的，長官。」戴頓連忙走到門口，踏出門外。哥里葛瑞斯站起來，走到窗前，面對房間站立。

「走吧，我們走。」葛林在我耳邊咕噥著。

「趁我沒把他的臉踢爛，快帶他走。」哥里葛瑞斯對著窗戶說。

葛林走到門口，把門打開。我也走過去。哥里葛瑞斯突然大吼一聲，「停！關上門！」

葛林關上門，背靠著門板。

「過來，你！」哥里葛瑞斯對我吼道。

我沒動。我站著看他。葛林也沒動。有一陣陰森森的靜默。接著哥里葛瑞斯慢慢由房間那頭走過來，跟我面對面。他把一雙硬硬的大手放進口袋，腳跟著地，身子晃啊晃的。

「沒碰他一根汗毛。」他壓低了嗓門，活像自言自語。目光拒人於千里之外，毫無表情，嘴巴痙攣著。

接著他對著我的臉吐出口水。

他後退一步，「就這樣了，謝謝你。」

他轉身走回窗口。葛林再度開門。

我跨出門外，伸手掏手帕。

8

重犯監獄三號房有兩個床位，就像火車臥車一樣，監獄沒住滿，三號房只有我一個人。重犯監獄的待遇甚佳，有兩條不算髒也不算乾淨的毛毯，交叉的金屬條上鋪了兩吋厚的床墊。室內有抽水馬桶、洗臉檯、衛生紙和含砂的灰色肥皂。牢房區很乾淨，沒有消毒水的氣味。模範囚犯負責打掃。監獄裡不愁沒有模範囚犯。

獄官們從頭到腳打量你，眼神裡充滿智慧。除非你是酒鬼、精神病患或者舉止像那種人，火柴和香菸可以帶著。開調查庭之前，犯人穿自己的衣服。開庭後改穿監獄的厚棉布衣，沒有領帶，沒有鞋帶。你坐在臥鋪上等。沒有別的事情可做。

醉漢監獄就沒這麼好了。沒有床，沒有椅子，沒有毛毯，什麼都沒有。你躺在水泥地板上，你坐在馬桶上，對著自己的大腿嘔吐。那是可悲的淵藪。我見識過。

雖然是大白天，天花板卻亮著燈。在牢房區的鋼門內有一個鋼條籃子罩著門上的窺孔。電燈由門外控制，九點熄燈。沒有人進來或者說一聲。你也許看報看雜誌看到句子的一半。沒有咔嚓聲或任何預警——突然一片漆黑。夏日破曉前，你沒事可做，能睡就睡，有菸抽就抽，如果有什麼事可想又不比發呆難過，就思考吧。

人在監獄裡是沒有人格的。他是個待處置的小問題，報告上的幾個條目。沒有人在乎誰愛他或恨他，他長得什麼樣子，他的人生如何過法。除非他鬧事，誰也不會理他。沒有人欺負他。獄方只要求他靜靜走到正確的牢房，靜靜待在那裡。沒什麼可抗爭的，沒什麼可生氣的。獄卒是沒有憎惡也沒有虐待狂的文靜男子。你在刊物上看到犯人大吼大叫、敲打鐵條、隨身偷運湯匙，衛兵帶著棍子衝進來……的報導——都是指感化院。一所好監獄就是全世界少有的安靜地方。晚上你走過一般牢房區，隔著鐵條看到裡面一團棕色毛毯、一頭髮絲或者一雙茫然的眼睛。你也許會聽見打鼾聲。偶爾偶爾你會聽見有人做惡夢。監獄的生活是懸而未決的，沒有目標沒有意義。在另一間牢房你也許會看見一個睡不著甚至不想睡的人，坐在床鋪邊緣什麼都不做，看著你或者不看你。你看著他。他一句話也不說，你一句話也不說。沒什麼好交談的。

牢房區的角落也許有另一道鋼門通往小展示間，小展示間有一面牆是漆成黑色的鐵絲網。後牆有身高線，頭頂有聚光燈。早上守夜隊長下班前，你照例要進去。你頂著身高線站立，燈光照著你，鐵絲網後面則沒有燈光。可是有很多人：包括警察、偵探、被搶劫被攻擊被騙或者被持槍歹徒踢出車外、被詐走一生積蓄的公民。你看不見也聽不見他們，只聽見守夜隊長的聲音。你嘹亮又清晰的回答。他試探你的能力，把你當作一隻表演的狗。他疲勞、憤世嫉俗又能幹。他是歷久不衰的一齣大戲的舞台經理，但他自己對那齣戲已沒有興趣了。

「好吧，你，站直。肚子縮進去。下巴縮進去。肩膀往後縮。頭擺平。筆直看前面。左轉。右轉。再向前，手伸出來。手掌向上。手掌向下。袖子捲起來。沒有明顯的疤。頭髮深棕色，有點白髮。眼珠子棕色。高六呎半吋。重約一百九十磅。名叫菲力普．馬羅。職業私家偵探。好，好，幸會，馬羅。就這樣了。下一個。」

多謝，隊長。多謝你花時間。你忘記叫我張嘴巴。我有幾顆鑲得不錯的牙，有一個非常高級的瓷器齒冠。價值八十七元的瓷器齒冠。隊長，你還忘了看我的鼻孔。裡面有很多疤痕組織。動過隔膜手術，那傢伙真是屠夫！當時花兩小時，聽說現在只要二十分鐘就夠了。隊長，我踢足球，企圖擋住落下的一球，結果稍微失算，才受傷的。我擋住那傢伙的腳——在他踢球之後。罰十五碼球，手術第二天他們從我鼻子中拉出硬硬的染血繃帶，一次拉出一吋，繃帶就差不多有十五碼。我不是吹牛，隊長。我只是告訴你。小事情才重要。

第三天一位獄官清早來開我的牢門。

「你的律師來了。把菸蒂按熄——別按在地板上。」

我把菸蒂扔進馬桶沖掉。他帶著我到會議室。一位高大蒼白的黑髮男子站在那兒眺望窗外。桌上有一個肥肥的棕色公事包。他轉過來，等門關上。然後他在宛如從諾亞方舟拿出來的疤痕纍纍的橡木桌那一頭，靠近公事包坐下。桌子眞舊，恐怕連諾亞都是轉手買來的。律師打開一個銀箔菸盒，放在他前面，上下打量我。

「坐下，馬羅。想抽根菸嗎？我叫恩迪柯特——西維爾．恩迪柯特。我奉命來當你的律師，費用不用你出。我猜你很想出去吧？」

我坐下來，拿了一根菸。他用打火機替我點燃。

「恩迪柯特先生，很高興再見到你。我們以前見過面——你當地方檢察官的時候。」

他點點頭，「我不記得了，不過很有可能。」他微微一笑，「那個職位不算是我的本行。我想我不夠兇。」

「誰派你來的？」

「我不能說。你若接受我當你的律師，費用有人付。」

「我猜這表示他們逮到他了。」

他只是盯著我。我吐煙圈。是那種帶濾嘴的香菸，味道像厚棉濾過的濃霧。

他說：「你若是指藍諾士——當然你是指他——不，他們還沒抓到他。」

「恩迪柯特先生，誰派你來，何必神秘兮兮？」

「委託人喜歡不具名。我的委託人有此特權。你接受我嗎？」

我說：「我不知道。他們若沒逮到泰瑞，爲什麼要抓我呢？沒有人問過我一句話，沒有人接近過我。」

他皺著眉頭俯視自己又長又白的纖細指頭，「地方檢察官史普林格親自負責辦案。他可能太忙，還沒時間問你話。可是你有權接受庭訊和調查庭。我可以根據人身保護令程序保釋你。你可能知道法律的規定。」

「我被控涉嫌謀殺。」

他不耐煩的聳聳肩，「那只是廣義的說法。你可能被控要轉往匹茲堡，或者另外十幾種罪名中的任何一項。他們指的是事後從犯吧。你載藍諾士到某一個地方去了，對不對？」

我沒搭腔。我把無味的香菸扔到地板上，用腳去踩。恩迪柯特又聳肩皺眉。

「只是當做論據：假如你當時這麼做了，他們把你列爲從犯，必須證明意圖。在這個案子中是指知道有罪行發生，藍諾士是逃犯。任何情況下這個罪名都可以交保。當然啦，你其實只是重要證人。本州除非法庭下令，不能以重要證人的身分把人關進監牢。要算重要證人，得要法官宣布。但是執法人員總有辦法爲所欲爲。」

我說：「是。一個姓戴頓的警員揍我。一位姓哥里葛瑞斯的刑事組組長向我潑咖啡，用力打我的頸子，差一點把動脈打裂——你看現在還腫腫的。警察局長歐布萊打來一通電話，害他不能把我交給一隊毀滅小組，他就對著我的臉吐口水。你說得不錯，恩迪柯特先生。執法人員隨時可以爲所欲爲。」

他特意看看手錶，「你要保釋出獄還是不要？」

「多謝。我看不必了。保釋出獄的人在大眾心目中已經等於一半有罪了。他若後來才開脫，實在是律師精明。」

「這麼想太傻了。」他不耐煩的說。

「好吧，就算傻吧。我很傻。否則我不會在這兒。你若跟藍諾士有聯絡，叫他別爲我掛心。我不是爲他進來的，是爲我自己。沒有怨言。那是交易的一部分。我幹的是人家有麻煩就來找我的行業。大麻煩，小麻煩，反正人家不願交給警察就找我們。如果一個帶著警察盾牌的職業拳手就能把我弄得心慌意亂，勇氣全失，那以後顧客還會上門嗎？」

他慢慢說：「我懂你的意思。不過有一件事我要糾正你。我跟藍諾士沒有聯絡。我幾乎不認識他。跟所有律師一樣，我是法庭官員。我若知道藍諾士在什麼地方，我不能對地方檢察官隱瞞這個情報。我至多只能同意跟他談談後，在特定時間和地點把他交給當局。」

「除了他沒有人會費心派你到這兒來幫我。」

「你指控我是騙子？」他伸手把香菸蒂在桌子底面按熄。

「恩迪柯特先生，我似乎記得你是維吉尼亞人。我們這裡的人對維吉尼亞人向來有自己的洞見。我們把維吉尼亞人當做南方騎士精神和道義的花朵。」

他露出笑容，「說得眞好，但願是眞的。可是我們正在浪費時間。你若有腦筋，你會告訴警察你已經一個星期沒有見到藍諾士。不見得要是眞話，發誓時再說眞話不遲。沒有一條法律規定向警察說謊有罪。他們甚至期待人家會說謊，說謊總比不肯跟他們說話讓他們好受些。不肯說等於向他們的權威挑戰。你指望從中得到什麼？」

我沒答話，其實也無話可答。他站起來伸手拿帽子，一把關上菸盒，放進口袋。

他冷冷說：「你還強出頭。要求維護自己的權利，大談法律。馬羅，人又能足智多謀到什麼程度呢？像你這樣的人又不是沒見過世面。法律不等於正義，它只是一種非常不完美的機制。你若按對了鈕，而且夠幸運，正義也許會出現在答案中。法律再了不起也只是一種機制而已。我猜你無意接受幫助。那我走了。你若改變主意，可以找我。」

「我會再堅持一兩天。他們若逮到泰瑞，不會在乎他是怎麼逃走的。他們只關心怎樣把審判弄得熱鬧有趣。哈蘭·波特先生的女兒被殺是全國各地的頭條新聞。史普林格這種譁眾取寵的人可以趁這齣戲碼平步青雲當上首席檢察官，再由此登上州長寶座，再由此——」我不再說下去，讓下半段話飄浮在空中。

恩迪柯特慢慢露出嘲諷的微笑，「我想你對哈蘭·波特先生所知不多。」他說。

「他們若逮不到藍諾士，更不會想知道他是怎麼逃走的，恩迪柯特先生。他們恨不得趕快忘記這件事。」

「你都算計過了，對不對，馬羅？」

「我有的是時間嘛。至於哈蘭·波特先生，我只知道他應該有上億財產，而且擁有九到十家報紙。這次他的宣傳是怎麼做的？」

「宣傳？」他說這話的聲音冷得像冰。

「是呀，到現在還沒有人來訪問我。我巴望趁機在報上出出風頭，招來一點生意。標題上寫著私家偵探寧可入獄，不肯出賣朋友。」

他走到門口，手放在門把上，轉過身來，「馬羅，你眞逗。有些方面你很天眞。不錯，一億美元可以買來不少宣傳。朋友啊，如果運用得當，也可以買來大量的緘默啊。」

他開門走出去。接著一位獄官進來，把我帶回重犯區的三號牢房。

「你若有恩迪柯特當律師，那你在我們這邊不會關太久。」他把我鎖進牢房的時候，愉快地說。我說但願如此。

9

小夜班的獄官是一個金髮碧眼的大塊頭，肩膀多肉，笑容友善。他已屆中年，早就不輕易對人同情或發怒了。他要輕輕鬆鬆上八小時班，一副萬事ＯＫ的模樣。他打開我的門。

「有人找你。地方檢察官辦公室來的。睡不著，呃？」

「對我來說有點早。現在幾點？」

「十點十四分。」他站在門口，打量整個牢房。一條毯子攤在下鋪，一條摺好當枕頭。垃圾簍有兩張用過的紙巾，洗面檯邊緣有一小疊衛生紙。他點頭稱許。「有沒有私人物品？」

「就是我了。」

他沒關牢門。我們順著一道安靜的長廊走到電梯，來到登記檯。一個穿灰色西服的胖子站在桌邊抽菸斗。他的指甲很髒，身體有異味。

那人用兇巴巴的口吻說：「我是地方檢察官辦公室的史布蘭克林。葛倫茲先生要你到樓上去。」他伸手到臀部後面，拿出一副手銬，「我們試試大小合不合。」

獄官和書記對他笑得很開心，「怎麼啦，史布蘭克林？怕他在電梯內勒死你？」

他抱怨道：「我不想惹麻煩。曾經被一個傢伙跑掉。可把我搞慘了。走吧，小子。」

書記推一張表格給他，他用草體字簽名，「我從來不冒不必要的險。在這個城市誰知道會碰到什麼事。」他說。

一位巡邏車警察帶進一個耳朵血淋淋的醉漢。我們走向電梯，「小子，你有麻煩了，」史布蘭克林在電梯上對我說：「一堆嚴重的麻煩。」這似乎給了他一種含含糊糊的滿足，「人在這個城市可以惹上好多麻煩。」

電梯管理員回頭對我眨眼睛。我咧嘴一笑。

史布蘭克林厲聲告訴我，「小子，別想耍花招。我開過槍。那傢伙想逃。他們可把我給搞慘了。」

「你兩面不討好，對不對？」

他想了一會，「對，不管怎麼樣他們都會把你給搞慘。這地方令人不愉快。不尊重人。」

我們出電梯，走進地方檢察官辦公室的兩道門。晚上線路插著，總機不通。候客椅上沒人。有兩間辦公室亮著燈。史布蘭克林打開一個小房間的門，屋裡有一張書桌、一個檔案架、一兩張硬椅子，還有一位體格壯碩、下巴剛硬、眼神傻呼呼的人。他紅著臉，正把一樣東西塞進書桌抽屜。

「你不會敲門哪。」他向史布蘭克林大吼。

史布蘭克林嘀嘀咕咕說：「對不起，葛倫茲先生。我正在想事。」

他把我推進辦公室：「我是不是該打開手銬，葛倫茲先生？」

葛倫茲不高興的說：「我不知道你給他戴上手銬幹什麼。」他望著史布蘭克林把我的手銬打開。手銬鑰匙串在一把葡萄柚一般大小的鑰匙串上，很難找。

葛倫茲說：「好了，走開。在外面等著帶他回去。」

「我下班了，葛倫茲先生。」

「我說你下班，你才下班。」

史布蘭克林滿面通紅，肥墩墩的屁股慢慢挪出門外。葛倫茲兇巴巴目送他，門關上以後，他用同樣的眼神看我。我拉過一張椅子來坐下。

「我沒叫你坐。」葛倫茲吼道。

我由口袋裡拿出一根香菸，塞進嘴裡，「我沒說你可以抽菸。」葛倫茲吼聲如雷。

「我在牢房可以抽菸。這邊為什麼不行？」

「因為這是我的辦公室。這裡的規矩由我定。」一陣未稀釋的威士忌酒味由桌子對面飄過來。

我說：「再喝一杯吧。能讓你平靜下來。我們進門的時候，你等於被打斷了。」

他的背脊重重撞上椅背，臉色轉成深紅。我劃了一根火柴，點起香菸。

過了一會葛倫茲輕聲說：「好，狠小子，你了不起，呃？你知道嗎？他們關進來的時候什麼樣的人都有，等他們出獄卻只剩下一種尺碼——全都小小的，只剩一種體型——全都垂頭喪氣。」

「葛倫茲先生，你找我要談什麼？你若想喝酒，別把我放在心上。我自己疲勞、緊張、工作過度時也會來一杯。」

「你落入困境，好像不怎麼擔憂嘛。」

「我不覺得自己落入困境。」

「這我們等著瞧。我要你寫一份完整的口供。」他對著書桌旁一個架子上的錄音機彈彈手指，「現在就錄，明天謄寫下來。如果首長滿意你的口供，他也許會在你自己保證不離開本市的條件下放了你。我們開始吧。」他按下錄音機。說話聲音冷靜、果決、裝出一副兇巴巴的樣子；但右手不斷挨近抽屜。他還年輕，鼻子上不該有紅血絲，可是已經有了，而且眼白的顏色很難看。

「我煩透了。」我說。

「厭煩什麼？」他高聲說。

「硬邦邦的小男人在硬邦邦的辦公室說些毫無意義的狠話。我已在重刑犯監獄關了五十六小時。沒有人對我作威作福，沒有人想證明他們狠。他們用不著。他們已準備好一切以備緊急之需了。我爲什麼入獄呢？我被列爲嫌犯。只因爲某一個警察找不到某一個問題的答案，就把人關進重刑犯監獄，這算什麼鬼法律制度？他有什麼證據？不過是便條紙上的一個電話號碼。他把我關起來，想證明什麼？只是證明他有權力這麼做罷了。現在你又用同樣的方法——想讓我覺得你在這個菸盒般大小的所謂辦公室權力很大。你半夜派這個嚇壞了的保姆帶我來這兒。你以爲我獨坐苦思五十六個鐘頭腦袋就糊塗了？你以爲我在大監獄寂寞得要命，所以會倒在你膝上哭，求你摸我的頭？別裝蒜了，葛倫茲。喝你的酒，有點人情味吧；我願假定你是在盡本分。但請把這些銅指套脫掉。你若夠大，根本用不著這些玩意兒。你若需要，那表示你還沒有大到可以對我作威作福的地步。」

他坐在那邊聽，眼睛看著我，然後獰笑起來。他說：「演講眞精采，現在你已經把體內的廢話都排出來了。我們來錄口供吧。你要逐條回答，還是照自己的方式說？」

我說：「我對牛彈琴，只聽見風聲。我不作口供。你是律師，你知道我用不著。」

他冷冷說：「沒錯。我懂法律。我懂警察作業。我給你澄清罪名的機會。你若不要，我也樂得輕鬆。我可以在明天早上十點鐘提詢你，讓你出席調查庭。我雖然抗拒，你也許還是可以交保。但你若交保，事情就難辦了。你要花很大的代價。這是我們可以用的一個辦法。」

他低頭看桌上的一張文件，閱讀內容，然後把它翻過去朝下放。

「罪名是什麼？」我問他。

「三十二條。事後從犯。重罪。估計會在昆丁監獄關五年。」

「最好先抓到藍諾士。」我小心翼翼說。葛倫茲手上握有一些東西，我從他的態度感覺得出來。我不知道有多少，但絕對握有一些東西沒錯。

他往椅背靠，拿起一枝筆，慢慢在兩個手掌間轉動。接著他露出笑容，自得其樂。

「馬羅，藍諾士是一個很難隱藏的人。大多數人需要靠照片指認，而且照片要清楚。半邊臉整個有疤的人就用不著了。更別提他年紀不超過三十五歲就滿頭白髮。我們找到四個目擊證人，說不定還不止。」

「什麼事的目擊證人？」我嘴裡苦苦的，像哥里葛瑞斯組長打我之後流出的膽汁。這一來我才想起脖子又腫又痛。我輕輕揉。

「別當傻瓜，馬羅。一位聖地牙哥最高法院的法官夫婦正好送他們的兒子媳婦上那架飛機。四個人都見到藍諾士，法官太太還看到他搭的車子和同行的人。你無望了。」

我說：「好。你怎麼找到他們的？」

「在廣播電台和電視播特別公告。只要完整描述就行了。法官打電話進來。」

我說公道話，「聽來不錯。可是這樣還不夠，葛倫茲。你得抓住他，證明他犯了謀殺罪。然後你得證明我知情。」

他對著電報稿背面彈手指。他說：「我想我要喝一杯，晚上加班過度。」他打開抽屜，把一個酒瓶和一個迷你酒杯放在桌上，將酒杯注得很滿很滿，一仰而盡。他說：「好多了，好太多了。抱歉，你在監禁期間，我不能請你喝。」他把酒瓶塞好，推離身邊，但未超出伸手可及的範圍。「噢，對，你說我們必須證明一些事。噢，說不定我們已經拿到一份自白了，傻瓜。很糟糕，呃？」

我感覺一根小小的冰手指順著我的背脊移動，像冰冷的昆蟲在爬。

「那你何必要我的口供呢？」

他咧嘴一笑，「我們喜歡有條不紊的紀錄。藍諾士會被帶回來受審。可以取得的東西我們都要。與其說我們要從你這邊問出什麼，不如說是我們希望你脫身——如果你合作的話。」

我瞪著他。他瞎摸了一會兒文件，在椅子上動來動去，看看酒瓶，拚命用意志力忍著不伸手去拿來喝，突然間他送來一個不合宜的秋波，「也許你想要整個劇本。好吧，機伶小子，爲了證明我沒騙你，喏，我說給你聽。」

我探頭過去，他以爲我要搶他的酒瓶，趕忙一把抓過去，放回抽屜裡。我只是要把一截菸屁股放進他的菸灰缸。我再度向後仰，再點一根菸。他說得很快。

「藍諾士在馬札特蘭下飛機，那是一個人口約三萬五千的轉機點和小鎮。他失蹤了兩三個鐘頭。不久後有一位黑髮、褐膚、臉上有不少疤的高個子化名西爾凡諾．羅德利古茲到多利昂登記劃位。他的西班牙語說得不錯，但對一個叫這種名字的人來說，又不夠好。若說是膚色這麼深的墨西哥人嘛，又太高了。飛行員向當局密報。警察太慢抵達多利昂。墨西哥人不是急性子。他們只擅長開槍打人。等他們出動，那人已包租一架飛機，到達一個名叫歐塔托克蘭的小山城，一個有湖泊的冷門夏日旅遊點。包機的飛行員曾在德州受過戰鬥機飛行訓練。英語說得不錯。藍諾士假裝聽不懂他的話。」

「假如那是藍諾士的話。」我插嘴說。

「等一下，朋友。是藍諾士沒錯。好啦，他在歐塔托克蘭下飛機。住進一家旅館，這回化名爲馬里奧．狄瑟瓦。他身上帶著一把槍，是毛瑟七．六五，當然這在墨西哥算不了什麼。可是包機駕駛員覺得那人不對勁，就向當地司法單位報告。他們跟監藍諾士，向墨西哥市報備，然後搬進去。」

葛倫茲拿起一把尺，從這頭看到那一頭，毫無意義的動作，只是避免看我。

我說：「嗯哼。你的包機駕駛員好機伶，對客人眞好。這種故事都老掉牙了。」

他突然抬頭看我，面無表情說：「我們想快速審判，二級謀殺的答辯我們會接受。有些角度我們寧可不切入。畢竟那個家族勢力滿大的。」

「你是指哈蘭・波特。」

他點點頭，「依我看整個點子大錯特錯。史普林格可以到現場查一天嘛。這個案子什麼都有。性、醜聞、錢、不貞的美妻、受傷的大戰英雄丈夫——我猜他臉上的疤就是這麼來的——媽的，可以在頭版登好幾個禮拜。國內的每一家爛報刊都會貪心的照單全收。所以我們要趕快讓它無疾而終。」他聳聳肩，「好吧，頭子既然要這樣，該由他決定。我能拿到口供嗎？」他轉向一直輕輕作響的錄音機，前面燈亮著。

「關掉吧。」我說。

他轉過來，惡狠狠看我一眼，「你喜歡坐牢？」

「還不壞。不會見到最好的人，可是他媽的誰想見那種人呢？通點情理嘛，葛倫茲。你想讓我當告密的小人。也許我太執拗，或者太多情，但我也很實際。你們若要雇私家偵探——是，是，我知道你們最恨這個想法——可是萬一你捨此之外沒有別條路，你會要一個出賣朋友的人嗎？」

他怨氣沖天瞪著我。

「還有兩點。你不覺得藍諾士的逃遁策略有點太透明了嗎？他若想被抓，用不著那麼費事。他若不想被抓，絕不會笨到在墨西哥喬裝成墨西哥人。」

「什麼意思？」現在葛倫茲對我大聲咆哮。

「意思是說你可能只是編些話來唬我，根本沒有什麼染過頭髮的羅德利古茲，沒有什麼馬里奧・狄瑟瓦在歐塔托克蘭，你對藍諾士的去向，不比海盜黑鬍子的寶藏埋在哪裡更清楚。」

他又拿出酒瓶，倒了一杯，像先前那樣一飲而盡。整個人慢慢輕鬆下來，在椅子上轉身，關掉錄音機。

他說得好刺耳，「我真想審問你，你是我想治一治的聰明人。智多星，這個案底會跟著你很長的時間。你走路帶著它，吃飯帶著它，睡覺帶著它。下回你一出軌我們就以這個罪名宰了你。現在我得做一件叫我嘔死的事。」

他在桌上摸索，把朝下的文件拉到面前，翻過來簽上名字。人寫自己的名字隨時看得出來，動作很特別。然後他站起身，繞過書桌，把小辦公室的門打開，大聲叫史布蘭克林。

胖子帶著滿身異味走進來。葛倫茲把文件交給他。

他說：「我剛才簽了你的釋放令。我是公僕，有時候我也有一些不愉快的任務。你想不想知道我爲什麼簽這份文件？」

我站起來，「你若願意告訴我，好哇。」

「先生，藍諾士案已經結案。不會有什麼藍諾士案了。今天下午他在旅社寫了一份完整的自白，開槍自殺。我剛才說過，在歐塔托克蘭。」

我站在那兒，茫茫然瞪著眼，眼角瞥見葛倫茲慢慢倒退，似乎以爲我會出手揍他。我一時大概顯得很兇吧。接著他又回到書桌後面，史布蘭克林抓著我的手臂。

他用鼻音很重的嗓門說：「走吧，人晚上偶爾也想回家的。」

我跟著他出來，關上門，關得很輕很輕，活像屋裡剛死了人。

10

我掏出我的財物清單副本交上去，照原件開了收據，然後將既有的東西放回口袋。有一個人懶懶散散站在登記檯那一端，我轉身走開的時候，他站直跟我說話。這人身高約六呎四吋，瘦得像竹竿。

「要搭便車回家嗎？」

在慘白的燈光下，他顯得少年老成、疲憊又憤世嫉俗，但不像騙子。「多少錢？」

「免費。我是《新聞報》的朗尼．摩根。我下班了。」

「噢，跑警察局的。」

「只有這個禮拜。平常我固定跑市議會。」

我們走出大樓，在停車場找到他的車。我抬頭看天空。有星星，但燈光太強了。這是涼爽愉快的夜。我深呼吸，然後上了他的車。他開離那個地方。

我說：「我住在很遠的月桂峽谷。隨便哪兒讓我下車都行。」

他說：「他們載你來，卻不管你怎麼回家。這個案子我盯上了，有點反感。」我說：「似乎沒什麼案情可言。泰瑞．藍諾士今天下午自殺了。他們這麼說。他們這麼說的。」

「太方便了。」朗尼．摩根盯著擋風玻璃前面說。他的汽車靜靜駛過安靜的街道。

「可以幫助他們築牆。」

「築什麼牆？」

「馬羅，有人要在藍諾士案四周築起一堵高牆。你腦筋好，看得出來吧？不會有預計該有的大場面。地方檢察官今天晚上出城到華盛頓不知開什麼會去了。遇到多年難得的大宣傳機會，他卻棄之而去，為什麼？」

「問我也沒用。我在冷宮裡待了一陣子。」

「因為有人給了他足夠的甜頭呀。我不是指一疊鈔票的那種東西。有人答應給他某種對他來說很重要的好處，跟案情有關的人只有一位辦得到。就是女孩的父親。」

我把頭仰靠在汽車一角，「不太可能，」我說：「新聞界呢？哈蘭．波特擁有幾家報紙，可是競爭對手呢？」

他好玩的看我一眼，然後專心開車，「當過新聞人員嗎？」

「沒有。」

「報紙是有錢人擁有和發行的。富人都是一鼻孔出氣。不錯，有競爭——為發行量、消息來源、獨家報導競爭得厲害。在不損害業主的聲望、特權和地位的情況下競爭。若會傷到業主，蓋子馬上就罩下來了。朋友，藍諾士案就罩了個蓋子。朋友，藍諾士案若大肆報導可以促銷不少報紙哩。這個案子什麼要素都有。光偵訊就可以招來全國的報導作家。可惜不會有偵訊了。因為藍諾士死了。我說過嘛——對哈蘭．波特和他的家人來說——太方便了。」

我坐直起來，狠狠盯著他。

「你是說這件事大有文章？」

他諷刺地歪歪嘴巴，「可能只是有人幫忙藍諾士自殺、拒捕之類。墨西哥警察最愛扣扳機。要不要打個小賭？我敢說沒有人算過彈孔。」

我說：「我想你猜錯了。我很了解泰瑞．藍諾士。他早就心灰意冷了。他們若活捉他回來，他會順他們的意思。他會承認殺人罪請求減刑。」

朗尼．摩根搖搖頭。我知道他要說什麼，而他果然這麼說：「不可能。假如他開槍打她或者敲她的腦袋，也許還能減刑。但作案手法太凶殘。她的臉被打得稀爛。最輕也會判二級謀殺，連這樣都會鬧得滿城風雨。」

我說：「你說的可能沒錯。」

他又看看我，「你說你認識那傢伙。你同意這個簡單的答案嗎？」

「我累了。今天晚上沒心情思考。」

雙方靜默良久。後來朗尼．摩根靜靜說：「我若不是賣文爲生的新聞人員，而是眞正的聰明人，我會說人可能不是他殺的。」

「不失爲値得參考的意見。」

他塞一根菸到嘴裡，在儀表板上劃了一根火柴點上；一路默默抽菸，瘦瘦的臉上眉頭深鎖。到了月桂峽谷，我告訴他在什麼地方拐離大道，什麼地方彎進我那條街。他的汽車用力上坡，停在我家的紅木台階邊。

我下了車，「多謝你載我，摩根。要不要喝一杯？」

「希望改天能來。我想你寧願一個人靜一靜。」

「我已經獨處好多時間。他媽的太多了。」

他說：「你有個好朋友要訣別。你既然肯爲他坐牢，他一定是你的好朋友。」

「誰說我爲他坐牢？」

他微微一笑，「我不能在報上發表，但那不表示我不知道，朋友。再見啦，改天再見。」

我關上車門，他轉彎開下山坡。等他的尾燈消失在轉角，我爬上台階，撿起報紙，走進空空的屋內。我把所有的燈點亮，所有的窗戶打開。屋裡悶悶的。

我泡了一點咖啡喝，從咖啡罐拿出五張百元大鈔——鈔票是捲緊由側面塞進咖啡罐內的。我手裡端著咖啡杯走來走去，打開電視又關掉，坐下、站起又坐下。我翻閱台階上拎進屋的報紙。藍諾士案起先登得很大，第二天早晨就變成二版的新聞了。報上有雪維亞的照片，但沒有泰瑞的。有一張我的快照。我根本不知道什麼時候照過這麼一張。「洛杉磯私家偵探被拘留偵詢。」報上登了恩西諾鎮藍諾士家的大照片。房子屬於仿英國式，有一大片斜屋頂，洗窗戶大概要花一百元。房屋座落在兩英畝大的地基上的一個小山頭，兩英畝在洛杉磯地區算是相當大的莊園了。還有一張客宅的照片，是主建築的縮影，夾在樹影中。兩張照片顯然都是遠距離拍攝，然後放大修剪的。所謂「死亡之室」則沒有照片。

這些東西我在牢裡都看過，但我還是讀者，用不同的眼光再看一遍。我沒看出什麼，只知道一個漂亮的富家女被殺，新聞界徹底被排除在外。原來他們家的影響力很早就發揮了。跑犯罪新聞的記者一定咬牙切齒卻無可奈何。有道理。假如妻子被殺的那天晚上泰瑞在帕薩迪納跟岳父談過話，那警方接到通知前，屋裡屋外早就有十幾個守衛擋駕了。

可是有一件事不合情理——她被揍成那個樣子。誰也不能叫我相信泰瑞幹過這種事。

我把燈關掉，坐在一扇敞開的窗戶邊。外面的灌木叢中，一隻反舌鳥吱吱喳喳，顧影自憐，還不肯安歇。我的脖子癢，所以先刮了鬍子，洗澡後上床，仰躺靜聽，彷彿遠處黑暗中有一個安詳、耐心的嗓音會娓娓澄清這一切。可是我聽不見，我知道以後也不會聽見的。沒有人會向我說明藍諾士案。用不著說明。兇手自白，而且已經死了。連調查庭都不會有。

《新聞報》的朗尼·摩根說得沒錯——太方便了。如果是泰瑞·藍諾士殺了他太太，那就好。用不著審問他，提起種種不愉快的細節。如果不是他殺的，那也不錯。死人是世界上最好的代罪羔羊。他永遠不會反駁。

11

早上我再刮一次鬍子，穿扮好照常開車進城，照常停車，如果說停車場服務員知道我是重要的公眾人物，那他掩飾得很好，完全看不出來。我上樓順著長廊走，拿出鑰匙開辦公室的門。一個黝黑斯文的男子盯著我瞧。

「馬羅先生嗎？」

「怎麼？」

他說：「別走遠，有人要見你。」他本來貼牆站，現在離開牆邊，有氣無力走開了。

我走進辦公室，拿起郵件。桌上郵件更多，是夜間清潔婦放的。我先開窗，然後撕開信封，把不要的丟掉——結果全扔了。我打開另一道門的蜂聲電鈴，把菸絲填進菸斗點燃，就坐在那兒靜候人家來喊救命。

我冷冷地回想泰瑞·藍諾士的一切。他已經離我遠遠的，白髮、疤面、軟弱的吸引力以及古怪的自尊都已遠了。我不評價他也不分析他，正如我從來沒問他怎麼受的傷，怎麼會恰好娶了雪維亞這種太太。他就像你在船上認識的人，彼此很熟，其實一點都不了解。他走得也像那種人，在碼頭道別，「老朋友，我們要常聯絡喔。」明知你也不會他也不會主動聯絡。你可能永遠不會跟這傢伙重逢了。就算再見，他也會變成完全不同的人，變成又一個特等車廂裡的扶輪社社員。生意好吧？噢，不太壞。你氣色不錯嘛。你也一樣。我體重增加太多了。我們不都一樣嗎？記不記得「佛郎哥尼亞」號或其他別的）之旅？噢，當然，那次旅行太棒了，不是嗎？

太棒才怪。你煩得要命。你跟那傢伙講話，只因爲附近沒有你感興趣的人。也許泰瑞·藍諾士和我也是這樣。不，不見得。我擁有他的一部分。我曾在他的身上投資時間和金錢，在牢裡關了三天，更別提下巴挨了一拳，脖子挨了一掌，每次呑東西還會痛。現在他死了，我甚至不能把五百元還給他。這叫我很不痛快。令人不悅的永遠是小事。

門鈴和電話鈴同時響起。我先接電話，因爲門鈴聲只是代表有人走進我的袖珍會客室。

「馬羅先生嗎？恩迪柯特先生找你。請等一下。」

他在線上說：「我是西維爾·恩迪柯特。」彷彿他不知道他的混蛋秘書已經跟我報過他的名字。

「早安，恩迪柯特先生。」

「很高興他們放你出來。你不作任何反抗也許是個好點子。」

「不是什麼點子，只是倔強罷了。」

「我想你可能不會再聽到這個案子了。萬一聽到而且需要人幫忙，請傳個訊息給我。」

「怎麼會？那人死了。他們要花好大的勁兒證明他曾接近我。還得證明我知情。然後他們得證明他犯了罪或者是逃犯。」

他乾咳一兩聲，小心翼翼說：「也許你沒聽說他留下一份完整的自白。」

「我聽說了，恩迪柯特先生。我是在跟律師講話呢。我若說那份自白的眞實性和精確性也有待證明，算不算離譜？」

他高聲說：「我恐怕沒時間討論法律問題。我要飛往墨西哥去執行一項相當不愉快的任務。你大概猜得出是什麼吧？」

「呵哈，要看你代表什麼人。你並沒告訴我，記得嗎？」

「我記得很清楚。好啦，再見，馬羅。我說要幫你，原意未變。但我也給你一點小建議。別太自信你無罪。你幹的是很容易受攻擊的行業。」

他掛斷了。我小心把電話放進基座，手擱在電話上瞪眼坐了一會兒。然後我掃掉臉上的不豫之色，走過去打開會客室的門。

有一個人坐在窗口翻雜誌。他穿一套藍灰色的西裝，上面有幾乎看不見的淺藍格子。雙腳交叉，穿一雙黑色的軟鹿皮繫帶鞋，這種鞋子有兩個氣孔，幾乎像休閒鞋一樣舒服，不會一走路就弄壞襪子。他的白手帕疊得方方正正，後面露出一截太陽眼鏡。頭髮濃密色黑，像波浪捲捲的，膚色曬成深棕色。他抬起一雙小鳥般明亮的眼睛，絡腮鬍下露出笑容。領帶呈深栗色，在白燦燦的襯衫上結成尖尖的蝴蝶結。

他把雜誌推開說：「這些爛刊物專登這些垃圾。我正在看一篇有關寇斯特羅的報導。得了，他們對寇斯特羅不會比我對古代特洛伊城的海倫更了解。」

「有什麼事要我效勞嗎？」

他不慌不忙打量我，「騎紅色大速克達的泰山。」（譯註：意指他是錯置了時空的英雄。）

「什麼？」

「你呀。馬羅。騎紅色大速克達的泰山。他們對你動粗了？」

「零零星星的。關你什麼事？」

「歐布萊跟哥里葛瑞斯談過以後還打你？」

「沒有。在那之後沒有。」

他點點頭，「你居然大膽要歐布萊對那傻蛋開火。」

「我問你關你什麼事。對了，我不認識歐布萊局長，沒要求他做什麼。他爲什麼要替我出頭？」

他氣沖沖瞪著我，慢慢站起身，像美洲豹一般優雅。他走到房間另一頭，探頭看我的辦公室，向我扭頭，就走進去了。他是那種走到哪裡都以主人自居的傢伙。我跟進去，關上門。他站在桌邊四處張望，很好玩似的。

他說：「你眞冷門。好冷門。」

我走到書桌後面等他說下去。

「你一個月賺多少，馬羅？」

我沒打岔，點起我的菸斗。

「最多不超過七百五十。」他說。

我把一根燒過的火柴扔進菸灰缸，吐出煙霧。

「你是個小人，馬羅。你是騙子。你這種不入流的人要用放大鏡才看得見。」

我根本沒說話。

「你有廉價的情感。你從頭到腳都廉價。你跟一個傢伙混上，一起喝過幾杯，扯淡了幾句，他身無分文的時候你塞了一點錢給他，跟著你就死心塌地了。就像小學生讀法蘭克．梅瑞維爾的英雄故事一樣。你沒有膽子，沒有腦筋，沒有人脈，沒有見解，於是你裝模作樣，指望人家爲你哭。騎紅色大速克達的泰山。」他露出不耐的笑容，「在我看來，你一文不值。」

他從書桌對面探身用手背拍我的臉，漫不經心，充滿輕蔑，但無意傷害我，臉上一直掛著笑容。看我一動也不動，他慢慢坐下來，一隻手肘支在桌上，用褐色的手掌托著下巴。小鳥一樣亮的眼睛盯著我瞧，除了發亮，裡面什麼都沒有。

「知道我是誰吧，便宜貨？」

「你叫曼能德茲。小伙子們叫你曼迪。你在日落大道那一帶活動。」

「是嗎？我幾時這麼紅的？」

「我怎麼知道。你大概是在墨西哥妓院拉皮條起家的。」

他由口袋裡拿出一個金菸盒，用金質打火機點了一根棕色的香菸，吐出辛辣的煙圈，點點頭，把金菸盒放在桌上，用指尖撫摸盒身。

「馬羅，我是大壞蛋。我賺很多錢。我得賺很多錢來壓榨我得壓榨的人，以便賺更多錢來壓榨我得壓榨的人。我在貝艾爾城有一間價值九萬美元的宅子，我花下去整修的錢已超過這個數字。我在東部有個淺色金髮的迷人老婆和兩個上私立學校的孩子。我太太收藏的寶石價值十五萬元，皮草和衣服又得花上我七萬五千元。我有一個總管、兩個女傭、一個廚師、一個司機，跟在我後面的猴崽子還不算。我走到哪裡都能呼風喚雨。什麼都用最好的，最好的食物，最好的酒，最好的旅館套房。我在佛羅里達有一塊地產和一艘五名船員的海上遊艇。我有一輛賓特利、兩輛凱迪拉克、一輛克萊斯勒旅行車，還給我兒子買了一輛MG。再過兩年我女兒也會有一輛。你有什麼？」

我說：「不多。今年我有一棟房子住——我一個人獨享。」

「沒有女人？」

「就我一個人。此外還有你現在看到的一切，銀行有一千兩百元存款，還有幾千塊錢債券。你的問題已經得到解答了嗎？」

「你接一個案子最多賺過多少？」

「八百五十。」

「老天，還有這種價格！」

「別再表演了，說你的來意。」

他按熄抽了一半的香菸，立刻再點一根。人在椅子上往後仰，嘴唇向我抿了抿。

他說：「我們三個人在同一個散兵坑裡吃喝過。天冷得像地獄，到處是雪。我們吃罐頭裡的東西。冷食。附近有砲轟，迫擊砲的砲火更旺。我們全身發青；我是說眞的發青喔——藍帝．史塔、我和泰瑞．藍諾士。一顆迫擊砲彈撲通一聲落在我們中間，不知道爲什麼沒有爆。那些德國佬花招很多。他們有一種古怪的幽默感。有時候你以爲不會爆的死彈，三秒鐘後就爆了。泰瑞抓著它，藍帝和我甚至還沒拔腳，他已飛快衝出散兵坑。老兄，我是說眞的飛快飛快，像一個很好的控球員。他朝下撲倒在地，把砲彈甩開，結果砲彈在空中炸了。大部分爆在他頭頂上空，但有一塊擊中他的臉頰。這時候德國佬發動攻擊，等我們恢復知覺，我們已經不在那兒了。」

曼能德茲停下來，黑眼珠亮晶晶盯著我。

「謝謝你告訴我。」我說。

「馬羅，你頂得住。你還不錯。藍帝和我聊過，我們認爲泰瑞．藍諾士的遭遇會把任何人逼瘋。有一段很長的時間我們以爲他死了，但他沒死。德國佬逮了他。他們嚴刑逼供一年半，頗有成績，卻把他傷得很重了。我們花不少錢調查眞相，花了不少錢找他。戰後我們在黑市賺了很多錢，我們出得起。泰瑞救我們一命，結果換得半張新臉、滿頭白髮和嚴重的神經過敏。他在東部染上酒癮，到處被抓，可以說完蛋了。他有心事，可是我們都不知道是什麼。後來他竟娶了這個富家女，一步登天。他跟她離婚，然後酗酒，再度娶她，現在她竟死了。我和藍帝沒能爲他出半點力。除了拉斯維加斯那份短暫的工作，他不讓我們幫忙。他眞正遇到麻煩，不找我們，卻找一個像你這樣的便宜貨，一個讓警察作威作福的傢伙。然後他死了，沒跟我們道別，沒給我們機會回報。我大可很快把他弄出國，比紙牌郎中作牌還快。他卻來向你哭訴。我心裡很不痛快。一個便宜貨，一個讓警察作威作福的傢伙。」

「警察可以對任何人作威作福。你說我有什麼辦法？」

「放手呀。」曼能德茲簡短的說。

「放什麼手？」

「不要想靠藍諾士案賺錢或出名啊。已經結案了，完畢了。泰瑞已經死了，我們不要人家再煩他。他吃了太多苦頭。」

我說：「多愁善感的流氓。笑死我了。」

「留點口德，便宜貨。留點口德。曼迪．曼能德茲不跟人家爭辯，只下命令。要賺錢往別的地方去。懂了沒？」

他站起來。訪問結束了。他拿起手套——是雪白的豬皮製品，看起來好像沒戴過。曼能德茲先生，服裝考究的一型。可是骨子裡很粗暴。

我說：「我沒打算出名，也沒有人說過要給我什麼錢。他們爲什麼給我，目的何在？」

「別騙我，馬羅。你坐三天牢，不會只因爲你是有情人。你收了不少。我不知道誰付的，但我心裡有數。我想到的那個人很有錢。藍諾士案結束了，不會再重新調查，即使——」他猛然打住，用手套拍打桌緣。

「即使泰瑞沒有殺她。」我說。

他略顯驚訝，但只是像週末露水姻緣的婚戒，好薄好薄，「我眞想同意你這個看法，便宜貨。可是說不通嘛。如果說得通——現在這樣是泰瑞的希望——那就維持這樣囉。」

我沒開口。過了一會兒他慢慢咧嘴一笑。他拖長了嗓門說：「騎紅色大速克達的泰山。硬漢。讓我進來隨便怎麼捉弄他。一個花幾文錢就可以雇到、任何人都可以作威作福欺壓的人。沒有錢，沒有家庭，沒有前途，什麼都沒有。改天再見，便宜貨。」

我繃緊下巴靜坐著，眼睛凝視他放在桌角的閃亮金菸盒，自覺好老好累。我慢慢站起來，伸手去拿菸盒。

「你忘了這個。」我繞過書桌說。

「我有五、六個。」他譏誚道。

我走到他近旁，遞上菸盒。他漫不經心伸手來接。「來五、六記這個怎麼樣？」我一面問，一面用力打他的肚子。

他哀嚎著彎下腰，菸盒掉在地板上。他退後頂著牆壁，雙手前後揮動，氣都喘不上來，全身冷汗直流。慢慢的他使力站直，我們又四目交投了。我伸手用一根指頭撫摸他的下頦骨。他靜靜忍受。最後他的褐色臉上勉強擠出笑容。

「沒想到你有這個種。」他說。

「下回帶槍來——否則別叫我便宜貨。」

「我有個手下帶了槍。」

「帶著他。你會用得著。」

「馬羅，你發起火來眞狠。」

我用腳把金菸盒撥到一邊，彎身撿起來交給他。他接過去放進口袋。

我說：「我不懂你。爲什麼捨得花時間到這邊來嘲笑我。而且這麼單調。所有硬漢都單調。就像玩紙牌，整疊都是Ａ，什麼都有，又什麼都沒有。你只是坐在那邊看著自己。難怪泰瑞不向你求援。那種感覺會跟向妓女借錢差不多。」

他輕輕用兩根手指頭按著胃部，「你說這話我很遺憾，便宜貨。你俏皮話說得太多了。」

他走到門口，打開門。門外的保鑣從對面的牆邊直起身子，轉過來。曼能德茲扭扭頭。保鑣走進辦公室，站在那兒面無表情打量我。

曼能德茲說：「奇哥，好好看著他。確定有必要時認得出他來。你跟他有一天也許有事要談。」

「我已經見過他了，老大。」膚色黝黑、穩重不多話的傢伙用他們最愛用的閉口音說：「他不敢煩我。」

「別讓他打你的肚子，」曼能德茲苦笑說：「他的右鉤拳不是好玩的。」

保鑣只是朝我冷笑，「他近不了我的身。」

「好吧，再見，便宜貨。」曼能德茲說著向外走。

保鑣漠然說：「改天見，我名叫奇哥·阿戈斯提諾。我猜你有一天會認識我。」

我說：「像一張髒報紙，提醒我不要踩你的臉。」

他下巴的肌肉鼓鼓的。然後突然轉身，跟在老闆後面走出去。

氣壓絞鏈門慢慢關上。我仔細聽，但沒聽見腳步聲橫過大廳。他們走路輕得像貓。爲了確定惡客走了沒有，一分鐘後我再開門向外望，大廳空空如也。

我回到書桌前坐下，花了一點時間思索曼能德茲這種大流氓爲什麼捨得花時間親自來我辦公室，警告我少管閒事，幾分鐘前我剛接到西維爾·恩迪柯特的警告，表達方式雖不同，意思卻是一樣的。

我沒想通，覺得不妨查查看。我拿起聽筒，打電話到拉斯維加斯的「泥龜俱樂部」，菲力普·馬羅找藍帝．史塔先生。沒戲唱。史塔先生出城去了，我要不要跟別人說話？不要。我甚至不太想跟史塔談。那只是瞬間即逝的奇想。他隔得太遠，打不到我。

之後三天沒發生什麼事。沒人揍我、對我開槍，或者來電話警告我少管閒事。沒有人雇我去找流浪的女兒、出軌的妻子、遺失的珍珠項鍊或者失蹤的遺囑。我只是坐在那兒對牆壁發呆。藍諾士案突然發生，又突然消失了。有一個簡短的偵察庭，我沒被傳喚。庭詢訂在冷僻時段，事先沒宣告，也沒有陪審團。法醫自行裁決：雪維亞．波特．衛斯特海姆．狄吉爾喬．藍諾士的死亡是她丈夫泰瑞恩斯．威廉．藍諾士蓄意謀殺，她丈夫已在法醫辦公室的轄區以外死亡。我想他們會宣讀一份自白列為紀錄。其效力已足夠讓法醫滿意了。

屍體發回安葬，用飛機北運，埋在家庭墓穴中。新聞界沒有受邀。沒有人接受訪問，哈蘭．波特更不會，他是從來不接受訪問的。他差不多像達賴喇嘛一樣少露面。財產上億的人在僕傭、保鑣、律師和馴良的經理人才的保護下過著奇特的生活。他們應該也吃飯、睡覺、理髮、穿衣服。可是你永遠沒法確定。你讀到或聽到的相關消息已經被一群公關人才加工過了，他們拿高薪，替主子創造並維持一種單純、乾淨、講究如消毒針頭那樣好用的形象。不一定要是眞的。只要跟大眾已知的事實一致就行了，而大眾已知的事實屈指可數。

第三天下午近晚時分，電話鈴響了，來電的人自稱名叫霍華．史本賽，代表一家紐約出版社來加州辦事，他有事要跟我討論，約我次日十一點在「麗池比佛利旅社」的酒吧跟他碰面。

我問他是哪類的問題。

他說：「很微妙的，可是完全合乎道德。如果我們沒談攏，我會付你鐘點費，自然。」

「謝謝你，史本賽先生。那倒不必。是我認識的人向你推薦我嗎？」

「馬羅先生，一個知道你——包括你最近跟法律小衝突的人。可以說我是因此才對你感興趣的。不過，我的事跟那件悲劇無關。就這樣啦——我們喝一杯邊談，別在電話裡談。」

「你確定你想跟坐過牢的人打交道嗎？」

他笑了。他的笑聲和說話聲都十分悅耳。紐約人還沒學會說平叢區口音以前就習慣那樣子說話。

「馬羅先生，依我看來，這就是推薦了。這並不是，我要說明一下，不是指坐牢這件事，而是指，呃，你似乎完全保持緘默，甚至受到壓力也沒開口。」

他說話充滿標點，像一本厚小說。至少在電話中是如此。

「好吧，史本賽先生，我明天早上到那兒。」

他謝謝我，就把電話掛了。我想不通誰會替我作廣告。我以爲是西維爾．恩迪柯特，就打電話過去查。但他已經出城一個禮拜，還沒回來。其實不重要。我這一行偶爾也會有滿意的客戶啊。我需要工作，因爲我缺錢——不如說我自以爲缺錢。到了那天晚上回家，發現一封信裡夾了一張「麥迪生肖像」，才改變了看法。

12

那封信放在我屋前台階的紅白鳥舍型信箱內。郵件來時箱頂附在懸臂上的啄木鳥會往上，由於我從來沒在家收過郵件，所以就是這樣我也未必往裡瞧。可是最近啄木鳥的尖嘴掉了。木頭是新斷裂的。不知哪個俏皮的小鬼發射了原子槍。

信上有「柯瑞奧．阿瑞奧」郵戳、幾張墨西哥郵票和一些字，要不是最近老想到墨西哥，我一時未必認得出那些字來。郵戳我看不清楚，是用手蓋的，印泥已模糊不清了。但很厚。我走上台階，坐在客廳看信。這天傍晚非常安靜。也許一封來自死人的信會帶來一股死寂吧。

信前面沒有日期也沒有開場白。

我正坐在一家不太乾淨的旅社二樓房間窗邊，這裡是一個叫歐塔托克蘭的湖邊城。窗外有一個郵箱，僕役端咖啡來的時候，我曾吩咐他待會兒替我寄信，而且要舉起來讓我看一眼再投進郵筒。他這樣做可以得到一張一百披索的鈔票，對他而言算是一筆大錢。

為什麼要耍這一招呢？門外有一個穿尖頭鞋、襯衫髒兮兮、膚色黝黑的傢伙守著門，他正等什麼，我不知道，可是他不讓我出去。但只要信寄出，就沒關係了。我要你收下這筆錢，因為我用不著，而本地憲兵一定會偷走。這錢本來就不是買東西用的。就當是給你惹這麼多麻煩的謝罪禮，且對一個君子表示敬意吧。我照例每件事都做得不對勁，可是槍還在我手上。我猜想整件事你已經有了定論。也許我真的殺了她，但就算是我殺的，另一個行為我絕不可能做。我不可能那麼殘暴。所以說有些事叫人真不愉快。反正也無所謂了，完全無所謂。現在最重要的就是避免不必要和無用的醜聞。她父親和她姊姊從未傷害過我。他們有他們的日子要過，我卻對自己的人生感到灰心，而走到這一步。不是雪維亞害我變成癟三，我早就是癟三了。她為什麼嫁給我，我沒法簡單的說出個道理。我猜只是一時興起吧。至少她死的時候年輕貌美。俗話說情慾使男人衰老，卻使女人年輕。俗語有不少胡說八道。俗語說有錢人永遠能保護自己，他們的世界永遠是燦爛的夏天，我跟他們生活過，他們其實是煩得要死又寂寞的人。

我寫了一份自白，我覺得有點噁心，而且害怕得很。你在書報上看過這種情況，可是書報上說的畢竟隔了一層。事情發生在你頭上，除了口袋裡的槍什麼都沒有，你被困在異國一家骯髒的小旅館，只有一條出路時——相信我，朋友，那可一點也不動人，一點也不精采。只有齷齪、下流、灰暗和猙獰。

所以忘了這件事也忘了我吧。不過，請先替我到維多酒吧喝一杯Gimlet。下回你煮咖啡，替我倒一杯，加點波本威士忌，替我點根菸放在咖啡杯旁。然後把這件事全部忘掉，泰瑞．藍諾士已成過去。再會啦。

有人敲門。我猜是僕役送咖啡來了。如果不是，也許會有槍戰。大抵上我喜歡墨西哥人，但不喜歡他們的監獄。再見。

泰瑞

全部內容如上。我把信重新摺好放進信封。敲門的應該是送咖啡的僕役沒錯，否則我不會收到這封信。更不會有一張「麥迪生肖像」。「麥迪生肖像」就是一張五千美元鈔票。鈔票青爽爽擱在我前頭的桌面上。我以前連見都沒見過這種鈔票。很多在銀行工作的人也沒見過。藍帝·史塔和曼能德茲之類的角色很可能帶在身上當票據使用。你若到銀行想領一張，他們不見得有。他們得替你向聯邦儲備局申請，可能要好幾天。整個美國只有一千張左右流通。我這張四周有漂亮的光澤。這種巨鈔可以創造出它獨特的私人小陽光。

我呆坐著看這張鈔票看了好久。最後我把它收進信匣，到廚房去煮咖啡。不管是不是感情用事，我照他的吩咐做了。我倒了兩杯咖啡，在他那杯加了點波本威士忌，放在我載他去機場那天早晨他坐的位置。我替他點了一根菸，擺在杯側的一個菸灰缸裡。我望著咖啡冒出蒸氣，一縷輕煙從香菸升起。外面的金鐘花樹叢中，鳥兒不知忙些什麼，牠們低聲啾啾自言自語，偶爾拍拍羽翼。

後來咖啡不再冒熱氣，香菸也不再冒煙，只剩一截冷菸蒂在菸灰缸邊緣。我把它扔進水槽底下的垃圾箱，將咖啡倒掉，洗好杯子收起來。

就這樣。以五千元代價來說，只這樣好像還不太夠。

過了一會兒，我去看晚場電影。毫無意義。我幾乎沒看進片子演些什麼，只是一堆噪音和大面孔。我再回家，放了一張很沉悶的魯伊·羅培茲的唱片，也沒什麼意思。於是我上床。

可是睡不著。凌晨三點我在屋裡踱來踱去，聽卡查杜里安在拖拉機廠弄出來的聲響。他居然敢說那是小提琴演奏會。我聽來簡直像電風扇鍊帶鬆了，他媽的。

失眠的夜對我而言簡直像胖子郵差一般稀奇。若不是早上要到麗池比佛利旅社去見霍華·史本賽，我會幹下一瓶酒，喝個爛醉。下回我看見一個彬彬有禮的傢伙醉倒在勞斯萊斯「銀精靈」車上，我會能躲就躲。世上沒有一個陷阱比這種自找的更害人。

13

十一點我坐在餐廳右邊第三個卡座，背靠著牆，任何人進來或出去我都看得見。那天天氣晴朗，沒有霧，連雲煙都沒有；游泳池從酒吧的玻璃牆外沿伸到餐廳另一頭，太陽照得池面亮閃閃的。穿白色鯊魚皮泳裝的性感女郎正由扶梯爬上高台。我望著她褐色大腿和泳衣之間的一道白圈，望得心蕩神馳。接著她突然消失，被深深懸垂的屋頂擋住了。過了一會兒我看見她轉一圈半躍下水，濺起高高的水花，映出陽光，形成一道虹，彩虹幾乎跟少女一樣漂亮。然後她爬上扶梯，解下白色泳帽，抖一抖白色的泳衣；屁股一扭一扭走到一張白色小几前，坐在一位穿白色斜紋褲、戴眼鏡、膚色曬成均勻黑色的小夥子身邊，那人一定是受雇在池畔服務的人。他伸手拍拍她的大腿，她張開血盆大口笑起來。我對她的興趣完全消失了。我聽不見她笑，但只要看她張開牙齒在臉上咧出一個大洞就夠了。

酒吧空空的。再過去第三個小隔間有兩位服裝怪異的痞子正互相賣弄二十世紀福斯公司的電影片段。他們中間的檯面上有一具電話，每隔兩三分鐘他們就玩拼湊遊戲，看誰能打電話給製片扎諾克提供熱門的點子。他們年輕、黝黑、熱切，充滿活力。雖只是打電話，肌肉的活動不下於我把一個胖子扛上四、五段樓梯。有一個傷心的傢伙坐在吧檯上跟酒保說話，酒保一面擦酒杯一面聽他說，臉上掛著假笑，看他的表情恨不得尖叫幾聲。顧客已屆中年，衣著美觀，已喝醉了。他想說話，就算不是眞心想說，也停不下來。他彬彬有禮又友善，我聽他說話好像還算清楚，但你知道他放不下酒瓶，只有晚上睡覺才鬆手。他下半輩子都會這樣，一生也就這樣了。你永遠不會知道他怎麼變成這樣的，就算他告訴你，也不是實情。充其量只是他所知事實的扭曲記憶而已。全世界每一個安靜的酒吧都有這樣的傷心男子。

我看看手錶，我們這位大權在握的出版家已經遲到二十分鐘。我再等半個鐘頭就走。全聽顧客的划不來。他若能對你作威作福，就會以爲別人也可以任意擺佈你，他雇你可不是爲這個。現在我不缺工作，絕不讓一個東部來的笨瓜把我當牽馬童——那種經理人才在木板裝潢的八十五樓辦公室上班，辦公室有一排按鈕和一個對講機、一位穿「海蒂．卡內基職業婦女專屬服裝」、美麗大眼睛隨時準備說好的秘書。這個接線生會叫你九點整到，他兩個鐘頭後喝了一杯雙份的雞尾酒才飄飄而來，你若不掛著滿意的笑容靜靜坐著等他，他那受到冒犯的經理才華會突然發作，事後要在阿卡波卡度假五週，才能復原。

老酒吧服務生由我身邊走過，輕輕瞄我的淡蘇格蘭威士忌加水，我搖搖頭，他晃了晃白腦袋，這時候一位夢中人走進來了。我覺得酒吧一時鴉雀無聲，老千不再玩紙牌，高凳上的酒鬼不再滔滔不絕——指揮在音樂台上輕輕敲一聲，舉起手臂，叫大家安靜時，氣氛就是如此。

她又瘦又高，身穿裁縫特製的白麻紗衣裳，脖子上圍一條黑白圓點絲巾。頭髮是童話公主的那種淺金色。頭上戴一頂小帽，帽子下的金絲像鳥巢中的小鳥服服貼貼的。眼珠子呈罕見的矢車菊藍色，睫毛很長，色澤稍嫌淺了一點。她走到對面的餐檯，脫下白色長手套，老服務生特地爲她拉出餐檯，絕沒有一位服務生肯爲我這麼做。她坐下來，把手套塞進皮包帶子下面，含笑謝謝他，笑得好溫柔，好純潔，他迷得差一點癱了。她用很低的嗓音跟他說了一句話。他低著頭匆匆走開。這傢伙的人生眞的有了重大的使命哩。

我瞪著眼睛瞧。她瞥見我的目光，視線抬高半吋，我已經不在她的視線中了。但無論我在哪裡，我都屛息不敢出聲。

世上有「金髮俊男」和「金髮美女」，現在幾乎已變成一個笑話辭彙了。一切金髮兒都各有特點，大概只有那種白得像祖魯族漂白、脾氣軟得像人行道的金髮兒例外吧。有吱吱喳喳的金髮小可愛，有用冰藍目光攔截你的雕像型金髮壯婦。有仰視著你、體味清香、閃閃發亮、吊著你的膀子，你帶她回家她卻總是很累很累的金髮美人。她擺出無奈的手勢，頭疼得要命，害你恨不得揍她一頓，卻深深慶幸自己及早發現她頭疼的事，還沒有在她身上投資太多時間、金錢和希望。因爲頭疼會永遠存在，成爲永不磨損的利器，比暴徒的刀劍或古羅馬烈婦露魁西亞的毒藥瓶更厲害。

有那溫柔、順從、嗜酒的金髮美人，只要是貂皮，什麼樣的衣服她都肯穿；只要是星光屋頂，有很多濃香檳，她什麼地方都肯去。還有活潑孟浪的金髮美人，像個小哥兒們，樣樣要自己付錢，充滿陽光和常識，柔道很高竿，可以一面過肩摔倒一個卡車司機，一面看《週六評論》，至多只看漏一個句子。還有那患了非致命性貧血絕症的蒼白金髮兒，委靡不振，鬼魅一般，談話輕聲細語，你不能對她動一根指頭，首先你根本不想這麼做，其次她不是在讀原文的《荒原》或原文的但丁，就是在讀卡夫卡或齊克果，或者在研究普羅旺斯文。她熱愛音樂，「紐約愛樂」演奏亨德密特的作品時，她會告訴你六個低音提琴中哪個慢了四分之一拍。聽說托斯卡尼尼也聽得出來。全世界就他們兩個內行。

最後還有風華絕代的展示品型，她們死過三個大歹徒男友後，先後嫁給兩位百萬富翁，每名一百萬，老來在卡普安蒂貝擁有一棟淺玫瑰色別墅，一輛有正駕駛和副駕駛的愛快羅密歐房車，一窩子已經擺舊的貴族朋友——她對他們全都很親暱卻心不在焉，像老公爵對管家道晚安一樣。

對面的夢中人不屬於上述各類，甚至不屬於那種世界。她無法分類，像山泉一般幽遠和清純，像水色一般難以捉摸。我還盯著她瞧，旁邊有個聲音說：「我遲到太久了。對不起。都怪這個。我名叫霍華．史本賽。你是馬羅，當然。」

我轉頭看他。他是中年人，相當肥胖，衣著漫不經心，但鬍子刮得很乾淨，稀疏的頭髮光溜溜往後梳，小心蓋住兩耳間寬寬的腦袋。他穿著俗氣的雙排釦馬甲，在加州很少人穿，也許來作客的波士頓人偶爾會穿穿。他戴無框眼鏡，正在輕拍一個破舊的公事包，所謂「這個」顯然就是指它了。

「三部新的全本手稿。小說。我們還沒機會退掉就先把它弄丟，那可就尷尬了。」老服務生正把一杯高高的綠色玩意兒放在美人兒面前，往後退一步，史本賽示意他過來，「我特別喜歡琴酒加柳橙汁。實在是很蠢的一種酒。你要不要也來一杯？好極了。」

我點點頭，老服務生就走開了。

我指指公事包說：「你怎麼知道你會退掉？」

「如果眞好，就不會由作家親自送到旅社來啦。紐約的經紀人會先要去。」

「那又何必收下呢？」

「一方面是爲了不傷感情。一方面是因爲所有出版商都寄望有千分之一的機會發掘好作品。但大體是因爲雞尾酒會上被引介認識各種各樣的人，有些人小說已經寫好了，你有點醉，對人慷慨多情起來，順口說你想看看腳本。東西就以令人作嘔的速度送到旅館來，你好歹總得看看吧。不過我想你對出版商和他們的問題不會感興趣。」

服務生端來飲料。史本賽抓起他那杯，痛快牛飲。他沒看對面的金髮美女一眼。注意力完全擺在我身上。他是很好的聯絡人。

我說：「若跟工作有關，我偶爾也可以看看書。」

他隨口說：「我們有個重要的作家住在這一帶。也許你讀過他的東西。是羅傑・維德。」

「哼哼。」

他苦笑道：「我懂你的意思。你不喜歡歷史浪漫傳奇。可是銷路好極了。」

「我沒什麼意思，史本賽先生。我瞄過他的書。我覺得是垃圾。我這麼說有錯嗎？」

他咧嘴一笑，「噢，不。很多人跟你有同感。問題是目前他的書隨便怎麼樣都暢銷。現在成本這麼高，每個出版商手頭都得有一兩位這種作家。」

我看看對面的金髮美人。她喝完了萊姆汽水之類的，正在看一個顯微鏡似的手錶。酒吧人多起來，但還不太吵。兩個賭徒還在揮手，吧檯凳上的獨酌客有了兩個酒友。我回頭看霍華．史本賽。

我問他，「跟你的問題有關嗎？我是說這個姓維德的傢伙。」

他點點頭，又仔細打量我一眼，「馬羅先生，談談你自己吧。我是說，如果你不排斥這個請求的話。」

「談哪一類的事？我是領有執照的私家偵探，而且已經幹了好些時候。我是獨來獨往，沒結婚，已經中年，錢倒沒賺多少。我入獄不只一次，我不辦離婚案件。我喜歡醇酒、女人、棋局這類東西。警察不太喜歡我，可是我認識一兩個合得來的。我是本地人，生在聖塔羅莎，雙親都死了，沒有兄弟姊妹，萬一我以後在暗巷被殺——這一行誰都可能出事，很多別行或者根本沒做事的人也一樣——我死了沒有人會覺得自己的人生完全崩潰。」

他說：「我明白了，可是，你並沒說出我想知道的事。」

他把琴酒加柳橙汁喝完，我不喜歡。我對他咧咧嘴，「有一項我省略了，史本賽先生。我口袋裡有一張麥迪生肖像。」

「麥迪生總統的肖像，我恐怕不——」

「一張五千元大鈔，」我說：「隨時帶著。我的幸運符。」

他壓低了嗓門說：「老天，那不是非常危險嗎？」

「是誰說的來著，超過某一點，危險程度都一樣？」

「我想是瓦特．貝吉赫說的。他談的是修煙囪的人。」然後他笑一笑，「抱歉，但我是出版商。馬羅，你不錯。我要在你身上冒個險。否則你會叫我滾蛋。對吧？」

我也向他笑笑。他叫來服務生，又點了兩杯酒。

他小心翼翼說：「喔，我們在羅傑．維德身上遇到大麻煩，他沒辦法寫完一本書。他失控了，背後有隱情。他好像快要崩潰了，亂酗酒亂發脾氣。他每隔一陣子就會連著失蹤幾天。不久前他把太太推下樓，害她斷了五根肋骨住院。他們之間沒有一般所謂的問題，完全沒有。那人只是一酒醉就發瘋。」史本賽往後仰，鬱鬱看著我，「我們必須讓那本書完成，非常需要，某個程度來說這攸關我的飯碗。可是我們想要的不只這些。我們要救一個非常多才的作家，他可以寫出比以往更好的作品才對。有一件事很不對勁，這回他甚至不肯見我。聽起來好像該找心理醫生，我明白。維德太太不同意，她相信他完全正常，只是有事情讓他擔心得半死，例如勒索之類的。維德夫婦已結婚五年。他的過去可能有什麼困擾他，甚至可能——只是瞎猜啦——開車壓死人逃逸之類的，有人發現了。我們不知道是什麼，我們想知道，而且我們願意付一大筆錢解決那個問題。如果證明是醫療問題，噢——那就算了。如果不是，非找出答案不可。同時維德太太也該受保護，下回他說不定會弄死她。世事難料。」

第二輪酒開始了。我那杯原封不動，看他一口氣呑下了半杯。我點了一根菸，只管瞪著他瞧。

我說：「你要的不是偵探，你要的是魔術師。我能幹什麼？如果我恰好在正確的時間到場，如果我覺得他不難應付，也許可以把他打昏，扶他上床。可是我必須在場啊。機會是一百比一。你知道嘛。」

史本賽說：「他個子跟你差不多。但他的體能狀況不如你。你可以隨時在場。」

「不見得。醉鬼狡猾。他一定會挑我不在的時候發作。我並不想幹男護士。」

「男護士一點用都沒有。羅傑・維德也不會接受男護士。他是很有才華的人，只是失去了自制力。他寫垃圾給笨讀者看，賺了太多錢。可是作家唯一的救贖就是寫作。他身上若有任何優點，會顯出來的。」

我不耐煩的說：「好吧，我信他。他很棒。他也很危險。他有犯罪的祕密，想泡在酒精裡把它忘掉。史本賽先生，我不擅於這一類的問題。」

「我明白了，」他看看手錶，愁得皺眉皺臉，面孔看來更老更瘦小了，「好吧，你總不能怪我想試一下。」

他伸手拿他的肥公事包。我看看對面的金髮美女，她準備要走了。白髮服務生正跟她結帳，她給他一點錢，嫣然一笑，他高興得像跟上帝握過手似的。她翹起嘴唇，戴上白手套，服務生把餐檯拖開，讓她大步跨出來。

我看看史本賽。他正望著桌邊的空杯子皺眉頭。公事包放在膝上。

我說：「聽好。你若不反對，我會去見那個人，估量估量他。我要跟他太太談談。不過我猜他會把我扔出屋外。」

史本賽沒開口，另一個聲音說：「不，馬羅先生，我想他不會。相反的，我想他也許會喜歡你。」

我抬頭望見一雙紫藍色的眼睛。她站在餐檯另一頭。我站起來，笨手笨腳斜退到座位後，一副無法開溜只得呆立的模樣。

「請不要站起來，」她的聲音柔得像夏日白雲的襯底，「我知道我該向你道歉，可是我覺得我該有機會觀察你，再出面自我介紹，我是艾琳・維德。」

史本賽陰沉沉說：「艾琳，他不感興趣。」

她微微一笑，「不見得。」

我打起精神，站都站不穩，張著嘴喘氣。像甜甜的女研究生，她實在美極了。近看簡直叫人軟酥酥的。

「我沒說我不感興趣，維德太太。我的意思是說我恐怕幫不上忙，不該亂試。可能反而有害。」現在她非常嚴肅，笑容不見了。「你決定得太快了。你不能以人的行動來判斷人。若要判斷，該憑他們的本性。」

我茫茫然點頭。因爲我對泰瑞．藍諾士就有這種想法。依據行爲他絕非好貨，只在散兵坑有過瞬間的光榮——如果曼能德茲說的是眞話——可是行動不足以反映一切。他是一個讓人不可能討厭的男子。你一輩子碰見的人，有幾個能稱得上這樣的？

她輕輕加上一句，「而且你還得知道他們是這種人。再見，馬羅先生。萬一你改變主意——」她快速打開手提袋，給我一張名片——「謝謝你賞光。」

她向史本賽點點頭就走開了。我目送她走出酒吧，沿著玻璃加蓋部分走到餐廳。她的姿勢美極了。我望著她轉到通往大廳的拱門下，看見她轉彎時白色麻紗裙最後一閃。然後我放輕鬆坐進位子上，抓起琴酒加柳橙汁。

史本賽正望著我。他眼中有一股兇焰。

我說：「表現不錯。可是你應該偶爾看看她才對。那樣的夢中人只要坐在對面二十分鐘，你不可能視若無睹。」

「我眞蠢，對吧？」他勉強露出笑容，其實不想笑。他不喜歡我剛才看她的眼神，「大家都以爲私家偵探神通廣大。想到家裡安插了一個——」

我說：「休想把我擺進你家。至少你得先編出另一個故事再說。居然要我相信有人——不管酒醉或清醒——會把那個絕代佳麗推下樓，害她跌斷五根肋骨。」

他滿面通紅，雙手抓緊公事包，「你以為我撒謊？」

「有什麼差別？你已經演出過了。說不定你自己有點迷那位夫人。」

他突然站起來，「我不喜歡你的口氣，我不確定自己喜不喜歡你。幫個忙，把這件事給忘了。我想這夠付你的鐘點費了吧？」

他扔了一張二十元鈔票在桌上，外加一點小費給服務生；靜靜站著俯視我一會兒，眼睛很亮，臉色還紅紅的。「我已婚，有四個小孩。」他唐突的說。

「恭喜。」

他喉嚨裡咕嚕一聲，轉身離去，走得相當快。我只目送了他一會兒；我把剩下的酒喝光，拿出香菸，抽一根出來，塞進嘴裡點上。老服務生走過來看看桌上的錢。

「先生，要我另外給你端點什麼來嗎？」

「不。錢都給你。」

他慢慢撿起來，「先生，這是一張二十元的鈔票。那位先生搞錯了。」

「他認得字。錢都給你。」我說。

「我非常非常感激。先生，如果你確定——」

「十分確定。」

他猛點著頭走開了，看來還很擔心。酒吧的人漸多，有兩個曲線玲瓏的少女一面唱歌一面揮手走過去。她們認識再過去那個卡座的兩個傻小子。空氣中開始充滿「達令」聲和桃紅的指甲。

我抽了半根菸，憑空怒目皺眉，然後起身離開。我轉身拿菸盒的時候，背後有東西撞了我的腦袋瓜一下。正合我意。我轉過身來，看到一位咧著大嘴譁眾取寵的傢伙穿著打摺太多的牛津法蘭絨走過去的側影。他像大眾情人般伸開雙臂，像一個拍賣會從不吃虧的傢伙咧著二吋高六吋寬的笑容。

我抓住他伸出的手臂，將他轉回來，「怎麼啦小子？走道不夠寬，容不下你這號人物？」

他掙脫手臂，發起狠來，「老兄，別自以爲了不起。我也許會打掉你的下巴。」

我說：「哈哈，你會替洋基隊守中外野，用長麵包擊出一支全壘打。」

他握起多肉的拳頭。

「寶貝，想想你修過的指甲。」我跟他說。

他克制住情緒，「神經病，自作聰明的小子，」他不屑的說：「下回，等我腦子裡沒這麼多事要想的時候。」

「還能比現在更少嗎？」

他咆哮說：「走啊，快滾。再說句笑話，你就得換新牙床了。」

我向他咧嘴一笑，「打電話給我，小子。可是對話要換好一點的。」

他的表情一變。突然笑起來，「你的照片上過報，老兄？」

「只有釘在郵局的那種海報。」

「在警方人像簿看過你。」他說著就走開了，嘴還咧著。這種事眞蠢，但可以擺脫內心的感受。我順著加蓋屋越過旅館大廳，來到正門口，停在裡面戴上太陽眼鏡，直到上了自己的車，我才想起要看看艾琳・維德給我的名片。是雕板卡片，卻跟正式名片不同，上面有住址和電話號碼。羅傑・史坦恩斯・維德太太，懶人谷路一二四七號。電話懶人谷五—六三三二四。

我對懶人谷知之甚詳，也知道那兒跟當年入口設門房和私人警力、湖上開賭場、有五十元一夜的賣春女時已大不相同。賭場關掉以後，斯文錢已接管了廣大的地區。斯文錢使它成為房地產分割商的最愛。有一個俱樂部擁有湖泊和湖前的土地，他們若不讓你加入俱樂部，你就不能在水上玩。具有排他性，不只表示昂貴而已。

我在懶人谷就像洋蔥擺在香蕉船甜點上，格格不入。

那天下午霍華・史本賽打電話給我。他氣頭過去了，想要說聲抱歉，說他沒處理好那個場面，說我也許肯再考慮。

「他若請我，我會去看看他。否則不幹。」

「我明白了。會有豐厚的大紅包——」

「聽好，史本賽先生，」我不耐煩地說：「你不能花錢雇命運。維德太太若怕那傢伙，她可以搬出去，那是她的問題。沒有人能每天保護她二十四小時，防範她的丈夫。全世界沒有這樣的保護。可是你要的還不止這些，你要知道那傢伙何時何地為什麼出軌，然後想辦法使他不再犯——至少在他寫完那本書之前不再犯。一切要看他自己。他若很想寫那本混蛋書，他會暫時不喝酒，寫完再說。你的要求太過份了。」

他說：「事情扣在一起，整個是同一個問題。但我大致了解了。對你這一行來說太微妙了一些。好吧，再見。我今晚飛回紐約。」

「祝你一路順風。」

他謝謝我，就掛了電話。我忘了說我把他的二十元送給服務生了。我想打電話回去告訴他，又覺得他已經夠可憐了。

我關上辦公室，往維多酒吧的方向走，想照泰瑞信上的吩咐，去喝一杯 Gimlet。中途改變了主意。

我的心情不夠感傷。我到羅瑞酒吧喝了一杯馬丁尼，吃了一客肋眼牛排和約克夏布丁。

回到家，我打開電視看拳賽。不精采，只是一群拳師跳來跳去的，他們眞該爲舞蹈老師亞瑟．慕瑞工作才對。他們只會出刺拳、蹦上蹦下、佯攻讓彼此失去平衡。沒有一位出拳重得可以吵醒瞌睡中的老祖母。觀眾噓聲四起，裁判不斷拍手叫他們行動，他們卻繼續晃來晃去，慌慌張張，戳出左長拳。我轉到另一台，看一齣犯罪劇。罪行發生在一個衣櫥裡，劇中的面孔疲憊又太熟悉，一點也不美。對話是《字母圖案》都不會用的怪字句。偵探用了一個黑人僕役來引進一點喜劇效果。根本用不著，他自己就夠滑稽了。廣告片很爛，連養在鐵絲網和破酒瓶堆的山羊看了都會作嘔。

我關了電視，抽一根紮得很緊的長桿涼菸。對喉嚨不錯，是好菸草做的，我忘了注意是什麼牌子。我正準備睡覺，刑事組的探案警官葛林打電話給我。

「你大概有興趣知道，你的朋友藍諾士兩天前在他去世的墨西哥小鎭下葬了。一位律師代表家屬到那邊參加。這回你很幸運，馬羅。下回你想幫朋友逃出國，千萬不要。」

「他身上有幾個彈孔？」

他吼道：「這算什麼？」然後他沉默了一段時間，這才過度小心的說：「一個啊，我猜。打腦袋通常一發就夠了。律師帶回一套指紋和他口袋裡雜七雜八的東西。你還想知道什麼？」

「有啊，可是你不會告訴我。我想知道是誰殺了藍諾士的老婆。」

「咦，葛倫茲不是跟你說過他留下一份完整的自白嗎？反正報上是這麼說的。你不看報了嗎？」

「多謝你打電話給我，警官。你眞客氣。」

他粗聲粗氣說：「聽著，馬羅。你若對這個案子瞎起什麼怪念頭，亂開腔會給你惹來大麻煩喔。案子已經了結，封了。對你來說眞是幸運。事後從犯在本州要判五年。我再告訴你一件事。我當警察這麼多年，深知人坐牢不見得因爲他做了什麼，而是法庭上看起來像什麼。晚安。」

他對著我的耳朵掛了電話。我放下聽筒，心想一個良心不安的正直警察隨時會裝狠。不正直的警察也一樣，其實任何人幾乎都如此。包括我在內。

14

第二天早晨，我正要擦掉耳垂上的滑石粉，電鈴響了。我走過去開門，看到一雙紫藍色的眼睛。這回她穿棕色麻紗，圍一條紅辣椒色的圍巾，沒戴耳環和帽子。臉看起來有點蒼白，卻不像曾經被人推下樓梯的樣子。她對我露出遲疑的微笑。

「馬羅先生，我知道我不該來打擾你。你可能連早點都還沒吃。但我實在不願到你的辦公廳，又討厭打電話談私事。」

「沒問題。進來吧，維德太太。要不要來一杯咖啡？」

她來到客廳，坐在長沙發上，眼神茫茫然。她把手提袋在膝上放正，雙腳併攏坐著，看起來一本正經。我開了窗，拉起活動百葉簾，由她面前的酒几拿起一個髒煙灰碟。

「謝謝你。黑咖啡，不加糖。」

我走到廚房，在一個綠色金屬托盤上鋪一張餐巾紙。看起來像賽璐珞衣領一樣低級。我把它揉掉，拿出一張跟三角小餐巾配套的鬚邊襯布。這套餐飾跟大部分家具一樣，是隨房子出租的。我掏出兩個「沙漠玫瑰」咖啡杯，倒滿，把托盤端進客廳。

她啜了一口說：「很棒，你眞會煮咖啡。」

我說：「上回有人共飲咖啡，剛好在我入獄前。我猜妳知道我坐過牢，維德太太。」

她點點頭，「當然。你有幫助他逃亡的嫌疑，對吧？」

「這他們沒說。他們在他房間的一本便條簿上發現我的電話號碼。他們問我話，我沒答——大部分是因爲問話方式不當。不過，我想妳對這些不會有興趣。」

她小心放下杯子，身體向後靠，對我笑笑。我請她抽菸。

「我不抽菸，謝謝。我當然感興趣。我們有個鄰居認識藍諾士夫婦。他一定是瘋了。聽來他不像是那種人。」

我把菸絲裝進一個牛頭犬菸斗，點上火。我說：「我猜是這樣。他一定是瘋了。他戰時受過重傷。如今他死了，一切都成過去。我想妳來不是要談那件事的吧。」

她緩緩搖頭，「馬羅先生，他是你的朋友。你一定有堅定不移的看法。我想你是一個頗有決斷的人。」

我將菸斗內的菸絲搗緊，再點燃一次，同時從容不迫隔著菸斗凝視她。

後來我終於說：「聽著，維德太太。我的意見算不了什麼。那種事天天有。最不可能的人會犯最不可能的罪。慈祥的老太太毒死全家。健康正常的小孩犯下多起搶劫和槍擊案。二十年紀錄完美無瑕的銀行經理原來長期盜用公款。成功、受歡迎、應該很快樂的小說家喝醉酒，把太太打得住院。我們連自己好朋友的行爲動機都不太清楚。」

我以爲她會發脾氣，結果她只嘟嘟嘴唇，瞇起眼睛。

她說：「霍華·史本賽不該告訴你那件事。都怪我自己。我不懂得避他。那次以後我已經知道絕不能去阻止一個喝醉的男人。你可能比我更清楚。」

我說：「當然不能用講的阻止他。假如妳夠幸運，假如妳有力氣，偶爾可以防止他傷害自己或別人。連這也要靠運氣。」

她靜靜伸手拿咖啡杯和托碟。她的手跟身上其他部位一樣迷人。指甲形狀很美，塗得亮亮的，色調極淡。

「霍華有沒有告訴你這回他沒見到我先生？」

「有。」

她喝完咖啡，小心翼翼把杯子放回托盤；撫弄了湯匙幾秒鐘後開口說話，沒抬頭看我。

「他沒告訴你原因，因爲他也不知道。我喜歡霍華，但他是支配慾很強的人，什麼事都要管。他自以爲有管理才華。」

我靜靜等，沒說話。又是一陣緘默。她飛快看了我一眼，再把眼睛別開，非常輕柔的說：「我先生失蹤三天了。我不知道他在哪裡。我來求你找他，帶他回家。噢，以前也發生過。有一次他大老遠開車到波特蘭，在旅館生病，找醫生來解酒。他到那麼遠，居然沒出問題，眞是奇蹟，他三天沒吃東西。另外一次他在長堤的一家土耳其浴室，瑞典人開的，是那種會給人灌腸劑的地方。上一回則是一家私人小療養院，名聲可能不太好。至今不到三個禮拜。他不告訴我名稱和地點，只說他正在接受治療，沒有問題。可是他看起來很蒼白，很衰弱。我瞄了一眼帶他回家的男人——個子高高的小伙子，穿一件只有舞台或彩色音樂片中看得到的考究牛仔裝。他在車道上把羅傑放下車，馬上倒車開走了。」

我說：「可能是度假牧場。有些馴良的牛仔每一文收入都用來買那種花稍的裝備。女人爲他們瘋狂。他們在那邊就爲這個理由。」

她打開皮包，拿出一張摺好的紙，「我給你帶來一張五百元支票，馬羅先生。你願不願意收下做爲聘請費？」

她把摺疊的支票放在桌上。我看一眼，沒碰它。我問道：「何必呢？妳說他已失蹤三天。讓他完全清醒再灌點食物，需要三四天。他不會像以前那樣回來嗎？還是這回有什麼不同？」

「再這樣他受不了的，馬羅先生。他會送命。間隔愈來愈短了。我擔心得要死。不只擔心，還很害怕。太不自然了。我們已結婚五年。羅傑一向好酒，但不是變態酒鬼。一定有事。我希望能找到他。昨天晚上我睡不到一個鐘頭。」

「想得出他酗酒的理由嗎？」

紫色眸子定定看著我。今天早上她似乎有點脆弱，但絕非孤苦無依。她咬咬下唇，搖搖頭。「除非是爲了我，」最後她近乎耳語說：「男人對太太會日久生厭。」

「我只是業餘的心理學家，維德太太。我這一行的人必須懂一點心理學。看來他更可能是對自己寫的爛作品生厭了。」

她靜靜說：「很可能。我想所有的作家都會中那種邪。他好像眞的沒辦法把手頭這本書寫完。不過，他不缺房租錢，又不是非寫完不可。我想這個理由不充分。」

「他清醒的時候是怎麼樣的人？」

她露出笑容，「噢，我難免偏他。我想他眞的是非常斯文的人。」

「酒醉時呢？」

「很恐怖。聰明、無情又殘忍。他自以爲妙語如珠，其實是卑鄙。」

「妳沒提到暴力。」

她抬起茶褐色的眉毛，「只有一次，馬羅先生。那件事已經渲染太過了。我不可能告訴霍華・史本賽。是羅傑自己跟他說的。」

我站起來，在屋裡走動。天氣看來會很熱。其實已相當熱了。我轉動一扇窗戶的遮簾抵擋陽光，然後對她單刀直入。

「昨天下午我在《名人錄》裡查過他。他今年四十二歲，跟妳是第一次結婚，沒有小孩。家族是新英格蘭人，他自己前往安多佛和普林斯頓。他有從軍紀錄，而且紀錄優良。他寫過十二本厚厚的性愛與舞劍歷史小說，他媽的每一本都登上暢銷榜。一定賺了不少鈔票。他若對太太生厭，看樣子會直接說出來要求離婚。如果他跟別的女人胡來，妳可能會知道，總之他不必酗酒來證明自己心情不好。你們結婚五年，那他當時是三十七歲。我想那個時候他對女人應該了解大半了。我說大半，因爲沒有人完全了解。」

我停下來看她，她對我笑笑。我沒傷害她的感情。我往下說。

「霍華．史本賽猜想——根據什麼我不知道——羅傑．維德的問題出在你們結婚好久好久以前發生的事，現在後遺症出現，打擊讓他受不了。史本賽想到勒索。妳會不會知道？」

她緩緩搖頭，「你若是指羅傑付一大筆錢給什麼人，我會不會知道——不，我不會知道。我不干涉他的帳簿。他就算送出一大筆錢，我也未必知道。」

「那沒關係。我不認識維德先生，無法了解他對人家敲竹槓會怎麼反應。如果他脾氣暴躁，可能會扭斷人家的脖子。如果這個秘密會危及他的社交或專業地位，舉個極端的例子，甚至招來執法人員，他可能會花錢消災——至少暫時會付。但這對我們沒什麼幫助。妳希望找到他，妳擔心，而且不只是擔心。那我該怎麼找他呢？我不要妳的錢，維德太太。現在先不要。」

她又把手伸進皮包，拿出兩張黃黃的紙頭。看起來像摺疊的信紙，有一頁皺成一團。她把紙張攤平遞給我。

她說：「有一張是我在他桌上發現的。深夜，也可以說是凌晨。我知道他喝了酒，知道他沒上樓。兩點左右我下去看他是否平安——沒出大問題、昏倒在地板上或躺椅上之類的。他不見了。另一張在字紙簍裡，應該說卡在邊緣沒掉進去。」

我看看第一頁，也就是沒皺的那張。上面有一張短短的打字稿，內容說：「我不喜歡顧影自憐，不再有別人可以愛。簽名：羅傑（F．史考特．費滋傑羅）維德。附啓，所以我老寫不完《最後的大亨》。」

「妳看得懂嗎，維德太太？」

「只是擺姿態。他一向崇拜史考特．費滋傑羅。他說費滋傑羅是英國詩人柯立芝以來最偉大的酒鬼作家，還嗑藥。馬羅先生，看這字稿。清晰、勻整，而且沒有錯誤。」

「我注意到了。大多數人喝醉酒連名字都寫不清楚。」我打開揉成一團的那張。也是打字稿，也沒有一點錯誤或參差。這張寫著：「V醫生，我不喜歡你。可是現在你正是我要找的人。」

我還在看那張紙的時候，她開口了，「我不知道V醫生是誰。我們不認識姓氏以V開頭的醫生。我猜上回羅傑去的地方就是他開的。」

「牛仔送他回來那次？妳丈夫沒提過任何名字——甚至地名？」

她搖搖頭，「什麼都沒說。我查對電話簿。姓氏以V開頭的各類醫生有幾十個。何況也可能是名字不是姓。」

我說：「很可能連醫生都不是。這就牽涉到現金問題。合法醫生會收支票，江湖郎中卻不會，怕變成證據。而且那種人收費不低。他家的膳宿一定收高價。更別提打針錢了。」

她似乎不懂，「打針錢？」

「密醫都會給患者打毒品。應付他們最簡單的辦法。讓他們不省人事十一、二個鐘頭，等他們醒來就服服貼貼了。可是沒有執照濫用麻醉藥是會關進聯邦監獄的。代價很高。」

「我明白了。羅傑可能帶了幾百元。他書桌裡一向放這個數目。我不知道爲什麼。我想只是臨時起的怪主意吧。現在錢不見了。」

我說：「好吧，我試找找V醫生。我不知道怎麼找，可是我會盡力。支票妳帶回去，維德太太。」

「爲什麼？你不是有權——」

「以後吧，多謝。我寧願向維德先生拿。無論如何他不會喜歡我的舉動。」

「可是他若生病，孤獨無依——」

「他可以打電話給自己的醫生或者叫妳打。他沒這麼做，可見他不想。」

她把支票放皮包站起來，一副孤零零的樣子，「我們的醫生不肯治療他。」她沉痛的說。

「維德太太，醫生數以百計。任何一位都有可能治過他一回。其中大多數會留在他身邊一段時間。現在醫療競爭得厲害。」

「我懂了。也許你說得對。」她慢慢走到門口，我陪她過去，打開門。

「妳可以自己叫個醫生。爲什麼不叫？」

她結結實實面對我，眼睛亮亮的，依稀還有淚光。迷人的嬌娃，錯不了的。

「因爲我愛我先生，馬羅先生。我願意不計一切來幫助他。但我知道他是什麼樣的人。假如他每次多喝了酒我就找醫生來，這個丈夫也留不了多久了。你對成年人不能像對喉嚨痛的小孩子。」

「他若是酒鬼就可以。往往不得不這樣。」

她站在我身邊。我聞到她的香味——也許是自以爲聞到吧。不是噴灑上去的香水味。也可能只是夏天的關係。

「如果他過去有什麼可恥的事，」她一個字一個字拖得長長說出口，彷彿每個字都帶有苦味，「甚至犯罪的事，我也無所謂。可是我不會著手去查。」

「霍華．史本賽雇我去查就沒關係？」

她慢慢露出笑容，「你已證明自己寧願坐牢也不出賣朋友，你以爲我會期待你給霍華別的答案嗎？」

「多謝誇獎，可是我坐牢不是那個原因。」

她沉默半晌才點點頭，說聲再見，走下紅木台階。我望著她上了車——是一輛細長的灰色積架，看來很新。她把車子駛到街路盡頭，在那邊迴轉；下坡經過時，她揮揮手套向我告別，小車子掃過轉角，揚長而去。

緊挨著我家前壁有一叢紅色夾竹桃。我聽見一陣翅膀拍動的聲音，有一隻反舌鳥幼雛開始焦急的吱吱叫。我發現牠緊黏著頂端的樹枝，猛拍翅膀，好像平衡有問題。牆角的柏樹叢中傳來一陣警告的尖鳴。吱吱聲立刻停止，小胖鳥靜下來了。

我走進屋裡，關上門，讓小鳥自己去上飛行課。鳥兒也必須學習。

15

無論你自以爲多聰明，調查總得有個起點：姓名啦、地址啦、居住地區、背景、環境、或某種參考資料。我手上只有一張皺成團的黃色紙條，上面寫著：「V醫生，我不喜歡你。可是現在你正是我要找的人。」憑這個我就算精確瞄準太平洋，花一個月的時間查遍五、六個郡醫療協會的所有成員，還是不會有結果。我們這兒庸醫像天竺鼠繁殖得很快。市政廳周圍一百哩內有八個郡，每一個郡的每一個小鎮都有醫生，有些是眞的醫療人員，有些只是郵購一些附使用執照的器材，便在你脊部跳上跳下。眞醫師有的發達有的窮，有的講道德，有的講究不起。一個有錢的初發性酒瘋病人可以從家裡拿出一大筆錢，送給拖欠維他命和抗生素業者貨款的怪老兒。可是沒有線索眞無從查起。我沒有線索，艾琳．維德可能沒有，也可能有卻不知道。就算我找到條件符合、姓名也以V開頭的人，就羅傑．維德來說，一切也可能是瞎忙。那句話說不定只是他醉後閃過腦海的念頭。正如他提到史考特．費滋傑羅只是一種不落俗套的道別。

這種情況下小人物只好剽竊大人物的心血結晶。於是我打電話給一位在「卡尼機構」的熟人。那個時髦公司設在比佛利山，專門保護有錢的客戶——所謂保護，幾乎任何單腳踩在法律內的行動都包括在內。我認識的人叫做喬治．彼德斯，他要我快講，他只給我十分鐘。

他們在一棟粉紅色四層樓房的二樓佔有半個樓面，電梯門憑電眼自動開闔，走廊涼快又安靜，停車場的每一個車位都有名字，前廳外的藥劑師裝安眠藥瓶裝得手腕都抽筋了。

門是淺灰色，有凸起的金屬字母，整潔鋒利如一把新刀。「卡尼機構，總裁吉拉德．C．卡尼」，下面有一行小字「入口」。外人會以爲是投資信託公司。

裡面有個小小醜醜的接待室，但那種醜法是刻意的，而且很花錢。猩紅和深綠色的家具，晦暗的布倫茲威克綠漆牆，牆上掛的圖畫裝了色調暗三度的綠框，畫的是幾位紅襖男子騎在大馬上，馬兒正發狂跳過高欄。兩個無框的鏡子帶點噁心的玫瑰紅。亮亮的桃花心木桌子上放著幾本最新一期的雜誌，每一本都加上透明塑膠套。佈置這個房間的傢伙就怕顏色不夠花。他可能會穿辣椒紅的襯衫、桑椹色的褲子、斑馬條紋鞋、朱紅色內褲上繡有橘紅色的姓名縮寫。

這只是做樣子的擺設而已。卡尼機構的客戶每天至少要付一百元，他們要在家接受服務，不會坐在接待室裡。卡尼是前憲兵隊上校，塊頭大，膚色白裡透紅，人硬得像木板。他曾叫我去上班，但我還沒飢不擇食到那步田地。當渾球有一百九十種辦法，卡尼全知道。

一道毛玻璃門開了，有個接待員探頭出來看我。她的笑容死板板的，眼神利得連你皮夾中有多少錢都數得出來。

「早安。我能爲你效勞嗎？」

「找喬治．彼德斯，拜託。敝姓馬羅。」

她把一本綠皮簿子放在桌上，「馬羅先生，他知道你要來嗎？預約簿上沒看到你名字。」

「是私事。我剛跟他打過電話。」

「我明白了。你的姓怎麼拼，馬羅先生？還有名字，拜託。」

我跟她說了。她寫在一張狹長的表格上，然後將邊緣塞進一個打卡鐘底。

我問：「要給誰看的？」

她冷冷說：「我們這邊對細節很注意。卡尼上校說，誰也不知道什麼時候最瑣碎的事就會攸關生死。」

我說：「也可能反過來，」但她沒聽懂。她登記完後，抬頭說：「我會向彼德斯先生報告你來了。」我說我深感榮幸。過了一會兒，隔間板上的一道門開了，彼德斯招手叫我進入艦灰色的走廊，兩側有很多小辦公室，像牢房似的。他的辦公室天花板裝有隔音設備，一張鋼灰色的書桌配上兩張椅子、灰色架子上有一具灰色的留聲機，電話和套筆的顏色跟牆壁和地板相同。牆上有兩張加了外框的照片，一張是卡尼頭戴雪花鋼盔的戎裝照，一張是卡尼平民打扮坐在書桌後面，看來莫測高深。牆上另外還有一個相框，灰色背景上印著鋼鐵字母訓條。內容如下：

卡尼工作人員衣著言談和舉止隨時隨地要像紳士。沒有人例外。

彼德斯兩大步走到房間另一頭，推開其中一張照片。後面的牆上嵌有一個灰色的麥克風接收器。他把它拉出來，拔下一條電線接頭，再放回去。然後將照片移回機具前方。

他說：「現在我閒著，只是那個混蛋出去替一個演員解決酒後駕車案去了。所有麥克風開關都在他的辦公室。他將整個黑店都裝上線路。前兩天我建議他在接待室的透光鏡後面裝個紅外線顯微膠片攝影機，他不太贊成。也許因爲別人裝了吧。」

他在一張灰色硬椅上坐下來。我盯著他瞧。他是個笨手笨腳的長腿兒，臉很瘦，鬢角線很高；一副憔悴相，似乎常在戶外，飽經日曬雨淋。他的眼睛深陷，上唇幾乎跟鼻子一般長。笑起來下半邊臉不見了，只剩兩道大溝從鼻孔直通到寬寬的嘴巴末端。

「你怎麼會接受呢？」我問他。

「坐下，老兄。呼吸輕一點，音量放低，別忘了卡尼工作人員跟你這種廉價偵探相比，猶如托斯卡尼尼跟一隻彈風琴的猴子，天差地遠。」他停下來，咧嘴一笑，「我接受，是因為我不在乎。這裡收入不錯。哪天卡尼若把我當他打仗時遇上的囚犯，態度太差，我馬上領了支票走人。你有什麼困難？聽說不久前你吃盡苦頭。」

「沒什麼好抱怨的。我想看看你的鐵窗病患檔案。我知道你有。艾迪．多斯特離職後告訴我的。」

他點點頭，「艾迪有點太敏感，不適合待在卡尼。你提到的檔案是最高機密。任何情況下機密資料都不能透露給外人。我馬上去找。」

他走出去，我瞪著灰色的字紙簍、灰色的油布地氈和桌面吸墨板的灰色四角。彼德斯手上拿著灰色的檔案夾回來，放下並打開。

「老天爺，你們這邊有沒有什麼東西不是灰色的？」

「小伙子，這是學校的顏色啊。本機構的精神。是的，我有一樣東西不是灰色的。」

他拉開抽屜，拿出一根長約八吋的雪茄。

他說：「歐普門三十。一個英國來的老紳士送給我的，他在加州住了四十年，還把收音機說成無線電（wireless）。清醒的時候他只是個具有膚淺魅力的老時髦，我不討厭，因為大多數人連膚淺的魅力都沒有，包括卡尼——他簡直跟鍊鋼爐的內襯一樣無趣。那位客戶喝醉了有個奇怪的習慣，喜歡開從未往來的銀行支票。他總是賠償了事，加上我的協助，目前為止還沒坐過牢。他送我這根雪茄。要不要一起抽，像兩個計畫大屠殺的印第安酋長？」

「我不能抽雪茄。」

彼德斯傷心的看看大雪茄，「我也一樣，」他說：「我想送給卡尼。但這不是那種一個人獨享的雪茄，即使是卡尼那號人物。」他皺皺眉頭，「你知道嗎？我談卡尼談得太多了。我一定是很緊張。」他把雪茄放回抽屜，看看翻開的檔案。「我們究竟要查什麼？」

「我正在找一個有昂貴的嗜好又很有錢的酒鬼。目前爲止他還沒有跳票的習慣。至少我沒聽說過。他有點暴力傾向，他太太很擔心。認爲他可能躲在某一個醒酒的地方，但不敢確定。唯一的線索是一張字條提到V醫生。只有縮寫字母。我要找的人已經失蹤三天了。」

彼德斯若有所思瞪著我。他說：「不算太久。有什麼好擔心的？」

「我若先找到他，可以得到酬勞。」

他又看了我幾眼，然後搖搖頭，「我不懂，不過沒關係。我們查查看。」他開始翻檔案，「不太容易，」他說：「這些人來來去去。單單一個字母不能提供什麼線索。」他由一個紙夾抽出一頁，翻一翻，又抽出另一頁，最後再抽出第三頁。他說：「一共三個。阿莫斯．瓦雷醫生，接骨專家。在阿爾塔登娜有家大診所。夜間出診五十塊錢。有兩名登錄過的護士。兩年前跟州立緝毒組的人有過糾紛，被迫交出處方簿。這份資料其實不夠新。」

我寫下名字和他在阿爾塔登娜的地址。

「還有一位雷斯特．福卡尼克先生。耳鼻喉科。好萊塢大道史托克維爾大樓。這一位是優秀的醫生。主要做門診，好像專精慢性竇管炎。例行公事沒什麼可疑的。你進去說鼻竇引起頭疼，他就替你清洗鼻竇。當然他得先用諾凡鹼痲醉。可是他若看中你，不見得非用諾凡鹼不可。明白吧？」

「當然。」我把這一位寫下來。

「這很好，」彼德斯繼續看資料說：「顯然他的問題出在供應方面。原來我們的福卡尼克醫生常到恩森納達外海釣魚，乘自己的飛機飛過去。」

「我想他光靠這樣跑單幫帶毒品，一定維持不了多久。」我說。

彼德斯想一想，搖搖頭，「我不同意。只要他不太貪心，可以永遠這樣下去。唯一的大危險在於顧客不滿意——對不起，我是指病人——但他可能知道要怎麼應付。他已在同一間辦公室執業十五年了。」

「你這些資料哪裡來的？」我問他。

「老兄，我們是一個機構，不像你是一匹孤狼。有些資料是客戶自己提供的，有些是我們獨家消息。卡尼不怕花錢。他願意的時候，挺會交際的。」

「這段話他聽了一定很喜歡。」

「管他的。最後一位名叫佛林傑。將他列檔的工作人員已經走了。好像有個女詩人在他西普維達峽谷的牧場自殺。他經營一個藝術村之類的地方，供作家和想要隱居的人去。收費還算合理。聽來沒有違法。他自稱是醫生，其實沒有行醫。可能是博士。坦白說，我不知道他的資料為什麼被收在這裡。可能跟那次自殺有關。」他拿起一張貼在白紙上的剪報，「是的，施用嗎啡過量。但不能證明佛林傑知情。」

我說：「這個佛林傑好。非常好。」

彼德斯闔上檔案，啪的一聲放下，「你只當沒見過這個。」他說。他站起來，走出房間。回來的時候，我正起身要走。我謝謝他，但他表示用不著。

他說：「聽著，你要找的人會去的地方可能有幾百處。」

我說我知道。

「對了，我聽見一些跟你朋友藍諾士有關的消息，你可能會感興趣。我們有一位同事五、六年前在紐約碰到一個傢伙，特徵跟他完全吻合。可是他說那人不姓藍諾士，他姓馬斯頓。當然他可能弄錯了。那人一天到晚喝醉酒，所以很難確定。」

我說：「我懷疑是不是同一個人。他爲什麼要改姓呢？有戰爭紀錄可查嘛。」

「我不知道。我們同事目前在西雅圖。如果你覺得有必要，等他回來你可以跟他談。他姓阿許特菲爾。」

「多謝幫忙，喬治。這十分鐘可眞長。」

「說不定哪天我需要你幫忙。」

我說：「卡尼機構不需要任何人幫忙做任何事。」他用大拇指作了個不禮貌的姿勢。我在鐵灰色的小辦公室告辭，穿過接待室。接待室現在看起來還不錯。出了小牢房，鮮明的色彩顯得合情合理。

16

岔出公路，西普維達峽谷底部有兩根方形黃色門柱，一扇五道鎖的大門敞開著。門上有一塊鐵線吊掛的招牌：「私人道路。不准擅入。」空氣溫暖又安靜，充滿油加利樹的騷味。

我彎進去，順著一條石子路環繞山肩緩緩上坡，越過一個山脊，從另一邊進入淺淺的山谷。谷底很熱，氣溫比公路上高出十或十五度左右。現在我看出石子路末端是一個圓環，圍繞著一片邊緣鑲有白石頭的草地。我左手邊是一個空空的游泳池，看來最空虛的莫過於空游泳池了。池子的三邊原先應是草皮，幾張紅木躺椅，椅墊褪色褪得厲害，這些椅墊原該是藍色綠色黃色橙色鐵銹紅，各種顏色都有。鑲邊有些地方已綻線，鈕釦迸開，墊料鼓出來。池子另一邊是網球場的高鐵絲網。空游泳池的潛水板曲翹起來，一副倦態。外層的襯墊破破爛爛，金屬配備則銹跡斑斑。

我開到圓環，停在一棟紅木房子前面，木瓦屋頂、前廊很寬。入口有雙層紗門。大黑蠅停在紗網上打瞌睡。常綠且永遠灰濛濛的加州橡木間有曲徑通幽，而橡木林裡有鄉村小屋散列在山坡上，有些幾乎完全被樹影遮住。看得見的幾棟都是荒涼的淡季樣。門關著，窗戶都罩著網織棉布之類的窗簾。我幾乎能感受那窗檯上厚厚的灰塵。

我關掉引擎，雙手放在方向盤上靜坐傾聽。沒有動靜。這個地方死寂如古法老的遺骸，只有雙紗門裡的門扉開著，暗黝黝的屋裡有東西晃動。這時候我聽見一聲輕微而準確的口哨聲，有個男人在紗門內出現，把紗門打開，慢慢逛下台階。他這人可精采了。

他戴著扁扁的黑色牧人帽，帽帶繫在頷下；身穿白色絲襯衫，一塵不染，領口敞開，蓬袖，腕部束得很緊。脖子上斜綁一條黑色鬚邊圍巾，一邊短，一邊長及腰部左右。此外還配戴一條寬寬的黑色腰帶，穿黑褲子，臀部包得緊緊的，黑得像煤炭，側面縫有金線，直通到開叉的地方，開叉的兩側都綴有金釦子。腳上穿的是漆皮舞鞋。

他停在台階底，眼睛看著我，還在吹口哨。動作靈活如皮鞭。我一輩子沒見過那麼大那麼空虛的煙霧色眸子，長長的睫毛亮麗如絲；體型纖細完美，卻不衰弱；鼻樑很直，不算太瘦，嘴巴噘得很好看，下巴有酒窩，小耳朵優雅的貼著腦袋。皮膚慘白，好像從來沒曬過太陽。

他左手放在臀部，右手在空中劃一道優美的圓弧，惺惺作態。

他說：「你好。天氣好極了，對不對？」

「我覺得這邊好熱。」

「我喜歡熱天。」說得平淡決絕，沒有討論餘地。我喜歡什麼他是不屑一顧的。他在台階上坐下來，取出一個長銼子，開始銼指甲，「你從銀行來的？」他問話連頭也不抬。

「我找佛林傑醫生。」

他停下銼指甲的動作，望向暖洋洋的遠方，「他是誰？」

「他是這兒的業主。好乾脆，嗯？裝做不知道。」

他繼續用銼子修指甲，「你聽錯了吧，寶貝。這兒的業主是銀行。他們沒收了這件抵押品，或者暫時寄存等著過戶之類的。細節我忘了。」

他抬頭看我，一副對細節滿不在乎的表情。我下了奧斯摩比汽車，倚著滾燙的門，隨即移開，站在比較通風的地方。

「是哪家銀行？」

「你不知道，那你就不是那邊來的。你不是那邊來的，就沒有事要來辦。走吧，寶貝。快點滾。」

「我必須找到佛林傑醫生。」

「這個場所不營業，寶貝。牌子已經說了，這是私有道路。有個跑腿的忘了鎖大門。」

「你是管理人？」

「差不多。別再打聽了，寶貝。我的脾氣不大可靠。」

「你生氣的時候會幹什麼——跟黃鼠跳舞？」

他突然優雅的站起來，微微一笑，笑容很空虛，「看來我必須把你扔回你那輛小小的舊敞篷車裡去。」他說。

「等一下。現在什麼地方可以找到佛林傑醫生？」

他把銼子放進襯衫口袋，右手多了另外一樣東西。三兩下拳頭上就套著亮晶晶的銅指節環。顴骨上的皮膚繃緊了，煙濛濛的大眼深處有一團烈火。

他慢慢向我走來。我往後退，留出多一點空間。他繼續吹口哨，但哨音又高又尖。

我告訴他，「我們用不著打架。沒什麼好打的。搞不好你會弄破這條迷人的褲子。」

他的動作快如閃電，得心應手一跳，向我衝過來，左手快速往外伸。我以爲他會戳刺，就移動頭部，其實他是想抓我的右手腕，結果抓到了，而且抓得很緊，把我甩得失去平衡，戴銅指節的手彎彎揮過來。後腦勺要是挨一記，我就成病人了。我若抽身，他會打到我的側臉或手臂靠肩膀的地方。那不是手臂殘廢就是面孔完蛋。這種情況下只有一個辦法。

我照樣抽身，順勢從後面擋住他的左腳，抓住他的襯衫，聽見襯衫撕裂的聲音。有東西打了我的頸背一下，但不是金屬。我向左轉，他向旁邊橫過去，像貓一般落地，我還沒站穩，他已經站定了。現在他咧著嘴笑，對這一切非常開心。他熱愛他的工作。如今向我急撲而來。

不知哪兒傳來一陣低沉的大嗓門，「艾爾！馬上歇手！馬上，聽到沒？」

牧童住手了。他臉上有一種病態的笑容。動作很快，銅指節環一下子就消失在褲頭的寬腰帶裡。

我回頭看見一個穿夏威夷襯衫的矮胖壯漢一面揮手一面沿著小徑匆匆向我們走來。走路有點喘。

「你瘋了，艾爾？」

「別這麼說，醫生。」艾爾輕聲說。然後他微笑著轉身走開，坐在房子的台階上。他脫掉平頂帽，取出一把梳子，開始梳理密密的黑髮，表情顯得茫茫然。過了一會他開始輕輕吹起口哨。

穿著花稍襯衫的壯漢站著看我。我也站著看他。他咆哮道：「這邊出了什麼事？先生，你是誰？」

「敝姓馬羅。我要找佛林傑醫生。名叫艾爾的小伙子想玩遊戲，我猜天氣太熱了。」

他威風凜凜說：「我就是佛林傑醫生。」又轉頭說：「進屋裡去，艾爾。」艾爾慢慢站起來。他以若有所思的目光打量佛林傑醫生一眼，煙濛濛的大眼睛沒什麼表情。然後他走上台階，打開紗門。一大群蒼蠅嗡嗡怒吼，門一關上，牠們又停在紗門上頭。

「馬羅？」佛林傑醫生再次把注意力轉向我，「有什麼事要我效勞，馬羅先生？」

「艾爾說你這邊歇業了。」

「對。我只是等某些法律手續完成再搬出去。這邊只有艾爾和我兩個人。」

我露出失望的樣子說：「好失望。我以為有一個姓維德的人在你們這邊暫住。」

他抬起兩道「富樂刷子」業者一定會感興趣的眉毛，「維德？我可能認識一個這樣姓的人——這是很普通的姓——他怎麼會在我們這邊暫住呢？」

「來治療。」

他皺皺眉頭。人有這種眉毛，眞的能皺眉皺得厲害，「我是醫療人員，但不再行醫了。你認爲是哪種治療呢？」

「那傢伙是酒鬼。他不時神經失常，突然失蹤。有時候自己回家，有時候被人帶回家，有時候要人花時間找。」我掏出名片遞給他。

他看一看，不怎麼高興。

我問他：「艾爾怎麼回事？他自以爲是范倫鐵諾還是什麼？」

他又揚眉了。我簡直迷住了。一部分眉毛自行彎曲達一吋半左右。他聳聳多肉的肩膀。

「馬羅先生，艾爾沒什麼大礙。他——有時候——有一點愛作夢。就說他是活在遊戲世界吧？」

「這是你的說法，醫生。在我看來他動作粗魯。」

「嘖，嘖，馬羅先生。你太誇張了。艾爾喜歡打扮自己。這方面他像小孩。」

我說：「你是說他有神經病。這個地方是療養院之類的？或者曾經是？」

「當然不是。營運時是藝術村。我提供三餐、住所、運動和娛樂設施，最重要的是幽靜。收費合理。你可能知道，藝術家很少有錢。所謂藝術家當然也包括作家、音樂家等等。對我而言是頗有收穫的職業——沒有倒閉前。」

他說這句話時，顯得很傷心。眉毛外角向下垂，與嘴巴湊在一起。再長一點就要掉進嘴巴了。

「我知道，」我說：「檔案裡有。還有不久前你們這邊發生的自殺事件。是吸毒案吧？」

他不再消沉，倒發起火來，「什麼檔案？」他厲聲問道。

「醫生，我們有個鐵窗病患的檔案。就是瘋病發作時逃不出去的幾個地方。小私人療養院或者治療酒鬼、吸毒客和輕度瘋狂的地方。」

「那種地方必須依法申請執照。」佛林傑醫生厲聲說。

「是的，至少理論上如此。有時候他們會忘了之類的。」

他挺直腰桿。這傢伙聽了我的話，威嚴十足，「馬羅先生，這個暗示太侮辱人。我不知道爲什麼我的名字會在你提起的那種名單上。我必須請你出去。」

「我們再來談維德。他會不會化名到這裡？」

「這邊除了艾爾和我沒有別人。我們孤零零的。現在請容我告退——」

「我想到處看一看。」

有時候你激怒他們，他們會說出不恰當的話。佛林傑醫生卻不會。他依舊很有尊嚴。眉毛跟他一直很合作。我向屋子那邊望。裡面傳出音樂聲，舞曲音樂，還依稀有彈手指的聲音。

我說：「我打賭他在那邊跳舞，是探戈。我打賭他一個人在裡面跳舞。小鬼。」

「你走不走，馬羅先生？還是要我叫艾爾來幫我把你扔出我的私有地？」

「好吧，我走。別生氣，醫生。就我的線索，以V字母開頭的醫生只有三個，你好像是其中最有可能的一位。我們只有這條線索——V醫生。他臨走前在一張紙上草草寫下：V醫生。」

「說不定有幾十個。」佛林傑先生心平氣和說。

「噢，一定的。可是我們的鐵窗病患檔案裡卻沒有幾十位。耽誤你時間，多謝，醫生。艾爾略微使我不安。」

我轉身走向我的車子，上了車。關車門的時候，佛林傑醫生來到我旁邊。他探頭進來，表情很愉快。

「我們用不著吵架，馬羅先生。我明白你幹這一行，往往得相當唐突。艾爾有什麼事令你不安？」

「他假得太明顯了。你發現某方面太假的時候，自然會推想有別的問題。那傢伙是躁鬱症患者吧？現在他正處於狂躁狀態。」

他默默瞪著我，看來嚴肅又客氣，「很多有趣又有才華的人在我這兒暫住過，馬羅先生。不是每一個人都像你這樣頭腦清楚。有才華的人往往神經過敏。可是就算我喜好那種工作，我也沒有設備來照顧瘋子和酒鬼。除了艾爾，我沒請別的員工，而他幾乎不是照顧病人的料。」

「那你說他是什麼料，醫生？除了半裸跳舞和胡說八道？」

他倚著車門，聲音低低的，好像把我當作知己，「馬羅先生，艾爾的父母是我的好朋友。總得有人照顧他，他們已經不在了。艾爾必須過平靜的生活，遠離市區的噪音和誘惑。他精神不穩定，但基本上不會傷人。你看見啦，我控制他輕鬆自如。」

「你勇氣十足。」我說。

他嘆了一口氣，眉毛輕輕波動，像某種可疑昆蟲的觸鬚。他說：「這是一種犧牲，相當沉重的犧牲。我以爲艾爾可以在這邊協助我工作。他網球打得好極了，游泳和潛水不輸冠軍選手，跳舞可以跳一整夜，幾乎什麼時候都和藹可親。但偶爾會有——意外。」他大大揮手，彷彿要把慘痛的回憶推到腦後，「到頭來不是放棄艾爾，就是放棄這個場所。」

他雙掌朝上，向外攤開，翻過來，垂落在兩側；眼裡熱淚盈眶。

他說：「我賣掉了。這個安詳的小山谷會變成房地產開發案。會有人行道和燈柱，有騎速克達大聲聽收音機的孩子。甚至會——」他吐出一聲寂寞的嘆息，「——有電視。」他大手一掃，「我希望他們肯饒過這些樹，可是我怕他們不肯。沿著山脊會換上電視天線。而艾爾和我會走得遠遠的。」

「再見，醫生。我的心爲你流血。」

他伸出手，溼溼的，但很結實。「我感激你的同情和了解，馬羅先生。很遺憾我沒法幫助你找史拉德先生。」

「是維德。」我說。

「對不起，維德，當然。先生，再見，祝你好運。」

我發動汽車，沿著剛才的石子路原路開回去。我覺得難過，卻不像佛林傑醫生所希望的那般難過。我駛出大門，繞過公路彎道，開了一大段路，把車停在門口看不到的地方。我下了車，沿著路邊走回鐵絲網外可以看見大門的地帶。我站在一棵油加利樹下等候。

大約五分鐘過去了。一輛車攪動著小石子駛入私有道路，停在我這個角度看不見的地方。我往後退入灌木叢中，聽見一陣吱吱嘎嘎的聲音，然後鎖環喀啦一聲，鍊條嘎嘎響。汽車馬達加速，車子又重新開入。

車聲聽不見以後，我回到我的奧斯摩比車上，迴轉過來面對城裡的方向。經過佛林傑醫生的私有道路入口，我看見大門已繫上一條鐵鍊，加上掛鎖。今天不再接受訪客了，謝謝。

17

我開了二十幾哩路回市區吃午餐。吃著吃著愈來愈覺得整件交易實在太蠢了。我這種查法不可能找到人——也評會碰到像艾爾和佛林傑這樣有趣的人物，但不會碰見自己要找的人；在一個沒有收益的遊戲中徒然損耗了車胎、汽油、口舌和精神。甚至不像玩「黑28」牌，可以四面押注明家的賭注限額。只有三個V字母開頭的人名，我找到這人的機率簡直像玩擲骰子遊戲要賭徒「希臘人尼克」傾家蕩產差不多。

反正第一個答案永遠是錯的，是死胡同，是當你的面爆開卻沒有聲音的引線。可是他不該把維德說成史拉德。他是頭腦很好的人，不會這麼容易忘記才對；既然忘了，就會完全忘光。

也許會，也許不會。不是認識很久嘛。我一面喝咖啡一面想到福卡尼克醫生和瓦雷醫生。去還是不去？找他們會耗掉大半個下午。到時候我打電話到懶人谷的維德華廈，他們說不定會告訴我一家之主已經回到家，目前一切光明美好。

找福卡尼克醫生倒容易。就是順走五、六條街的距離。可是瓦雷醫生遠在阿爾塔登娜丘陵，大熱天要開好長好煩人的一段路。去還是不去？

最後的答案是「去」。理由有三。首先，對曖昧行業和其從業者多了解一點無妨。第二，我爲彼德斯抄給我的檔案增添一點內容，等於表示感激和善意。第三是我沒有別的事可做。

我付了帳，把車留在原地，走街道北邊到史托克維爾大樓。那棟大樓是老古董，入口有個雪茄櫃檯和手動電梯，電梯一路顛簸不平。六樓的走廊窄窄的，門上裝有毛玻璃。比我的辦公大樓還要舊還要髒。裡面全是混得不太好的醫生、牙醫、「基督教科學」執業者，還有那種你只希望對方聘請、自己卻不想要的蹩腳律師，以及只能勉強糊口的牙醫和醫療人員。不太高明，不太乾淨，不太有效率，三塊錢，請付給護士；疲倦又洩氣的醫生，深知自己有多少斤兩，能找到什麼樣的病人，能榨出多少診療費。請勿賒帳。醫生在，醫生不在。卡辛斯基太太，你的小臼齒搖動得厲害。你若用這種新的丙烯補牙劑，不輸給黃金的，我替你補只收十四元。你若想用諾凡鹼麻藥，加收兩元。醫生在，醫生不在。三塊錢。請付給護士。

在這種大樓，總會有幾個傢伙賺大錢，但是看不出來。他們跟邋遢的背景完全契合，背景成了他們的保護色。兼營保釋作保書非法買賣的狡猾律師（所有繳過罰金的保釋作保書只有約百分之二收回）。設備奇特、可冒充任何身分的墮胎密醫。假充泌尿科、皮膚科或任何可正常使用局部麻醉的醫生，實際上卻推銷毒品的人。

雷斯特．福卡尼克醫生有個裝潢很爛的小候診室，裡面坐了十二個人，都很不舒服。他們看來普普通通，沒什麼特徵。反正一個控制得宜的吸毒者和一個吃素的簿記員，你也分不出來。我等了三刻鐘。病人走兩道門進去。只要空間夠大，能幹的耳鼻喉科醫生可以同時應付四個病人。

我終於進去了。我坐上一張棕色皮椅，旁邊的一張檯子上鋪了白毛巾，上面放一套工具。貼牆有個消毒箱正冒著氣泡。福卡尼克醫生穿著白罩衫輕快的走進來，額上套著一面圓鏡子。他坐在我面前的一張高凳上。

「鼻竇性頭痛，是嗎？很嚴重？」他看看護士交給他的硬紙夾。

我說痛死了。痛得眼花，尤其早上剛起來的時候。他英明地點點頭。

「典型的症狀。」他說著，把一個玻璃帽套在一個鋼筆型的器具上。

他把那個器具塞進我嘴裡，「請閉上嘴唇，但不要合上牙齒。」他一面說一面伸手關了燈。屋裡沒窗戶，通風扇不知在什麼地方噗噗響。

福卡尼克醫生收回玻璃管，把燈重新開亮。他小心翼翼望著我，「根本沒堵塞，馬羅先生。你如果頭疼，不是因爲竇管出問題。我猜你一輩子沒有鼻竇毛病。你過去動過鼻膈膜手術，我明白。」

「是的，醫生。玩足球被踢了一腳。」

他點點頭，「有一塊小骨頭應該已經切除了。不過不太會影響呼吸。」

他坐在凳子上往後仰，抱著膝蓋，「你指望我爲你做什麼？」他問道。他的臉很瘦，皮膚白得無趣，看來像一隻患了結核病的老鼠。

「我要跟你談談我的一個朋友。他體能很差。他是作家，很有錢，但神經系統不健全。需要幫助。他一連幾天喝酒過日子。他需要一點額外的東西。他的醫生不肯再合作。」

「你所謂合作是什麼意思？」福卡尼克醫生問道。

「那傢伙只是需要偶爾打一針鎮定一下。我想我們也許可以想出一點辦法。」

「抱歉，馬羅先生。我不治那一類的毛病。」他站起來，「好粗野的手法，我說。你的朋友若要找我諮商，可以。但他得患了需要治的病才行。馬羅先生，診療費十元。」

「別裝蒜了，醫生。名單上有你。」

福卡尼克醫生貼著牆，點了一根煙。他正等我說下去，一面吐煙圈，一面看著我。我遞上一張名片。他看了一眼。

「什麼名單？」他問道。

「鐵窗病患。我猜你也許已經認識我的朋友。他姓維德。我猜你可能把他藏在某個地方的一間小白房間裡。那傢伙從家裡失蹤了。」

福卡尼克醫生跟我說：「你混蛋。我才不去那種四日戒酒治療之類的地方撈錢。那種什麼也治不了。我沒有什麼白色小房間，也不認識你提到的朋友——如果眞有這麼一個人存在的話。十塊錢——現金——馬上付。還是要我叫警察來，告你向我索求麻醉藥品？」

我說：「好極了，我們叫吧。」

「滾蛋，你這個下賤的騙子。」

我站起來，「我猜我弄錯了，醫生。那傢伙上次違誓酗酒，躲在一個姓氏以V字母開頭的醫生那兒。嚴格說來那是秘密醫療。他們晚上來接他，等他的焦慮期過去，再用同樣的方法送他回來。甚至沒看他走進屋內就溜了。所以，這回他又脫逃而且過了一陣子沒回來，我們自然會查檔案找線索。我們查出三個姓氏以V字母開頭的醫生。」

他苦笑道：「有趣。」仍然等我慢慢說：「你們根據什麼選擇？」

我瞪著他。他的右手順著左上臂內側輕輕上下移動。臉上汗珠點點。

「抱歉，醫生。我們是機密運作。」

「失陪一下。我有另一位病人——」

他一句話沒說完就走出去。他走了以後，一位護士由門口探頭進來，匆匆看了我一眼又退開了。

接著福卡尼克醫生高高興興逛回來。他滿面笑容，很輕鬆，眼睛亮亮的。

「什麼？你還在這邊？」他顯得很驚訝，不然就是故作驚訝狀，「我以爲我們的小訪談已經結束了。」

「我正要走。我以爲你要我等。」

他咯咯笑起來，「你知道嗎，馬羅先生？我們活在非凡的時代。爲了區區五百元，我可能讓你斷幾根骨頭住進醫院。滑稽吧？」

我說：「妙哉，你在血管裡注射毒品，對不對，醫生？老天，你可眞容光煥發起來！」

我向外走。他吱吱喳喳說：「再見，朋友。別忘了我的十元。付給護士。」

他走向一個對講機，我離開時，他正跟對講機說話。候診室裡剛才那十二個人或者十二位跟他們差不多的人正忍受不舒服的滋味。護士正在忙。

「一共十元，拜託，馬羅先生。這邊要付現。」

我在擁擠的足陣中向門口走去。她跳出椅子，繞過書桌。我拉開門。

「你收不到會出什麼事？」我問她。

「你等著瞧。」她氣沖沖說。

「好。妳只是盡忠職守。我也是。好好看看我留的名片，妳就明白我的職業是什麼。」

我繼續往外走。候診的病人用不以爲然的目光望著我。不該這樣對待醫生的。

18

阿莫斯．瓦雷醫生可就完全不同了。他有一棟古老的大房子，在古老的大花園裡，有古老的大橡樹遮蔭。是厚實的木造房舍，前陽台有渦形雕飾，白色欄杆有圓雕和凹槽柱子，像老式大鋼琴的琴腳。幾位脆弱的老人坐在陽台的長椅上，身上裹著毯子。

前門有兩道，裝有花玻璃板。裡面的大廳又寬又涼快，拼花地板亮亮的，連一塊地毯都沒有。阿爾塔登娜夏天很熱，緊貼著小山丘，風直接從頭頂過去，吹不進來。八十年前人家就知道該怎麼建適宜這種氣候的房子。

一個服裝乾淨潔白的護士接過我的名片，我等了一會兒，阿莫斯．瓦雷終於肯接見我。他是個光頭大個子，笑容可掬。白色長外套一塵不染，穿著壓紋膠底鞋，走路靜悄悄的。

「有什麼事要我效勞，馬羅先生？」他的聲音渾厚柔和，可以紓解痛苦，安慰焦慮的心情。醫生在這兒，沒什麼好擔心的，一切都會順順利利。他會那套床邊禮儀，一層層又厚又甜。真了不起——而且跟個裝甲鐵板般硬。

「醫生，我在找一個姓維德的人，他是有錢的酒鬼，最近從家裡失蹤了。過去他曾經躲在一個能技巧應付他的隱密場所。我唯一的線索提及一位V醫生。你是我找的第三位。我非常洩氣。」

他和顏悅色微笑著，「才第三個，馬羅先生？洛杉磯附近姓氏以V字母開頭的醫生一定有一百個。」

「對，可是設有鐵窗病房的卻不多。我發覺這邊樓上有幾間，在房子側面。」

瓦雷醫生傷心的說：「是老人，」但他的傷心渾厚而飽滿，「孤單的老人，沮喪不快樂的老人，馬羅先生。有時——」他作了個表情豐富的手勢，向外劃弧形，停頓一下，然後輕輕落下，像一片枯葉飄落地面。他嚴格加上一句，「我這邊不治酗酒病人。現在請恕我失陪——」

「抱歉，醫生。你剛好在我們的名單上。也許是誤會。兩年前跟緝毒組的人有過一點小小糾紛。」

「是這樣嗎？」他露出不解的表情，然後豁然開朗，「啊，是的，我不謹愼雇錯了一位助手。很短的時間。他利用我的信任胡來。是的，沒錯。」

我說：「我聽到的不是這樣，我猜我聽錯了。」

「你聽到的是怎麼樣，馬羅先生？」他依舊笑容可掬，聲音成熟悅耳。

「聽說你被迫交出麻醉藥處方簿。」

這一來有點說中他的要害了。他沒有怒目蹙額，卻拿掉了幾層魅力十足的笑容。藍色的眼珠子閃著寒光，「這個怪誕的消息是哪裡來的？」

「來自一家有能力建立這方面檔案的大偵探社。」

「毫無疑問，是一群廉價的勒索客。」

「不廉價喔，醫生。他們的基本收費是一百美元一天。由前任憲兵隊上校主持。不是收小錢的貪心鬼，醫生。他的評價很高。」

瓦雷醫生淡漠的說：「我該給他一點坦白的建議。他名叫什麼？」瓦雷醫生的儀容不再陽光普照，漸漸成爲冷颼颼的黃昏了。

「機密，醫生。別放在心上。全是例行工作。維德這個姓你一點印象都沒有，呃？」

「我相信你知道出去的路怎麼走，馬羅先生。」

他身後一個小電梯的門開了。一位護士推一輛輪椅出來，上面坐著一個風燭殘年的老人，雙目緊閉，皮膚泛青，全身裹得緊緊的。護士默默推著他走過光亮的地板，由邊門出去。瓦雷醫生柔聲說：「老人。生病的老人。寂寞的老人。別再回來，馬羅先生。你會惹惱我，我惱火的時候可能相當不討人喜歡。可以說非常非常不討人喜歡。」

「我無所謂，醫生。耽誤你時間，謝謝。你這兒眞是不錯的院內死亡收容所。」

「這話什麼意思？」他向我這邊跨一步，把最後幾層甜蜜的外衣也剝掉了。臉上柔柔的紋路變成硬硬的山脊。

我問他：「怎麼啦？我看得出我要找的人不會在這裡。我不會來找任何一個還有餘力反擊的人。生病的老人。寂寞的老人。你自己說的，醫生。沒人要的老人，但是有錢，有飢渴的繼承人在等待。其中一大半說不定已被法庭判爲無行爲能力。」

「你把我惹火了。」瓦雷醫生說。

「輕淡的食物，輕淡的鎭靜劑，堅定的治療。把他們放到陽光下，把他們放回床上。某些窗戶裝上鐵條，以防有人還有勇氣逃脫。他們愛你，醫生，全體一致愛你。他們死前握著你的手，看見你眼裡的悲哀。而且是眞心的。」

「當然是。」他低聲吼道。現在他雙手握拳。我應該適可而止。但我對他漸漸感到噁心。

我說：「當然，沒有人喜歡失去一個付錢大方的顧客。何況你用不著討好他。」

他說：「總得有人做啊。總得有人照顧這些傷心的老人，馬羅先生。」

「總得有人清除污水溝。仔細想想這是一種乾淨又誠實的工作。再見，瓦雷醫生。下回我的工作使我自慚形穢時，我會想起你，這一來我就會受到鼓舞。」

「你這隻骯髒的寄生蟲，」瓦雷醫生咬牙道：「我該打斷你的背。我幹的是正派專業的正派分支。」

「是啊。」我不耐煩的看著他，「我知道。只是有死亡的氣味罷了。」

他沒打我，於是我由他身邊走出去。我從寬寬的雙扇門回頭望。他一動也不動。他還有工作要幹，就是把層層的蜜糖重新放回臉上去。

19

我開車回好萊塢，自覺像一截被嚼過的繩子。吃東西嫌太早，也太熱了。我打開辦公室的風扇。空氣沒有變涼爽，只是流通。外面的林蔭大道上人車川流不息。我的思緒卻像黏蠅紙上的蒼蠅黏在一起。

出擊三次，三次都失誤。只落得看了太多醫生而已。

我打電話到維德家。一個墨西哥腔的人來接電話，說維德太太不在家。我要找維德先生。對方說維德先生也不在。我留下姓名。他似乎毫不困難就聽清楚了。他說他是僕人。

我打電話到「卡尼機構」去找喬治．彼德斯。也許他另外還認識別的醫生。他不在。我留下假名和眞的電話號碼。一個鐘頭像一隻病蟑螂慢慢爬過去。我宛如無名沙漠中的一粒小砂子。像一個子彈剛用完的雙槍牛仔。打了三發，三發都不中。凡事成三我眞討厭。你找A先生，一無所獲。你找B先生，一無所獲。你找C先生，還是一樣。一個禮拜後你發現應該是D先生。只是你不知道有他存在，等你查出來，客戶已改變主意，不要你調查了。

福卡尼克和瓦雷醫生都可以劃掉。瓦雷的機構很賺錢，不會碰酗酒病例。福卡尼克是窩囊廢，是在自己診所走鋼絲的高空表演家。助手一定知情。至少某些病人一定知道。只要有人抱不平打個電話，他就完了。不管酒醉或清醒，維德不會走近他的地盤。他可能不算太聰明——很多成功的人都不是智能方面的巨人——但他不會笨到跟福卡尼克打交道。

唯一的可能是佛林傑醫生。他有空間，而且夠幽靜，說不定還頗有耐心。可是西普維達峽谷離懶人谷這麼遠。接觸點在哪裡，他們怎麼認識的？假如佛林傑是那處房地產的主人，而且已有買主，那他不算太有錢。我忽然閃過一個念頭，打電話給一位地契公司的熟人，想查那塊地的情況。沒人接。地契公司那天休假。

我也下班，開車到拉辛納戛，前往「紅寶石露天烤肉」，把名字告訴司儀，等著坐上吧檯凳，前面放上一杯威士忌調酒，耳中響著馬瑞克・韋伯的華爾滋，享受一番。過了一會兒我越過天鵝絨繩圈走進去，吃了一客紅寶石「舉世知名」的沙利斯伯里牛排，其實就是漢堡肉擺在燒燙的木板上，旁邊放一圈烤焦的馬鈴薯泥，加上炸洋蔥圈和混合沙拉——這種沙拉男人在餐廳裡乖乖吃下，如果太太在家給他吃這個，他可就要大吼大叫了。

吃完後我開車回家。打開前門的時候，電話鈴響了。

「馬羅先生，我是艾琳・維德。你要我打給你。」

「只是查查看妳那頭有沒有發生什麼事。我整天看醫生，沒交上朋友。」

「不，很遺憾，他還沒露面。我忍不住焦急。那我猜你沒什麼消息要告訴我囉。」她的聲音低低的，很沒有精神。

「這個郡很大，人又多，維德太太。」

「到今晚就整整四天了。」

「對，可是還不算太久。」

「對我來說很久。」她沉默半晌，繼續說：「我拚命思考，設法想起一些事。一定有一些事，有某種暗示或回憶。羅傑很健談。」

「妳對佛林傑這個姓氏有什麼印象嗎，維德太太？」

「不，恐怕沒有。應該有嗎？」

「妳提過維德先生有一次由一個穿牛仔裝的高個子青年送回來。如果妳再看見他，認不認得出來，維德太太？」

她猶豫不決說：「我猜可以，如果情況相同的話。不過我只瞥見他一眼。他姓佛林傑？」

「不，維德太太。佛林傑是體格壯碩的中年人，在西普維達峽谷開一家——準確地說是曾經開一家休閒牧場。有個打扮花稍名叫艾爾的青年爲他工作。佛林傑自稱爲醫生。」

她熱情洋溢說：「好極了。你不覺得追對了路子嗎？」

「我可能惹來一身溼，比淹死的小貓還要慘。等我知道再告訴妳。我只是要確定羅傑回家沒有，妳有沒有想起其他事？」

她鬱鬱說道：「我恐怕幫不上你什麼忙。請隨時打電話給我，多晚都沒關係。」

我答應照辦，就掛斷了。這回我隨身帶了一把槍和一支三個電池的手電筒。槍是點三二口徑的小短筒槍，裝有平頭子彈。佛林傑醫生的僕人艾爾除了銅指節環，可能還有別的武器。如果有，他一定會蠢兮兮拿出來玩。

我又開上公路，大膽開快車。沒有月亮的夜晚，我到達佛林傑醫生的私有地入口，應該天黑了。黑暗正合我的需要。

那道大門還繫著鐵鍊和掛鎖。我開過去，停在公路上遠遠的地方。樹下還有餘光，可是不會維持太久了。我爬進大門，爬上山坡，找徒步小徑。遠處山谷中依稀聽見鵪鶉叫。一隻傷心的鴿子正在驚嘆生命的悲哀。沒有徒步小徑，至少我找不著，於是我退回路面，順著礫石邊緣走。油加利樹漸少，換成橡樹，我越過山脊，遠遠看見幾盞燈光。我由游泳池和網球場後面走到道路盡頭可以俯視主建築的地方，足足花了三刻鐘。屋裡燈火通明，我聽見音樂聲傳出來。再過去的樹影中另一間小木屋也亮著燈。樹林裡到處都是黑漆漆的小木屋。現在我順著一條小路走，突然間主屋後面的聚光燈亮起來。我猛停下腳步。聚光燈沒有特意搜尋什麼，筆直向下照，在後陽台和陽台外的地面映出一個寬寬的光池。然後有扇門砰的一聲開了，艾爾走出來。我知道我來對了地方。

艾爾今晚打扮成牛仔，上次帶羅傑·維德回家的就是個牛仔。艾爾正在甩繩圈。他穿一件縫有白線的深色襯衫，脖子上鬆鬆繫一條圓點圍巾，腰繫一條有大量銀飾的寬皮帶，配上兩個玩具皮槍套，各放一把象牙柄的槍。他下半身穿著優雅的馬褲和交叉縫有白線的馬靴，新得發亮。腦袋背後掛一頂白色寬邊帽，一條像是編織成的銀繩鬆鬆垂在襯衫外，尾端沒打結。

他一個人站在白色聚光燈下，向四周甩繩圈，在圈裡圈外踏進踏出，成了沒有觀眾的演員——高大苗條英俊的度假牧場馬夫一個人唱獨腳戲，我愛死了這場表演。雙槍艾爾，柯契斯郡人見人怕的好漢。這種休閒牧場愛馬如癡，連電話接線小姐都穿著馬靴上班，艾爾在這兒如魚得水。

突然間他聽到一個聲音，也許是假裝聽到。繩子垂下來，他雙手由槍套中抓起手槍平舉，大拇指弓按著手槍的撞針。他偷看暗處。我不敢動。那兩把混蛋槍說不定裝了子彈。可是聚光燈照花了他的眼，他沒看見什麼。他把槍放回槍套，拿起繩子，鬆鬆收成一堆，就走回屋內。燈熄了，我也舉腳走開。

我在樹叢中迂迴移動，走近山坡上亮著燈的小屋。沒有聲音傳出來。我走到一扇紗窗外往裡瞧。燈光是一張床頭几上的小燈射出來的。床上有個人仰躺著，全身鬆弛，穿睡衣的手臂伸在被子外頭，眼睛睜得老大，瞪著天花板。這人看來體型不小。臉有一半在暗影中，但我看得出他臉色蒼白，需要刮鬍子，沒刮鬍子的時間差不多吻合。張開的手指一動也不動懸在床鋪外。他好像一連幾個鐘頭沒有移動過。

我聽見小屋另一側的小路有腳步聲傳來。紗門吱嘎響，接著佛林傑醫生結實的身軀出現在門口。他手上端了一大杯蕃茄汁之類的東西。他扭亮立燈，身上的夏威夷襯衫泛出黃黃的光彩。床上的人連看都不看他。

佛林傑醫生把玻璃杯放在床頭几上，拉過一張椅子來坐下。他伸手抓過一隻手腕來量脈搏。「你現在覺得怎麼樣，維德先生？」他的聲音很和氣，很焦急。

床上的人不搭腔，也不看他，繼續盯著天花板。

「得了，得了，維德先生。我們別鬧情緒了。你的脈搏比平常快了一點。你身體虛弱，此外——」

床上的人突然說：「泰姬，告訴那個人，如果他知道我的狀況，狗雜種的用不著麻煩來問我。」他的聲音清楚悅耳，語氣卻不友善。

「誰是泰姬？」佛林傑醫生耐心問道。

「我的代言人。她在那邊的角落裡。」

佛林傑醫生抬頭望。他說：「我只看到一隻小蜘蛛。別演戲了，維德先生。跟我不必來這套。」

「學名 Tegenaria Domestica，普通的跳躍蜘蛛，老兄。我喜歡蜘蛛。牠們從來不穿夏威夷襯衫。」

佛林傑醫生潤潤嘴唇，「我沒時間耍把戲，維德先生。」

「泰姬可不愛耍把戲。」維德慢慢轉頭，腦袋活像有千斤重，他一臉不屑瞪著佛林傑醫生，「泰姬可認眞呢。牠爬到你身上，你不注意的時候，牠就一聲不響快速跳過來。要不了多久牠已近在眼前。最後縱身一跳。你就被吸乾啦，醫生。很乾很乾。泰姬不吃你。牠只是吸走汁液，使你渾身只剩一層皮。醫生，你若打算繼續穿那件襯衫，我敢說這事會馬上發生也不足爲怪。」

佛林傑醫生仰靠在椅背上。他平平靜靜說：「我需要五千元。多久可以拿到？」

維德兇巴巴說：「你可以拿到六百五十元，零頭不必找。這個窯子怎麼會花這麼多？」

佛林傑說：「九牛一毛。我跟你說過我收費漲價了。」

「你沒說已漲到威爾森崗頂。」

佛林傑醫生短短應了一句，「別搪塞我，維德。你沒有耍寶的餘地。而且你還洩露了我的機密。」

「我不知道你有什麼機密。」

佛林傑醫生慢慢拍椅子扶手說：「你半夜三更把我叫起來。情況危急。你說我若不來，你就自殺。我不想去，你知道理由嘛。我在本州沒有行醫執照。我正設法把這處房地產脫手，免得完全損失掉。我有艾爾要照顧，而他差不多要大發作了。我告訴你要花很多錢。你仍然堅持，於是我才去接你。我要收五千元。」

維德說：「我喝了烈酒醉得厲害。你不能這樣跟人討價還價。你收的酬勞已經他媽的太高了。」

佛林傑醫生慢慢說：「還有，你跟你太太提到我的名字。你告訴她我會來接你。」

維德顯得很驚訝，「我沒做那種事。我甚至沒看到她。她睡著了。」

「那就是別的時候說的。有個私家偵探到這邊來打聽你的事。除非有人告訴他，他不可能知道該上這兒找。我打發他走了，但他可能會回來。你必須回家，維德先生。可是我要先收五千元。」

「你不夠精明吧，醫生？我太太若知道我在這邊，她何必找偵探呢？她可以親自來——如果她真關心的話。她可以帶我們的僕人坎迪來。你的憂鬱小子正在決定今天要扮演什麼電影的時候，坎迪可以把他劈成肉片。」

「你說話很惡毒，維德。腦筋也惡毒。」

「醫生，我還有惡毒的五千元。試試看來拿呀。」

佛林傑醫生語氣堅定說：「你開一張支票，現在馬上開。然後你換好衣服，艾爾會送你回家。」

維德幾乎笑起來，「支票？沒問題，我給你一張支票。好。你要怎麼兌現？」

佛林傑醫生靜靜微笑著，「你以爲你可以止付，維德先生。你不會的。我保證你不會。」

「你這肥騙子！」維德向他怒吼。

佛林傑醫生搖搖頭，「某些方面是的。但不全然。我跟大多數人一樣是混合人格。艾爾會開車送你回家。」

「不要。那小子害我起雞皮疙瘩。」維德說。

佛林傑醫生輕輕站起來，伸手拍拍床上男人的肩膀，「維德先生，我倒覺得艾爾不會傷人。我有很多辦法控制他。」

另一個聲音說：「說出一種來聽聽。」艾爾打扮成情歌牛仔羅伊・羅傑斯的模樣，由門口走進來。

佛林傑醫生微笑轉身。

「別讓那個神經病走近我。」維德吼著，第一次顯現出害怕的神色。

艾爾雙手放在皮帶上，面無表情。齒縫中發出一陣輕微的口哨聲。他慢慢走進房間裡。

佛林傑醫生連忙說：「你不該說這種話，」然後轉向艾爾，「好吧，艾爾。我會親自應付維德先生。我來幫他更衣，你把車子開過來，離小屋盡可能近一點。維德先生身體很虛弱。」

艾爾用口哨般的聲音說：「現在會更衰弱。別擋路，胖子。」

「喔，艾爾——」醫生伸手抓住小帥哥的手臂——「你不想再回去卡馬里諾吧？只要我說一句話——」

他只說到這裡。艾爾掙開手臂，右手閃著金光揮上來。套著鐵環的拳頭「咔」的一聲打中佛林傑醫生的下巴。他好像心臟中槍般倒下地。這一摔，小屋都爲之搖晃。我立刻衝入。

我衝到門口，把門用力拉開。艾爾轉過身來，微微前傾，瞪著我卻沒認出是誰。他嘴裡發出咕嚕聲，飛快向我攻來。

我拔出槍來向他晃一晃。他沒什麼感覺。他自己的槍可能沒裝子彈，也可能他完全忘了有雙槍的事。只需要銅指節環就夠了。他繼續前進。

我朝床鋪那一頭敞開的窗子開槍。槍聲在小房間裡響得出奇。艾爾猛停下動作，腦袋轉過來，望著紗窗上的彈孔，再回頭看我。慢慢的他的表情鮮活些了，咧嘴一笑。

「出了什麼事？」他生氣勃勃問道。

「脫下指節環。」我望著他的眼睛說。

他訝然俯視自己的手，把拳套脫下來，漫不經心扔在角落裡。

我說：「現在脫槍套皮帶。別碰槍，解釦子就好。」他笑咪咪說：「沒裝子彈。媽的，甚至不是真槍，只是舞台道具。」

「槍套皮帶。快一點。」

他看看短筒的點三二手槍，「那是眞槍？喔，一定是。紗窗。是的，那紗窗。」

床上的人已經不在床上。他站在艾爾背後，迅速伸手，拉出一把亮亮的槍。艾爾不高興，臉上的表情看得出來。

我氣沖沖說：「離他遠點。把槍放回原來的地方。」

維德說：「他說得不錯，是玩具槍。」他向後退開，把亮晶晶的手槍放在桌上，「上帝啊，我弱得像一根斷掉的手臂。」

「脫下槍套皮帶。」我說第三次。對艾爾這樣的人採取一種行動就得把它完成。力求簡單，別改變主意。

他終於和和氣氣照辦了。然後拿著皮帶走到桌邊，抓起另一支槍，放回槍套，又重新繫上皮帶。我隨他去。這時候他才看見佛林傑醫生倒在牆邊的地板上。他發出關切的聲音，快步走到房間另一頭的浴室，端回一罐水。他用水去澆佛林傑醫生的頭。佛林傑醫生口吐白沫翻過來，呻吟幾聲。接著用手撫摸著下巴，這才站起身。艾爾去扶他。

「對不起，醫生。我剛才一定沒看清楚是誰就出手了。」

佛林傑揮手叫他走開說：「沒關係，沒傷到什麼。把車子開過來，艾爾。別忘了下面那支掛鎖的鑰匙。」

「車子開來，沒問題。馬上辦。掛鎖的鑰匙，我有。馬上辦，醫生。」

他吹著口哨走出房間。

維德坐在床邊，看來正在發抖，「你就是他說的那個偵探？你怎麼找到我的？」

「到處向知道這類事情的人打聽啊。你若想回家，不妨穿上衣服。」我說。

佛林傑醫生靠著牆壁按摩下巴。他嗓音濃濁說：「我會救他。我一心幫助人，他們居然踹我的牙齒一腳。」

「我了解你的心情。」我說。

我走出去，讓他們去處理。

20

他們出來的時候，車子在附近，艾爾卻不見了。他停好車，關了燈，沒跟我說半句話就走向大屋。他還吹著口哨，摸索著某一首記得一半的曲子。

維德小心翼翼爬進後座，我上車坐在他旁邊。佛林傑醫生開車。就算他的下巴重傷，頭很痛，至少看不出來，而他也沒提。我們翻過山谷，走到石子車道末端。艾爾已經下來，打開大門掛鎖，把門拉開。我告訴佛林傑我的車子在什麼地方，他把車子停在附近。維德坐上我的車，靜靜坐著，目光迷茫。佛林傑下車，繞過來站在維德旁邊，輕聲跟他說話。

「我的五千元呢？維德先生。你答應開支票給我。」

維德身子往下滑，頭靠著椅背，「我考慮考慮。」

「你答應的。我需要那筆錢。」

「佛林傑，『脅迫』的意思就是威脅要傷害人。現在我有人保護了。」

佛林傑苦纏不休，「我餵你，幫你洗身體，半夜應診。我保護你。我治療你——至少暫時有效。」

維德嗤之以鼻，「不值五千元。你從我口袋裡挖走的錢已經夠多了。」

佛林傑不肯罷休，「維德先生，我在古巴有人脈答應幫忙。你是有錢人，應該雪中送炭。我有艾爾要照顧。爲了得到這個機會，我需要那筆錢，以後會全額還你。」

我開始侷促不安，想抽菸，又怕維德不舒服。

維德不耐煩地說：「你會還才有鬼呢。你不會活到那一天。哪天憂鬱小子會趁你睡覺的時候害死你。」

佛林傑後退一步。我看不見他的表情，但他的口氣變狠了。他說：「還有更不愉快的死法，我想你的死法會是其中之一。」

他走回自己的車旁，上了車，駛過大門，消失在裡面。我倒車轉彎，往市區開。走了一兩哩，維德嘀咕道：「我憑什麼要給那個肥蠢蛋五千元？」

「沒有理由給。」

「那我爲什麼不給他就自覺是混蛋呢？」

「沒有理由這樣。」

他微微轉頭看我，「他把我當小娃娃看待。很少丟下我一個人，怕艾爾會進來毒打我。他拿走了我口袋裡的每一文錢。」

「也許你叫他拿的。」

「你站在他那邊？」

我說：「省省吧。對我來說這只是一件差事。」

雙方又沉默了兩哩路。我們經過一處郊區邊緣。維德又開口了。

「也許我會給他。他破產了。房地產的抵押產權被沒收。他一毛錢都拿不到。全是爲了那個神經病。他何苦呢？」

「我怎麼知道。」

維德說：「我是作家。我該了解人的行爲動機。其實我對任何人都沒有一絲絲了解。」

我翻過隘口，爬升一段後，山谷的燈光無邊無際伸展在我們面前。我們下坡開到北邊和西邊通往凡杜拉的公路，過了一會兒我們穿過恩西諾。我停車等燈號，抬頭看山丘高處的燈光，很多大房子就在那兒。其中一間藍諾士夫婦住過。我們繼續往前走。

維德說：「現在岔路很近了。也許你本來就知道？」

「我知道。」

「對了，你還沒告訴我尊姓大名。」

「菲力普．馬羅。」

「好名字。」他的聲音倏然一變說：「等一下。你就是跟藍諾士廝混的傢伙？」

「是的。」

他在黑漆漆的車上瞪著我。我們通過恩西諾大街上最後一棟建築。

維德說：「我認識她，稍微認識。他我倒沒見過。眞是怪事，那件事。執法人員狠狠整了你一頓，對吧？」

我沒搭腔。

「也許你不想談。」他說。

「也許。你怎麼會有興趣？」

「該死，我是作家。故事一定很精采。」

「今天晚上放個假吧。你身子一定很虛弱。」

「好吧，馬羅，好吧。你不喜歡我。我懂。」

我們到達岔路，我把車子轉進去，開向矮丘和山間谷地，那就是懶人谷了。

我說：「我沒有喜歡你，也沒有不喜歡你。我不認識你。你太太要我找你，帶你回家。我把你送到家，任務就達成了。她爲什麼挑上我，我也說不上來。我說過，這只是一件差事。」

我們轉過小山側面，開上一條比較寬、鋪得比較堅實的路面。他說他家再過一哩就到了，在右邊，還把號碼告訴我。其實我已經知道了。以他目前的體能，他算相當健談的。

「她要付你多少？」

「我們沒談過。」

「不管多少都不夠。我該對你千謝萬謝。朋友，你表現眞好。我不値得你費心。」

「這只是你今天晚上的心情。」

他笑了，「你知道嗎，馬羅？我好像漸漸喜歡你了。你有點渾球——跟我一樣。」

我們到達他家。是一棟兩層樓的全木瓦屋，有個列柱小門廊和一片長形草地，從入口一直延伸到白圍牆內密密的一排灌木叢邊。

「你不用人扶走得動吧？」

「當然，」他下了車，「你不進來喝一杯酒什麼的？」

「今晚不要，謝謝。我在這邊等你進屋再走。」

他站在那邊用力喘氣，「好吧。」他只說了一句。

他轉身小心翼翼沿著石板小路走到前門，扶著一根白柱子佇立片刻，然後試著推門。門開了，他走進去。門沒關上，燈光灑上青草地。突然人聲鼓譟。我靠後照燈的引導，由車道退出去。有人向外叫嚷。

我看一眼，發現艾琳·維德站在敞開的門口。我繼續往前開，她開始跑過來。我只得停車，關了燈，跨出車外。她走過來的時候，我說：

「我應該打電話給妳，但我不敢撇下他。」

「當然。有沒有遇到很多麻煩？」

「噢——只比按鈴麻煩一點點。」

「請到屋裡，跟我談談經過。」

「他應該上床睡覺了。明天他就會完全復原。」

她說：「坎迪會扶他上床。他今天晚上不會喝酒，也許你想的是這件事。」

「我根本沒想到。晚安，維德太太。」

「你一定累了。你不想喝一杯嗎？」

我點了一根菸。好像有兩個星期沒嘗過香菸滋味了。我把菸往裡吸。

「我能不能吸一口？」

她走近，我把菸遞給她。她吸了一口，咳嗽了，笑著把菸交回，「你瞧，完全是玩票。」

我說：「原來妳認識雪維亞．藍諾士。妳是不是因此才想雇用我？」

「我認識誰？」她一副大惑不解的口氣。

「雪維亞．藍諾士。」現在我已拿回香菸，抽得很快。

「噢，」她嚇一跳說：「那個——被謀殺的女孩。不，我不認識她，但知道她是誰。我不是跟你說過了嗎？」

「抱歉，我已經忘了妳跟我說什麼。」

她仍然靜靜站在那兒，離我很近，穿一件白外衣之類的，又高又苗條。敞開的門口透出燈光，照見她頭髮的外緣，彷彿輕輕發著柔光。

「你爲什麼問我那件事跟我——照你的說法——雇用你有沒有關係？」我沒立刻回答，她又說：「羅傑是不是說他認識她呢？」

「我報出姓名的時候，他提起那個案件。他沒有立刻把我和那案件聯想在一起，後來才想起來。媽的他說了好多話，我連一半都記不得。」

「我明白了。馬羅先生，我得進去了，去看看外子需不需要什麼。假如你不進來——」

「我留下這個給妳。」我說。

我抱住她，將她拉近來，讓她的腦袋向後傾，用力吻她的嘴唇。她沒抵抗，也沒有回應，靜靜退開，站在那兒看著我。

「你不該這樣做。很不應該。你是這麼好的人。」

「是，非常不應該，」我同意道：「可是我一天到晚當忠實的乖乖犬，被迷得去冒這趟有生以來最蠢的險，若說不像有人寫好劇本，那才有鬼哩。妳知道嗎，我相信妳始終知道他在什麼地方——至少知道佛林傑醫生的名字。妳只是要我跟他有瓜葛，跟他糾纏不清，我就會自覺有責任照顧他。還是我想太多？」

「當然是你想太多，」她冷靜的說：「這是我所聽過最荒唐的胡說八道。」她轉身走開。

我說：「等一下。那一吻不會留下疤痕。妳硬是以爲會。別跟我說我是多麼好的人，我寧可當個無賴。」

她回頭看，「爲什麼？」

「我若不對泰瑞．藍諾士那麼好，他一定還活著。」

她靜靜說：「是嗎？你怎麼敢確定？晚安，馬羅先生。萬事多謝啦。」

她順著草地邊緣走回去。我目送她進屋。門關了，門廊的燈也熄了。我對著虛空揮別，駕車離開。

21

第二天早晨，我爲了前一晚嘗到甜頭而起得很晚。我多喝了一杯咖啡，多抽了一根煙，多吃了一片加拿大醺肉，而且第三百次發誓以後永遠不再用電刮鬍刀。這一天才恢復正常。我十點左右到辦公室，拿到一些零零星星的郵件，把信封割開，隨意放在桌面上。接著大開窗戶，讓夜裡聚集而留在空中、屋角、百葉窗片中的灰塵和污跡流出去。一隻死蛾癱在書桌一角。窗檯上有一隻斷翅的蜜蜂順著木頭爬行，疲憊又淡漠的嗡嗡作聲，彷彿自知叫也沒用，牠今生已休，出過太多飛行任務，永遠回不了窩了。

我知道今天會是個離譜的日子。人人都碰過。這種日子滾進來的盡是不牢靠的車輪、用膠糊腦子的野犬、找不到栗子的松鼠、隨時少裝回一個齒輪的機師。

第一位客人是個金髮惡棍，姓魁森能之類的芬蘭姓氏。大屁股往顧客椅上一坐，兩隻堅硬的大手往我桌上一放，自稱是動力鏟操作員，住在科佛市，說他隔壁的混蛋女人想要毒死他的狗。他每天放狗到後院蹓躂之前，總得從這邊圍牆搜索到那邊圍牆，看看有沒有隔壁越過馬鈴薯藤拋來的肉丸。目前爲止他已找到九粒，都摻了一種綠粉，他知道那是砒霜除草劑。

「監視她逮住她要多少錢？」他像水族箱裡的魚，眼睛一眨也不眨望著我。

「你爲什麼不自己抓？」

「先生，我得工作討生活。我來這邊打聽，每小時要損失四元二角五分的工資呢。」

「試試找警察？」

「我試過找警察。他們也許要到明年才會受理。現在他們忙著拍米高梅的馬屁。」

「保護動物協會？搖尾客？」

「那是什麼？」

我告訴他「搖尾客」組織，他一點興趣都沒有。保護動物協會他知道。滾他的保護動物協會，他們看不見比馬小的東西。

他兇巴巴說：「門上的標示說你是調查員。好吧，滾出去調查呀。你若逮到她，我付五十元。」

我說：「對不起。我分身乏術。在你家後院的地鼠洞躲兩個禮拜，不合我的志趣——即使收五十元也不幹。」

他怒目站起，「大人物。不缺錢，呃？懶得救一隻小狗的性命。去你的，大人物。」

「我也有麻煩，魁森能先生。」

他說：「我若逮到她，我會扭斷她的混蛋脖子。」我相信他眞的可能做這種事，他連象腿都扭得斷，「那我另找別人。只因爲車子經過的時候小淘氣叫了幾聲。臭臉的老娼婦。」

他向門口走，「你確定她想毒的是狗嗎？」我在他背後問。

「當然確定。」他走到一半突然會意過來，急速轉身，「再說一遍，冒失鬼。」

我只是搖搖頭。我不想跟他打架。說不定他會用桌子敲我的腦袋喔。他哼的一聲走出去，差一點把門也扛走。

下一位是一個不老不年輕不乾淨也不太髒的女人，一望而知很窮、很寒酸、愛發牢騷又蠢。跟她同房的女孩子——她那圈子裡外出工作的都算女孩——拿她皮包裡的錢。這邊污個一塊錢，這邊污個四毛，加起來就可觀了。她估計總數有二十元，她損失不起。搬家也搬不起。偵探也雇不起。她想我應該願意打個電話嚇嚇她的室友，不提她的姓名。

她花了二十來分鐘敘述這件事，一面說一面不停的捏皮包。

「隨便哪個你認識的人都可以代勞。」我說。

「是啊，不過你是偵探。」

「我沒有威脅陌生人的執照。」

「我會告訴她我來見過你。我用不著說是來談她的事。只說你正在查。」

「換了我，我不會這麼做。妳若提我的名字，她會打電話給我。她打來，我會把事實告訴她。」

她站起來，用力將邋遢的皮包甩向肚子，「你不是君子。」她尖聲說。

「什麼地方規定我該當君子？」

她嘀嘀咕咕走了。

午餐後來了一位辛普森·W，艾德懷斯先生。他出示名片，身分是一家縫衣機代理行經理，年約四十八到五十歲，一副倦容，小手小腳的，穿一件袖子過長的棕色西裝，硬硬的白領子上結著紫色鑲黑鑽領帶。他坐在椅子邊緣，不亂動，憂愁的黑眼珠望著我瞧。頭髮也是黑黑的，又密又硬，看不到一點白髮，髭鬚修剪過，色調帶點紅。不看他的手背會以爲他只有三十五歲。

他說：「叫我辛普，人人都這麼叫。我嘗到了苦果。我是猶太人，娶了個非猶太老婆，二十四歲，長得很漂亮。以前她出走過兩次。」

他拿出一張照片給我看。在他眼中她可能很美，但我覺得她只是嘴型削薄的大塊頭女子。

「你的問題是什麼，艾德懷斯先生？我不辦離婚案。」我想把照片還給他，他擺擺手。我說：「我永遠把顧客當老爺。至少在他沒跟我說謊以前是這樣。」

他笑一笑，「我用不著撒謊。不是離婚案。我只是要梅寶回來。可是我要先找到她，她才會回來。也許她是當作一種遊戲。」

他耐心談她，毫無怨尤。她喝酒，胡鬧，照他的標準看來不是好妻子，但他自己可能從小被養得太嚴厲了。他說妻子生性胸懷寬大，而且他深愛著她。他不敢自欺爲夢中情人，只是乖乖工作拿薪水回家的丈夫。他們在銀行有個聯合帳戶。存款她全領走了，但他已有準備。他猜得到她是跟誰走的，如果猜得沒錯，那人會把她的錢用光，留下她一籌莫展。

他說：「姓柯里甘——門羅．柯里甘。我不是挑天主教徒的毛病。猶太人也有很多壞的。柯里甘是理髮匠。我也不是找理髮匠的碴。可是他們有很多居無定所，還賭馬，不太穩定。」

「等她身無分文，你不會接到來信嗎？」

「她非常羞愧。可能會傷害自己。」

「這是人口失蹤案，艾德懷斯先生。你該去報警。」

「不，我不是挑警察的毛病，但我不想報警。梅寶會受到羞辱。」

世界上好像充滿艾德懷斯先生不想挑毛病的人。他將一筆錢放在桌上。

「兩百元，」他說：「頭期款。我寧可照自己的辦法來。」

「事情會再發生。」我說。

「沒錯，」他聳聳肩，輕輕推開雙手，「但她二十四歲，我快五十了。有什麼關係？過一陣子她就會安定下來。問題是我們沒孩子。她不能生。猶太人喜歡有兒女。梅寶知道。她覺得羞辱。」

「你是個非常寬大的人，艾德懷斯先生。」

「噢，我不是基督徒，」他說：「我也不是挑基督教徒的毛病，你明白。可是我腳踏實地，不光動口舌，還會實行。噢，我差一點忘了最重要的事。」

他拿出一張明信片，跟著鈔票推到桌子這一頭，「她從檀香山寄來的。錢在檀香山花得快。我有個叔叔在那邊經營珠寶生意，現在退休了，住在西雅圖。」

我再次拿起照片，告訴他，「這一張我得借用一下。我得找人複印。」

「馬羅先生，我沒來之前就想過你會這麼說。所以我有準備。」他拿出一個信封，裡面有五張複印圖片，「我把柯里甘的也找來了，不過只是快照。」他伸手到另一個口袋，給我另一個信封。我看看柯里甘。嘴上無毛，看來並不老實，這我倒不意外。柯里甘的照片有三張。

辛普森．W，艾德懷斯先生給我另外一張名片，上面有他的姓名、住處、電話號碼。他但願花費不至於太多，但我若進一步要求，他會立刻回應，希望早點接獲我的消息。

我說：「她如果還在檀香山，我算你兩百元就夠了。現在我需要兩個人詳細的外形特徵，好寫進電報。高度、體重、年齡、膚色、顯著的疤痕或其他可辨認記號、穿戴的衣飾、戶頭裡領光的錢數等等。艾德懷斯先生，你以前若有過經驗，你會知道我要什麼。」

「我對這位柯里甘有一種怪怪的感覺。很不自在。」

我又花了半個鐘頭盤問他，一項項記下來。然後他靜靜起身，靜靜握手，一鞠躬，就靜靜走出辦公室。

「告訴梅寶一切安好。」他出門時說。

結果只是例行公事。我拍電報給檀香山的一個偵探社，接著以航空寄出照片和電報中沒有寫的資料。他們發現她在一家豪華旅社當女侍的助手，幫忙刷浴缸和浴室地板之類的。不出艾德懷斯先生所料，柯里甘趁她睡著，把她的錢洗劫一空逃掉了，害她欠了旅館費動彈不得。有一枚戒指除非柯里甘用暴力拿不走，所以倖留下來。她當了戒指，只夠付房錢，卻不夠回家的路費。於是艾德懷斯搭飛機去接她。他實在太好了，跟她不相配。我送上一張二十元的帳單和長途電報費收據。檀香山偵探社把先前的兩百元拿走了。我辦公室的保險櫃裡有一張「麥迪生肖像」，我少收一點不礙事。

私家偵探的一天就這樣過去了。不算是典型的一天，也不算反常。天知道我們爲什麼會繼續幹下去。發不了財，也不常遇見好玩的事。有時候會挨揍、挨槍或者坐牢。搞不好還會送命。每隔一個月就想放棄，趁走路還不會搖頭晃腦的時候換個明智的職業。此時門鈴正好響起，打開通往會客室的內門，又來了一個新面孔，帶來新問題、新悲傷和一筆小錢。

「請進，欣古米先生。有什麼事要我效勞？」

會這麼幹下去一定有理由的。

三天後的下午，艾琳．維德打電話給我，要我次日傍晚到她家喝一杯。他們找了幾個人去喝雞尾酒。羅傑想見見我，好好謝謝我。請我報上帳單好嗎？

「妳沒欠我什麼，維德太太。我做的一點小事已經得到報酬了。」

她說：「我的反應像維多利亞時代的人，一定顯得很可笑吧。現在一吻似乎不代表什麼。你會來吧？」

「也許會。我若聰明就不該去。」

「羅傑現在完全康復了。他正在工作。」

「那好。」

「你今天的口氣陰森森的，我猜你很認眞對待人生。」

「偶爾會。不對嗎？」

她輕聲笑起來，說聲再見就掛斷了。我一本正經坐了一會兒，然後盡量想一點好玩的事，大笑幾聲。沒有效，於是我從保險箱拿出泰瑞．藍諾士的告別信，重讀一遍。我這才想起，我還沒到維多酒吧喝那杯他要我代喝的 Gimlet。酒吧這個時段最安靜，如果他本人還在，能跟我去，一定喜歡現在去。我想起他，依稀有種悲涼和酸楚。抵達維多酒吧門前，我差一點繼續往前走。差一點，但我還是走進去。我拿了他太多錢。他愚弄我，但他也付出不少。

22

維多酒吧好安靜，進門幾乎可以聽見溫度下降的聲音。吧檯凳上孤零零坐著一個女人，面前擺一杯淺綠色的酒，還用玉製長煙嘴抽香煙，身上穿一套手工製的黑衣，在這個季節當屬奧龍之類的合成纖維。她那種敏感熱情的目光，有時候是神經質，有時候是性飢渴，有時候只是劇烈減肥造成的。

我隔兩張凳子坐下來，酒保對我點點頭，但沒有笑。

我說：「一杯Gimlet。不加料。」

他把小餐巾放在我面前，一直看著我，用滿意的口吻說：「你知道，有一天晚上我聽見你和你的朋友談話，我就進了一瓶那種羅絲萊姆汁。後來你們沒再回來，我今天晚上才開。」

我說：「我的朋友到外地去了。方便的話給我來一杯雙份的。多謝你費心。」他走開了。黑衣女子快速瞄了我一眼，然後低頭看她的酒杯，「這邊很少人喝，」她說話很靜，起先我沒發覺她是跟我說話。後來她再往我這邊瞧。她有一雙淺黑色大眼睛，我從來沒見過比她更紅的指甲。但她不像隨意勾搭的人，聲音也沒有引誘的味道。「我是指Gimlet。」

「有個同伴教我喜歡這種酒。」

「他一定是英格蘭人。」

「爲什麼？」

「萊姆汁啊。那是純英國的東西，就像那種加可怕的鮪魚醬煮的魚，看來活像廚師流血滴進去似的。

難怪叫做萊姆客。我是指英格蘭人——不是指魚。」

「我以爲是熱帶酒，熱天氣的玩意兒。馬來亞之類的地方。」

「你說的可能沒錯。」她又別過臉去。

酒保把酒放在我面前，加了萊姆汁，看起來有點淺青帶黃，霧濛濛的。我嚐了一口，又甜又烈。黑衣女子望著我，向我舉杯。我們倆都喝了。我這才知道她喝的是同樣的酒。

下一步就是例行公事了，我並沒有採取行動，只是坐在那兒。過了一會兒，我說：「他不是英國人。我猜他戰時也許去過。以前我們常進來坐坐，像現在這個時間，趁人聲沸騰以前。」

她說：「這個時間很愉快。酒吧裡幾乎只有這時候舒服。」她把酒喝光，「說不定我認識你的朋友。他姓什麼？」

我沒有馬上回答，先點一根菸，望著她把菸屁股從菸嘴裡輕輕扣出來，換上一根。我遞上打火機，「藍諾士。」我說。

她謝謝我借火，用搜尋的眼光看了我一眼，然後點點頭，「是的，我跟他很熟，也許太熟了一點。」

酒保過來，看看我的杯子。我說：「再來兩杯一樣的。端到卡座。」

我下了高凳，站著等。她可能給我釘子碰，也可能不會，我不特別在乎。在這個過度在意性的國度，男人和女人偶爾也可以見面聊天，不一定要上床。可以吧，說不定她以爲我要找人上床。若是如此，滾她的。

她遲疑片刻，但沒多久。她拿起一雙黑手套和一個帶金框和金鉤子的黑色鹿皮皮包，走到一角，默默坐下。我坐在同一張小桌子對面。

「我姓馬羅。」

「我叫琳達．洛林。你有點感情用事吧，馬羅先生？」她說得平平靜靜。

「只因爲我進來喝一杯Gimlet？妳自己呢？」

「說不定我本來就喜歡喝。」

「我也是。但那未免太巧了。」

她呆呆向我微笑。她戴著翡翠耳環和翡翠衣領別針，扁平面加斜邊的切割方式，看來像眞寶石。即使在酒吧黯淡的燈光下，依舊從內裡發出柔光。

「原來你就是那個人。」她說。

酒吧服務生把酒端過來放下。他走了以後我說：「我認識泰瑞．藍諾士，喜歡他，偶爾跟他喝一杯。那是一種附帶的東西，偶發的友情。我沒到過他家，不認識他太太。在停車場見過她一次。」

「不只這樣吧？」

她伸手拿玻璃杯。手上戴一枚周圍鑲滿小鑽的翡翠戒指，旁邊另有一個細細的白金婚戒。我猜她大概三十五、六歲。

我說：「也許吧。那傢伙害我傷腦筋。現在還這樣。妳呢？」

她支起手肘，面無表情看著我，「我說過我跟他很熟。熟到他發生什麼事都覺得無所謂了。他太太有錢，供應他各種奢侈享受。要求的回報只是不受干擾。」

「似乎很合理嘛。」我說。

「別滿口諷刺，馬羅先生。有些女人就是這樣。她們身不由己。他又不是不知道她的行徑。如果自尊心強起來，隨時可以走，用不著殺她。」

「我有同感。」

她身子坐直，狠狠看著我，嘴唇抿起來，「原來他逃了。如果我聽到的消息沒有錯，是你幫他的。我猜你引以爲榮。」

我說：「沒有。我只爲賺錢。」

「一點也不好玩，馬羅先生。坦白說我不知道爲什麼要坐在這邊跟你喝酒。」

「洛林太太，這很容易改變呀，」我伸手拿杯子，把酒灌下喉嚨，「我以爲妳可以告訴我一些跟泰瑞有關而我不知道的事。我沒有興趣推測泰瑞．藍諾士爲什麼把他太太的臉打得血肉模糊。」

「這種說法太殘暴了。」她氣沖沖說。

「妳不喜歡這種字眼？我也不喜歡。我若相信他做過這種事，我就不會來這邊喝 Gimlet。」

她瞪著眼。過了一會兒她慢慢說：「他自殺，留下一分完整的自白。你還要什麼？」

我說：「他有槍。在墨西哥，光憑這一點，神經過敏的警察就可以向他開火。很多美國警察也用同樣的手法殺人——有些是嫌門開得不夠快，隔著門板開槍。至於自白，我沒看到。」

「一定是墨西哥警察造假。」她尖酸刻薄說。

「他們不懂得造假，歐塔托克蘭那種小地方不會。不，自白可能是眞的，但不證明他殺妻，至少我認爲不見得，只證明他找不到脫困的方法。在那種地方，某一種人——你說他軟弱或感情用事都可以——也許會決定不要讓親友受到難堪的注目。」

她說：「異想天開。人不會爲了避免一點醜聞就自殺或故意被殺。雪維亞已經死了。至於她的姊姊和父親——他們會把自己照顧得很好。馬羅先生，錢夠多的人隨時可以自保。」

「好吧，動機方面我錯了，也許我全盤皆錯。前一分鐘妳還對我發脾氣，現在妳要不要我走開——讓妳一個人喝 Gimlet？」

她突然露出笑容，「對不起。我漸漸覺得你是誠懇的人。剛才我以爲你要爲自己辯護，不是爲泰瑞。不知怎麼，現在我不覺得了。」

「我不是自辯。我做了傻事，還爲此吃到了苦頭——某種程度上如此。我不否認他的自白讓我免於更嚴重的後果。如果他們帶他回來審訊，我猜他們也會判我的罪。最輕也會罰一大筆我負擔不起的錢。」

「更別提你的執照了。」她漠然說。

「也許。有一段時間隨便哪一個宿醉的警察都可以逮捕我，現在有點不同。州執照的授權得先舉行聽證會。那些人不太買市警局的帳。」

她品嚐好酒，慢慢說：「衡量一切，你不認爲那樣的結果最好嗎？沒有審訊，沒有轟動的頭條新聞，沒有罔顧事實、公道和無辜人民心情而只求賣出報紙的中傷毀謗。」

「我剛才不是說了嗎？妳還說異想天開。」

她往後靠，頭枕著隔室後側的襯墊上弦，「異想天開是說泰瑞．藍諾士竟會自殺來達到這種結果。沒有審訊對各方都好，這倒沒什麼異想天開的。」

我揮手叫服務生說：「我要再來一杯。我覺得頭背涼颼颼的。洛林太太，妳是不是剛好跟波特家有親戚關係？」

她說：「雪維亞．藍諾士是我妹妹，我以爲你知道。」

服務生走過來，我緊急下了指令。洛林太太搖搖頭說她不想喝了。服務生走後我說：「波特老頭——對不起，哈蘭．波特先生——特意封殺這件案子的消息，我能確定泰瑞的太太有個姊姊，就夠幸運了。」

「你太誇張了吧。馬羅先生，家父不太可能那麼有權力，也沒那麼狠心。我承認他的個人隱私權觀念非常保守，連他自己的報紙都訪問不到他。他從不讓人拍照，從不演說，旅行大抵開車或搭私人飛機，帶自己的駕駛人員。儘管這樣，他相當有人情味。他喜歡泰瑞。他說泰瑞一天二十四小時都是君子，不像有些人只有在來賓抵達後到大家喝第一杯雞尾酒之間的十分鐘是君子。」

「最後他小有失誤，泰瑞確實如此。」

服務生端來我的第三杯 Gimlet。我嚐嚐味道，然後靜坐著，一根手指擱在酒杯的圓形底座邊緣。

「馬羅先生，泰瑞死亡對他是一大打擊。你又面帶嘲諷了。拜託別這樣。家父知道有些人會覺得一切未免太巧妙了。他寧願泰瑞只是失蹤。如果泰瑞向他求援，我想他會伸出援手。」

「噢，不，洛林太太。被殺的是他自己的女兒哩。」

她做了光火的手勢，冷冷看著我。

「下面的話聽來恐怕太直了一點。家父早就跟妹妹斷絕父女關係，碰面也很少跟她說話。他沒表示意見，如果他有，我相信他對泰瑞殺人一事必定跟你一樣存疑。可是泰瑞一死，眞相如何又有什麼關係呢？他們搞不好會飛機失事、火災或車禍死掉。她既然會死，現在死反而是最好的時機。再過十年，她會變成一個被性擺佈的老巫婆，跟你在好萊塢宴會上見到或者幾年前見過的那些可怕的女人沒有兩樣。國際人渣。」

我突然無緣無故火冒三丈。我站起來瀏覽小隔間，隔壁一間空著，再過去那間有個傢伙正獨自靜靜看報紙。我砰的一聲坐下，推開酒杯，向桌子對面探身，還沒失去理性，盡量壓低嗓門。

「老天爺，洛林太太，妳想灌輸我什麼印象？哈蘭．波特是個甜蜜可愛的人物，不會想要對一個愛搞政治的地方檢察官施展影響力，一手遮天，使當局根本沒有詳查過這次命案？他不信泰瑞有罪，卻不讓人查眞凶是誰？他沒有運用他的報紙、他的銀行戶頭、九百名一心體察上意的部屬所帶來的政治影響力？他沒有做特殊的安排，讓當局派個聽話的律師到墨西哥去確定泰瑞是舉槍自殺還是被玩槍只求一爽的印第安人殺死，而不派地方檢察官辦公室或市警局的人去？洛林太太，妳的老頭是億萬富翁。我不知道他的錢是怎麼賺的，可是我知道他若不建立影響深遠的組織是辦不到的。他不是軟心腸的人。他是硬漢。這年頭人就得賺那種錢，而且會跟一些奇奇怪怪的人做生意，也許不會跟他們碰面或握手，但他們就在外緣跟你做生意。」

她氣沖沖說：「你是傻瓜。我受不了你。」

「噢，當然。我不彈妳愛聽的調。我告訴妳一點。雪維亞死的那天晚上，泰瑞跟妳家老頭談過。談什麼？妳家老頭跟他說什麼？『逃到墨西哥去舉槍自殺，小子，家醜不外揚。我知道小女是蕩婦，十幾個酒醉的雜種任何一個都有可能凶性大發，打爛她漂亮的臉蛋。但那是偶然，小子。等那傢伙酒醒，他會後悔的。你吃了甜頭，現在該回報了。我們希望波特家的好名聲繼續像山丁香一樣甜美。她嫁你是因爲需要一個幌子。現在她死了更需要。你就是那個幌子。你若能失蹤永遠不出現最好。你若被人發現，你就去死吧。停屍間見。』」

黑衣女子口氣冷若冰霜，「你眞以爲家父會說這種話？」

我向後仰，發出不愉快的笑聲，「必要時我們可以把對話的措詞潤飾一下。」

她收拾東西，沿著座位往外滑，謹愼又緩慢的說：「我警告你，一句簡單的警告。你若以爲家父是那種人，你若到處散布你剛才對我說的想法，你在本市幹這一行或任何行業的生涯都會非常短暫，突然中止。」

「好極了，洛林太太，好極了。我從法律界，從流氓圈，從有錢的客戶那兒挨過這種罵。字句稍改，意思卻是一樣的。歇業。我來喝一杯Gimlet是因爲有人要求我來。現在看看我。我等於在墳地裡。」

她起立點頭，「三杯Gimlet。雙份的。也許你醉了。」

我放了超量的錢在桌上，起立站在她身邊，「妳喝了一杯半，洛林太太，爲什麼喝那麼多？是有人要求妳喝，還是妳自己的意思？妳的話也不少。」

「誰知道呢，馬羅先生？誰知道？誰又眞知道什麼事？吧檯那邊有人在看我們。是不是你認識的人？」

我回頭望，很驚訝，她竟然會發覺。一個瘦瘦黑黑的男子坐在最靠門口的凳子上。我說：「他叫奇哥·阿戈斯提諾。是一名賭徒曼能德茲的槍手保鑣。我們來打倒他，突擊他。」

「你一定醉了。」她急忙說著往前走，我跟在她後面。高凳上的人轉過來，眼睛看著自己的前胸。我走到他身畔時，一腳跨到他後面，飛快伸手到他腋下。也許我有點醉了。

他氣沖沖轉身，滑下高凳，「留心，小子。」他咆哮道。我眼角瞥見她停在門裡往回瞄。

「沒帶槍，阿戈斯提諾先生？你眞大膽。天快黑了。萬一你撞上個凶惡的侏儒怎麼辦？」

「滾開！」他兇巴巴說。

「噢，這句台詞是《紐約客》裡偷來的。」

他的嘴巴抽動，人倒沒動。我撇下他，跟著洛林太太走到門外的遮雨棚下。一位白髮黑人司機站在那兒跟停車場小弟說話。他碰碰帽子，走去開了一輛時髦的凱迪拉克禮賓車回來；打開車門，洛林太太上了車，他活像關珠寶盒蓋一般把門關上，繞到車身另一側的駕駛座。

她把車窗搖下來，微微含笑往外看我，「晚安，馬羅先生。很愉快——對不對？」

「我們大吵了一架。」

「你是指你自己——大抵是跟自己吵。」

「經常如此。晚安，洛林太太。妳不住在附近吧？」

「不是。我住在懶人谷。在湖的另一頭。我先生是醫生。」

「妳會不會恰好認識什麼姓維德的人？」

她皺眉頭，「是的，我認識維德夫婦。怎麼？」

「我爲什麼要問？他們是我在懶人谷唯一的熟人。」

她仰靠在座位上，凱迪拉克斯斯文文低吟幾聲，駛入落日大道的車陣裏。

我轉身差一點和奇哥．阿戈斯提諾撞個滿懷。

他揶揄道：「那個洋娃娃是誰？下次你說俏皮話，離我遠點。」

「不會是想要認識你的人。」我說。

「好，快嘴快舌的小子。我有車牌號碼。曼迪喜歡知道這一類的小事。」

一輛車的車門砰一聲打開，有位高約七呎四吋的人跳出來，看了阿戈斯提諾一眼，然後跨出一大步，單手抓住他的喉嚨。

「我跟你們這些小流氓說過多少次，別在我吃飯的地方閒逛？」他大吼道。

他搖撼阿戈斯提諾，把他往人行道邊的牆壁摔去。奇哥咳嗽倒地。

巨人嚷道：「下回我一定把你炸成肉醬，相信我，小混混，他們爲你收屍的時候，你手上會拿著槍。」

奇哥搖搖頭不說話。大塊頭掃了我一眼，咧咧嘴，「迷人的夜。」說著就逛進維多酒吧。

我看著奇哥站起來，恢復了鎮定，「你那弟兄是誰？」我問他。

他聲音濁濁地說：「大威利．馬鞏，風化組的人。他自以爲很強悍。」

「你是說他不見得？」我客客氣氣問他。

他迷迷糊糊看看我就走開了。我把車開出停車場，驅車回家。好萊塢無奇不有，真的無奇不有。

23

一輛低檔迴轉的積架車在我前面繞過山丘，減慢了速度，免得懶人谷入口前半哩的不良路面噴得我一身飛砂。他們好像有意讓路面維持這個樣子，防止禮拜天在高速公路閒逛的遊客駛進來。我偶爾瞥見一條亮麗的圍巾和一副太陽眼鏡。偶爾有人漫不經心向我揮手，像鄰居對鄰居。然後路面塵土飛揚，灌木叢和曬乾的草地上原來就罩著一層白膜，如今更是白花花的。我繞過突巖，路面開始平整起來，一路沒有阻礙且保養甚佳。活橡樹向路面群集，似乎想看看誰走過去，桃紅腦袋的麻雀跳來跳去啄食只有雀鳥認爲值得一啄的東西。

接下去有幾棵木棉卻沒有油加利樹。然後是一片密密的卡羅萊納白楊遮蔽著一棟白屋。再來有個女孩牽著馬兒順著路肩行走。她身穿李維牛仔褲和艷麗的襯衫，正在嚼一根小樹枝。馬兒看來很熱，但沒出汗，女孩輕聲對牠哼唱著。一扇粗石牆裡有個園丁正用電動除草機剪一大片波濤起伏的草地，草地末端是一棟威廉斯堡殖民時代的豪華巨廈的門廊。不知道哪兒有人正以大鋼琴彈奏左手練習曲。

一切都飛逝而過，湖面的閃光顯得又熱又亮，我開始看門柱上的號碼。我只見過維德家的房子一次，而且是在夜裡。白天看來沒有晚上來得大。車道上滿是汽車，於是我停在路邊走進去。一位穿白外套的墨西哥總管替我開門。他是個苗條整潔好看的墨西哥人，外套優雅合身，週薪五十元又沒被苦工整垮的墨西哥人就是那個樣子。

他用西班牙語說：「晚安，先生，」說完咧著嘴笑，恍如完成了一件差事，「請問尊姓大名？」

我說：「敝姓馬羅。坎迪，你想搶誰的鏡頭？我們在電話裡談過話，記得吧？」

他咧咧嘴，我走進去。老套的雞尾酒會，人人大聲講話，沒有人聽，人人捨不得放開酒杯，眼睛發亮，臉頰或紅或白直冒汗，看每個人喝下多少酒精和酒量多大而定。這時候艾琳．維德來到我身邊，身穿淺藍衣裳，還是那麼美。她手上拿個酒杯，看來不過當作道具罷了。

她正色說：「慶幸你能來。羅傑要在書房見你。他討厭雞尾酒會。他正在工作。」

「這麼吵也能工作？」

「他似乎從來不怕吵。坎迪會給你端一杯酒——還是你寧願自己到吧檯——」

我說：「我去端。那天晚上對不起。」

她露出笑容，「我想你已經道過歉了。沒什麼。」

「去他的沒什麼。」

她勉強含笑點頭，轉身走開。我看見吧檯在幾扇非常大的落地窗旁邊的角落裡。是那種可以推來推去的吧檯。我盡量不撞到人，走到一半，有個聲音說：「噢，馬羅先生。」

我回頭，看見洛林太太坐在一張沙發上，身旁的男人看來很拘謹，戴無框眼鏡，下巴黑了一塊，好像是山羊鬍子。她手上端著飲料，一副厭煩相。他則雙臂交疊，怒目靜坐著。

我走過去。她微笑伸出手。「這是外子洛林醫生。愛德華，這位是菲力普．馬羅先生。」

山羊鬍男子看了我一眼，略略點個頭。此外一動也不動。他似乎要保留精力做更值得做的事情。

琳達．洛林說：「愛德華很累。愛德華經常很累。」

「醫生往往這樣，」我說：「洛林太太，我給妳端一杯酒來好嗎？你呢，醫生？」

「她喝得夠多了，」那人說話，沒看我們倆一眼，「我不喝酒。我愈看喝酒的人，愈慶幸自己不喝。」

「回來吧，小喜芭。」（譯註：一九五二年派拉蒙出品的電影名字。「喜芭」為女主角的愛犬）洛林太太作夢般說。

他轉過身子，有了回應。我離開那邊，向吧檯走。在丈夫面前，琳達．洛林好像變了一個人。言語尖刻，表情帶著不屑，即使生氣也不曾這樣待我。

坎迪在吧檯後面。他問我要喝什麼。

「現在什麼都不要，多謝。維德先生要見我。」

「他很忙，先生。很忙。」

我想我大概不會喜歡坎迪。我盯著他，沒說話，他又說：「不過我去看一下。馬上來，先生。」

他巧妙穿過人群，一下子就回來了，「好的，朋友，我們走吧。」他愉快的說。

我跟著他由客廳這頭走到那一頭。他打開一扇門，我踏進去，他隨即把門關上，噪音就減弱下來。那是角間，又大又涼又安靜，有落地窗，屋外種了玫瑰，側窗裝有冷氣。我看見湖水，看見維德平躺在一張長長的淡色皮沙發上。一張漂白的大木桌上有個打字機，打字機旁擺一堆黃色的紙張。

他懶洋洋說：「馬羅，多謝你賞光。隨便坐。你喝過一兩杯了吧？」

「還沒，」我坐下來看著他，他還顯得有點蒼白和憔悴，「工作進行得怎麼樣？」

「很好，只是我太快就累了。可惜四日長醉，很難克服。酒醉過後我的工作成績往往最好。我這一行很容易繃得太緊而僵掉。然後寫出來的東西就不好了。好的話很順。你讀到或聽到跟這相反的東西都是大雜燴。」

我說：「也許要看作家是誰。福婁拜寫得也不輕鬆，出來的卻是好作品。」

維德坐起來說：「好吧。原來你讀過福婁拜的作品，你是知識分子，評論家，文學界的學者。」他揉揉額頭，「我正在戒酒，好討厭。我討厭每一個手上拿酒的人。我必須出去對那些討厭鬼微笑。他們每一個都知道我是酒鬼，所以都想知道我在逃避什麼。有個佛洛伊德派的混蛋把那一套變成常識了。現在每一個十歲的小鬼都懂那一套。我若有個十歲的小孩——上帝不許——他會問我：『爸，你酒醉想逃避什麼？』」

「就我所知，這都是最近的事。」我說。

「愈來愈嚴重，不過我一向是個好酒的人。人年輕困苦，可以承受許多懲罰。年近四十就不那麼容易復原了。」

我往後靠，點了一根菸，「你找我想談什麼事？」

「馬羅，你想我是逃避什麼？」

「不知道。我手上的情報不足。何況人人都會逃避某種東西。」

「不是每個人都酗酒。你逃避什麼呢？是青春，是罪惡感，抑或自知是冷門行業的冷門從業員而想逃避？」

我說：「我懂了。你需要找個人來侮辱。儘管講啊，朋友。覺得心痛的時候我再告訴你。」

他笑一笑，伸手去攪密密的鬈髮，用食指戳胸膛，「馬羅，你當冷門行業的冷門從業員，眼光正確。所有作家都是廢物，我更是最沒用的。我寫過十二本暢銷書，如果能把桌上那堆亂糟糟的東西弄完，也許可以算十三本。沒有一本有一丁點價值。我在一個只限千萬富翁居住的住宅區擁有一棟迷人的房子。我有個迷人的太太深愛著我，有個迷人的出版商厚愛我，我尤其愛自己。我是個自我中心的混蛋，一個文學妓女或皮條客——隨你用什麼字眼——而且是徹頭徹尾的寄生蟲。你還能爲我做什麼？」

「咦，能做什麼？」

「你爲什麼不光火呢？」

「沒什麼好光火的。我只是聽你自怨自艾。很煩人，但不傷我的感情。」

他粗聲笑起來，「我喜歡你，我們喝一杯。」

「不在這裡喝，朋友。不要你我單獨喝。我不想看你喝下第一杯。誰也阻止不了你，我猜也沒人想阻止。可是我用不著幫倒忙。」

他站起來，「我們不必在這裡喝。我們到外面，看看那種你賺夠爛錢可以住在他們那一區時會認識的天之驕子。」

我說：「聽著。省省吧，別再說了。他們跟別人沒什麼兩樣。」

他簡短的說：「是啊，但他們應該與眾不同。否則他們有什麼用處呢？他們是一郡的精英，卻跟一票喝廉價威士忌的卡車司機差不多。還沒他們好。」

我又說：「別再說了。你要醉儘管醉。可別罵別人出氣，他們喝醉也用不著到佛林傑醫生那兒住院，更不會發神經把太太推下樓。」

「是啊，」他說著突然冷靜下來，若有所思，「你通過考驗了，老兄。來這邊住一陣子如何？你光是待在這兒就可以幫我不少忙。」

「我不懂怎麼幫法。」

「我懂。只要在這邊就行了。每個月一千元你有興趣吧？我喝醉了很危險。我不想變成危險人物，我不想酒醉。」

「我沒法阻止你。」

「先試三個月。我可以把那本混帳書寫完，然後遠行一段時間。躲在瑞士山區的某一個地方圖個清靜。」

「那本書，呃？你非賺那筆錢不可嗎？」

「不，我只是必須完成一件已經開始的工作，否則我就完蛋了。我是以朋友的身分要求你。你替藍諾士做的不止這些。」

我站起來，走到他面前，狠狠瞪著他。「我害藍諾士送命，先生。我害他送命了。」

「嗟。別對我動感情，馬羅。」他以手掌側邊頂著喉嚨，「我受夠了軟弱的傻瓜。」

我問道：「軟弱？只是好心而已吧？」

他後退一步，撞到沙發邊緣，但是沒有失去平衡。

他滔滔不絕說：「滾你的。談不成。我不怪你，當然。有些事我想要知道，非知道不可。你不曉得是什麼，我自己也不敢說一定知道。我只是確定事有蹊蹺，一定要查出來。」

「跟誰有關？你太太嗎？」

他以上唇咬住下唇，再反過來，「我想是跟我自己有關。我們去拿酒喝吧。」

他走到門口，把門推開，我們就出來了。

他若存心讓我不自在，那他已經達到上乘的效果。

24

他打開門，客廳的嘈雜聲立刻迎面撲來。好像比先前更吵了。大約多兩杯酒的吵鬧程度。維德到處打招呼，大家看到他似乎很高興。其實到這個時候，他們就算看到「匹茲堡的殺人狂菲爾」帶著訂製的冰鑽出現，也會很高興的。人生不過是一場大雜耍表演。

前往吧檯的路上，我們跟洛林醫生夫婦面對面相遇。醫生站起來，上前一步迎向維德，臉上一副恨得牙癢癢的表情。

維德和和氣氣說：「幸會，醫生。嗨，琳達。最近妳躲到哪裏去了？不，我猜這個問題太蠢。我——」

洛林醫生語聲輕顫說：「維德先生，我有話要跟你說。很簡單的話，希望夠決絕。別惹我太太。」

維德好奇的看著他，「醫生，你累了。你沒有酒。我替你拿一杯。」

「我不喝酒，維德先生。你很清楚的。我來只有一個目的，已經表達清楚了。」

維德依舊和藹可親說：「好吧，我猜我懂你的意思。既然你是我家的客人，我無話可說，只能說你大概有點誤會。」

附近的談話聲降低了。男男女女都豎起耳朵仔細聽。小題大作。洛林醫生由口袋裡拿出一對手套，拉平，抓住其中一隻的指尖，用力摔打維德的臉。

維德眼睛連眨都不眨一下，「黎明喝咖啡，手槍決鬥？」他靜靜問道。

我看看琳達．洛林。她氣得滿面通紅，慢慢站起來，面對醫生。

「老天爺，你表演太過火了，寶貝。別像個他媽的傻瓜，好不好？還是你寧願等人打你耳光？」

洛林轉向她，舉起手套。維德跨到他前面，「別急，醫生，我們這一帶只流行私下打老婆。」

洛林嗤之以鼻，「你若是指你自己，我早就知道了。用不著你來教我禮儀課。」

「我只教有前途的學生，」維德說：「眞遺憾你這麼快就要走了。」他提高嗓門，用西班牙語說：「坎迪！洛林醫生馬上就要走了。」他轉向格林，「怕你不懂西班牙語，醫生。意思是說門在那邊。」他指一指門。

洛林瞪著他，一動也不動，冷冰冰說：「我警告過你了，維德先生。很多人都聽到了，我不再警告第二遍。」

維德簡慢地說：「不用。可是你若要提，就到中立地帶去提。我的行動自由會多一點。對不起，琳達。誰叫妳嫁了他。」他輕輕揉臉頰上厚手套尾掃到的地方。琳達．洛林苦笑著，聳聳肩。

洛林說：「我們走了。走吧，琳達。」

她重新坐下，伸手拿酒杯，不屑的靜靜瞟了他一眼，「是你要走了。別忘了，你有很多地方要去呢。」

「妳跟我一起走。」他怒氣沖天說。

她轉過去不理他。他突然伸手抓她的手臂。維德抓住他的肩膀，把他的身子扳過來。

「別急，醫生，你贏不過他們大家。」

「手拿開別碰我！」

維德說：「當然。放輕鬆嘛。我有個好主意，醫生，你何不找個好醫生瞧瞧？」

有人大聲笑。洛林渾身繃緊，像一頭準備躍起的野獸。維德感覺到了，連忙轉身走開。這一來洛林醫生成了眾矢之的。他若去追維德，會顯得更愚蠢。除了離開，一點辦法都沒有，於是他走了。他快步走過客廳，筆直瞪著前方，坎迪正開著門等候。他走出去了。坎迪一臉木然關上門，走回吧檯。我過去再要一點蘇格蘭威士忌。我沒看清維德去哪裡。反正他就是消失了。我也沒看見艾琳。我喝威士忌，背對著客廳，任由大家吱吱喳喳。

一位髮色像泥土、額上圍一條束帶的嬌小女郎突然來到我旁邊，把杯子放在吧檯上，嘰哩呱啦說話，坎迪點點頭，再調一杯酒給她。

小女郎轉向我，問道：「你對共產主義有沒有興趣？」她目光呆滯，拚命用小小的紅舌去舔嘴唇，好像在找巧克力屑，「我以為人人都應該會感興趣。可是隨便問這兒的哪個人，他們只想摸人家。」

我點點頭，由眼鏡上方看她的獅子鼻和太陽曬黑的肌膚。

她伸手拿新飲料說：「如果動作斯斯文文，我倒無所謂。」她一口飲下半杯，露用臼齒。

「別太信任我。」我說。

「尊姓大名？」

「馬羅。」

「有『e』字母還是沒有？」

「有。」

她詠唱道：「啊，馬羅，好悲傷好美的姓。」她放下將近全空的酒杯，闔上眼，頭往後仰，雙臂向外伸，差一點打到我的眼睛。她的聲音激動得顫抖，說出了古詩人馬羅的詩篇：

千舟覆滅，伊城天塔盡成灰，
紅顏肇禍水？
海倫吾愛，請以一吻賜永生。

她睜開眼睛，抓起酒杯，向我眨眨眼，「你在那邊不錯嘛，老兄。最近有沒有寫詩？」

「不大寫。」

「你若願意，不妨吻我。」她賣弄風情說。

一個穿著府綢襖和開領襯衫的傢伙來到她身後，由她頭頂向我咧咧嘴。他有一頭紅色的短髮，面孔像扁塌的肺葉，長得眞難看。他拍拍少女頭頂。

「走吧，小貓，該回家了。」

她來勢洶洶攻擊他，「你是說你又得用水去澆那些混蛋秋海棠了？」她吼道。

「噢，聽好，小貓——」

「手拿開，別碰我，你這渾球強暴犯。」說著把剩下的酒潑在他臉上。其實剩的只是一小匙酒加兩塊冰而已。

他抓起一條手帕來擦臉，大聲反擊，「看在耶穌份上，寶貝，我是妳丈夫耶。明白吧？妳丈夫。」

她劇烈啜泣，投入他的懷抱。我繞過他們身邊走開。每一場雞尾酒會都差不多，連對話都大同小異。

現在賓客漸漸由屋裡出來，走入晚風中。聲音漸息，汽車正在啓動，再見之聲如橡皮球來回彈跳。我走向落地窗，來到戶外鋪石板的露台。地面向湖邊斜，湖面如一隻睡貓沒有半點動靜。湖邊有一截短短的木碼頭，以白纜繩繫著一艘划艇。對岸其實不遠，有一隻黑鸛正懶洋洋轉彎，像溜冰客一樣。連淺淺的水波都沒有激起。

我橫臥在一張帶襯墊的鋁製躺椅上，點上一根菸，悠然抽著，心裡暗想自己究竟來幹什麼。羅傑．維德如果有心，似乎可以完全控制自己。他對洛林挺節制的。就算他狠狠打洛林的尖下巴一拳，我也不會太驚訝。他脫序還有規矩可循，洛林則比他過份多了。

如果所謂規矩還有什麼意義，那就是不該還在一屋子客人面前威脅人，用手套打他的臉，而自己的太太就站在旁邊，這等於指控她行爲不端。以一個酗酒初癒還不太穩健的人來說，維德的表現算不錯了，甚至可以說相當好。當然我沒見過他酒醉，不知道他醉後是什麼德性。我甚至不知道他是酒鬼。兩者有個大差別：偶爾喝過頭的人清醒時還跟平常一樣；眞正的酒鬼根本就不是原來的人了。你完全無法預測他會怎樣，只知道他將變得很陌生。

後面傳來輕微的腳步聲，艾琳．維德走上露台，坐在我旁邊的一張躺椅邊緣。

「好啦，你感想如何？」她靜靜問道。

「關於那位拎手套的先生？」

「噢，不。」她皺皺眉頭，然後笑起來，「我討厭人那樣子鬧法。醫術其實挺不錯的。他已經跟山谷裡一半的男人那樣鬧過了。琳達．洛林不是蕩婦。她長得不像，說話不像，行爲也不像。不知道洛林醫生爲什麼把她當蕩婦。」

我說：「也許他是矯治過的酒鬼。他們很多人變得像清教徒一般嚴苛。」

「可能，」她說著望望湖面，「這是非常平靜的地方。我們以爲作家在這裡會很快樂——如果作家也能快樂的話。」她回頭看我，「原來你不肯照羅傑的要求行事。」

「沒有用嘛，維德太太。我無能爲力。以前我就說過了。我不見得會在恰當的時候待在附近。我必須無時不刻在場。不可能，就算我沒有別的事做也不可能。例如他若發狂，那是瞬間的事。而且我沒看到他發狂的徵兆。我覺得他相當穩。」

她低頭看手，「他若能完成他的作品，我想事情會好得多。」

「我沒辦法幫助他完成。」

她抬頭把雙手放在椅子邊緣兩側，整個人略微往前傾，「他認爲你可以，你就可以。這是整個關鍵。你是不是覺得在我們家作客又領酬勞不是滋味？」

「維德太太，他需要心理醫生。看妳是不是認識什麼醫生而非江湖郎中。」

她好像嚇一大跳，「心理醫生？爲什麼？」

我把菸斗裡的菸灰敲出來，手持菸斗靜坐著，等菸斗缽涼一點再收起來。

「妳要非專業的意見，我說給妳聽。他自以爲心底埋著一個秘密，卻查不出是什麼。可能是自己的犯罪秘密，也可能事關另外一個人。他以爲他是查不出眞相才酗酒的。他可能覺得事情出在他酒醉時，所以該回到酒醉的狀態中去追尋——眞正的爛醉，像他那樣醉法。那是心理醫生的工作。目前爲止還沒有問題。如果這個說法不對，那他酒醉就是存心想醉或者身不由己，有關那個秘密的念頭只是藉口罷了。他沒辦法寫書，至少沒辦法完成，因爲他醉了。也就是說，一般假設他爛醉如泥，才無法完成作品。其實也可能反過來。」

她說：「噢，不，羅傑極有天份。我相信他最好的作品還沒誕生。」

「我跟妳說過這不是行家的意見嘛。前幾天妳說他可能對太太失去了愛意。這事也可能反過來。」

她朝屋裡望，然後轉過來背對著房屋。我也看那邊。維德正站在門裡看我們。我朝那邊望的時候，他走到吧檯後面，伸手拿酒瓶。

她連忙說：「干涉也沒用，我從來不干涉，從不。馬羅先生，我想你說得對。除了讓他自己戒除酒癮，什麼辦法都沒有。」

現在菸斗涼了，我把它收好，「既然我們在抽屜背面摸索，那反過來看如何？」

她說：「我愛我先生。也許不像少女那般愛法。可是我愛他。女人一生只當一次少女。當時愛的人已經死了。是戰死的。說也奇怪，他的姓名縮寫跟你一樣。現在已經無所謂了——只是有時候我還不完全相信他已經死亡。他的屍體沒有找到。可是很多人都是這種情形。」

她以搜尋的目光看了我好久，「有時候——當然不是常常——我深更半夜走進安靜的雞尾酒廊或上流旅社的大廳，或者在清晨或深夜走在輪船的甲板上，我總依稀覺得他在某一個幽暗的角落等我。」她停頓半晌，垂下眼皮，「太傻了。我眞慚愧。我們曾經非常相愛——一生只有一次的那種狂野、神秘、難以置信的愛。」

她不再說話，失神的坐在那兒眺望湖面。我再回頭看屋裡。維德手上端個酒杯，站在敞開的落地窗內。我再返身看艾琳。在她眼中我已經不存在了。我起身進屋。維德端著酒站在那兒，酒看來滿烈的。他的眼神也不對勁。

「你怎麼打動我太太的，馬羅？」他是歪著嘴巴說的。

「沒有亂送秋波——你若指這方面的話。」

「我正是這個意思。前幾天晚上你吻了她。也許你自以爲是快手，但你是浪費時間，老兄。即使你有吸引人的風采。」

我想繞過他走開，但他用結實的肩膀擋住我的去路，「別急著走，老兄。我們喜歡你在附近。我們家少個私家偵探。」

「我是多餘的。」我說。

他舉杯喝了一口；然後把杯子放低，斜睨著我。

我告訴他：「你該多給自己一點時間增強抗拒力。空話罷了，呃？」

「好啦，教練。你是小小的人格建立家，對吧？你不該傻到想要教育酒鬼。朋友啊，酒鬼不是培養的，是分裂繁殖。部分過程很好玩。」他又喝了一口，酒杯幾乎空了，「部分過程則非常可怕。可是容我引述那個帶小黑皮包的雜種洛林醫生的睿語，別惹我太太，馬羅。你對她有好感，大家都有。你想跟她睡覺，大家都想。你想分享她的夢，聞聞她回憶的玫瑰香。也許我也想。可是沒什麼好分享的，朋友——沒有，沒有，沒有。你孤零零在黑暗裡。」

他把酒喝完，杯子上下顛倒。

「像這樣空空如也，馬羅。裡面什麼都沒有。我最知道。」

他把酒杯放在吧檯邊緣，僵僵走到樓梯底，向上大約爬了十二步，抓著欄杆，停下來倚欄而立，苦笑著向下看我。

「原諒我這老套的嘲諷，馬羅。你是好人。我不希望你出事。」

「出什麼樣的事？」

「說不定她還沒有抽出時間來研究初戀情人陰魂不散的魔力，那個在挪威失蹤的傢伙。你不想失蹤吧，老兄？你是我自己專用的私家偵探。我迷失在西普維達峽谷的野蠻奇觀中，是你找到了我。」他的手掌在磨光的木扶手上畫圈圈，「你若失蹤了，我會傷心到極點。就像那個迷上萊姆汁的人。他變得無影無蹤，有時候我們簡直懷疑他是否真存在過。你想她會不會只是捏造這個人，以便有玩具可玩？」

「我怎麼知道？」

他低頭看我。現在他兩眼間出現深深的皺紋，嘴巴歪向一邊苦笑著。

「誰知道呢？也許她自己也不知道。寶寶累了。寶寶玩破玩具玩太久了。寶寶想要說聲拜拜走掉。」

他繼續走上樓梯。

我站在那兒，後來坎迪進屋，開始打掃吧檯四周，把玻璃杯放在托盤上，檢查酒瓶裡的殘酒，根本沒理我。至少我以爲如此。未幾他說：「先生，還剩一杯酒的份量，浪費了太可惜。」他舉起一個酒瓶。

「你喝掉吧。」

「對不起，先生，我不喜歡。至多一杯啤酒。一杯啤酒爲限。」

「聰明人。」

他瞪著我說：「屋裡有一個酒鬼已經夠了。我英語說得不錯吧？」

「確實不錯。」

「但我是用西班牙文思考。有時候我用刀思考。老闆是我的人。他不需要幫助，小子。我照顧他，明白吧。」

「你表現不錯，痞子。」

他咬牙罵了一句西班牙話，「橫笛之子」（Hijo de la flauta）。他拿起裝滿東西的托盤，一把扛在肩上，用手托著，學餐廳助手的作法。

我走到門口，自己出去，想不通「橫笛之子」在西班牙文中怎麼會變成一句侮辱的話。但我沒有多想，要想的事太多了。維德家的問題不只在酒精。酗酒只是一種僞裝的反應。

那天晚上九點半到十點之間，我撥了維德家的電話號碼。響了八聲沒人接，我掛斷了，可是手一離開電話筒，我的電話鈴就響了。是艾琳．維德打來的。

她說：「剛才有人打來，我預感是你。我正準備淋浴。」

「是我，不過沒什麼重要，維德太太。我走的時候他好像頭腦不太清楚——我是說羅傑。我想現在我大概自覺對他有點責任吧。」

她說：「他沒事。在床上睡得很熟。我想洛林醫生使他心煩意亂，比外表看來嚴重。他一定對你說了不少廢話。」

「他說他累了想睡覺。合情合理嘛，我想。」

「他若只說這些，是很合理。好吧，晚安，謝謝你來電話，馬羅先生。」

「我沒說他只講這些，我是說他這麼說過。」

停頓半晌後，「人人偶爾都會有怪誕的念頭。別對羅傑太認眞，馬羅先生。畢竟他的想像力是高度發展的。很自然嘛。經過上次的事，他不該那麼快又喝起酒來。請盡量忘掉這回事。我猜除了這些，他還對你不禮貌。」

「他沒對我不禮貌。他相當講理。妳丈夫是一個可以用心自省、找出自己本心的人。這是不尋常的天賦。大多數人一生要用一半的精力來保護從未存在的尊嚴。晚安，維德太太。」

她掛斷了。我擺出了棋盤，裝滿一菸斗的菸絲，校閱棋子，看看有沒有刮傷或鈕子鬆掉的地方，然後讓戈特查柯夫和曼寧金雙方比賽，七十二步不分勝負，常勝軍的典範碰上了動不了的目標，這一仗沒有甲冑，不流血，精心浪費人類的智能，不下於廣告公司外面隨處可見的情景。

25

整個禮拜沒什麼事，我只是出門辦了一些不太能算業務的業務。有一天早上卡尼機構的喬治．彼德斯打電話給我，說他恰好有事走過西普維達峽谷那條路，好奇去看過佛林傑醫生的療養所，可是佛林傑醫生已經不在了。五、六隊土地測量員正在繪圖打算分割。跟他交談的人連聽都沒聽過佛林傑醫生的名字。

彼德斯說：「根據一張財產信託證書，可憐的傻瓜被迫停業。我查過了。他們給他一張千元大鈔買下放棄權利的證書，以求省時省錢，現在有人把那塊地分割成建地，可以淨賺百萬。這就是犯罪和生意的分野。生意必須有資金。有時候我覺得那是唯一的差別。」

我說：「好一段憤世嫉俗的話。不過熱門犯罪也要資金。」

「資金哪裡來，老兄？總不會來自搶劫酒鋪的強盜吧。再見。改天再見。」

某個星期四晚上十一點差十分，維德打電話給我。他的嗓子濃濁不清，幾乎咯咯作響，但我還認得出是誰。電話中可以聽見又短又急用力呼吸的聲音。

「馬羅，我情況很糟。非常糟。我棄守了。你能不能趕快過來？」

「好——不過先讓我跟維德太太談談。」

他沒搭腔。電話中傳來撞擊聲，然後一片死寂，過了一會兒又有四處噗砰碰撞的聲音。我對著電話吼了一會兒，沒人答話。時間一分一秒過去。最後話筒卡啦一聲放回原位，就變成線路開放的嗡嗡聲了。

我五分鐘後上路，半小時多一點就到了，我至今不知道怎麼可能。我飛馳過隘口，向光開上凡杜拉大道，左轉，在卡車陣中躲躲閃閃，出盡洋相。我以近六十哩的時速穿過恩西諾，用聚光燈照著停靠的車輛外緣，免得有人突然走出來。我運氣不錯，只有不在乎的狀況下才能如此幸運。沒有警察，沒有警笛，沒有紅色閃光燈。一路只想著維德家可能發生的情況，料想不會太愉快。她跟一個酒醉的狂人單獨在家，她脖子斷了的在樓梯下，她鎖在房間裡，有人在外面狂嚎想破門而入，她赤腳跑過月光下的路面，一個手持屠刀的黑人大漢正在追她……

結果根本不是那麼回事。我把奧斯摩比車開進他們車道，屋裡屋外燈火通明，她站在敞開的門口，嘴裡含著一根菸。我下了車，踏著石板地走向她。她穿著寬鬆的長褲和敞領襯衫，冷靜的望著我。如果有任何興奮的跡象，也是我帶去的。

我說了一句傻話，後來的舉動也傻乎乎的，「我以為妳不抽菸。」

「什麼？不，我通常不抽。」她取出嘴裡的菸，看一眼，然後丟下去滅熄，「久久抽一次。他打過電話給佛林傑醫生。」

聲音幽遠平靜，好像隔著水面傳來。非常非常輕鬆。

我說：「不是。佛林傑醫生不住在那兒了。他是打給我。」

「噢，眞的？我聽見他打電話請對方趕快來。我以為一定是佛林傑醫生。」

「他現在在哪裡？」

她說：「他跌倒了。一定是椅子後仰得太厲害了。以前也發生過。腦袋撞到東西。流了一點血，不多。」

我說：「噢，那就好。不希望流太多血。我問妳，他現在在什麼地方？」

她一臉嚴肅望著我，然後指一指，「在那邊某一個地方。路邊或者圍牆邊的灌木叢裡。」

我傾身看她，「老天啊，妳沒看哪？」這時候我斷定她是嚇呆了，就回頭看看草坪。什麼都沒看見，但圍牆邊有濃濃的黑影。

她相當平靜說：「不，我沒看。你去找他。受得了的我都忍受了。我已經受不了啦。你去找他。」

她轉身走回屋內，門還開著；沒走多遠，到門內一碼左右的地方突然癱倒在地，一直躺在那兒。屋裡的淺色長酒几兩側各有一張大沙發，我將她扶起來，平放在其中一張上面。摸摸她的脈搏，好像不太弱，也沒有不穩的跡象。她雙眸緊閉，嘴唇泛藍。我把她留在那兒，又走回屋外。

她說得不錯，維德確實在那邊，側躺在芙蓉樹的暗影中；脈搏跳得很快，呼吸不自然，後腦勺黏糊糊的。我跟他說話，稍微搖撼他，還掌摑他的臉兩次。他咕噥一聲，卻沒有甦醒。我把他拖起呈坐姿，拉過來搭在我肩上，然後背轉向他用力舉起他的身子，伸手去抓一條腿。失手了。他重得像水泥塊。我們倆在草地上坐下來，我休息片刻，再試一次；最後我終於將他拉成救火員那種攙扶姿勢，拖過草地，向敞開的前門方向行進。一段路恍如來回一趟暹羅那麼遙遠。門廊的兩段階梯宛若十呎高。我跌跌撞撞走到沙發前，雙膝跪地，讓他滾下來。等我再站直，脊椎骨活像至少斷了三個地方。

艾琳．維德已經不在了。屋裡只剩我一個人。那一刻我累壞了，沒心情管誰在什麼地方。我坐下來看他，等他吐氣吸氣，然後看看他的腦袋。整顆頭沾滿鮮血，頭髮也黏糊糊帶有血跡。看來不太嚴重，可是頭部的傷很難說。

這時候艾琳．維德來到我旁邊，以事不關己的表情靜靜俯視他。

她說：「對不起，我昏倒了。我不知道爲什麼。」

「我想最好叫個醫生來。」

「我打過電話給洛林醫生。他是我的醫生，你知道，他不想來。」

「那試試別人吧。」

她說：「噢，他會來的。他雖然不想來，但他一走得開就會盡快趕來。」

「坎迪呢？」

「今天他休假。星期四。廚子和坎迪星期四放假。這裡的常規是如此。你能不能把他扶上床？」

「沒有幫手辦不到。最好拿一條小地毯或毯子來。今天晚上很暖和，不過這種病例很容易得肺炎。」

她說她會去拿毯子，我覺得她眞好。可是我的思緒不太清楚。扛他扛得太累了。

我們給他蓋上一條輪船躺椅用的毯子，十五分鐘後洛林醫師來了，他戴著無框眼鏡，衣領漿得硬挺挺的，那副表情活像狗生病了人家要他來清理似的。

他檢查維德的腦袋，說：「表皮傷口和瘀青，不會腦震盪。我想他的呼吸已經把他的情況顯示得相當清楚。」

他伸手拿帽子，提起皮包。

他說：「給他保暖。你們不妨輕輕替他洗頭，把血洗掉。他睡睡就沒事了。」

「醫生，我一個人沒有辦法扶他上樓。」我說。

「那就讓他留在原地。」他漠然看看我，「晚安，維德太太。妳知道我不醫酒精中毒病人。就算肯醫，妳丈夫也不會是我的病人。我相信妳明白這一點。」

我說：「沒人要你醫治他。我是要人幫忙把他搬進房間，好替他脫衣服。」

「你是什麼人？」洛林醫生冷冰冰問道。

「敝姓馬羅。上禮拜我來過。你太太介紹過我。」

「有趣，」他說：「你是透過什麼管道認識我太太的？」

「那有什麼差別呢？我只是想——」

「我對你想什麼沒有興趣。」他打斷我的話，轉向艾琳，點個頭就往外走。我擋在他和門口之間，背對著門。

「等一下，醫生。你一定很久沒看那篇名叫〈新開業醫生誓言〉的文章了。這個人打電話給我，我住在大老遠的地方。聽來他的狀況很差，我連忙趕來，一路上違犯了本州的好多交通規則。我發現他正在地上，就把他扛進來，請相信我，他可不是一綑羽毛，重死了。僕人不在，這邊沒有人可以幫我扶維德上樓。你有什麼感想？」

他咬牙說：「讓開，否則我打電話給警長分署，叫他們派個警官來。身爲專業人士——」

「身爲專業人士，你比一把跳蚤灰還不如。」我說著就讓開了。

他滿面通紅——慢慢的，但是很明顯。他氣得說不出話來，只管開門走出去，小心翼翼關上門。門關上時特意往裡看我一眼。我從來沒見過那麼兇惡的臉上那麼兇的目光。

我由門口轉過身來的時候，艾琳笑咪咪的。

「有什麼好笑？」我咆哮道。

「你呀。你說話口不擇言，對不對？你不知道洛林醫生是誰嗎？」

「知道——我還知道他是什麼樣的人。」

她看看手錶，「坎迪現在該到家了。我去看看。他的房間在車庫後面。」

她由拱門出去，我坐下來看看維德。大作家繼續打鼾。他滿臉冒汗，可是我沒取下他身上蓋的毛毯。

一兩分鐘後艾琳回來了，坎迪跟在她身邊。

26

墨西哥佬穿一件黑白格子運動衫、密褶黑長褲，沒繫皮帶，腳穿黑白雙色鹿皮鞋，一塵不染。濃密的頭髮往後梳，搽了某種髮油或髮霜，亮晶晶的。

「先生。」他說著諷刺般一鞠躬。

「坎迪，幫忙馬羅先生把先生抬上樓。他跌倒受了一點傷。抱歉麻煩你。」

「太太，沒什麼。」坎迪含笑說。

她對我說：「容我道聲晚安。我累壞了。你需要什麼，坎迪會替你辦。」

她緩緩上樓。坎迪和我望著她。

他以吐露秘密的口吻說：「好個洋娃娃。你留下來過夜？」

「不太可能。」

「可惜。她好寂寞，那個妞兒。」

「別再兩眼發直啦，小子。我們把這一位弄上床。」

他悽然望著沙發上頭鼾聲大作的維德，喃喃低語，說的好像是眞心話，「可憐喔，爛醉如泥。」

我說：「他也許醉得像母豬，但體型可不小。你抬腳。」

我倆抬著他，就算兩個人合抬，仍像鉛棺材一般沉重。到了樓梯頂，我們順著一道露天陽台走過去，途中經過一道緊閉的門扉。坎迪下頦朝那邊比一比。

他低聲說：「太太房間。你輕輕敲門，說不定她會放你進去喲。」

我少不了他，所以沒說話。兩個人抬著爛醉的屍體繼續走，拐進另一道門，一把將他扔在床上。這時我抓住坎迪靠肩膀的地方，手指掐會痛，我故意掐他。他稍微退避一下，表情不自在起來。

「你全名叫什麼，雜種？」

他高聲說：「手拿開，別碰我。別叫我雜種，我可不是非法入境的墨西哥佬。我叫璜·賈西亞·狄索托·瑤索托梅爾。我是智利人。」

「好，唐璜先生。在這邊不要違犯規矩。談起主人家，鼻子嘴巴都放乾淨些。」

他掙脫我的掌握，退後一步，黑眼珠冒出怒火；手伸進襯衫內，掏出一把細細長長的刀；刀尖放在手掌根部，讓刀立起來，連看都沒看刀身一眼。然後他垂下手去，趁刀懸在空中的一刻抓住刀柄。動作很快，看來不費吹灰之力。手舉到跟肩膀等高時，突然向前一彈，刀凌空飛出，危顫顫插進窗框的木頭裡。

他譏誚道：「留心，先生！少管閒事。沒有人能愚弄我。」

他靈巧的走到房間那一頭，拔出木頭內的長刀，扔上半空中，踮著腳尖轉身，由後面接住刀子。長刀啪的一聲消失在他的襯衫底下。

我說：「眞俐落，只是有點太花稍了。」

他含著嘲諷的笑容走到我面前。

「說不定會害你扭斷手肘。像這樣。」我說。

我抓住他的右手腕一拉，讓他站不穩，然後側轉到他身後，弓起前臂，從他肘關節下方往上提，再用前臂當槓桿支點，把它壓下去。

我說：「用力一扭，你的肘關節就卡嚓一聲。一次就夠了。你會好幾個月不能當飛刀手。扭得稍微再用力些，你就永遠完蛋了。把維德先生的鞋子脫下來吧。」

我放開他，他對我一笑說：「好手藝，我會記得。」

他轉向維德，伸手脫他的一隻鞋，突然打住。枕頭上有血跡。

「誰割傷了老闆？」

「不是我，朋友。他跌倒，腦袋撞到東西。只是淺淺的傷口。醫生來過了。」

坎迪緩緩舒了一口氣，「你看見他跌倒？」

「在我來之前。你喜歡這個傢伙，對吧？」

他沒搭腔，把維德的鞋子脫了。我們漸次替他脫衣，坎迪找出一件綠色配銀色的睡衣，兩人給他穿上，將他扶進床鋪內，全身蓋好。他還在流汗，還在打鼾。坎迪傷心俯視他，慢慢的左右搖晃他那顆油亮亮的腦袋瓜子。

「得有人照顧他。我去換衣服。」他說。

「去睡一下吧。我來照顧他。需要你幫忙我再叫你。」

他跟我面對面，用非常安靜的口吻說：「你最好把他照顧得好好的。要照顧得很好很好才行。」

他走出房間。我進浴室拿出一條溼臉巾和一條厚毛巾，把維德略微翻過來，將毛巾鋪在枕頭上，替他洗去頭上的血跡，動作很輕，避免再次流血。這時候我看見一道長約兩吋的銳利淺傷口。算不了什麼。洛林醫生說得不錯。縫幾針無害，但可能不太必要。我找出一把剪刀，替他剪去少量頭髮，以便貼上一條膠布。然後我把他翻成仰臥姿勢，替他洗臉。我猜這件事我做錯了。

他睜開眼睛。起先那雙眼模模糊糊沒有焦點，後來就清亮起來，他看見我站在床邊；手動一動，舉到頭上，碰到那截膠布。嘴唇掀呀掀的不知說什麼，接著聲音也清楚多了。

「誰打我？是你？」他用手摸膠布。

「沒人打你。你跌倒了。」

「跌倒？什麼時候？在什麼地方？」

「你打電話的地方。你打給我。我聽見你倒地。在電話那頭聽見的。」

「我打電話給你？」他慢慢露出笑容，「你隨時聽候差遣，對吧，伙伴？現在幾點？」

「過了凌晨一點。」

「艾琳呢？」

「睡覺去了。她受了不少罪。」

他默默思考這句話，眼中充滿痛苦，「我有沒有——」他突然住口，閃縮了一下。

「就我所知，你沒有碰她——你若是指這方面的話。你只是到戶外閒逛，在圍牆附近暈倒了。別說話啦。睡吧。」

「睡覺，」他說得很靜很慢，像小孩背書似的，「會是什麼滋味？」

「吃一粒藥也許有幫助。有沒有？」

「在抽屜裡。床頭几。」

我打開抽屜，找到一塑膠瓶的紅色膠囊。西康諾，一克半的顆粒。洛林醫生開的。那個糟糕的洛林醫生。是爲維德太太開的藥。

我抖出兩粒，將瓶子放回原處，從床頭几上的熱水瓶倒了一杯水。他說一粒就夠了。他服了藥，喝了一點水，就躺回去再度看著天花板。時間一分一秒過去。我坐在椅子上看他。他好像毫無睡意。這時候他慢慢說：「我想起一件事。馬羅，幫我一個忙。我寫了一些不想讓艾琳看到的瘋話。在打字機的蓋子裡。」

撕下來拿給我。」

「好。你只想起這件事？」

「艾琳沒事吧？可以確定？」

「是的。她只是累了。順其自然吧，維德。別再多想了。我不該問你的。」

「別再多想了，這人說。」現在他的嗓音昏昏欲睡，好像自言自語，「別再思考，別再作夢，別再愛，別再恨。晚安，甜蜜王子。我來吃另外一顆藥。」

我交給他，再倒一些水送上。他又躺下了，這回頭轉過來看看我，「聽著，馬羅，我寫了一些東西，不想讓艾琳——」

「你已經跟我說過了。等你睡著，我會去辦。」

「噢，多謝。有你在旁邊眞好。眞好。」

又是一陣長長的緘默。他的眼皮愈來愈重了。

「殺過人，馬羅？」

「是的。」

「感覺不好受吧？」

「有人喜歡。」

他的眼睛一路閉起來。後來再睜開，卻顯得模模糊糊的，「怎麼會？」

我沒搭腔。他的眼皮又閉上了，緩緩的緩緩的，像戲院的布幕拉下。他開始打鼾。我再等了一會兒。

然後將屋裡的燈光調暗走出去。

27

我停在艾琳房門外注意聽，沒聽見屋裡有什麼動靜，所以沒敲門。她若想知道丈夫的狀況，她自己會處理。樓下的客廳看來亮亮的，空無一人。我把一部分燈關掉。從前門附近，我仰望二樓陽台。客廳中段是挑高的，與房子的牆壁等高，上面有裸露的橫樑，陽台也靠那幾根樑柱支撐。陽台很寬，兩側有堅固的欄杆，看來約有三呎半高。頂端和直立的柱子都切割成四四方方，以便和大樑搭配。客餐廳以一道方形拱門隔開，裝有雙扇百葉門板。餐廳樓上我猜是傭人房。二樓這一部分用牆壁隔起，應該有另一道樓梯從廚房通上去。維德的房間在他書房樓上的角落。我看得見燈光從他敞開的房門反射到天花板上，也看得見門口的頂板。

我把所有的燈關掉，只留一盞立燈，就走向書房。書房門關著，卻亮著兩盞燈，一盞是皮沙發末端的立燈，一盞是有燈罩的桌燈。打字機在燈下的重架子上，旁邊的書桌上堆滿亂糟糟的黃紙頭。我坐上一張有襯墊的椅子，打量屋裡的陳設。我想知道他怎麼撞破腦袋的。我坐進他書桌的椅子，電話在左手邊。彈簧力道很弱。如果向後傾，斜過了頭，腦袋可能會碰到桌角。我弄溼手帕，擦擦木頭。沒有血跡，什麼都沒有。桌上東西很多，包括兩尊青銅大象夾著一排書，還有一個老式方形玻璃墨水池。我試摸摸，沒有結果。反正也沒什麼用，若是別人打他，凶器未必在屋裡。而且沒有別人在場做這件事。我站起來，扭開檐板燈，光線射進陰暗的角落，原來答案這麼簡單。有個方形金屬字紙簍側倒在牆邊，紙都撒出來了。字紙簍不會走路，一定是被人擲倒或踢倒的。我用沾溼的手帕試試尖角。這回擦到了紅棕色的血跡。沒什麼奧秘可言。維德跌倒，腦袋撞到字紙簍的尖角——可能是擦撞——自己爬起來，把那鬼東西踢到房間另一頭。簡單嘛。

接著他可能再喝了一杯快酒。酒在沙發前的酒几上：有一個空瓶、一瓶四分之三滿的酒、一個熱水瓶和一銀缽的水，原先應該是冰塊。只有一個玻璃杯，而且是大型經濟杯。

他喝了酒以後，覺得好多了，發現電話垂落，可能想不起他用電話做過什麼。於是，他走過去，把話筒放回基座。時間大致吻合。電話有種驅迫力，我們這個時代受小機械折磨的人，提起電話可是又愛、又恨、又怕的。但他對電話一向恭恭敬敬，連酒醉都不例外。電話是神物哩。

正常人會先對話筒說聲「喂」，確定沒通才掛掉。一個醉醺醺又跌了一跤的人就不見得了。反正沒什麼大不了。也可能是他太太掛的，說不定她聽見跌倒聲和字紙簍撞牆的砰碰聲，來到書房。大約此時最後一杯酒的勁頭已經發作，他蹣跚走到屋外，越過前草坪，在我發現他的地方暈倒。有人來找他。此時他已不知道是誰；說不定也許是佛林傑醫生哩。

目前爲止還講得通。那他太太會怎麼辦？她應付不了他，沒法跟他講理，可能不敢試。那她會叫人來幫忙。傭人不在，只得打電話。好，她打過電話給某人。她曾打給洛林醫生。我以爲她是在我抵達後才打給他的。她沒這麼說。

再下去就不太吻合了。料想她會照顧他，尋找他，確定他有沒有受傷。溫暖的夏夜在外面地上躺一會兒沒有大礙。她搬不動他。我是使盡全力才辦到的。可是誰也料想不到她竟站在門口抽菸，不太知道他究竟在哪裡。你料想得到嗎？我不知道她受過他什麼罪，那種情況下他是多麼危險，她多麼害怕走近他。我抵達的時候，她對我說：「受得了的我都忍受了。你去找他。」接著她就走進屋內暈倒了。

這事我還是傷腦筋，但我只能暫時不追究。我必須假定她常面對這種情況，知道自己無能爲力，只能順其自然，才會這麼做。只是如此。順其自然。讓他躺在地上，等某人帶醫療用具來應付他。

還是傷腦筋。坎迪和我扶他上樓睡覺，她告退到自己房間，我也覺得不安。她說過她愛那個人。他是她丈夫，兩人已結婚五年，他清醒時人很好——這是她自己說的。一喝醉他就完全變了，變得非常危險，所以得避開他。好吧，算了。可是我仍然覺得不安。她若眞害怕，就不會站在門口抽菸。她若只是難堪、寂寞和噁心，就不會暈倒。

還有別的事。也許牽涉到另一個女人。那她剛發現不久。是琳達．洛林嗎？也許。洛林醫生認爲如此，而且公開說過。

我不再多想，把打字機的蓋子掀開。東西還在，是幾張黃色打字稿，我奉命把它毀掉，免得艾琳看見。我把它拿到沙發上，決定邊喝酒邊讀內容。書房邊有半套衛浴。我將高腳玻璃杯洗乾淨，倒了一杯，坐下來邊看邊喝。內容亂糟糟的。全文如下：

28

離滿月只差四天，牆上有一方月光，像一隻失明的大白眼望著我，一隻角膜白斑眼。開玩笑。天殺的爛比喻。作家。每種東西都得像另一種東西。我的腦袋像打過的乳霜一樣鬆軟，卻一點也不甜，又是比喻。我只要想起這一團亂就會吐出來。反正怎麼樣都會吐的。可能會吐完。別逼我。給我時間。心窩裡的蟲子爬呀爬呀爬。我躺在床上比較好，但床下會有一隻黑獸，唏唏嗦嗦四處爬，弓起身子，撞到床底板，然後我會發出一陣狂吼，除了我沒人聽得見聲音。一陣夢吼，惡夢裡的吼叫。沒什麼好怕的，因為沒什麼好怕的所以我不怕，但我一旦上床還是那樣的躺著，黑獸照樣折磨我，撞到床底，我遂有了性高潮。這比我做過的任何齷齪事更令自己噁心。

我身體好髒。我需要刮鬍子，我雙手顫抖。我流汗。我自覺渾身臭味。襯衫腋下、胸前和背後都溼淋淋的。袖子肘彎的褶子也一片溼。桌上的玻璃杯空了。現在倒酒得用雙手。我不妨再倒一杯來提神。那玩意兒的味道令人作嘔。對我不會有什麼幫助。到頭來我根本睡不著，神經飽受折磨，全世界都會發出呻吟。酒，呃，維德？再來一點。

頭兩三天還好，後來就是負數了，你痛苦，你喝一杯，有一陣子好多了，可是代價越來越高，得到的效果卻愈來愈少，總有一天一無所得只是反胃。於是你打電話給佛林傑。好吧，佛林傑我來了。現在沒有佛林傑了，他去了古巴，不然就是死了。那個尤物殺了他。可憐的老佛林傑，命真苦，跟一個尤物死在床上——那種娘娘腔的尤物，得了，維德，我們起來去別的地方。我們沒去過，去了就不會回來的地方。這句話通不通？不通。好吧，又不收稿費，是長廣告片之後的短暫歇息。

好吧，我照辦。我起來了。好一條漢子。我走向沙發，跪在沙發邊，雙手擱在上面，臉埋在手裡，痛哭一場。接著我禱告，卻為禱告看不起自己。三級酒鬼看不起自己，傻瓜，你究竟對什麼禱告呢？健康的人禱告是信仰。病人禱告只是嚇慌了。禱告個鬼。這是你塑造的世界，你一個人塑造的，就算得到一點外界的幫忙——也是你造成的。別再祈禱啦，你這呆瓜。站起來拿酒，現在別的事都來不及啦。

好吧，我拿。用雙手。把它倒進玻璃杯。幾乎一滴不漏。若能抓住杯子又不吐就好了。最好加點水，慢慢端起來。慢慢來，一次不舉太多。漸漸暖了。漸漸熱了。我若不再流汗多好。酒杯空了。又回到桌上了。

月光裹著一層霧，但我照樣放下酒杯，很小心很小心，像高花瓶裡的一枝玫瑰，玫瑰帶露點頭。也許我是一朵玫瑰。兄弟，我有露水喲。現在上樓吧。也許再喝杯純的才上路。不要？好吧。聽你的。上樓時帶上去。我若到那邊，有好事可期待。若上得了樓，有權得到補償吧。象徵我問候自己。我熱愛自己——美好的一部分——沒有情敵。

雙倍的空間。上去和下來。不喜歡樓上。高度害我心臟怦怦跳，但我繼續按打字機的鍵盤。潛意識真是魔術師。如果它能按時上下班多好。樓上也有月光。可能是同一個月亮。月亮不變化多端，像送牛奶的人定期去來，月光的奶永遠是一樣的。牛奶的月亮永遠——朋友，住口，你交叉起雙腳了。現在不宜涉入月亮的個案。整個山谷你要照顧的個案可多了。

她側睡著，沒有聲響，雙膝弓起來，我覺得太靜了些。睡覺總會發出一點聲響吧。也許沒睡著，也許是力求入睡。我走近一點就知道了，說不定會跌下來。她的一隻眼睛開著——有嗎？她望著我，有嗎？不。本該坐起來說，你病了，寶貝？是的，我病了，寶貝。可是別放在心上，寶貝，是我病不是妳病，妳還是靜靜睡，迷人的睡，永遠別想起什麼，沒有什麼黏糊糊的東西從我身上傳到妳身上，沒有任何猙獰、灰暗、醜惡的東西靠近妳。

你真是卑鄙小人，維德。三個形容詞，你這差勁的作家。卑鄙小人你就不會意識流而不用三個形容詞嗎老天？我又扶著欄杆下樓。五臟六腑隨著腳步翻騰，我許個諾言勉強叫臟腑不要分裂。我走到地板了，我走到書房了，我走到沙發了，我靜候心跳慢下來。酒瓶就在手邊。維德的安排有一點可以確定，酒瓶永遠在手邊。沒人把它藏起來，沒人把它鎖起來。沒人說，寶貝，你不覺得你喝夠了嗎？寶貝，你會喝出病來。沒有人說這種話。只是像玫瑰般柔柔側臥著。

我給坎迪的錢太多了。大錯特錯。應該先由一袋花生給起，漸漸進展到香蕉，然後來真正的小變化，緩慢又輕鬆，永遠讓他渴望。你開始給他一大口，他很快就得到了大彩金，他靠這邊一日的開銷可以在墨西哥生活一個月，過得自由又下流。所以他拿到大彩金後會做什麼？噢，人若以為可以得到更多，會嫌錢夠了嗎？也許沒問題吧。也許我該宰了那個眼睛發亮的雜種，曾有個好人為我而死，為什麼穿白襖的蟑螂就死不得？

別再想坎迪啦。要挫一根針的銳氣總有辦法的。另一位我永遠忘不了，已用綠火銘刻在我的肝臟上了。

最好打個電話。控制不住了。覺得他們跳呀跳呀跳的。最好趁那些粉紅玩意兒爬上我的臉以前趕快打電話給誰。最好打電話，打電話，打電話。打給「西奧克城的蘇」。喂，接線生，替我接長途。喂，長途台，替我接「西奧克城的蘇」。她電話幾號？沒有號碼，只有名字，接線生。你會發現她沿著第十街散步，在有樹蔭的一邊，在長穗的高玉米下……好吧，接線生，好吧。整個取消，我告訴你一件事，我意思是說，問你一句話。你若取消我的長途電話，誰來為吉佛在倫敦辦的那些盛宴付錢呢？是啊，你以為你的工作很穩。你以為。嗯，我最好直接跟吉佛談。找他來聽。他的男僕剛剛把他的茶端進來，他若不能講電話，我們會派個能講的過來。

現在我寫這些幹什麼？我盡量避免想的是什麼事？電話。最好現在打電話，很嚴重了，非常非常……

只有這些，我把紙摺小，塞進內胸袋的皮夾後面；走到落地窗前，把窗屏大大打開，跨到外面的露台上。月亮有點腐壞了。但懶人谷此刻是夏天，夏天從來不太壞。我站在那兒凝視一動也不動不帶色彩的湖面，思索著，揣度著。這時候我聽見一聲槍響。

29

現在陽台上兩個亮著燈的房間門都開了——一間是艾琳的，一間是他的。她的房間沒有人。他屋裡傳來打鬥聲，我一躍而入，發現她在床前彎身跟他撕扭。一把槍的黑光向空中聳起，兩隻手——一隻男人的大手，一隻女人的小手——同時抓著槍，都不是抓槍柄。羅傑坐起在床上，身子前傾往外推。她穿著淺藍的棉襖，頭髮散了一臉，現在雙手抓住槍，用力一拉，從他手上搶過來。即使他處於麻醉狀態，我仍驚訝她有那麼大的力道。他瞪大了眼睛直喘氣，她舉腳走開，跟我撞個滿懷。

她倚著我站立，雙手握槍貼緊身體；正一面喘氣一面嗚咽著。我伸手環著她，把手擱在槍上。

她猛轉過來，似乎這才發覺我的存在。眼睛睜得大大的，身體一癱，倒在我身上，放開了槍。是一把笨重的武器，韋布萊雙動式暗機槍。槍管猶有餘溫。我一手扶她，將手槍放進口袋，越過她的頭頂看他。沒人說半句話。

這時候他睜開眼睛，唇邊泛出倦怠的笑容，呢喃道：「沒人受傷，只不過是亂槍射進天花板。」

我覺得她的身體轉僵，接著就掙開了。目光焦點集中，很清澈。我放開她。

她囈語般說：「羅傑，有必要這樣嗎？」

他像貓頭鷹般瞪著眼，舔舔嘴唇沒說話。她走過去靠著梳妝檯，手呆呆移動，將臉上的頭髮拂開。全身從頭到腳打了個冷顫，腦袋左右搖晃。她又低聲說：「羅傑。可憐的羅傑。可憐又不幸的羅傑。」

現在他眼睛向上直視天花板，慢慢說：「我作了個惡夢。有個人拿刀站在床邊。我不知道是誰。看來像坎迪。不可能是坎迪。」

她柔聲說：「當然不會是，寶貝。」她離開梳妝檯，坐在床邊，伸出手來，開始摸摸他的額頭，「坎迪早就上床了。坎迪怎麼會有刀呢？」

羅傑用同樣淡漠的口吻說：「他是墨西哥人。他們都有刀。他們喜歡刀。而他不喜歡我。」

「沒人喜歡你。」我粗聲粗氣說。

她飛快轉過頭來，「拜託——拜託別說這種話。他不知道。他作夢了——」

「槍本來放哪裡？」我望著她咆哮，不理他。

「床頭几。抽屜裡。」他轉頭迎上我的目光。抽屜裡本來沒有槍，他曉得我知道。裡面放著藥丸和一點零星的東西，可是沒有槍。

他加上一句：「也許在枕頭下，我搞不清楚。我開了一槍——」他舉起沉重的手，指一指——「打在那上面。」

我抬頭看。天花板的灰泥層好像有個洞沒錯。我走到可以看清楚的地方。是的。是子彈可以打出的那種洞。那把槍可以射穿天花板，打進閣樓。我走回床邊，站著俯視他，目光凌厲。

「神經病。你是想自殺。你根本沒作惡夢，只是沉浸在自憐之中。抽屜裡根本沒有槍，枕頭下也沒有。你起床拿槍再回床上，準備把亂糟糟的局面一舉消除。但我想你沒有膽子。你開了一槍，沒打算射任何東西。你太太飛奔而來——你要的就是這個。只想得到同情和憐憫，朋友。如此而已。連打鬥都大抵是僞裝的。你若不放手，她不可能從你手裡奪下手槍。」

他說：「我病了。不過你說的也許沒有錯。有關係嗎？」

「關係可大了。他們會把你送進精神病房，請相信我的話，那兒的管理人同情心不比喬治亞鐵鍊勞動犯的衛兵強多少。」

艾琳突然站起來，厲聲說：「夠了。他有病，你知道的。」

「他希望自己有病。我只是提醒他要付出什麼代價。」

「現在不宜告訴他。」

「回妳的房間去。」

她的藍眼珠射出怒火，「你好大膽——」

「回房去。除非妳要我叫警察。這種事應該要報警的。」

他幾乎笑起來說：「好啊，報警啊，就像你對泰瑞．藍諾士一樣。」

我沒理他，眼睛仍然望著她。現在她顯得好疲憊，好脆弱，非常美麗。瞬間的怒火已成過去，我伸手摸摸她的手臂。「沒問題。他不會再犯了。回床上去吧。」

她看了他好一會兒，走出房間。等門口看不見她的影子，我坐在床邊她原來坐的地方。

「還要藥丸嗎？」

「不要，多謝。睡不睡著不要緊。我覺得好多了。」

「那一槍的事我說得沒錯吧？只是瘋狂的小動作？」

「多多少少，」他把頭別開，「我想我是昏了頭。」

「你若眞想自殺，誰也擋不了你。我明白這一點。你也明白。」

「是啊。」他的眼睛還是看著別的地方，「你有沒有照我的話做——我是指打字機裡的東西？」

「嗯哼。沒想到你記得。內容眞亂。奇怪，字卻打得很清楚。」

「我一向可以辦到——不管酒醉或清醒——至少到某種程度。」

我說：「別擔心坎迪。你說他不喜歡你，你看錯了。我說沒人喜歡你，也說錯了。我只是想刺激艾琳，讓她發狂。」

「爲什麼？」

「她今天晚上已經暈倒一次。」

他輕輕搖頭，「艾琳從來不暈倒。」

「那是假裝囉。」

這他也不以爲然。

「你是什麼意思——說有一個好人因你而死？」我問道。

他皺眉苦思，「全是胡說。我跟你說過我作了一個夢——」

「我是指你打出來的鬼扯文章。」

現在他望著我，在枕頭上轉頭，腦袋好像千斤重。「另一個夢。」

「我會再試。坎迪抓到你什麼把柄？」

「別說了，老兄。」他說著閉上了眼睛。

我起身關上門，「你不能永遠逃避，維德。坎迪可能是勒索犯，沒錯。很容易。他甚至可以幹得很漂亮——一方面喜歡你，一方面拿你的錢。是什麼問題——女人嗎？」

「你竟相信洛林那個傻瓜。」他說著閉上了眼睛。

「不見得。妹妹呢——死掉的那個？」

可以說是荒誕不經的猜測，卻剛好說中了。他的眼睛突然睜開，唇邊冒出唾沫。

「那是——你爲什麼來這兒？」他慢慢發問，聲音小得像耳語。

「你知道啊，我是應邀而來。你邀請我的。」

他的腦袋在枕頭上前後滾動。儘管吃了西康諾藥丸，仍然神經緊張。臉上滿是汗水。

「深情的丈夫偷腥的不只我一個。別煩我，渾蛋。別煩我。」

我走進浴室，拿出一條臉巾替他擦臉，咧著嘴恥笑他。我是終結一切卑鄙小人的小人。等人倒下，就踢他再踢他。他很衰弱，無力抵抗或還擊。

「改天我們一起辦這件事。」我說。

「我沒發瘋。」他說。

「你只是希望自己沒發瘋。」

「我簡直活在地獄裡。」

「噢，確實是。很明顯。原因何在才是有趣的問題。喏——拿著。」我由床頭几拿出另外一粒西康諾，又倒了一杯水給他。他一隻手肘支起來，伸手接玻璃杯，差四吋沒接著。我放在他手上。他勉力喝了水，吞下藥丸；然後平躺回去，渾身軟塌塌，臉上也沒有表情。鼻子好像被捏過似的。他差一點死掉。今天晚上他不會把任何人推下樓。很可能從來沒做過這種事。

他的眼皮沉下去以後，我走出房間。重重的韋布萊暗機槍頂著我的臀部，在口袋裡沉甸甸隆著。我又向樓下走。艾琳的房間開著。屋裡沒開燈，可是月光照進去，映出她站在門內的身影。她喊了一聲，很像叫名字，卻不是我的名字。我走近她。

我說：「聲音放低一點。他又睡著了。」

她柔聲說：「我始終知道你會回來。即使過了十年。」我偷看她。我們倆之中有一個發瘋了。

「關上門，」她依舊用愛撫的口吻說：「這些年來我對你始終堅貞如昔。」

我轉身關上門。此刻關門似乎是好主意。回身面對她時，她已經撲向我。於是我接住她。他媽的我非這樣不可。她用力貼緊我的身軀，頭髮挨擦著我的臉；嘴唇向上仰，等我吻她。她渾身顫慄，嘴唇張開，牙齒張開，舌頭吐出來。接著她的手往下垂，伸手一拉，身上的袍子掀開了，裡面一絲不掛，活像九月的曉神，只是沒那麼嬌羞罷了。

「抱我上床。」她說。

我照辦了。我伸手摟著她，碰到光禿禿的肌膚，柔軟的膚質，柔順的肉體。我抱起她，走幾步到床邊，將她放下。她的手臂一直摟著我的脖子，喉嚨裡發出一種哨音。然後她輾轉反側，哀哀呻吟。這簡直是謀殺嘛。我春情蕩漾如一頭雄馬。眼看要失控了。無論什麼地方，這種女人的這種引誘都是千載難逢的。

坎迪救了我。小小的吱嘎一聲，我回頭看見門把轉動。我掙脫她的懷抱，向門口跳去；打開門，衝到外面。墨西哥佬正順著廊道奔下樓。跑到一半，他停下來回頭睨視我。接著就消失了。

我走回門邊，把門關上——這次是由外面關。床上的女人正發出一種怪異的聲音，現在只是如此而已。一種怪聲音。魔力整個破解了。

我快步下樓，走進書房，抓起那瓶蘇格蘭威士忌，倒來喝。實在喝不下了，就倚牆喘氣，任由酒精在體內燃燒，直到烈焰燒進腦子。

晚餐已隔了好久。一切正常的事都相隔好久了。威士忌害我馬上爛醉如泥，我繼續狂飲，房間開始變得霧濛濛，家具也顛來倒去，燈光像野火或夏日的閃電。接著我癱倒在皮沙發上，想把酒瓶直立在胸部。瓶子好像是空的。它滾下去，砰的一聲掉在地板上。

那是我最後注意到的一件事。

30

一道陽光照得我的腳踝癢酥酥的。我張開眼，看見一棵樹的樹頂在朦朧的藍天下輕輕搖動。我翻個身，臉頰碰到皮革。頭痛得像被利斧劈開似的。我坐起來。身上蓋著一條毯子，我一把推開，把腳伸到地板上。怒目看鐘，鐘指著六點半差一分。

我站起來，這需要骨氣，需要意志力，需要不少體能，我體力已大不如前了。幾年過勞的日子徹底改變了我。

我勉強走向半套衛浴，脫掉領帶和襯衫，雙手捧冷水潑臉，也潑潑腦袋。渾身溼淋淋，我用毛巾拚命擦。我把襯衫和領帶穿回去，伸手拿夾克，口袋裡的槍砰一聲撞到牆壁。我取出槍，把圓筒和結構體分開，子彈倒在手上，五顆滿滿的，有一顆只是黑掉的彈殼。我隨即暗想，有什麼用呢？子彈隨時還有。於是我把它放回原位，拿著槍走進書房，收進一個書桌抽屜裡。

我抬頭一看，坎迪正站在門口，整整齊齊穿著白外套，頭髮往後梳，黑黑亮亮，目光卻很銳利。

「你要來點咖啡？」

「多謝。」

「我把燈關了。老闆沒事。睡著了。我關上他的門。你怎麼喝醉了？」

「不得已。」

他對我嗤之以鼻，「沒釣上她，呃？被甩出來，偵探。」

「隨你怎麼說。」

「偵探，你今天早上不強悍嘛。一點也不強悍。」

「去端他媽的咖啡。」我對他大吼。

「雜種！」

我一躍而上抓住他的手臂。他動也不動，只是輕蔑地望著我。我笑著放開他的手臂。

「你說得對，坎迪。我一點也不強悍。」

他轉身走出去，隨即端一個銀托盤回來，上面有一小銀壺的咖啡、糖、奶精和一張乾淨的三角形餐巾。他把托盤放在酒几上，收走空瓶和其他的酒器，又從地板撿起另一個酒瓶。

「新鮮。剛煮的。」他說著就出去了。

我不加糖喝了兩杯。然後我試抽一根菸。還好。我仍屬於人類。這時候坎迪又回到屋裡。

「你要早餐嗎？」他陰森森問道。

「不，多謝。」

「好吧，快走。我們不要你在這兒。」

「我們是指誰？」

他掀開盒蓋，自己拿了一根香菸，點上火，侮慢地對著我抽菸。

「我照顧老闆。」他說。

「你從中賺了不少吧？」

他皺眉，然後點點頭，「噢，是的。收入不錯。」

「外快多少——保密費？」

他又說起西班牙語了，「不懂。」

「你懂得很。你跟他敲了多少？打賭不超過兩碼。」

「兩碼，什麼意思？」

「兩百塊錢。」

他咧嘴一笑，「偵探，你給我兩碼。我不告訴老闆你昨夜從她房裡出來。」

「那個數目可以買一大車像你這種非法入境的墨西哥人。」

他滿不在乎，「老闆發狂的時候很粗暴的。你最好花錢消災，偵探。」

我不屑的說：「下流的胡扯。你碰的只是小錢。很多人喝醉會鬼混。反正她全知道。你沒什麼情報可賣。」

他眼睛發亮，「別再來，狠小子。」

「我要走了。」

我站起來繞過酒几。他挪動一下，繼續面對我。我看看他的手，他今天早上顯然沒小刀。我欺身上前，打了他一個耳光。

「油頭粉面的外國佬，我不讓傭人叫我雜種的。我在這邊有事要辦，想來隨時會來。現在開始，嘴巴放乾淨點。你說不定會挨一槍。俊臉可就再也不一樣囉。」

他一點反應都沒有，挨打也沒還手。挨這一記，又被叫油頭粉面的外國佬，他一定認爲是極嚴重的侮辱。但這回他只是一臉木然靜立著，一動也不動。接著一語不發拿起咖啡托盤走出去。

「多謝你的咖啡。」我在他背後說。

他繼續往前走。等他消失後，我摸摸下巴的鬍渣，抖一抖身子，決定上路。我對維德一家已經受夠了。

我正穿過客廳。艾琳身著白長褲、露趾涼鞋和淺藍襯衫下樓了。她非常訝異的看看我，「我不知道你在這兒，馬羅先生。」說話的語氣活像一個禮拜沒看見我，此時我順道進來喝杯茶似的。

「我把他的槍放進書桌了。」我說。

「槍？」接著她好像恍然大悟，「噢，昨天晚上有點忙亂，對吧？不過我以為你回家了。」

我走近她。她脖子上掛一條細細的金項鍊和一個白底藍琺瑯鑲金的時髦墜子。藍琺瑯部分像一對翅膀，卻沒有張開。襯底有寬寬的白琺瑯和金匕首穿過卷軸的圖案。軸上的字我看不出來。是某一種軍徽。

我說：「我醉了。刻意的，而且很不文雅。我有點寂寞。」

她說：「你用不著這樣。」一雙眼眸清澈如水。沒有一絲絲狡詐。

我說：「看法問題。我現在要走了，不敢說一定會回來。我說槍的事，妳聽見了？」

「你放在他的書桌裡。放在別的地方也許是好主意。但他不是眞的有意舉槍自殺吧？」

「這我沒法回答。但下一次也許會。」

她搖搖頭，「我不以爲然。眞的不以爲然。昨天晚上你幫了大忙，馬羅先生。我不知道怎麼謝你。」

「妳努力試過啦。」

她滿面通紅，然後笑起來，「我晚上作了一個怪夢，」她望著我的肩膀後方，慢慢說：「夢見我以前認識的人在屋裡。一個已經死了十年的人。」她伸手摸摸黃金琺瑯墜子，「所以我今天戴這個。是他送我的。」

我說：「我自己也作了個怪夢，可是我不說內容。告訴我羅傑的情況，有什麼要我幫忙的地方儘管說。」

她垂下眼睛，望著我的眸子，「你說你不會回來。」

「我說不一定。說不定我非回來不可。但願不必。這個房子裡有些事不對勁。只有一部分是杯中物惹出來的。」

她瞪著眼皺眉，「這是什麼意思？」

「我想妳知道我在說什麼。」

她仔細斟酌，手指仍輕輕摸墜子，嘴裡慢慢吐出一聲堅忍的嘆息。她靜靜說：「總有另一個女人——遲早的事。不見得是致命傷。我們答非所問，對吧？也許談的不是同一件事情？」

「可能。」我說。她還站在樓梯上，由底下數來第三級。手還摸著墜子，看起來仍然像金色的夢中人。「尤其妳若以爲另一個女人是琳達．洛林的話。」

她把手由墜子上放下來，再走下一級樓梯。

她漠然說：「洛林醫生似乎跟我有同感。他一定有消息來源。」

「妳說過他跟谷裡半數的男人那樣鬧過。」

「有嗎？噢——當時是一種權宜的說法。」她又下一級樓梯。

「我沒刮鬍子。」我說。

她嚇一大跳，然後笑出聲，「噢，我沒指望你跟我調情。」

「維德太太，妳到底指望我做什麼——一開始，妳首次說服我去找人時？爲什麼挑中我——我有什麼條件？」

她靜靜說：「你守信用——在很不容易的情況下。」

「我眞感動。可是我認爲理由不在此。」

她走下最後一級樓梯，然後抬頭看我，「那是什麼理由？」

「就算是——這理由也太貧乏了。幾乎是全世界最差勁的理由。」

她略略皺眉，「爲什麼？」

「因爲我所做的事——所謂守信用——連傻瓜都不會再幹第二次。」

她漠不關心說：「你知道，這次交談愈來愈像猜啞謎了。」

「妳是個謎樣的人，維德太太。再見，祝妳好運，如果妳眞關心羅傑，最好給他找個對路的醫生——而且要快。」

她又笑了，「噢，昨天晚上只是輕微發作。你該看看他嚴重的時候。他今天下午會起來工作。」

「他會才怪。」

「相信我，他會的。我對他太清楚了。」

我給她最後一擊，聽起來相當卑鄙。

「妳並不眞想救他吧？妳只是裝出想救他的樣子。」

她從容不迫說：「跟我說這種話太惡劣了。」

她從我身邊走過，穿入餐廳門，於是大廳空無一人，我走到前門，踏出門外。幽靜明亮的山谷正是完美的夏日清晨。離城市很遠，煙霧進不來，矮山又擋住了太平洋的溼氣。等一下會轉熱，但卻熱得舒服又特別，不像沙漠的熱法叫人難以忍受，不像城市的熱法黏乎乎帶著腥臭。懶人谷是完美的住宅區。完美。最適合斯文人和怡人的家、怡人的汽車、怡人的馬兒、怡人的狗、甚至怡人的兒女。

可是有個姓馬羅的人只想逃出去，趕快逃出去。

31

我回家淋浴、刮鬍子、換衣服，又感覺清清爽爽了。我煮了一點早餐吃，洗好碗盤，掃了廚房和後門廊，裝了一菸斗的菸絲，打給代客接電話公司，結果沒有我的電話。何必到辦公室呢？除了死蛾和更厚的灰塵什麼都不會有。保險箱裡擱著我的「麥迪生肖像」。我可以去把玩把玩，也把玩那五張仍帶著咖啡味的百元新鈔。可以這麼做，但我不想。我心底有些不愉快。其實鈔票根本不屬於我。該用來買什麼呢？死人需要人家忠貞到什麼程度？嗟，我是隔著宿醉的迷茫來看人生。

這個早晨好像永遠過不完似的。我無精打采，疲勞又遲鈍，時間一分一秒過去，宛如掉進了虛空，像廢火箭呼呼作響。鳥兒在外面的灌木叢啾啾叫，汽車永無止盡沿著月桂峽谷大道上行和下行。通常我甚至聽不見車聲。可是我此刻正在苦思，心情煩躁乖戾，過分敏感。我決定喝酒消除宿醉。

平時我早上不喝酒的。南加州的氣候太悶，不適合——新陳代謝不夠快。但這回我調了一大杯冷酒，坐在安樂椅上，敞開襯衫看雜誌，閱讀一個傢伙有兩種生活和兩位心理醫生的荒誕故事，心理醫生一個是人，一個是蜂巢裡的某種昆蟲，此人不斷在他們之間來來回回，整個內容瘋狂極了，卻也有種不落俗套的滑稽。我小心喝酒，一次只啜一小口，自己隨時當心。

中午時分電話鈴響了，對方說：「我是琳達．洛林。我打電話到你辦公室，代接電話公司叫我試打到你家。我想見你。」

「為什麼？」

「我寧可親自說明。我猜你偶爾也去辦公室吧。」

「是啊，偶爾。有錢賺嗎？」

「我沒想到那方面。不過你若想收費，我也不反對。我大約一個鐘頭後到你辦公室。」

「好。」

「你怎麼啦？」她高聲問道。

「宿醉。但我沒麻痺。我會過去。除非妳寧願來這裡。」

「你的辦公室比較適合我。」

「我這邊很舒服很安靜。死巷，附近沒鄰居。」

「這個暗示吸引不了我——如果我沒弄錯你意思的話。」

「沒有人懂我的意思，洛林太太。我是謎樣的人。好吧，我勉強掙扎到小籠子去。」

「多謝。」她掛斷了。

由於中途停下來買三明治，我進辦公室遲到了。我開窗讓辦公室通通風，打開蜂聲電鈴，把頭伸出連通門，她已經在接待室裡，坐在上次曼迪．曼能德茲坐過的地方，翻閱的可能是同一本雜誌。今天她穿著茶色的軋別丁套裝，看來相當優雅。她放下雜誌，正色看我一眼說：

「你的波士頓羊齒需要澆水。我想還需要重新裝盆。氣根太多了。」

我為她拉著門。滾他的波士頓羊齒植物。她進來以後，我放手讓門關上，扶著顧客椅等她落座，她照例打量了一下辦公廳。我繞到辦公桌側面。

她說：「你的公司不太壯觀嘛。你連秘書都沒有嗎？」

「卑微的生活，不過我習慣了。」

「我想不太賺錢。」她說。

「噢，我不知道。看情形。要看一張麥迪生肖像嗎？」

「一張什麼？」

「一張五千元鈔票。聘請費。我放在保險箱裡。」我站起來走過去，轉動圓鈕，打開保險櫃，開了裡面的抽屜，打開一個信封，把鈔票放在她面前。她訝然瞪著瞧。

我說：「不要憑辦公室以貌取人。我替一個老頭工作過，他的財產換成現金值兩千萬元左右。妳家老頭都得跟他打聲招呼。他的辦公室不比我的好，只是他有點聾，天花板上裝了吸音設備。地板上鋪棕色油氈布，不是鋪地毯。」

她撿起那張麥迪生肖像，夾在手指間翻個面，又放下了。

「是從泰瑞那邊來的吧？」

「哇，妳什麼都知道嘛，洛林太太？」

她把鈔票推開，皺著眉，「他有一張。他和雪維亞第二次結婚後，隨時帶在身上，說是他的發瘋錢。在他屍體上沒找到。」

「可能有別的原因。」

「我知道。不過有多少人會隨身帶一張五千元巨鈔？有多少給得起這麼多錢的人會用這種形式給你？」

不值一答。我只是點頭。她唐突的往下說：「馬羅先生，這張鈔票原本是要雇你做什麼事用的？你肯不肯告訴我？前往提瓦納的最後一段車程，他有很多時間說話。前幾天，你明白表示不相信他的自白。他有沒有告訴你一串他太太情夫的名字，好讓你從中找出凶手？」

這我也沒回答，卻是基於不同的理由。

她厲聲問道：「羅傑．維德的名字是不是恰好在名單上？如果泰瑞沒有殺妻，凶手一定是暴戾又不負責任的人，不是瘋子就是野蠻的酒鬼。只有那種人會——套一句你自己的討厭話——把她的臉打成血肉模糊一片。你是不是因此才大力幫助維德夫婦——定期當媽咪的助手，他醉了就應召來看護他，他失蹤就找他，他孤苦無依就帶他回家？」

「洛林太太，有兩點我要糾正妳。那張漂亮的雕板鈔票可能是泰瑞給我的，也可能不是。但他沒給我名單，也沒提到任何人名。除了妳確定的事——開車送他到提瓦納——他沒要求我做什麼事情。我跟維德夫婦扯上關係，是一位紐約出版商安排的，他急著要羅傑．維德完成一本新書，這牽涉到不讓他爛醉，結果那又牽涉到查一查是否有特殊的問題害他酗酒。若有而且查得出來，下一步就是想辦法把問題解決掉。我說想辦法，是因爲有可能辦不到。但是不妨試試。」

她不屑地說：「我可以用一句簡單的話告訴你他酗酒的理由。全是爲了他那個貧血的金髮美妻。」

我說：「噢，難說。我不會說她貧血。」

「眞的？眞有趣。」她的眼睛一閃一閃的。

我拿起那張麥迪生肖像，「洛林太太，別胡思亂想。我不會跟那位夫人上床。很抱歉讓妳失望了。」

我走到保險櫃，把錢收進一個帶鎖的小隔室，關好保險櫃，轉上圓盤。

她在我背後說：「仔細想想，我懷疑有誰會跟她上床。」

我回來坐在書桌一角，「洛林太太，妳說話有點惡毒。爲什麼呢？妳是不是愛慕我們的酒鬼朋友？」

她尖銳的說：「我討厭這種話。我討厭。我猜是我先生的白癡鬧法使你自以爲有權利侮辱我。不，我沒有愛慕羅傑．維德。從來沒有——即使他清醒時行爲端正，我也沒有過。現在他這副德性更不可能了。」

我一屁股坐進椅子，伸手拿火柴盒，眼睛盯著她。她看看手錶。

我說：「你們有錢人眞了不起。你們以爲自己說的話不管多兇，都百分之百沒問題。你可以對一個不太認識的人嘲笑維德夫婦，但我若回敬一點點，就算侮辱了。好吧，我們低調處理這件事。任何酒鬼到頭來都會搭上一個蕩婦。維德是酒鬼，妳卻不是蕩婦。那些話只是妳出身名門的丈夫隨口說說，爲雞尾酒會添熱鬧罷了。他不是眞心的，他是說來當笑料的。所以我們將妳排除在外，另找個蕩婦。洛林太太，我們要查多大的範圍——才能找到一個跟妳牽連夠深，能勞駕妳來和我互相嘲笑的女性？一定是很特別的人吧——否則妳何必在乎呢？」

她一聲不響坐著看人。漫長的半分鐘過去了。她的唇角泛白，雙手僵握著跟衣服搭配成套的軋別丁皮包。

她終於說：「你可沒浪費時間，對不對？那位出版商居然想到要雇用你，多方便！原來泰瑞沒跟你提任何名字！一個名字都沒提。其實也無所謂，對不對，馬羅先生？你的直覺不會錯。能不能請問下一個行事目標是什麼？」

「沒有。」

「咦，多浪費人才呀！你對『麥迪生肖像』的義務怎麼能妥協呢？你一定有些事可以盡力的。」

我說：「跟妳說句悄悄話，妳變得相當多愁善感了。原來維德認識妳妹妹。多謝妳告訴我，儘管是間接的。我已經猜到了。那又如何呢？人名列出來可能有一大串，他只是其中之一。我們別再查下去了吧。我們回頭談妳爲什麼要見我。支支吾吾中反而忘了，不是嗎？」

她站起來，再次看手錶，「我有輛車停在樓下。能不能勞駕你跟我搭車回家喝杯茶？」

我說：「我們享受一下。」

「我的話聽起來那麼可疑嗎？是我有一位貴客想認識你。」

「老頭？」

「我不這麼叫他。」她氣定神閒說。

我站起來，向桌子對面探身，「寶貝，妳有時候可愛得嚇人。眞的。我帶槍行不行？」

「你不會怕一個老頭子吧？」她向我皺了皺嘴唇。

「爲什麼不怕？我打賭妳——怕得很。」

她嘆了一口氣，「是啊，我是怕。一向如此。他有時候相當嚇人。」

我說：「也許我最好帶兩把槍。」說出來又但願自己沒有說。

32

我從沒見過這麼不尋常的房子。一棟方方的灰盒狀三層樓，雙重斜坡的四角屋頂，斜度很大，上面有二、三十個雙扇屋頂窗，窗子周圍和窗與窗之間有結婚蛋糕形的裝飾。入口兩側各有雙石柱，但最妙的是一道裝有石欄的外螺旋梯，頂端有一個塔樓間，大概可以看見整個湖面的風景。

汽車天井鋪了石頭。看來那邊缺的是一條半哩長的白楊車道、一個鹿園、一個野生動植物花園、一個三段式的露台，圖書室窗外該種幾百株玫瑰，每扇窗戶望出去該有林蔭路景，通往森林、寂靜與虛空。現成有的是一道粗石牆圍著十五畝的好地，在我們這擁擠的小地方算是非常龐大的地產了。車道兩邊的柏樹籬剪成圓形。到處是各種簇生的裝飾樹，不像加州的樹木。外來貨。建造者想把大西洋海濱翻越落磯山脈帶過來。他努力嘗試，卻沒有成功。

中年黑人司機阿默斯把凱迪拉克轎車輕輕停在石柱門口，跳下車，繞過來替洛林太太開車門。我先下車，幫他拉著門，扶她下來。打從她在我辦公大樓前上車後，就不太跟我說話，顯得疲累又緊張。也許這棟白癡大建築害她沮喪吧。就是一個笑呵呵的傻瓜到了這兒也會垂頭喪氣，像隻悲傷的鴿子咕咕叫。

我問她：「這房子誰建的？那人到底生誰的氣？」

她終於露出笑容，「你以前沒見過？」

「從來沒有深入山谷這麼遠。」

她陪我走到車道另一邊，往上一指，「建這棟房子的人由那個塔樓間跳下來，大約就落在你站的地方。他是個法國伯爵，姓拉托爾，跟大多數法國伯爵不一樣，他很有錢。他太太叫哈夢娜．狄斯波赫，自己也不太寒酸的。默片時代一個禮拜賺三萬元。拉托爾建這棟房子做爲他倆的家——該是歐洲布洛瓦城堡的縮影。那個你當然知道。」

我說：「瞭如指掌。現在我想起來了。周日新聞報導過。她離他而去，他就自殺了。遺囑很怪，對不對？」

她點點頭，「他留給前妻幾百萬車馬費，其他的凍結成信託財產。房地產必須保持原狀。什麼都不准改，餐桌要每天晚上擺出餐具，房子四周除了傭人和律師不准進來。當然啦，後人沒照他的遺囑行事。最後房地產多多少少經過分割，我嫁給洛林醫生的時候，家父把它送給我當結婚禮物。光是整修到能住人的程度大概就花了他一大筆錢。我討厭這邊，一向討厭。」

「妳用不著待在這兒吧？」

她乏膩地聳聳肩，「至少部分時間要。總得有個女兒讓家父看到一點穩定的跡象吧。洛林醫生喜歡這兒。」

「他會喜歡的。一個可以在維德家那樣鬧法的人，睡衣上應該打綁腿。」

她弓起眉毛，「咦，多謝你這麼有興趣，馬羅先生。可是我想那個話題已經談得夠多了。我們進去好嗎？家父不喜歡等太久。」

我們再穿過車道，爬上石階，雙扇大門的半邊無聲無息開了，一位服飾昂貴、看來很勢利的傢伙站在一邊等我們進屋。門廊比我住的房子整個地板空間還要大。地面呈棋盤狀，後側好像有花玻璃窗，若有光線透出來，我也許可以看出那邊還有什麼。我們從門廊又穿過幾道雙扇雕花門，進入一個暗濛濛的房間，長度不會少於七十呎。有個人坐在那邊等，一語不發。他冷冷瞪著我們。

洛林太太急忙問；「我遲到了嗎，父親？這位是菲力普．馬羅先生。見過哈蘭．波特先生。」

那人只是看看我，下巴垂下半吋左右。

他說：「按鈴叫茶。坐下，馬羅先生。」

我坐下來看著他。他像昆蟲學家觀察甲蟲一般望著我。沒有人說話。現場完全寂靜，直到茶端出來——盛在大銀盤裡，放在一張中國茶几上。琳達坐在桌畔倒茶。

哈蘭．波特說：「兩杯。琳達，妳可以在另一個房間自己喝。」

「是的，父親。你的茶要怎麼喝法，馬羅先生？」

我說：「隨便都可以。」我的聲音似乎迴蕩到遠處，變得細小又寂寞。

她給老頭一杯，給我一杯，然後默默起身，跨出房門外。我望著她走。我喝了一口茶，拿出香菸。

「請不要抽菸。我有氣喘。」

我把菸放回包裝盒，眼睛盯著他。我不知道身價億元左右的滋味，可是他看來沒什麼樂趣可言。他塊頭大極了，高六呎五吋，比例適中，身穿一套沒有墊肩的灰色格子呢西裝——他的肩膀用不著襯墊。裡面是白襯衫、深色領帶，沒帶裝飾用的手帕。外胸袋露出一個眼鏡盒，是黑的，跟他的鞋子一樣。他的頭髮也很黑，一點白髮都沒有，學麥克阿瑟的梳法旁分，蓋住腦袋——我預感底下是禿頭。他的眉毛又濃又黑。聲音活像從遠處傳來。他喝茶一副討厭喝的樣子。

「馬羅先生，我明白說出我的立場，可以節省時間。我相信你正插手管我的事。我若猜得沒錯，我計畫加以阻止。」

「我對你的事所知有限，不可能插手，波特先生。」

「我不以爲然。」

他又喝了一點茶，把茶杯擱下；仰靠在他坐的大椅子上，用一雙無情的灰眼將我瞪得體無完膚。

「我自然知道你是誰，知道你怎麼謀生——如果你能謀生的話——你是怎麼牽扯上泰瑞．藍諾士的。有人向我報告說你協助泰瑞出國，你對他犯案有疑問，後來又跟一個我亡女認識的男人有接觸。目的何在，沒人跟我解釋。解釋一下吧。」

我說：「那人若有名有姓，把名字說出來。」

他微微一笑，卻不像對我有好感的樣子，「維德——羅傑．維德。某一類作家，我相信。聽說寫的是我不會感興趣的淫亂作品。我還聽說此人是危險的酒鬼。這也許使你產生了什麼怪念頭。」

「波特先生，你最好讓我自己思考。我的見解自然不重要，但我除此之外一無所有。首先，我不相信泰瑞殺妻，因爲手法殘暴，我不認爲他是那種人。第二，我沒主動接觸維德先生。他們要求我住在他家，在他完成一部作品期間盡量讓他不要酗酒。第三，他若是危險的酒鬼，我可沒看到任何徵兆。第四，首度接觸是一位紐約出版商要求的，當時我完全沒想到羅傑．維德認識令嫒。第五，我拒絕受雇，於是維德太太要我去找失蹤在某處治療的丈夫。我找到他，把他帶回家了。」

「有條不紊嘛。」他漠然說。

「波特先生，我有條不紊的說明還沒有結束。第六，你自己或者你吩咐的人派了一位名叫西維爾．恩迪柯特的律師去保我出獄。他沒說誰派他去的，但沒有別人知情呀。第七，我出獄後有個叫曼迪．曼能德茲的流氓欺負我，警告我少管閒事，還跟我大談泰瑞救過他和拉斯維加斯一名賭徒藍帝．史塔的性命。就我所知這事可能不假。曼能德茲假裝不滿泰瑞沒求他協助逃亡墨西哥，卻找了我這種窩囊廢。他曼能德茲只要舉一根手指頭就能辦成，而且比我辦得好多了。」

哈蘭，波特苦笑道：「你總不會以爲我肯結交曼能德茲先生和史塔先生之流的人物吧。」

「我不知道，波特先生。你那種大錢絕非以我能理解的方式賺來的。下一位勸我別踐踏法院草皮的是令嬡洛林太太。我們偶然在酒吧認識，我們會交談是因爲兩人都喝Gimlet，那是泰瑞的最愛，但在這一帶很少人喝。我不知道她是誰，她說了我才知道。我跟她談到一點自己對泰瑞的感覺，她提醒我……若惹火了你，我的生涯將非常短暫和不幸。你生氣了嗎，波特先生？」

他冷冷說：「我生氣的時候，你用不著問我。你會非常確定，不會懷疑分毫。」

「我就這麼想。我料想會有一隊暴徒光臨——但目前爲止還沒露面。警察也還沒來煩我。可能會才對。說不定我原該吃頓苦頭。波特先生，我想你要的只是清靜。我到底做過什麼事打擾了你？」

他咧嘴一笑，是不愉快的笑，卻是笑沒錯。他把黃黃的長手指疊在一起，翹起一條腿，舒舒服服往後靠。

「馬羅先生，眞會說話，我已經讓你說夠了。現在聽我說。你說我只求清靜，完全正確。你跟維德夫婦接觸，可能是偶然，是意外，是巧合。就維持這樣好了。我是個重家庭的人，其實這種年齡家庭幾乎已沒什麼意義。我的女兒一位嫁了個波士頓賊子，一位蠢兮兮嫁過好多人，最後一任丈夫是個彬彬有禮的貧民，容許她過著卑劣又不道德的日子，最後突然無緣無故失去自制力，把她殺死。你認爲作案手法凶殘，無法接受。你錯了。他是用毛瑟自動槍打她，就是他帶去墨西哥的那一把。射殺之後爲了掩飾彈孔才幹下野蠻的事。我承認手法太殘暴，不過你別忘記那人打過仗，受過重傷，受了不少罪也見過別人受罪。他本來也許無意殺她。由於槍是我女兒的，也許彼此曾扭打過。那是一種很小卻很強勁的槍，口徑七．六五厘米，P.P.K.型。子彈整個射穿她的頭，嵌進印花棉布簾後面的牆裡。起先沒發現，所以事實完全沒有公開。現在我們來斟酌那個情況。」他停下來瞪著我，「你非常需要抽菸嗎？」

「對不起，波特先生。我沒經思考就拿出來了。習慣使然。」我再次把菸放回去。

「泰瑞剛剛殺死太太。從偈促的警方觀點看來，他的動機很充分。但他也有絕佳的抗辯理由——那是她的槍，在她手上，他想搶下來，沒搶到，於是她射殺了自己。高明的律師可以憑這點大肆發揮，他可能會被開釋。當時他若打電話給我，我會幫他。但他既然已經用殘暴手法掩飾彈痕，就不可能了。他只得逃亡，連這一點也做得笨手笨腳。」

「沒錯，波特先生。不過他在帕薩迪納先打過電話給你，對不對？他告訴我他打了。」

大塊頭點了點頭，「我叫他快走，我再看怎麼辦。我不想知道他在哪裡。那是必要的。我不能窩藏刑事犯。」

「聽來不錯，波特先生。」

「我好像聽出一點諷刺的口吻？無所謂。我得知細節的時候，沒什麼辦法可想。那種命案帶來的大審判是我不能容許的。坦白說，我後來聽說他在墨西哥自殺，留下一份自白，深感慶幸。」

「這我能了解，波特先生。」

他向我揚起眉毛，「小心，年輕人，我不喜歡諷刺。你現在明白我不能容忍任何人再調查下去吧？也明白我爲什麼運用一點影響力使原來的調查盡可能簡短，盡可能少引人注意？」

「當然——如果你相信是他殺妻的話。」

「當然是他殺的。懷著什麼意圖又是另一回事。這已經不重要了。我不是公眾人物，也不想當公眾人物。我一向費盡心血避免任何一方面引人注目。我有影響力，但我不濫用。洛杉磯郡的地方檢察官是很有抱負的人，他頭腦清楚，不會爲聲名狼藉的案子毀掉自己的事業。馬羅，我看見你眼睛閃閃發光。別這樣。我們生活在所謂的民主社會，由多數人統治。若能生效倒是好理想。人民投一票選舉，可是由黨機制提名，有效率的黨機制必須花很多錢。總得有人捐獻，無論那『人』是指個人、財團、同業公會或什麼，總期望得到一些回報。我和同類們指望的是正經隱密過自己的生活。我擁有報社，卻不喜歡報社，覺得那是隱私權的長期威脅。他們不斷叫囂的新聞自由，除了少數可敬的例外，指的是販賣醜聞、犯罪、性、聳動的新聞、憎恨、含沙射影、政治性和金融性濫用宣傳……等等的自由。報紙是透過廣告收入賺錢的生意。廣告要看發行量，你也知道發行量要靠什麼。」

我站起來，繞過椅子。他冷冷注意看我。我又坐下了。開溜要靠點運氣。媽的，我需要大運氣。

「好吧，波特先生，那又怎麼樣呢？」

他沒聽我說。他正皺眉思考，繼續說：「錢有個古怪的特性。大量的錢好像自有其生命，甚至自有其良心。錢的力量變得很難掌控。人向來是一種可用錢收買的動物。人口的成長、戰爭的大開銷、無止盡的重稅壓力——在在使人愈來愈容易被錢收買。一般人疲勞又驚慌，疲勞又驚慌的人是講究不起理想的。他必須養家活口。我們的時代公德和私德都驚人衰退。你不能指望生活品質極差的人有品格。大量生產的品質不會太高——你不要好品質，嫌太耐久了。於是你改變設計，那是一種商業詐術，意在用人工造成東西過時的感覺。除非使今年賣的東西一年後就不流行，明年大量生產的貨品就賣不出去了。我們的廚房是全世界最白的，浴室是全世界最亮的。可是一般美國主婦在迷人的白廚房裡煮不出一頓可吃的飯菜，亮亮的浴室大抵用來放除臭劑、通便劑、安眠藥和所謂化妝品業的產品。馬羅先生，我們的產品包裝舉世無雙，但裡面裝的大抵是垃圾。」

他拿出一條白色大手帕，沾沾鬢角。我張著嘴巴坐在那兒，想不通這傢伙的工作動力何在。他什麼都恨。

他說：「這一帶對我來說太暖了一點。我習慣比較涼的氣候。我說話漸漸像一篇忘了自己主張的社論了。」

「波特先生，我明白你的主張。你不喜歡如今的世道，就用自己的權力圍起一個私密的角落，盡量過著接近記憶中五十年前大量生產時代尚未來到前的那種生活。你有一億美元，帶給你的只是種種討厭的處境。」

他由對角拉緊手帕，然後揉成一團，塞進口袋。

「還有呢？」他唐突問道。

「如此而已，沒有了。波特先生，你不在乎誰殺了令嬡。你早就把她當做壞胚子斷絕了父女關係。就算殺她的不是泰瑞．藍諾士，眞凶還逍遙法外，你也不管。你不希望眞凶被抓，怕醜聞再起，案件必須審訊，他的答辯會把你的隱私炸得粉碎——當然啦，除非他在審訊前乖乖自殺，最好死在大溪地或瓜地馬拉或撒哈拉沙漠，反正是州郡政府不願花大錢派人去求證的地方。」

他突然露出笑容，笑得開朗又粗氣，挺友善的樣子。

「馬羅，你希望我給你什麼？」

「你若是指多少錢，我一文也不要。我不是自己來，是被帶來的。我已道出認識羅傑．維德的經過。但他認識令嬡，且有暴行紀錄，只是我沒見過。昨晚那傢伙企圖用槍自殺。他是煩惱纏身的人，十分內疚。我若恰好要找嫌犯，他可以算一個。我明白他只是許多嫌犯之一，但我恰好只認識他一個。」

他站起身——站起來塊頭可眞大，而且強壯極了。他走過來站在我的面前。

「馬羅先生，一通電話就可以讓你的執照被吊銷。別搪塞我。我不會容忍的。」

「兩通電話，我就會埋在陰溝裡——後腦勺都不見了。」

他粗聲大笑，「我不會那樣做。我猜你幹這古怪的行業自然會以爲如此。我已經爲你花了太多時間。我來按鈴叫總管送你出去。」

「用不著，」我說著站起來，「我來了，也聽了訓示。多謝你花時間。」

他伸出手，「多謝賞光。我想你是相當正直的漢子。別逞英雄，年輕人。沒什麼好處。」

我跟他握手。他的手勁兒活像管狀扳子。現在他對我笑得和藹可親。他是「老大」，是贏家，一切都在掌控之中。

他說：「這幾天我可能會給你一筆生意做。別以爲我收買政客或執法官吏。我用不著。再見，馬羅先生。再次謝謝你賞光。」

他站在那兒，看著我走出房間。我伸手開前門的時候，琳達・洛林從屋裡某一個角落突然出現。

她靜靜問我：「怎麼？你跟父親合得來嗎？」

「不錯。他向我解釋文明——我是指他心目中的文明。他要讓文明繼續存在久一點。但文明最好小心別干擾他的私生活。否則他會打電話給上帝，取消訂單。」

「你簡直沒救了。」她說。

「我？我沒救？小姐，看看妳家老爸。我跟他比簡直像一個拿著新搖鼓的藍眼嬰兒。」

我繼續走出去，阿默斯已經備妥凱迪拉克車等在那兒。他載我回好萊塢。我給他一元小費，他不肯收。我說要買T・S・艾略特的詩集送給他。他說他已經有了。

33

一星期過去，我沒收到維德家的音訊。天氣又熱又黏，污煙的酸臭味甚至飄到了遠在西側的比佛利山。從慕爾赫蘭路頂端可以看見烏煙瘴氣攤在全城上空，恍如迷霧一般。身在其中可以嘗到聞到，眼睛也會刺痛。人人怨聲載道。保守的百萬富翁們在比佛利山被電影人潮蹂躪後，轉而匿居帕薩迪納，如今市參議員們在帕薩迪納爲烏煙瘴氣怒號。一切都怪污煙。金絲雀不唱歌，送奶的人遲到，哈巴狗長跳蚤，穿漿硬領的老笨瓜到教堂的路上心臟病發，全是烏煙瘴氣惹的禍。我住的地方清晨通常很清爽，晚上更是如此。偶爾一整天都晴朗怡人，沒人知道爲什麼。

就在那樣的一個日子裡——恰好是星期四——羅傑．維德打電話給我：「你好嗎？我是維德。」聽來精神不錯。

「好，你呢？」

「大概算清醒吧。賺辛苦錢。我們該談談。我想我欠你一筆錢。」

「沒有。」

「嗯，今天來吃午餐如何？你能不能在一點左右到這裡？」

「我猜可以吧。坎迪好嗎？」

「坎迪？」他似乎很不解，那晚他一定神智不清，「噢，那晚是他幫你扶我上床的。」

「是啊。他是很有用的小幫手——某些方面。維德太太呢？」

「她也很好。今天她進城購物去了。」

我們掛斷電話，我坐在旋轉椅上搖擺。真該問他書寫得怎麼樣了。也許隨時該問作家書寫得怎麼樣了。說不定他已被這個問題煩得半死。

不久我又接到另一通電話，是陌生的嗓音。

「我是羅伊．阿許特菲爾。馬羅，喬治．彼德斯叫我打電話給你。」

「噢，好的，多謝。你就是在紐約認識泰瑞．藍諾士的人。當時他自稱馬斯頓。」

「沒錯。他酗酒。不過是同一個人沒錯，不太可能認錯。到了這邊，我有一天晚上在恰森酒吧看見他們夫婦。我跟一位客戶在一起。客戶認識他們。那位客戶的姓名恐怕不便相告。」

「我了解。我猜現在已經不重要了。他名字叫什麼？」

「等一下我想想。啊，對了，保羅——保羅．馬斯頓。還有一件事，可能你會感興趣。他戴著英軍徽章——是他們的榮譽退伍章。」

「我明白了。他後來怎麼樣了？」

「我不知道。我來西部啦。重逢時他也在這裡——娶了哈蘭．波特的野女兒。那些你都知道嘛。」

「現在他們都死了。多謝你告訴我。」

「不謝。慶幸幫得上忙。對你有什麼意義嗎？」

我說：「沒有。」其實我說謊，「我從來沒問過他的來歷。他曾說他是孤兒院長大的。不可能是你弄錯嗎？」

「老兄，滿頭白髮、一臉疤會弄錯？不可能。我不敢說從不忘記別人的長相，但這一位不會忘。」

「他有沒有看見你？」

「就算看見了，也沒表現出來。那種情況下不能指望他相認。反正他可能不記得我了。我說過，他在紐約總是爛醉如泥。」

我又謝謝他，他自稱很榮幸，雙方就掛斷了。

我想了一會兒。大樓外路面上的車聲成爲我思考的伴奏。太吵了。夏季大熱天樣樣都太吵。我站起來，關了下半截窗，打電話給刑事組的探案警官葛林。他相當親切。

我在開場白之後說：「嗯，我聽到一件泰瑞．藍諾士的事，十分不解。有個熟人以前在紐約認識他，用的是另一個名字。你查過他的戰爭紀錄嗎？」

葛林厲聲說：「你們這些傢伙永遠學不乖。你就不懂得少管閒事。那件事已經結案了，封了，綁上鉛塊沉進大海裡了。明白吧？」

「上星期我跟哈蘭．波特在懶人谷他女兒家共度半個下午。要查嗎？」

他很不高興說：「去做什麼？假設我相信你的話。」

「討論事情。我是應邀的。他挺喜歡我。對了，他跟我說，女孩是被毛瑟P.P.K.型七點六五厘米的槍射死的。對你來說算新聞吧？」

「說下去。」

「她自己的槍，老兄。也許有點差別的。不過，別誤會，我不會調查什麼隱情。這是私事。他的傷是哪裡來的？」

葛林不響。我聽見背景裡有關門聲，然後他平平靜靜說：「可能是在邊境南部持刀打架造成的。」

「噢，滾你的，你有他的指紋，照例送到華盛頓。你會收到回函報告——照例如此。我只要他的服役紀錄就行了。」

「誰說他有？」

「咦，曼迪・曼能德茲就說過。藍諾士好像救過他一命，傷就是那樣來的。他被德軍俘虜，弄成現在這張臉。」

「曼能德茲，呃？你相信那雜種？你腦袋有毛病。藍諾士沒有戰爭紀錄。沒有任何化名留下任何一種紀錄。你滿意了吧？」

我說：「你既然這麼說，好吧。可是我不懂曼能德茲爲什麼肯費神來這兒，編故事給我聽，警告我少管閒事，說藍諾士是他和拉斯維加斯人藍帝・史塔的朋友，他們不希望人家胡搞。畢竟藍諾士已經死了。」

葛林諷刺說：「誰知道一個流氓在想什麼？原因何在？也許藍諾士娶了大把鈔票、提高身分之前，跟他們混過。他曾在賭城史塔的店裡當過一陣子業務經理。他就是在那邊認識那女孩的。微笑鞠躬，穿著晚宴外套。一方面逗客人開心，一方面留意賭客。我猜他幹那個差事很有格調。」

我說：「他有魅力。警界用不著。多謝，警官。最近哥里葛瑞斯組長好嗎？」

「退休假。你沒看報紙？」

「不看犯罪新聞，警官。太齷齪了。」

我要道別，他截斷我的話，「鈔票先生找你什麼事？」

「我們只是共飲一杯茶。社交拜訪。他說他也許會介紹一筆生意給我。他還暗示——只是暗示，沒有眞這麼說——哪個警察要是斜眼看我，前途就不炒了。」

「警察部門又不歸他管。」葛林說。

「他承認。他說他甚至沒收買各處室長官或地方檢察官的人。他們只是在他小睡時乖乖蜷伏在他膝上罷了。」

「滾你的。」葛林說完，就對著我的耳朵掛了電話。

警察眞不好當。永遠不知道誰的肚子可以踩上踩下而不惹來麻煩。

34

從公路到小丘彎處的一段不良路面在中午的暑氣中顛啊顛，兩旁焦渴大地點綴的矮樹叢此時已白茫茫罩滿砂灰。雜草味幾乎令人作嘔。一陣微弱的熱酸風吹來。我把外套脫掉，袖子捲起，但車門燙得不能擱手臂。一匹繫著韁繩的馬兒睏乏地在一叢千葉櫟樹下打盹。一位褐髮墨西哥人坐在地上猛啃報紙上的新聞。一株風滾草懶洋洋滾過路面，棲止在地面的花岡石層，剛才還在場的蜥蜴似乎一動也沒動就不見了。

接著我走柏油路繞過小山，來到另一處鄉野。五分鐘後我拐進維德家的車道，停好車，越過石板地去按門鈴。維德親自來開門，穿著棕色和白色相間的短袖格子襯衫、淺藍色斜紋棉褲和室內拖鞋。曬得黑黑的，氣色不錯。他手上有墨水痕，鼻子一側沾了香菸灰。

他領頭走進書房，停在書桌後面。桌上堆著厚厚的黃色打字稿。我把外套放在椅子上，人坐進沙發。

「馬羅，多謝光臨。喝一杯？」

我臉上露出被酒鬼請喝一杯的表情。自己感覺得出來。他咧嘴一笑。

「我喝可口可樂。」他說。

我說：「你改進得滿快嘛。現在我不想喝酒。陪你喝可口可樂。」

他用腳壓某一個按鈕，不久坎迪來了，臉色陰森森的。他穿一件藍襯衫，圍橘色圍巾，沒穿白外套。下身是黑白雙色鞋、優雅的高腰軋別丁長褲。

維德點了可口可樂。坎迪兇巴巴瞪我一眼就走開了。

「作品？」我指指那堆紙頭說。

「是啊。寫得很差。」

「我不相信。寫了多少了？」

「大約三分之二——就價值而論。其實不值什麼的。你知道作家怎麼會知道自己江郎才盡吧？」

「對作家的事一無所知。」我把菸絲塡進菸斗。

「當他開始看自己的著作找靈感時。絕對不會錯。我這兒有五百頁打字稿，超過十萬字。我的作品很長，讀者喜歡長作品。傻瓜大衆以爲頁數多藏有的寶貝就多。我不敢重讀一遍。內容我連一半都記不得。我就是怕看自己的作品。」

我說：「你氣色倒不錯。跟那一夜相比，我簡直不敢相信。你比自己所知來得勇敢。」

「我現在需要的不只是勇氣，而是期望也未必能得到的東西，是對自己的信仰。我是個被寵壞而不再有信仰的作家。我有華屋、美妻和絕佳的暢銷紀錄。但我其實只想大醉一場，忘個精光。」

他兩手托腮，隔著桌子望過來。

「艾琳說我企圖開槍自殺。那麼嚴重嗎？」

「你不記得？」

他搖搖頭，「一點都不記得，只知道我摔倒撞到頭。過了一會兒我在床上。你在場。是艾琳打電話給你？」

「是。她沒說嗎？」

「這個禮拜她不太跟我說話。我猜她受不了啦——簡直要作嘔了，」他把一隻手的側緣放在脖子靠下巴的地方，「洛林鬧場使情況更糟糕。」

「維德太太說那不代表什麼。」

「噢，她當然這麼說，對不對？恰好是事實，但我猜她說的時候心裡並不相信。那傢伙醋勁非凡，你跟他太太在角落共飲一兩杯，談笑吻別，他就以爲你跟她上床了。他自己沒跟她睡是原因之一。」

我說：「我喜歡懶人谷，在於人人都過著舒適正常的生活。」

他皺眉頭，這時候門開了，坎迪拿兩瓶可口可樂和玻璃杯進來，倒出可樂，一杯放在我面前，眼睛不看我。

維德說：「再過半小時吃午餐，白外套呢？」

坎迪面無表情說：「今天我放假。我不是廚師，老闆。」

維德說：「冷肉片和三明治加啤酒就行了。坎迪，今天廚子放假。我邀了朋友午餐。」

坎迪嗤之以鼻，「你當他是朋友？不如問問你太太。」

維德仰靠在椅子上，對他露出笑容，「嘴巴放乾淨，小子。你在這邊太安逸了。我不常求你吧？」

坎迪低頭看地板。一會兒他抬頭咧咧嘴，「好吧，老闆。我穿上白外套。我猜有午餐。」

他輕輕轉身走出去。維德看著門關上，然後聳聳肩望著我。

「以前我們叫他們僕傭，現在叫他們家務幫手。我想過不久我們就得端早餐到床上給他們吃了。我給了那傢伙太多錢。他被寵壞了。」

「是薪水——還是外快？」

「例如什麼？」他尖聲問道。

我站起來，遞上幾張摺好的黃紙頭，「你最好看看。你叫我撕掉，顯然你不記得了。本來在你的打字機蓋子下。」

他打開黃紙，仰靠著閱讀。可口可樂在他前面的桌上嘶嘶響，他沒注意。他皺著眉慢慢看。讀完後他重新摺好，手指順著邊緣滑動。

「艾琳有沒有看見？」他小心問道。

「我不知道。說不定有。」

「很亂，對不對？」

「我喜歡——尤其是一個好人因你而死的那一段。」

他又打開紙頭，惡意撕成一條一條，丟進字紙簍。

他慢慢說：「我想醉漢什麼都寫得出來，什麼都說得出來，什麼都做得出來。對我沒什麼意義。坎迪沒勒索過我。他喜歡我。」

「也許你不如再喝醉，就會想起話中的意思。你會想起很多事。這些我們先前經歷過了——槍枝走火那天晚上。我想是西康諾害你神智不清。聽起來你沒有酒醉。現在你卻假裝不記得寫過我剛才交給你的東西。維德，難怪你寫不出作品。你能活著都是奇蹟。」

他向旁邊伸手打開一個書桌抽屜。手在裡面摸啊摸，拿出一本三層支票簿。他打開來，伸手拿筆。

他平平靜靜說：「我欠你一千元。」他在本子上寫字，然後在存根上寫。接著把支票撕下來，繞過書桌，丟在我面前，「這樣行了吧？」

我向後仰，眼睛望著他，沒去碰支票，也不搭腔。他的臉繃得很緊，拉得很長，眼睛深邃又空洞。

他慢慢說：「我猜你以爲我殺了她，讓藍諾士背黑鍋。她是蕩婦沒錯，但你不會因爲一個女人是蕩婦就打爛她的頭。坎迪知道我有時候去那邊。奇怪的是，我不認爲他會講。我可能錯了，但我就是不以爲然。」

我說：「就算他說了也沒關係。哈蘭．波特的朋友不會聽他的，而且她不是被那尊銅雕打死的。她是被自己的槍射穿了腦袋。」

他作夢般說：「她也許有槍。但我不知道她是被槍殺的。報章沒寫。」

我問他：「不知道還是不記得？不，報章確實沒發表。」

「馬羅，你想對我幹什麼？」他的嗓音仍然軟軟的，幾乎可以算溫柔了，「你要我怎麼辦？告訴內人？告訴警方？有什麼好處呢？」

「你說一個好人因你而死。」

「我意思只是說，如果當時認眞調查，我也許會被指認爲可能的嫌犯之一。我各方面都會完蛋。」

「維德，我不是來指控你殺人。你的困擾在於自己也不敢確定。你曾有對妻子施暴的紀錄。你喝醉時神智不清。說你不會因爲一個女人是蕩婦就打爛她的頭，這不成理由。有人就這麼做了。被歸罪的那個人我覺得遠比你更不可能。」

他走到敞開的落地窗前，眺望湖上閃動的熱氣，不搭腔。兩分鐘後傳來一陣敲門聲，坎迪推一輛茶車進來，上面鋪著乾淨的白布，擺著銀蓋盤子、一壺咖啡和兩罐啤酒，維德仍一動也不動，也沒說話。

「要開啤酒嗎，老闆？」坎迪在維德背後問道。

「給我拿一瓶威士忌來。」維德沒有轉身。

「抱歉，老闆。沒有威士忌。」

維德轉過身來對他大吼大叫，坎迪卻寸步不移。他低頭看酒几上的支票，邊念頭邊扭動。然後他抬頭看我，咬牙噓出一句話，又看看維德。

「我走了。今天我休假。」

他轉身離去。維德笑出聲。

他高聲說：「那我自己去拿。」說完就走了。

我掀開一個蓋子，看見幾塊切得很整齊的三角三明治。我拿起一塊，倒了一點啤酒，站起來吃三明治。維德拿一個酒瓶和一個玻璃杯回來。他坐在沙發上，倒了濃濃的一杯喝下。外面有汽車駛離屋子的聲音，可能是坎迪由僕人車道外出。我又吃了一塊三明治。

維德說：「坐下，不用拘禮。我們有一個下午要消磨呢。」他已經滿面紅光了。聲音顫抖，顯得很愉快，「馬羅，你不喜歡我吧？」

「這個問題你已經問過，我也答過了。」

「知道嗎？你是個相當無情的混蛋。你會不計一切查出你想查的事。你甚至趁我在鄰室爛醉如泥的時候跟我太太調情。」

「那個飛刀手跟你說的話你全相信？」

他又倒了一點威士忌，舉杯向著陽光，「不，不全信。這威士忌顏色好漂亮，對吧？醉在金色洪流裡——還不壞，『歇止於午夜，無災無痛』。接下去是什麼？噢，對不起，你不會知道。太文謅謅了。你算偵探之類的吧？肯不肯告訴我你為什麼在這兒。」

他又喝了一點威士忌，向我咧著嘴笑。此時他瞥見桌上的支票，伸手去拿，端著酒杯讀起來。

「好像開給一個姓馬羅的人。不曉得為什麼，幹什麼用的。好像是我簽的。我眞笨。我是個容易上當的傢伙。」

我粗聲粗氣說：「別再演戲啦。你太太呢？」

他客客氣氣抬頭望，「我太太會及時回家。那時候我一定失去了知覺，她可以優哉游哉招待你。屋裡由你支配。」

「那把槍呢?」我突然問道。

他看來呆呆的。我告訴他上回我把槍放進他的書桌。他說:「現在不在那兒,我確定。你要搜,請便。可別偷橡皮筋。」

我走到書桌前,仔細搜。沒有槍。此事非同小可。也許艾琳藏起來了。

「聽好,維德,我問你,你太太在什麼地方。我想她該回來。不是爲我,朋友,是爲你好。必須有人注意你,若該我負責,我就慘了。」

他迷迷糊糊瞪著眼,手上還拿著支票。他放下酒杯,把支票撕成兩截,一撕再撕,讓碎片掉了一地。

他說:「這個數目顯然太小了。你的服務收費很高。連一千元加我太太都不能叫你滿意。眞遺憾,但我出不起更高的價碼了。除了這個。」他拍拍酒瓶。

「我要走了。」我說。

「何必呢?你要回憶。喏——我的記憶在酒瓶裡。待在附近,朋友。等我眞醉了,我會跟你談我殺過的所有女人。」

「好吧,維德,我在附近多待一會兒——但不留在這兒。你要叫我,只要把椅子摔向牆壁就行了。」

我走出去,房門沒關。我越過大客廳,來到內院,將一張躺椅拖到陽台突出部分的陰影下,整個人平躺在上面。湖水對岸有藍霧倚著山巒。海風開始滲過矮山向西吹,把空氣抹乾淨,也消除了部分暑熱。懶人谷正度過無懈可擊的夏天。有人特意計畫成那個樣子。法人組織的天堂樂園,而且是高度限制的樂園。只收最文雅的人。中歐人絕對不收。只要精華,最優秀的民族,最迷人最迷人的階層。像洛林夫婦和維德夫婦。純金的。

35

我躺了半個鐘頭，想拿定主意該怎麼辦。心底一方面希望他爛醉，看能不能問出什麼。我想他在自己家自己的書房不會出什麼大問題。也許會再跌倒，但要過很久才會。這傢伙酒量不錯，而且酒鬼絕不會傷自己太重的。他也許會恢復內疚的心境。更可能這次只是去睡覺。

另一方面我又希望能置身事外，但我從來不聽自己這方面的心聲。否則我就會待在自己出生的小鎮，在五金行工作，娶老闆的女兒，生五個孩子，星期天早上讀滑稽新聞給他們聽，他們不乖就打他們的腦瓜子，跟太太爭論孩子們該有多少零用錢，可以聽什麼廣播節目，看什麼電視節日。我甚至可能發財——成為小鎮富人，有一棟八個房間的屋子，車庫裡有兩輛車，每星期天吃雞肉，客廳茶几上擺《讀者文摘》，老婆燙髮，我自己腦筋像一袋波特蘭水泥。朋友，請相信。我會接受這個卑鄙骯髒不誠實的都市。

我站起身，走回書房。他坐在那邊一臉茫然，威士忌酒瓶空了一半，眉頭輕皺著，眼裡有一股呆滯的光。他像在圍欄邊的馬兒那樣看著我。

「你要什麼？」

「沒有。你還好吧？」

「別煩我。有個小人兒在我肩上跟我講故事。」

我又從茶車上拿起一個三明治和一杯啤酒；倚著他的書桌，邊嚼三明治邊喝啤酒。

他忽然問道：「你知道嗎？」聲音突然清楚多了，「我請過一位男秘書，常口授東西叫他寫。讓他走了。他坐在那邊等我創作眞煩人，錯誤。應該留他的，但會傳出我是同性戀。那些寫不出東西才寫書評的聰明人會迎合大眾口味，替我亂宣傳。必須照顧他們自己人的利益，你知道。他們全是怪人，每一位都是。老兄，怪人是我們這個時代的文藝仲裁者。性變態成了領袖人物。」

「是嗎？總有那種人，對吧？」

他沒看我，嘴巴只管說，但他聽見我的話了。

「沒錯。千秋萬世，尤其是在偉大的藝術時代。雅典、羅馬、文藝復興、伊莉莎白女王時代、法國浪漫主義運動期間——這種人汗牛充棟。到處都是怪人。讀過《金枝》沒有？沒有，對你來說太長了。其實已是刪節版。應該看看。證明我們的性愛習慣純粹只是慣例——像晚宴服打黑領結一樣。我，我是性愛作家，但書中有女人，不是寫同性戀。」

他抬眼看我，冷笑著，「你知道嗎？我撒謊。我書中的男主角身高八呎，女主角翹著膝蓋躺在床上，屁股都結繭了。蕾絲和縐紗，劍與馬車，雅意和閒情，決鬥和壯烈死亡。全是謊話。其實他們搽香水是代替肥皂，牙齒從來不刷，一口爛牙，指甲有臭肉湯的氣味。法國貴族在凡爾賽宮大理石走廊的牆邊小便，等你終於從迷人的侯爵夫人身上脫掉幾套內衣，你馬上發現她實在需要洗澡。我該那樣寫才對。」

「爲什麼不那樣寫呢？」

他咯咯笑，「可以呀，然後住在坎普頓的一間五房住宅——那還要靠運氣哩。」他伸手拍拍威士忌酒瓶，「你很寂寞，朋友，你需要伴。」

他站起身，還算穩健地走出書房。我等著，腦子沒想什麼。一艘快艇沿著湖面大聲駛過來。等它走到視線內，我發覺船的桅座高出水面，後面拖一塊衝浪板，板上立著一位曬得發紅的壯碩小伙子。我走到落地窗前，看船疾駛轉彎。太快了，快艇差一點翻掉。衝浪手在板上單腳跳動，設法保持平衡，然後高彈入水。快艇隨波慢慢停住，落水的人懶洋洋爬上船邊，順著拖繩回去，滾上衝浪板。

維德又拿了一瓶威士忌回來。快艇重新發動，消失在遠處。維德把新酒瓶放在另一個瓶子旁邊，坐下來思索。

「老天啊，你不是要全部喝掉吧？」

他斜睨著我，「老兄，走啊。回家擦廚房地板之類的。你擋到我了。」他的聲音又含混起來。照往例他在廚房已經喝過兩杯了。

「你若要找我，叫一聲。」

「我不會賤得要找你。」

「好，謝了。我會在附近待到維德太太回來。有沒有聽過名叫保羅．馬斯頓的人？」

他的頭慢慢抬起，視線焦點集中，但費了一番力氣。我看得出他正在掙扎，想克制自己。暫時勝利了。臉上變得毫無表情。

他小心翼翼說話，說得很慢很慢，「沒聽過。他是誰呀？」

稍後再進來看他，他已睡著了，嘴巴張開，頭髮汗淋淋，渾身威士忌酒味。他的嘴唇往後縮，露出牙齒，好像裝鬼臉似的，長了舌苔的舌頭表面看來乾乾的。

有一個酒瓶空了。桌上的玻璃杯還剩兩吋左右的威士忌，另一瓶大約四分之三滿。我把空瓶放上茶車，推出書房外，然後回來關落地窗，轉動百葉窗板。快艇也許會回來吵醒他。我關上房門。

我把茶車推到廚房，廚房藍白搭配，又大又通風，空無一人。我還肚子餓，又吃了一個三明治，喝下殘存的啤酒，然後倒了一杯咖啡喝。啤酒走味了，但咖啡還是熱的。接著我走回內院。過了好久那艘快艇才劃破湖水駛回來。大約四點鐘，我聽見遙遠的船聲漸漸擴大，變成震耳欲聾的喧囂。應該訂一條法律來限制。也許有，只是快艇上的人不當一回事。他惹人嫌自得其樂，像我認識的許多人一樣。我散步到湖邊。

這次衝浪成功了。轉彎時駕駛員減速恰到好處，衝浪板上的褐膚少年向外探身抵擋離心力。衝浪板幾乎離開水面，但一邊仍在水裡，未幾快艇拉直，衝浪板上的人還在，他們走原路回去，就這樣啦。船身激起的波浪向我腳下的湖岸湧來，用力拍打短短的碼頭，使繫在那兒的小舟上下晃蕩。我掉頭回屋裡的時候，浪花還拍打著小舟。

我走到內院，聽見廚房方向有鈴聲響起。再響時，我斷定只有前門會傳來鈴聲。我走過去開門。

艾琳．維德站在那兒，看著屋外的方向。她轉過頭來說：「對不起，我忘了帶鑰匙。」這時候她看到了我，「噢——我以爲是羅傑或坎迪。」

「坎迪不在。今天星期四。」

她進屋，我關上門。她把一個皮包放在兩張長沙發中間的桌子上，看來顯得冷靜又淡漠。她脫下一副豬皮白手套。

「有什麼不對勁嗎？」

「噢，喝了點酒。不嚴重。他在書房的沙發上睡著了。」

「他打電話給你？」

「是的，但不是爲這個原因。他請我來吃午餐。他自己恐怕一點都沒吃。」

「噢，」她慢慢地坐在長沙發上，「你知道，我完全忘了今天是禮拜四。廚子也不在。眞蠢。」

「坎迪臨走前弄了午餐。我想我現在要走了。但願我的車子沒擋妳的路。」

她露出笑容，「沒有。空間多得很。你不喝點茶嗎？我要來一點。」

「好吧。」我不知道自己爲什麼這樣說。我其實不想喝茶。只是嘴裡說說。

她脫下一件亞麻短襖，頭上沒戴帽子，「我去看看羅傑有沒有問題。」

我望著她走到書房門口，把門打開，佇立片刻，關上門回來。

「他還沒醒。睡得很熟。我得上樓一會兒。馬上下來。」

我望著她拿起短襖、手套和皮包，上樓進房間。門關了。我走到書房想把那瓶酒拿走。他若還熟睡，就不會找酒瓶。

36

落地窗關著，書房很悶，百葉窗密閉，光線暗濛濛。空氣中有一股刺鼻的味道，寂靜也過度逼人。從門口到沙發不過十六呎，我走不到一半，就知道沙發上睡著一個死人。

他側臥著，面孔朝向沙發背，一隻手臂弓在身體下面，另一隻手的下臂遮著眼睛。他的胸膛和沙發背之間有一灘血，韋布萊暗機槍擱在血泊中。他的面孔側面沾滿了血跡。

我俯身看他，瞥見睜得大大的眼睛側面和裸露的艷紅手膀子，臂彎內側看得見腦袋裡腫漲發黑的彈孔，血仍不斷往外滲。

我任他保持原狀。他的手腕有餘溫，但人無疑已經死了。我四顧找字條或塗鴨的文字。除了桌上那堆稿子，什麼都沒有。自殺的人不見得會留遺書。打字機在架子上沒加蓋，上面沒有東西。此外一切顯得很自然。自殺的人用各種方法作準備，有的喝酒，有些吃精緻的香檳大餐。有人穿晚禮服，有些不穿衣服。牆頂、水溝、水中、水面、水上都有人自殺。有人在酒吧上吊，有人在車庫開煤氣。這一位看來倒單純。我沒聽見槍聲，槍一定是我在湖邊看衝浪手迴轉時響的。當時很吵很吵。羅傑．維德爲什麼在乎那個，我不知道。也許不然。最後的衝動跟快艇的行進恰好符合而已。我覺得不對勁，但沒人在乎我的感覺。

支票碎片還在地板上，我沒動它。上回他寫的文章撕成長條後扔進字紙簍，我倒沒留著。我把它撿起來，確定全部拿齊了，就塞進口袋。字紙簍幾乎全空，所以比較容易。不用去想槍本來在什麼地方。可以藏的地方太多了。可能在椅子上或沙發內的一塊墊子下。也可能在地板上，書本後面，什麼地方都可能。

我走出去，關上門。我仔細聽。廚房裡有動靜。我走過去。艾琳繫著一條圍裙，水壺正好開始響。她把火關小，漠然看了我一眼。

「你的茶要怎麼喝法，馬羅先生？」

「壺裡倒出來直接喝。」

我倚著牆，拿出一根菸，只爲了讓手指有事做。我拿著香菸掐呀捏呀，掐成兩半，將一半丟在地板上。她的眼睛追隨香菸往下掉。我彎身撿起來，將兩半捏在一起弄成小圓球。

她泡茶，回頭說：「我一向加奶精和糖。奇怪，我喝咖啡是什麼都不加的。我在英國學會了喝茶。他們用糖精而不用糖。戰時沒有奶精，當然。」

「妳在英國住過？」

「我在那邊工作。整個閃電大空襲期間我都在。我認識一個男人——不過我跟你說過。」

「妳在什麼地方遇見羅傑？」

「在紐約。」

「在那邊結婚的？」

她皺著眉轉過來，「不，我們不是在紐約結婚。怎麼？」

「只是找話說，等茶入味。」

她看看水槽上的窗口外頭。從那邊可以一路眺望湖面風光。她貼著滴水板邊緣，手指撫弄著一條折疊的茶巾。

她說：「必須加以阻止，我不知道怎麼辦。也許該把他交給某一個機構。不知怎麼我不太忍心。我必須簽一些文件，對吧？」

她問話時轉過身來。

我說：「他可以自己簽。我是說，往此之前他本來可以的。」

茶壺計時器響了。她轉回水槽邊，將壺裡的茶倒入另一個壺，然後把新壺放在已擺好茶杯的托盤上。我過去拿起托盤，端到客廳那兩張大沙發之間的茶几上。她坐在我對面，倒了兩杯茶。我伸手拿我這一杯，放在面前等它涼，看她在自己那杯加了兩塊糖和奶精。她嚐了一口。

她突然問道：「你最後一句話是什麼意思？——說他在此之前本來可以——你是指將自己托付給某一家機構，對吧？」

「我想只是隨口說說。我跟妳說的那把槍妳藏起來沒有？妳知道，他在樓上作勢要自殺的那一天早上。」

「藏起來？」她皺眉道：「不，我沒那麼做過。我不相信你的說法。你爲什麼要問？」

「妳今天忘了家裡的鑰匙？」

「我跟你說過了。」

「車庫鑰匙卻沒忘。通常這種房子以外面的鑰匙爲主。」

她高聲說：「我用不著車庫鑰匙，車庫是撥電路開關來開的。前門內側有個中繼開關，出去時往上扳。車庫旁邊有一個開關負責那道門的啓閉。通常我們不關車庫門。否則就由坎迪出去關。」

「我明白了。」

她語氣尖酸說：「你說的話眞奇怪。那天早上也是。」

「我在這間屋子裡見識過種種怪事。深夜槍響，醉漢倒在屋外的草皮上，醫生來了卻不肯救人。迷人的女性緊摟著我脖子說話，把我當做別人。墨西哥僕人亂扔飛刀。那把槍的事眞遺憾。妳不眞愛妳丈夫吧？我猜我上回說過了。」

她慢慢站起來，態度十分冷靜，但紫色的眸子好像變了色調，也不像平日那麼柔和。接著她的嘴唇開始顫抖。

「是不是──是不是那邊出了什麼事？」她慢慢問著，視線轉向書房。

我幾乎來不及點頭，她已飛奔而去。一瞬間便到達門口。她一把推開門，衝進去。我以爲她會尖叫一聲，結果上當了。一點聲音都沒有。我自覺很差勁。我該讓她待在門外，慢慢進入報告兇耗的例行手續，妳要有心理準備，要不要坐下來，恐怕有一件嚴重的事情發生了……嘰哩呱啦，嘰哩呱啦。不厭其煩拐彎抹角，其實未必能叫任何人減少傷害。往往使情況更糟糕。

我站起來，追隨她走進書房。她正跪在沙發旁，把他的腦袋拉到她胸前，身上沾滿他的血跡。她沒發出任何聲響，眼睛閉著，用力抱緊他，跪在地上使勁兒前後搖晃。

我回去找到一支電話和一本電話簿，打電話給看來最近的警長分署。無所謂，反正他們會用無線電轉播。接著我走到廚房，按開水龍頭，把我口袋裡的黃紙條放進電動垃圾攪拌機，接著把另一個茶壺的茶葉也倒進去。過了幾秒鐘，一切就完全消失了。我關了水，關掉馬達。我回到客廳，打開前門走出去。

附近一定有警長的手下巡邏，他大約六分鐘後就來了。我帶他進書房，維德太太還跪在沙發旁邊。他立刻走向她。

「對不起，女士。我明白妳的心情，可是妳不該動任何東西。」

她轉過頭來，癱倒在自己腳下，「是我丈夫。他被槍殺了。」

他脫下帽子，放在書桌上，伸手拿電話。

她用又高又脆的嗓音說：「他名叫羅傑·維德。他是有名的小說家。」

「我知道他是誰，女士。」警長副手邊講邊撥電話。

她低頭看自己的襯衫前胸，「我能不能上樓把這個換掉？」

「當然可以。」他對她點點頭，講完電話後掛斷轉身，「你說他被槍殺，意思是說別人開槍打他？」

「我想是這個人謀殺他。」她說話眼睛沒看我，快步走出房間。

警長副手看看我。他掏出一本筆記，在上面寫字，隨口說：「我還是記下你的姓名吧，還有地址。你是報案的人？」

「是的。」我把姓名地址告訴他。

「別急，等歐斯副組長來。」

「勃尼・歐斯？」

「是的。你認識他？」

「不錯。我認識他很久了。以前他隸屬地方檢察官辦公室。」

警長副手說：「最近不是。他是刑事組助理組長，隸屬洛杉磯警長辦公室。馬羅先生，你是這家人的朋友？」

「聽維德太太的口氣，好像不是。」

他聳聳肩，似笑非笑，「放寬心，馬羅先生。你沒帶槍吧？」

「今天沒有。」

「我最好確定一下。」他搜了，然後望向沙發，「這種關頭你不能指望做太太的講道理。我們不如到外面等。」

37

歐斯中等身材，體型壯碩，一頭褪色的金黃短髮和一對褪色的藍眼珠。他的眉毛白白硬硬的，在他還沒放棄帽子以前，每當他脫帽你總會有點訝異——頭比預料中大得多。他是一個強悍的警察，人生觀嚴苛，骨子裡卻是個高尚的漢子。他早幾年就該升組長了。他考試拿前三名已有五、六回。但是警長不喜歡他，他也不喜歡警長。

他揉著下巴走下樓來。書房裡閃光燈早就閃個不停。人進人出的。我跟一位便衣警察坐在客廳裡等。

歐斯在一張椅子邊緣坐下，雙手擺盪著。他正在嚼一根沒點火的香菸，若有所思看著我。

「記得懶人谷設有閘門和私人警力的時代吧？」

我點點頭，「還有賭博。」

「不錯。阻止不了。整個山谷仍是私人產業。像以前的箭鏃角和翡翠灣。我辦案沒有記者在四周跳來跳去，已是好久以前的事了。一定有人在彼德森身邊說了悄悄話。他們沒讓事情上電報稿。」

「他們眞體貼。維德太太好嗎？」

「精神太渙散了。她一定趕著吃了一點藥丸。那邊有十幾種藥——甚至有德美羅。那玩意兒很糟糕。你的朋友最近運氣不好，對吧？他們接連去世。」

這我沒話可說。

歐斯隨口說：「開槍自殺我一向感興趣。很容易造假。那位太太說你殺了他。她爲什麼這樣說？」

「她不是字面上的意思。」

「這邊沒有別人。她說你知道槍在什麼地方，知道他醉了，知道前幾天他曾發射那把槍，她跟他扭打，才奪下槍來。那夜你也在。似乎沒幫上忙，對吧？」

「今天下午我搜過他的書桌。沒有槍。我曾告訴她槍放在哪裡，叫她收起來。現在她說她不相信那種事。」

「『現在』是指什麼時候？」歐斯粗聲說。

「她回來後，我打電話到分署前。」

「你搜過書桌。爲什麼？」歐斯抬起手，放在膝上。他淡淡望著我，好像並不在乎我說什麼。

「他醉了，我想最好把槍放在別的地方。但他前幾天並不是想自殺，只是演戲。」

歐斯點點頭。他把嚼過的香菸由嘴裡拿出來，丟進一個托盤裡，換上新一根。

他說：「我戒菸了。害我常咳嗽。不過這鬼東西還控制著我。嘴裡不含一根就覺得不對勁。你負責在這傢伙一個人落單時守著他？」

「才不是呢。他請我過來吃午餐。我們談了一會兒，他有點爲作品寫不好而沮喪。他決定喝酒。你覺得我該由他手中搶下酒來嗎？」

「我還沒思考，只是想得到大概的印象。你喝了多少？」

「只喝啤酒。」

「馬羅，你在這邊眞倒楣。那張支票幹什麼用的？他寫好簽了名又撕掉的那張？」

「他們大家都要我來住這邊，使他不要越軌。『大家』是指他本人、他太太和他的出版商霍華．史本賽。我猜他在紐約，你可以跟他查證，我拒絕了。後來她來找我，說她丈夫喝醉失蹤了，她很擔心，要我去找他，帶他回家。我照辦了。再下來有一次我由他家前面的草坪扛他進屋，扶他上床。勃尼，我根本不想辦這些事。事情就是落在我手上。」

「跟藍諾士案無關，呃？」

「噢，做做好事。根本沒有什麼藍諾士案。」

「對。」歐斯淡淡說。他捏捏膝蓋。有個人從前門進來，跟另一位警探說話，然後走向歐斯。

「副組長。洛林醫生在外面。說他奉召而來。他是夫人的醫生。」

「讓他進來。」

警探走回去，洛林醫生拿著整潔的黑皮包進來。他穿一套熱帶毛紗西裝，涼爽又斯文。他走過我身邊，看都不看我一眼。

「在樓上？」他問歐斯。

「是的——在她房裡。」歐斯站起來，「醫生，你給她德美羅止痛藥幹什麼？」

洛林醫生對他皺眉頭，冷冷說：「我給病人開我認爲恰當的藥。我並未奉命解釋理由。誰說我給維德太太德美羅的？」

「我說的。藥瓶在上面，有你的名字。醫生，也許你不知道，我們在城中區展示有各種各類的小藥丸。藍樫鳥、紅鳥、黃皮、鎮定球……樣樣都有。德美羅大概是最糟糕的。聽說德國大劊子手戈林整天吃那玩意兒。他們逮住他的時候，他一天吃十八顆。軍醫花了三個月才讓他減量。」

「我不知道這話什麼意思。」洛林醫生呆呆板板說。

「你不懂？可惜。藍樫鳥是阿米妥納。紅鳥是西康諾。黃皮是黏布妥。鎮定球是一種攙了本希德林的巴比妥酸鹽。德美羅是一種很容易上癮的合成麻醉藥。你就這樣交給病人，呃？夫人是不是患了什麼重病？」

「酗酒的丈夫對一個敏感的女人來說可以算非常嚴重的病痛。」洛林醫生說。

「你沒抽點時間看看他，呃？可惜。維德太太在樓上，醫生。耽誤你時間，謝謝。」

「你粗魯無禮，先生。我要打你的報告。」

歐斯說：「好，請便。可是你去打我報告之前，先做別的事。讓夫人頭腦清楚。我有話要問。」

「我會照我認爲對她病情最有利的方式行事。你知不知道我是誰呀？搞清楚，維德先生不是我的病人。我不醫酒鬼。」

歐斯向他咆哮：「只醫酒鬼的太太，呃？是的，我知道你是誰，醫生。我內心正在流血哩。敝姓歐斯，歐斯副組長。」

洛林醫生上樓了。歐斯又坐下來，向我咧咧嘴。

「對這種人必須圓滑些。」他說。

有一個人從書房出來，上前找歐斯——是個外表嚴肅的瘦子，戴眼鏡，額頭一副聰明相。

「副組長。」

「說吧。」

「傷口是密接的，典型的自殺狀況，氣壓造成大量腫脹。眼珠子也基於同一因素鼓出來。我想槍枝外面沒有什麼指紋。血流得太順暢了。」

「如果那傢伙睡著或酒醉失去知覺，可不可能是他殺？」歐斯問他。

「當然，不過沒有徵兆。槍是韋布萊暗機槍。不出所料，這種槍要用力拉才能扣上擊鐵，但輕輕一拉就能發射。回彈可以解釋槍爲什麼在那個位置。目前我看不出什麼不是自殺的跡象。預料酒精濃度會很高。如果太高的話——」那人停了下來，意味深長聳聳肩——「我也許會對自殺存疑。」

「多謝。有人打電話給法醫嗎？」

那人點點頭走開了。歐斯打個呵欠，看手錶，然後看看我。

「你要走了？」

「當然，如果你准許的話。我以爲我是嫌疑犯。」

「稍後我們也許會勞駕你。留在找得到的地方就行了。你當過警察，你知道辦案情形嘛。有些案子必須趁證據消失之前趕快辦。這個案子正好相反。若是他殺，誰希望他死？他太太嗎？她不在。你呢？不錯，屋裡只有你一個人，你又知道槍放在哪裡。完美的誣陷對象。萬事皆備，只欠動機，說不定我們會強調你的經驗。我想你若要殺一個人，也許不必做得這麼明顯就可以辦到。」

「多謝，勃尼。我是可以辦到。」

「僕人不在。他們都出去了。那一定是恰好來串門子的人。那人必須知道維德的槍放在什麼地方，知道他爛醉睡著或昏過去，而且得趁快艇的聲音吵到能掩蓋槍聲的時候扣扳機，又在你回到屋裡之前溜走。憑現在所知的資料，我無法接受。唯一有辦法又有機會的人絕不會去利用——正因爲唯獨他有。」

我起身要走，「好吧，勃尼，我整晚都會在家。」

歐斯沉思道：「只有一點。這位維德仁兄是暢銷作家。很有錢，很有名。我自己不喜歡他寫的那種爛東西。妓院裡都可以找到比他書中角色規矩的人。那是品味問題，不關我這警察的事。賺了這一大堆錢，他在鄉間最好的住宅區擁有漂亮的家。他有美麗的妻子，有很多朋友，根本沒煩惱。我想知道有什麼事讓他想不開要扣扳機？一定有原因。你若知道，最好打算無條件說出來。再見。」

我走到門口。守在門邊的人回頭看歐斯，得到訊號，就放我出來。我上了自己的車，不得不在草地上徐徐前進，避開堵滿車道的各種公務車。到了大門，又有一位警長副手打量我，但一句話也沒說。我戴上墨鏡，駛回大公路。路面空蕩蕩的，一片安詳。午後的陽光狠狠照著修剪過的草皮和草皮後面一棟棟寬敞又昂貴的大房子。

一個世上知名的人倒臥在懶人谷一棟華宅的血泊中，四周慵懶的寧靜絲毫不受影響。就報紙而言，跟發生在西藏差不多。

到了路面轉彎處，兩片房地產的圍牆俯連至路肩，一輛深綠色警長車停在那兒。一位副警長走出來，舉起手，我停下車。他來到車窗外。

「請讓我看看你的駕駛執照。」

我拿出皮夾，打開遞給他。

「只要執照，拜託。照規定我不能碰你的皮夾。」

我把執照拿出來交給他，「出了什麼事？」

他看看車內，把執照還給我。

他說：「沒事。只是例行檢查。抱歉麻煩你。」

他揮手叫我往前開，又回到停著的車上。警察就是這樣。他們永遠不告訴你爲什麼做一件事。那你就不會發現連他們自己都搞不清楚。

我開回家，買了兩杯冷酒來喝，出去吃晚餐，回來開了窗，敞開襯衫，等事情臨頭。我等了很久。九點鐘勃尼·歐斯打電話過來，叫我到局裡去，路上別停下來摘花。

38

他們已叫坎迪坐上警長辦公室前廳一張貼牆的硬椅子。他恨恨看著我走過他身邊，進入彼德森警長開庭會客的方形大房間——屋裡有好多大眾感激警長二十年忠誠服務的褒揚狀。牆上掛滿馬兒的照片，每張都有彼德森警長。他的雕花書桌四角是馬頭，墨水池是加框磨光的馬蹄，他的筆插在裝滿白沙的同式樣馬蹄框中。兩個馬蹄上釘的金牌刻著某一日期發生的事之類的。在一塵不染的書桌吸墨板上放著一個短角牛皮的皮包和一包棕色香菸紙。彼德森自己捲菸抽。他可以在馬背上單手捲菸，而且常這麼做，尤其騎大白馬坐在一副綴滿墨西哥銀飾的馬鞍上引導遊行時，一定露一手。在馬背上他戴的是平頂墨西哥寬邊帽。他騎術好極了，他的馬兒總知道什麼時候該安靜，什麼時候該頑皮，好讓警長含著莫測高深的微笑一手就把馬兒拉回來。警長很會表演。他側面像老鷹，十分俊美，現在下巴有點凹陷，但他懂得頭怎麼擺才不會顯出來。他花了不少心血露臉拍照。他今年五十五、六歲，丹麥裔的父親留給他一大筆錢。警長是深色頭髮、棕色皮膚，泰然自若像雪茄店的印第安人，腦筋也差不多，所以看起來不像丹麥後裔。可是沒有人會叫他騙子。他那部門有過幾個騙子，愚弄大眾也愚弄了他，但那些欺騙行為可沒連累過彼德森警長。他只是騎著白馬引導遊行，在照相機面前盤問疑犯，不費吹灰之力就順利當選了。那是組長的說法。其實他根本沒問過案，也不懂怎麼問；只管坐在桌邊嚴厲地望著嫌疑犯，向照相機亮一亮側臉。閃光燈亮了，攝影師恭恭順順謝過警長，嫌犯根本沒開口就被帶開，警長就回到聖佛南度山谷的牧場去了。他在那邊隨時聯絡得到。你若找不到他本人，可以跟他的某一匹馬說話。

選舉期間一到，偶爾會有誤入歧途的政客想搶彼德森警長的飯碗，會叫他「鑲嵌側像人」或「自行煙燻的火腿」等綽號，但都影響不了他。彼德森警長就是順利當選連任，活生生證明在我們國家擔任重要公職不需要什麼資格，只要不管閒事，面孔上相，緊閉著嘴巴就行了。如果再加上騎馬英姿迷人，那就永遠扳不倒了。

我和歐斯進門時，彼德森警長站在書桌後面，攝影師由另一扇門魚貫而出。警長戴著史泰森氈帽，正在捲一根菸。他已準備好要回家了。他用嚴厲的目光瞪著我。

「這是誰？」他用渾厚的男中音問道。

歐斯說：「警長，他叫菲力普·馬羅，維德開槍自殺時唯一在屋裡的人。你要拍照嗎？」

警長打量我，「我想不必了，」他說完轉向一個頭髮灰色、一臉倦容的大塊頭男子，「赫南德茲組長，你若有事找我，我在牧場。」

「是的，長官。」

彼德森用一根廚房用的火柴來點菸──在他的拇指指甲上點。彼德森警長從來不用打火機。他完全是「自己捲菸單手點燃」的類型。

他道聲晚安走出去。一位面無表情、黑眼珠冷冰冰的傢伙陪他走，那是他的貼身保鑣。門關上了。他走了以後，赫南德茲組長移到桌畔，坐進警長的巨椅，角落裡的一個速記打字員也把打字架從牆邊挪出來，增加一點活動空間。歐斯坐在書桌末端，似乎覺得很有意思。

赫南德茲輕快地說：「好吧，馬羅，我們進行吧。」

「怎麼沒人給我拍照？」

「你聽見警長的話了。」

「是啊。可是爲什麼？」我抱怨道。

歐斯笑起來，「你明明知道理由嘛。」

「你是說因爲我高高的，黑黑的，長得英俊，人家也許會注視我？」

赫南德茲冷冷說：「別說了。我們來作你的筆錄吧。從頭開始。」

我從頭說起：我怎麼會晤霍華·史本賽，怎麼認識艾琳·維德，她要我去找羅傑，我找到了，她請我到她家，維德要求我做什麼，我如何發現他昏倒在芙蓉樹附近……等等。速記打字員一五一十記下。沒人打岔。句句實言，沒有一句虛假，但並不是全部照實說。省略的部分不關別人的事。

最後赫南德茲說：「很好，但不太完整。」這位赫南德茲眞是冷靜又能幹的危險人物，警長辦公室總得有個精明人嘛，「維德在臥室裡開槍那天晚上，你進了維德太太的房間，關著門在裡面待了一段時間。你在裡面幹什麼？」

「她叫我進去，向我打聽他的情形。」

「爲什麼關門？」

「維德剛睡著，我不想吵他。而且僕人正伸長耳朵在附近徘徊。還有，是她叫我關的。我沒想到這事會這麼重要。」

「你在裡面多久？」

「我不知道。大概三分鐘吧。」

赫南德茲冷冷說：「依我看你在裡面待了兩個鐘頭。我說得夠清楚了吧？」

我看看歐斯。歐斯沒看什麼。他照例在嚼一根沒點燃的香菸。

「組長，你情報不正確。」

「我們再看吧。你走出房間後，下樓到書房，躺在沙發上過夜。也許我該說是下半夜。」

「他打電話到我家是十一點差十分。那天晚上我最後一次進書房，早就過了兩點。你要說下半夜也可以。」

「把僕人帶進來。」赫南德茲說。

歐斯出去帶坎迪回來。他們叫坎迪坐在一張椅子上。赫南德茲問了幾句話，確定他的身分之類的。接著他說：「好吧，坎迪——爲了方便，我們就這麼叫你——你幫馬羅扶羅傑．維德上床後，發生什麼事？」

我多多少少知道他會說什麼。坎迪用平靜、兇狠、沒什麼怪腔的聲音提出他的說法。他好像可以任意扭開和關掉嗓門似的。他的說法是他逗留在樓下怕主人找他，部分時間在廚房弄了點東西吃，部分時間在客廳。在客廳時坐在前門附近的一張椅子上，曾看見艾琳．維德站在房門內，看見她脫衣服。他曾見她披了一件袍子，裡面什麼都沒穿，還看見我走進她房間，我關了門，在裡面待很久，他想有兩個鐘頭。他曾上樓聆聽，聽見床鋪的彈簧吱嘎響；也聽見竊竊私語聲。他的意思非常明顯。他說完用刻薄的眼神看看我，嘴巴恨恨緊繃著。

「帶他出去。」赫南德茲說。

我說：「等一下，我想問他話。」

「這裡由我發問。」赫南德茲高聲說。

「組長，你不知道怎麼問。你沒在場。他撒謊，他自己知道，我也知道。」

赫南德茲往後靠，拿起一枝警長的筆，將握柄弄彎。握柄又長又尖，是馬毛弄硬做成的。一放開尖端，又彈回來了。

「問吧。」他終於說。

我面對坎迪，「你在什麼地方看見維德太太脫衣服？」

「我坐在前門附近的一張椅子上。」他用很不高興的口吻說。

「在前門和兩張相對的長沙發之間？」

「我說過了。」

「維德太太在什麼地方？」

「在房間內。門是開的。」

「客廳燈光如何？」

「一盞燈。俗稱橋牌燈的高桿燈。」

「陽台上燈光如何？」

「沒有燈光。光線在她臥室裡。」

「她臥室裡是哪種燈？」

「燈光不強。也許是床頭几的燈。」

「沒有天花板燈？」

「沒有。」

「她脫掉衣服以後——站在門內，你說——她披上一件外袍。什麼樣的袍子？」

「藍袍。長長的，像家居襖。她用腰帶紮起來。」

「那麼，你若沒眞的看見她脫衣服，就不會知道她袍子下穿什麼囉？」

他聳聳肩，依稀有點憂慮，「對。可是我看見她脫衣服了。」

「你撒謊。客廳裡沒有一個地方可以直接看見她在房門口脫衣服，更不要說在房間裡了。她必須到陽台邊緣脫。若是這樣，她會看見你。」

他怒目瞪著我。我轉向歐斯，「你見過那棟房子。赫南德茲組長沒有——有嗎？」

歐斯輕輕搖搖頭。赫南德茲皺眉不說話。

「赫南德茲組長，如果維德太太在自己房門口或房間內，客廳沒有一個地方可以看見她的頭頂——就算是他站起來——而他自稱是坐著。我比他高四吋，我站在屋子前門內只看得見敞開的門楣板。她要到陽台邊緣脫，他才會看見他說的情景。她怎麼到陽台脫呢？她甚至不可能到門口脫衣服。不合情理嘛。」

赫南德茲只是看著我，然後看看坎迪，「時間方面呢？」他柔聲問我。

「那是他誣告我。我正在談可以證明的事。」

赫南德茲對坎迪說西班牙話，太快我聽不懂。坎迪只是悶悶不樂瞪著他。

「帶他出去。」赫南德茲說。

歐斯揮揮大拇指，然後打開門。坎迪走出去。赫南德茲拿出一盒香菸，塞一根在嘴上，用金質打火機點燃。

歐斯回到屋內。赫南德茲冷靜地說：「我剛才告訴他，若有庭訊，他在證人席上說那些話，就會以偽證罪在昆丁監獄坐一到三年牢。他好像不怎麼放在心上。他煩惱的理由很明顯。老式的性慾旺盛病例。如果他在附近，我們又有理由懷疑是謀殺，他會是理想的靶子——只是他會用刀當武器。先前我覺得維德死他很難過。歐斯，你有什麼話要問嗎？」

歐斯搖搖頭。赫南德茲看著我說：「明天早上回來簽署你的口供。到時候我們會打好。十點該舉行調查庭報告，反正是預備程序。馬羅，對這安排有什麼不喜歡的地力嗎？」

「能不能把問題的措辭修改一下？你的問法暗示我會有喜歡的地方。」

他不耐煩地說：「好吧。走啦。我要回家了。」

我站起來。

他說：「當然我從未相信坎迪對我們玩的花招。只是用來當開瓶器。希望你沒有反感。」

「什麼感都沒有，組長。什麼感都沒有。」

他們看著我走出門，沒說晚安。我順著長廊走到希爾街入口，上了自己的車，開回家。

什麼感覺都沒有，完全正確。我就像星子之間的太空，空洞又空虛。到家以後我調了一杯烈酒，站在敞開的客廳窗前，一面啜飲，一面聆聽月桂峽谷大道的巨大車流，凝視大道附近山坡上空那刺眼的都市強光。遠處警笛或救火車的不祥哀鳴此起彼落，難得肅靜很長的時間。一天二十四小時都有人逃，有人試著去抓他。在那千般罪行的夜裡，有人垂死，有人傷殘，被飛來的玻璃割到。在方向盤前被撞或死傷在巨輪下。有人挨打，被搶，被勒脖子，被強暴，被謀殺。有人飢餓，生病，厭煩，因寂寞、悔恨、恐懼而絕望，氣憤、殘忍、狂熱，泣不成聲。一個不比其他都市差的都市，一個富有、活躍、充滿自尊的都市，一個失落、破敗、充滿空虛的都市。

全看你坐在什麼位置，自己的私人積分如何。我沒有積分。我不在乎。

我把酒喝完，上床睡覺。

39

偵察庭徹底失敗。法醫在醫學證據未完成之前迅速開庭，怕大眾的注意力會在他眼前慢慢消失。其實他用不著擔心。作家死亡——即使是名聲很響的作家——不會上報多久，而那個夏天新聞又很多。有個國王遜位，有個國王被暗殺。一星期撞毀了三架大客機。芝加哥一家大電報公司的總裁在自己汽車內中槍慘死。一場監獄大火燒死了二十四個犯人。洛杉磯郡的法醫運氣不好。他眞想念人生各種美好的東西。

我走下證人席的時候，看到坎迪。他臉上掛著燦爛又邪門的笑——我想不通爲什麼——照例穿得太考究了一點，一套可可棕色的軋別丁西裝，配白色尼龍襯衫，和夜空藍色的蝴蝶結。在證人席上他很文靜，給人良好的印象。是的，老闆最近爛醉過多次。是的，樓上槍響那夜，他曾扶他上床。是的，最後一天他——坎迪——臨走前，老闆曾索求威士忌，但他拒絕去拿。不，他對維德先生的文學作品一無所知，只知道老闆很灰心，不斷甩掉稿子，又從字紙簍撿起來。不，他沒聽過維德先生跟誰吵過架……等等。法醫套他的話，但沒問出什麼。有人已經指點過坎迪了。

艾琳．維德穿黑白套裝。她臉色蒼白，說話低沉清晰，用擴音器也沒改變多少。法醫以非常柔和的態度對待她。他跟她說話，好像忍不住哽咽的樣子。她走下證人席，他起立鞠躬，她送上一抹瞬間即逝的微笑，他差一點被自己的口水嗆死。

往外走的時候她幾乎沒看我一眼就從我身邊過去，最後一刻頭轉動兩吋，微微頷首，好像我是一個她很久以前在什麼地方見過，卻又想不起來的人。

結束後我在外面樓梯上碰見歐斯。他正在看下面的車流，也許是假裝的。

他頭也不回說：「表現不錯。恭喜。」

「你對坎迪差強人意。」

「不是我，老弟。地方檢察官斷定性愛的事與本案無關。」

「什麼性愛的事？」

他看著我說：「哈，哈，哈，我不是指你。」接著他的表情又疏遠起來，「多年來我看多了。看都看膩了。這一回很特殊。古老又不受干擾的門第。只宜有錢人。再見，凱子。等你開始穿二十元一件的名貴襯衫，打電話給我。我會順道過來，提著外套幫你穿。」

人潮在我們四周洶湧，上樓下樓。我們只管站在那兒。歐斯由口袋裡拿出一根香菸，看一眼，放在水泥地上，用腳跟踩扁。

「浪費。」我說。

「只是一根菸，朋友。又不是一條命。過一段時間你也許會跟那女的結婚，呃？」

「滾你的。」

他笑得很不愉快，酸溜溜說：「我找對了人，卻談錯了話。有異議嗎？」

我說：「沒有異議，副組長。」就走下樓梯。他在我身後不知說什麼，但我繼續往前走。

我來到福洛沃的一家鹹牛肉店。正合我的心情。門口有個粗魯的標示牌：「只收男賓。狗和女人不准進入。」裡面的服務也同樣粗魯。侍者把東西往你前面一甩就不管了，他鬍子欠刮，不等人開口就自動扣下小費。食物簡單但很好吃，店裡賣一種棕色的瑞典啤酒，烈得像馬丁尼。

我回到辦公室，電話鈴響了。歐斯說：「我到你那邊。我有話要說。」

他一定在好萊塢分局或者那附近，二十分鐘就來到我辦公室。他坐進顧客的椅子，翹腳咆哮道：「我剛才失態。對不起。把它忘了吧。」

「爲什麼要忘？我們來揭開傷疤。」

「正合我意。不過要蓋著帽子揭。在有些人心目中你是壞胚。就我所知你沒做過太不正當的事。」

「二十元名貴襯衫的笑話是什麼意思？」

歐斯說：「噢，媽的，我只是不高興罷了。我想起波特老頭。他好像叫一個秘書吩咐一位律師叫地方檢察官史普林格告訴赫南德茲組長：你是他個人的朋友。」

「他不會這麼費心。」

「你見過他。他給了你時間。」

「一句話，我見過他。我不喜歡他，也許只是嫉妒。他派人叫我去，給我忠告。他是大塊頭，很強悍，我不知道還有什麼。我想他不是惡棍。」

歐斯說：「天下沒有乾淨的法子賺一億元。也許首腦自覺兩手乾淨，可是賺錢的過程中總有人被推去撞牆，正派小企業被人斬斷根基，只得超低價轉讓，正經人失業，股票在市場上被操縱，代理權被當做一錢半錢舊黃金便宜吃下。爭取政府合同賺百分之五佣金的掮客和大法律事務所，只要打敗受大眾歡迎卻損害有錢人利益的法規，就可賺取十萬酬勞。大錢等於大權，而大權被濫用了。制度使然。也許這已是我們能得到的最好的制度了，但仍不理想。」

「你說話像共產黨。」我存心激他。

他不屑地說：「我不知道。還沒有被調查過。你贊成自殺的判決吧？」

「不然還會是什麼？」

「我猜不會是別的。」他把一雙鈍手放在桌上，看看手背上的大褐斑，「我漸漸老了。這些褐斑叫『角化症』。不超過五十歲不會有。我是個老警察，老警察是老雜種。維德案我覺得有幾點不對勁。」

「譬如說？」我往後仰，望著他眼睛四周緊密的魚尾紋。

「人到一個程度可以聞出錯誤的佈局，儘管自知一點辦法都沒有。於是只好像現在這樣坐著空談。他沒留遺書我覺得不對勁。」

「他醉了。可能只是一時發狂的衝動。」

歐斯抬起蒼白的眼睛，手由桌面向下垂，「我搜過他的書桌。他常寫信給自己，寫呀寫呀寫呀。不管酒醉或清醒他都在按打字機。有些字條很亂，有些帶點滑稽，有些很悲哀。那傢伙有心事。他繞著那件心事打轉，卻不眞正觸碰它。他若自殺，會留下一封兩頁的信才對。」

「他醉了。」我又說。

歐斯不耐煩地說：「對他而言沒有差別。我覺得不對勁的第二點是，他居然在那個房間進行，讓他太太去發現。沒錯，他醉了。我仍然覺得不對勁。還有一件是他剛好在快艇聲蓋過槍聲的一刻扣扳機。對他有什麼差別呢？又是巧合，呃？更巧的是他太太竟在傭人休假日忘記帶鑰匙，要按鈴才能進門。」

「她可以繞到後面去。」我說。

「是的，我知道。我談的是情境。除了你沒有人應門，而她在證人席上說她不知道你在他家。就算維德還活著，在書房工作，他也不可能聽見鈴聲。他的書房是隔音的。傭人不在。是星期四。她竟忘了。跟忘記帶鑰匙一樣。」

「勃尼，你自己忘掉了一件事情。我的車在車道上。所以她按鈴前知道我在——或者有人在。」

他咧嘴一笑，「我忘了，對吧？好吧，當時的情形如下。你在湖邊，快艇吵得要命——對了，那兩個傢伙是從箭鏃湖用拖車載著小艇來的——維德在書房裡睡著或失去知覺了，有人已經從他的書桌拿走了槍，上回你告訴過她，所以她知道你把槍放在哪兒。現在假設她沒有忘記鑰匙，她走進屋內，望過去，發現你在湖邊，探頭看書房，發現維德睡著了，她知道槍在哪裡，就拿出來，等待恰當的時機打他一槍，把槍扔在我們發現的地方，重新走到屋外，等快艇走遠，才按門鈴等你來開。有異議嗎？」

「動機呢？」

他不高興地說：「對呀，這一來就不成立了。她若想拋棄那傢伙，很容易。她已讓他沒有招架之力……習慣性酗酒，又有對她施暴的紀錄。贍養費一定很多，財產的安排也會很優渥。根本沒有殺人動機。無論如何時機算得太妙了。早五分鐘她就不可能辦到，除非你知情。」

我開口說話，但他舉手攔阻，「放寬心。我不是指控誰，只是推想。若晚五分鐘，答案也是一樣。她有十分鐘的時間可以順利得逞。」

我急躁地說：「那十分鐘，不可能預知，更不可能事先計畫。」

他仰靠在椅子上嘆氣，「我知道。你有各種答案，我有各種答案，但我還是覺得不對勁。你究竟跟這些人在搞什麼？那傢伙開了一張支票給你，又撕掉了。生你的氣，你說。反正你也不想要，不會拿的，你說。他是不是以爲你跟他太太上床？」

「住口，勃尼。」

「我不是問你有沒有，我問他是不是以爲你有。」

「答案是一樣的。」

「好吧，那就這麼說吧。墨西哥佬抓住他什麼把柄？」

「我一點都不知道。」

「墨西哥佬太有錢了。銀行存款超過一千五百元，有各種衣服，還有輛嶄新的雪佛蘭。」

「也許他賣毒品。」我說。

歐斯由椅子上撐立起來，怒目俯視我。

「馬羅，你眞是可怕的幸運小子。兩次由重罪中僥倖逃脫。你會變得太自信。你幫過那些人的大忙，一文都沒賺到。聽說你也幫過一個名叫藍諾士的傢伙。那回也沒賺一文錢。朋友，你做什麼事餬口？你存了不少，所以用不著工作了嗎？」

我站起來，繞過書桌與他正面相對，「勃尼，我是浪漫派。我半夜聽見人求救，就去看看怎麼回事。你不會賺那種錢的。你有腦筋，你關窗把電視機聲音開大。不然就踩油門，走得遠遠的，不去管別人的麻煩。管閒事只會沾上一身腥。我最後一次看見泰瑞．藍諾士，兩人一起喝我在家裡弄的咖啡，抽了一根菸。我聽見他死了，就到廚房弄咖啡，替他倒一杯，給他點一根菸，等咖啡涼了，菸燃盡了，我就跟他道別。這麼做是沒錢可賺的。你不會這麼做。所以你是好警察，我是私家偵探。艾琳．維德擔心她丈夫，我就出去找他，把他帶回家。另外一次遇到麻煩打電話給我，我出去從草地上把他扛進屋，扶上床，也沒賺一文錢。根本沒利潤，除了臉上挨拳頭，被逮去坐牢，或者被曼迪．曼能德茲那種發橫財的小子威脅，什麼都沒有。沒錢賺，一文都沒有。我保險箱裡有一張五千元巨鈔，但我一文也不會花。因爲到手的方法有點不對勁。起先我常把玩，現在還偶爾拿出來看看。如此而已——一文可以花的錢都沒賺到。」

歐斯冷冷說：「也許是假鈔，但他們不會做那麼大的面額。你說了一堆，意思是什麼？」

「沒什麼意思。我跟你說過我是浪漫派。」

「我聽見了。還有你沒賺一文錢。我也聽見了。」

「但我隨時可以叫一個警察滾下地獄。滾你的，勃尼。」

「朋友，我若把你關在後房的強光下，你就不會叫我滾下地獄了。」

「也許有一天我們可以知道會不會。」

他走到門口，用力拉開門，「你知道嗎，小伙子？你自以爲俏皮，其實只是愚蠢。你是牆上的一個影子。我當警察當了二十年，沒有任何壞紀錄。被人家耍了我一定知道，有人瞞我，我也知道。自作聰明的人愚弄的永遠是自己。記住我的話，朋友。我知道。」

他在門口縮回腦袋，讓門自行關上。腳跟砰砰踩過長廊。我桌上電話鈴響了，他的腳步聲還依稀可聞。電話中傳來清晰的職業口吻：「紐約找菲力普·馬羅先生。」

「我是菲力普·馬羅。」

「謝謝你。請等一下，馬羅先生。對方來了。」

接下來的聲音我認得，「馬羅先生，我是霍華·史本賽。我們聽見羅傑·維德的事。眞是相當沉重的打擊。我們不知道完整的細節，不過你的名字似乎牽扯在內。」

「事情發生的時候，我在他家。他喝醉了，舉槍自殺。維德太太稍後才回家。傭人都不在——星期四休假。」

「只有你在他身邊？」

「我沒有在他身邊。我在屋外，正在附近徘徊等他太太回家。」

「我明白了。好吧，我猜會開偵察庭。」

「已經開過了，史本賽先生。是自殺。而且非常不引人注目。」

「眞的？那就奇怪了。」他的語氣不是失望——更像困惑和吃驚，「他這麼有名。我以爲——好啦，別管我以爲什麼。我想我最好能飛到那邊去，可是要到下周末才抽得出時間。我會打電報給維德太太。也許有什麼事我幫得上忙——順便談談那本書。我意思是說，也許份量夠多，可以找人把它續完。我猜你最後還是接下了那份差事。」

「不，雖然他親自邀我，我並沒有接受。我直接告訴他，我無法阻止他酗酒。」

「顯然你連試都沒試。」

「聽好，史本賽先生，你對情況一點點都不了解。何不等你略有所知再下結論？我也不是完全不自責。出這種事，現場又只有一個人的時候，我猜自責是難免的。」

他說：「當然。抱歉我說那句話。沒經過大腦就說出來。艾琳．維德此刻會在家嗎——你不知道？」

「我不知道，史本賽先生。你何不打過去找她？」

「我猜她不會想跟任何人說話。」他慢慢說。

「爲什麼不會？她跟法醫談話，眼睛都沒眨一下。」

他乾咳一聲，「聽你的口氣好像不太同情。」

「羅傑．維德死了，史本賽。他是雜種，說不定也是天才。那個我不懂。他是我心目中的酒鬼，深恨自己厚顏無恥。他給我惹來好多麻煩，最後還帶來很多悲哀。憑什麼我該同情？」

「我是說維德太太。」他簡短地說。

「我也是。」

他唐突地說：「我來了再打電話給你。再見。」

他掛斷了。我也掛斷。眼睛瞪著電話兩分鐘，一動也不動。接著我把電話簿放在桌上，找一個號碼。

40

我打到西維爾．恩迪柯特辦公室。有人說他正在出庭，下午近黃昏才聯絡得到。我要不要留下大名？不要。

我撥了日落大道附近曼迪．曼能德茲暗窟的號碼。今年那兒叫「阿爾．塔帕多」，名字取得不壞，在拉丁美洲西班牙語中意指埋在什物堆的寶藏。那家店過去曾取過別的名字，改名多次。有一年就只是藍色的霓虹號碼打在日落區南面的空白高牆上，背對著山，有一條車道環著山坡一側，由街上看不出來。十分僻靜。知道的只有警察、暴徒和出得起三十元吃一頓大餐的貴賓——在樓上幽靜的大房間甚至高達五十元一餐。

接電話的是一個什麼都不知道的女人，然後來了一個帶墨西哥腔的領班。

「你想跟曼能德茲先生說話？你是誰？」

「不用講名字，朋友。私事。」

「請等一下。」

等了好一會兒。這次來的是個狂暴小子。他好像由一輛裝甲車的裂口——可能只是他臉上的一道裂口——對外發話。

「說話呀。誰找他？」

「敝姓馬羅。」

「馬羅是誰？」

「你是奇哥·阿戈斯提諾？」

「不，不是奇哥。來吧，說出口令。」

「炸爛你的臉吧。」

對方咯咯笑，「別掛斷。」

最後一個聲音說：「嗨，便宜貨。你景氣如何？」

「你一個人？」

「你只管說，便宜貨。我正在校閱歌舞表演的某幾幕。」

「你可以割自己喉嚨當做一幕戲。」

「謝幕加演我怎麼辦？」

我笑了。他也笑了，「沒再管閒事了吧？」他問道。

「你沒聽說？我交上另一位朋友，他也自殺了。他們以後該叫我『死亡之吻小子』。」

「眞滑稽，呃？」

「不，不滑稽。還有，前幾天下午我跟哈蘭·波特喝過茶。」

「不錯嘛。我自己從來不喝那玩意兒。」

「他說叫你對我好一點。」

「我沒見過那傢伙，也不打算見。」

「他的影響力很大喔。曼迪，我只是要一點小情報，例如保羅·馬斯頓的事。」

「沒聽過這個人。」

「你說得太快了。保羅．馬斯頓是泰瑞．藍諾士沒來西部以前在紐約用過的名字。」

「那又怎麼樣？」

「有人查過聯邦調查局檔案找他的指紋。沒有紀錄。可見他從來沒在三軍服務過。」

「那又怎麼樣？」

「需要我畫圖給你嗎？若非你那散兵坑的故事全是胡說，就是發生在別的地方。」

「便宜貨，我沒說在什麼地方發生的。聽我好言相勸，把那件事完全忘掉。你已得到忠告了，最好記住。」

「噢，當然。我做了你不喜歡的事，就會背著一輛電車游泳到卡塔利納。別想嚇我，曼迪。我對抗過職業級的。你到過英格蘭？」

「放聰明些，便宜貨。人在這個都市隨時會出事。像大威利．馬犖那樣的強悍壯漢都會出事。看看晚報吧。」

「你既然這麼說，我會去買一份。報上說不定有我的照片哩。馬犖怎麼啦？」

「我說過啦——人有旦夕禍福嘛。詳情我也不太清楚。好像是馬犖想搜查一輛掛內華達車牌的汽車上的四名小伙子。車就停在他家門口。內華達車牌上寫著他們所沒有的大數目字。一定是存心鬧著玩兒。只是馬犖並不覺得滑稽，他雙臂裹石膏，下巴縫了三個地方，一隻腿高高吊著。他再也狠不起來了。你也可能出這種事。」

「他礙著你了，呃？我見過他在維多酒吧前面把你的部下奇哥甩離牆邊。要不要我打電話給一位警長辦公室的朋友，告訴他這件事？」

他一字一句慢慢說：「你試試看，便宜貨。你試試看。」

「我會說明當時我正在跟哈蘭．波特的女兒喝酒。可以算補強證據，你不覺得嗎？你也打算踩扁她？」

「小心聽好，便宜貨——」

「你有沒有到過英格蘭，曼迪？你和藍帝．史塔及保羅．馬斯頓——或者叫泰瑞．藍諾士或別的什麼名字？也許在英軍服過役？在蘇荷區混過，被警方通緝，認為從軍可以降降溫？」

「別掛斷。」

我等著。什麼事都沒有，只是乾等著，手臂都痠了。我把話筒轉到另一邊。最後他終於回來了。

「現在你仔細聽好，馬羅。你再翻藍諾士案，你就死定了。泰瑞是我的朋友，我有感情。你和他也有感情。我只跟你說這麼多。是一個突擊隊。是英軍。發生在挪威一個岸外的小島。他們有一百萬人。一九四二年十一月。現在你肯不肯躺下，讓你那疲倦的腦子休息休息？」

「謝謝你，曼迪。我會休息的。你的秘密在我這兒很安全。除了我認識的人，我不會跟別人說。」

「去買份報紙，便宜貨。讀一讀記在心裡。又大又壯的威利．馬鞏在自家門前被毒打一頓。小子，他麻醉醒來可真是大吃一驚！」

他掛斷了。我下樓買了一份報紙，跟曼能德茲說的一樣。報上有大威利．馬鞏住院在床上的照片。可以看見半張臉和一隻眼睛，此外就是繃帶了。傷得很重，但不是致命傷。那些小伙子很小心。他們要留他活口。畢竟他是警察，本市暴徒不流行殺警察的。那種事留給少年犯去做。一個被整得血肉模糊的警察是更好的宣傳。到頭來他會復原，回去工作。但從此以後有些東西一去不回——最後一吋鋼鐵氣魄消失了。他成為活生生的教訓，證明對非法活動成員逼太緊是不對的——尤其你若在風化組服務，在最好的飯店用餐，開凱迪拉克車，更是如此。

我坐著思索這件事好一會兒，然後撥卡尼機構的號碼，找喬治．彼德斯。他出去了。我留下姓名，說有急事。他要到五點三十分左右才會回來。

我到好萊塢公立圖書館的參考室查詢，沒找到我要的資料。於是我只得回去開我的奧斯摩比車到市中心的總圖書館。在一本英國出版的紅封面小書裡，我找到了。我複印下自己要的東西，驅車回家。我再打電話給卡尼機構。彼德斯仍然不在，於是我請那邊的女職員改記下我家的電話號碼。

我在茶几上擺出棋盤，排出名叫「人面獅身」的棋局。棋局是印在英國棋魔布萊克奔寫的一本棋譜末頁，布氏雖然不會在今天的冷戰型棋賽中得勝，但他可能是有史以來最活的棋手。「人面獅身」是十一種步法的棋，名實相符。一般棋局很少超過四、五種步法。再下去破解的困難就呈幾何級數升高了。十一步法是毫不攙水的磨難。

我心情惡劣時，偶爾會擺出來，研究破解的新招。這是斯文又安靜的發瘋法。你甚至不會尖叫，但已經差不多了。

五點四十分喬治·彼德斯回電了。我們互相調侃和慰問一番。

他高高興興說：「我看你又落入另一個困境了。你何不試試替死者薰香防腐之類比較靜態的行業？」

「訓練期太長了。聽好，如果收費不太高，我想當你們機構的客戶。」

「老小子，這要看你叫我們幹什麼。而且你得跟卡尼談。」

「不要。」

「好吧，告訴我。」

「倫敦有很多像我這樣的人，可是我分不出優劣。他們稱這種人爲私家調查員。你們公司一定有人脈。我只能隨便選個名字，說不定會上當。我要一些應該很容易查的資料，而且希望快一點。下周末以前要。」

「說吧。」

「我想知道泰瑞．藍諾士——或者保羅．馬斯頓，管他叫什麼名字——的戰爭紀錄。他參加過那邊的突擊隊。一九四二年十一月突擊某一挪威小島時受傷被俘。我想知道他是什麼機構任命的，後來出了什麼事。戰爭署會有完整資料。不是秘密情報，我想不是。我們就說牽涉繼承問題吧。」

「你用不著找私家調查員。你可以直接詢問。寫一封信給他們。」

「得了，喬治。我也許要過三個月才收到回信。我五天後就要。」

「朋友，你想得周全，還有嗎？」

「還有一件事。那邊的重大紀錄都存在一處名叫『森默瑟會所』的地方。我想查他有沒有名列其中——出生、結婚、歸化入籍，什麼都好。」

「爲什麼？」

「什麼意思，問爲什麼？誰是付錢的老大？」

「萬一裡面沒這個名字呢？」

「那就難倒我了。若是那樣，你們查出來什麼都好，我要幾份附有證明文件的。你要搾我多少錢？」

「我得去問卡尼。他也許會整個推掉。我們不想要你那種知名度。他若交給我處理，而你同意不提這層關係，我看大約三百元。以美金計算，那邊的人收費不高。他可能收我十個金幣，不到三十美元——再加上可能有的一切開銷。就說一共五十元吧，但卡尼至少要兩百五才肯開檔案。」

「專業費率。」

「哈，哈。他從來沒聽過這個名詞。」

「打電話給我吧，喬治。要吃晚餐嗎？」

「羅曼諾夫餐廳？」

我咆哮道：「好吧，如果訂得到位子——我懷疑能訂到。」

「我們可以用卡尼訂的位子。我恰好知道他要私下用餐。他是羅曼諾夫的常客。這一行的高收入階層有利可圖喔。卡尼是本市的大人物。」

「是啊，沒錯。我認識一個人——而且是私人交情——可以把卡尼擺在小指甲底下，看不見人影。」

「你眞行，小子。我向來知道你可以在緊要關頭露出頭角。七點左右在羅曼諾夫的酒吧見。告訴領班你正在等卡尼上校。他會爲你開道，你就不會被電影腳本作家或電視演員之類的人渣擠來擠去。」

「七點見。」我說。

我們掛斷電話，我回去玩棋。可是「人面獅身」棋局再也引不起我的興趣了。過了一會兒彼德斯打回來給我，說只要他們機構的名稱不和我的問題連結在一起，卡尼沒有異議。彼德斯說他會立刻發一封夜信到倫敦。

41

下一週禮拜五早上，霍華．史本賽打電話給我。他在麗池比佛利旅社，建議我到那邊的酒吧喝一杯。

「最好到你房間喝。」我說。

「如果你寧願這樣，好吧。八二八號房。我剛和艾琳．維德談過話。她似乎很認命。她讀過羅傑留下的手稿，覺得要續完並不難。比他別的作品短得多，但宣傳價值可以抵消這一點。我猜你會認爲我們出版商太冷酷無情。艾琳一下午都會在家。她自然想見我，我也想見她。」

「史本賽先生，我半個鐘頭後過來。」

他住在旅館西側一間寬敞怡人的套房。客廳有高窗，面向一個窄窄的鐵欄杆陽台。家具裝潢是一種糖果條紋的質料，加上地毯的密花紋圖樣，使屋裡帶有老派的氣氛，只是能放酒杯的地方全罩有玻璃板，四處一共散列了十九個菸灰缸。旅館房間最能顯出客人的修養。「麗池比佛利」根本不指望客人有修養可言。

史本賽跟我握手，他說：「請坐。你要喝什麼？」

「隨便，不喝也行。我一定要喝酒精飲品。」

「我喜歡來一杯阿夢帝拉多。夏天的加州不是飲酒的好地方。在紐約你可以比這兒多喝四倍，宿醉卻只有一半嚴重。」

「我來喝黑麥威士忌酸酒。」

他走到電話邊點酒，然後坐在一張糖果條紋的椅子上，摘下無框眼鏡，用手帕來擦；擦好重新戴上，小心扶正，眼睛看著我。

「我想你腦子裡有些想法。所以你寧願上來見我，不願在酒吧。」

「我開車載你到懶人谷。我也想見見維德太太。」

他顯得有點不安，「我不敢確定她要不要見你。」他說。

「我知道她不想。我可以由你帶進場。」

「那我就不太得體了，對不對？」

「她跟你說過不想見我？」

「沒有明說，」他乾咳一聲，「我總覺得她為羅傑去世而怪你。」

「是啊。她直接說出來了——對他去世那天下午來的警官說了。說不定她也對調查死因的警長辦公室刑事組副組長說過。不過，她沒對法醫這麼說。」

他往後靠，手指慢慢抓手部內側。只是一種混時間的姿勢。

「馬羅，你見她有什麼好處呢？對她而言那次經驗相當可怕。我想她一生有過很可怕的遭遇。何必要她重溫一遍呢？你是要她相信你一點都沒遺漏？」

「她跟警官說我殺了他。」

「她不可能是字面上的意思。否則——」

門鈴響了。他起身走過去開門。房間服務部侍者端酒進來，以花稍的動作放下，宛如正在擺一頓七道菜的大餐。史本賽簽了支票，給了他五毛錢小費。那傢伙走了。史本賽拿起他的雪利酒走開，似乎不想遞酒給我。我也沒伸手去拿。

「否則什麼？」我問他。

「否則她會跟法醫說點什麼，對不對？」他對我皺眉，「我想我們在說廢話。你見我到底想談什麼？」

「是你要見我的。」

他冷冷說：「因爲我從紐約打電話給你的時候，你說我倉促下結論。可見你有事要說明。好啦，是什麼事？」

「我想在維德太太面前解釋。」

「我不喜歡這個主意。我想你最好自己另作安排。我十分關切艾琳．維德。身爲生意人，若有辦法搶救維德的作品，我想搶救。假如艾琳對你的觀感眞像你說的那樣，我不能協助你進入她家。你要講理。」

我說：「沒關係，算了。我可以毫無困難見到她。我只是想找個人一起去當個見證。」

「見證什麼？」他近乎搶白道。

「你會在她面前聽到，否則就根本不會聽見。」

「那我根本不聽。」

我站起來，「史本賽，也許你做得對。你想要維德那本書——如果可用的話。而且你想當好人。兩項抱負都値得嘉許。兩項我都沒有。祝你好運，再見。」

他突然起身向我走來，「等一下，馬羅。我不知道你腦子裡想什麼，但你心裡好像很難受。羅傑．維德的死有什麼玄機嗎？」

「一點玄機都沒有。他被一把韋布萊暗機槍射穿了腦袋。你沒看偵察庭的報導嗎？」

「當然有。」現在他站在我旁邊，看來有心事，「東部報紙登過，兩天後洛杉磯報紙記載得更完整。屋裡只有他一個人，而你在不遠的地方。傭人——也就是坎迪和廚子都不在，艾琳進城購物去了，正好在出事後回到家。當時湖面上恰好有一艘聲音很大的汽艇淹沒了槍聲，所以連你都沒聽見。」

我說：「對。後來小艇開走了，我由湖邊走回屋裡，聽見門鈴響，開門發現艾琳・維德忘了帶鑰匙。羅傑已經死了。她從門口探頭看書房，以爲他在沙發上睡著，就上樓到自己房間，然後到廚房去泡茶。過了一會兒我也往書房裡瞧，發覺沒有呼吸聲，終於查明了理由。我在恰當時機打電話報警。」

史本賽尖銳的語氣一掃而空，平平靜靜說：「我看沒什麼玄機。是羅傑自己的槍，一週前他才在自己房裡發射過。你還看見艾琳拚命從他手中奪下槍來。他的心智狀態、他的行爲、他爲工作洩氣——一切都顯示出來了。」

「她告訴你東西寫得不錯。他爲什麼要洩氣呢？」

「那只是她的看法，你知道。也許很爛。不然就是他自以爲差，其實不會。說下去吧。我不是傻瓜。我看得出你還沒說完。」

「調查本案的刑事組警探是我的老朋友。他是牛頭犬加偵探犬，而且是精明的老警察。有幾件事他覺得不對勁。爲什麼羅傑沒留下遺書——他是一個整天寫個不停的傻瓜呀。爲什麼他會這樣射殺自己，讓太太去發現，承受大震撼？爲什麼他要費心選我聽不見槍響的一刻自殺？爲什麼她忘了家裡的鑰匙，必須別人開門放她進來？爲什麼她在傭人休假的日子扔下他一個人？記住，她說過她不知道我在她家。如果知道，這兩項可以刪除。」

史本賽埋怨道：「老天爺，你是說那個渾蛋笨警察懷疑艾琳？」

「若想得出動機，他就會懷疑。」

「太可笑了。爲什麼不懷疑你呢？你有一個下午可以動手。她能動手的時間可能只有幾分鐘——而且她忘了帶家裡的鑰匙。」

「我會有什麼動機？」

他伸手到後面，抓起我的威士忌酸酒，一口嚥下。他小心翼翼放下玻璃杯，拿出手帕，擦擦手指被冰凍玻璃杯沾濕的地方。然後收起手帕，瞪著我。

「調查是不是還在進行？」

「不知道。有一點可以確定。現在他們已經知道他是不是醉到失去知覺的地步。如果是，也許還有麻煩。」

他慢慢說：「而你想跟她談話——在證人面前。」

「不錯。」

「馬羅，依我看這代表兩種可能：不是你嚇慌了，就是你認為她應該嚇慌了。」

我點點頭。

「是哪種情形？」他陰森森說。

「我沒嚇慌。」

他看看手錶，「我祈求上帝是你發瘋。」

我們默默望著對方。

42

向北穿過冷水峽谷，天氣漸漸熱起來。等我們上坡到頂點，開始向聖佛南度山谷蜿蜒下降時，一點風都沒有，太陽照得人眼花。我側看史本賽。他身穿馬甲，好像一點也不怕熱。他心裡有更擔憂的事。眼睛直視擋風玻璃外面，一句話也不說。山谷上緊罩著一層濃濃的污煙，由高處看去像地面的霧，然後我們開到了污煙裡，史本賽終於說話了。

他說：「老天爺，我以爲南加州氣候不錯呢。他們在幹什麼——燒舊卡車輪胎嗎？」

我安慰道：「懶人谷還好。那邊有海風。」

他說：「慶幸那邊除了酒鬼還有別的。我見過富裕郊區的住民，覺得羅傑大老遠住到這邊來實在錯得可悲。作家要激勵——卻不是裝在酒瓶的那種。這邊什麼都沒有，只有陽光曬黑的宿醉客。當然我是指上層階級的人。」

我轉彎減速，駛過那一段灰濛濛的路面，到懶人谷入口，然後又走上柏油路，不一會兒就感覺海風由湖泊那頭的小丘隙口飄進來。高高的灑水設備在平滑的大草地旋轉，水滴在草葉上發出咻咻的聲音。這時候大多數有錢人都到別的地方去了。只要看房子遮簾拉下，園丁的卡車不偏不倚停在車道中間就知道了。未幾我們來到維德家，我轉進門柱內，停在艾琳的積架車後面。史本賽下車，不動聲色穿過石板地，來到房屋內院。他按鈴，門馬上開了。坎迪穿著白襖，黑黑的面孔十分俊秀，一雙眼睛銳利得很。一切都有條不紊。

史本賽進去了。坎迪看我一眼，差一點讓我吃閉門羹。我等了一會兒，沒發生什麼事。我按門鈴，聽見音樂鈴聲。門一把推開，坎迪大吼大叫走出來。

「滾蛋！去死吧。你希望肚子挨一刀？」

「我來看看維德太太。」

「她才不想見你呢。」

「別擋路，鄉巴佬。我來有事情。」

「坎迪！」是她的聲音，很凌厲。

他怒目瞪我最後一眼，就退入屋內。我進去關上門。她站在一張大沙發尾端，史本賽站在她旁邊。她看來活力充沛，穿件高腰白長褲，半長袖白運動衫，左胸袋露出丁香色的手帕。

她對史本賽說：「坎迪最近相當蠻橫。霍華，幸會。謝謝你大老遠來。我不知道你要帶同伴。」

史本賽說：「馬羅開車載我。而且他想見妳。」

「我想不出爲什麼。」她冷靜地說。最後她看看我，可不像一週不見如隔三秋的樣子，「怎麼？」

「要花一點時間。」我說。

她慢慢坐下。我坐在另一張長沙發上。史本賽皺皺眉頭。他摘下眼鏡來擦。這一來他有機會皺眉皺得自然些。接著他在我這張長沙發的另一頭坐下。

她笑咪咪對他說：「我確定你會趕得及來吃午餐。」

「今天不了，多謝。」

「不要？好吧，你若忙的話，當然。那你只想看那份手稿囉。」

「如果可以的話。」

「當然。坎迪——噢，他走了。在羅傑書房的桌上。我去拿。」

史本賽站起來，「我去拿好嗎？」

他不等她搭腔，就走向客廳另一頭。到了她後面十呎的地方，突然停下來很不自然地看看我。然後他繼續往前走。我只是坐在那兒乾等，等到她的頭轉過來，雙眼冷靜又淡漠地盯著我瞧。

「你找我有什麼事？」她簡慢地說。

「種種事。我看妳又戴那個墜子了。」

「我常戴。是很久以前一位非常親密的朋友送我的。」

「是啊，妳跟我說過。是某一種英國軍徽吧？」

她遞出細鍊末端的墜子，「是珠寶匠複製的。比原徽章小，而且是黃金和琺瑯製品。」

史本賽由那一頭走回來，再度坐下，把厚厚的一堆黃色紙頭放在他前面的酒几一角。他閒閒瞄一下紙頭，然後望著艾琳。

「我能不能近一點看？」我問她。

她把項鍊轉個方向，解下鉤子；將墜子遞給我——不如說甩到我手上。接著她雙手交疊在膝頭，一副好奇相，「你爲什麼這麼感興趣？那是一個名叫『藝術家步槍』的軍團，是地方防衛隊。送我這東西的人過不久就失蹤了。在挪威的安達斯尼斯，那恐怖的一年的春天——一九四〇。」她微微一笑，單手作了個手勢，「他愛上了我。」

史本賽用空洞的嗓音說：「整個閃電大攻擊期間，艾琳一直在倫敦。她沒法走開。」

我們都不理史本賽，「妳也愛上了他。」我說。

她低頭看看，然後抬起頭來，我們的視線交織在一起，「那是好久以前的事了。而且有戰爭。什麼怪事都會發生的。」她說。

「維德太太，不止這樣。我猜妳忘記自己吐露了多少對他的眞情，『一生只有一次的那種狂野、神秘、難以置信的愛』，我是引述妳的話。妳可以說還愛著他。我的姓名縮寫字母跟他一樣，實在太好了。我猜妳選中我，跟那有關。」

她冷冷說：「他的名字一點也不像你。而且他死了，死了，死了。」

我把黃金琺瑯墜子遞給史本賽。他勉強接下，「我以前見過了。」他嘀咕道。

我說：「我說說它的設計，看我說得對不對。墜子上有個白琺瑯帶金邊的寬匕首，尖端朝下，平的那一頭由一對上翹的淺藍琺瑯翅膀前面穿過，然後插入一個卷軸背後。卷軸上有『勇者得勝』的字樣。」

他說：「好像沒錯。這有什麼重要呢？」

「她說是當地防衛隊『藝術家步槍』團的軍徽。她說是一個隸屬該單位的人送給她的，那人一九四〇年春天在安達斯尼斯參加英軍挪威戰役時失蹤了。」

我吸引了他們的注意。史本賽一直望著我。我不是閒扯淡，他知道，艾琳也知道。她的茶褐色眉毛困惑地皺起來，可能不是僞裝的——很不友善。

我說：「這是袖章。會有這種章存在，是因爲『藝術家步槍』團被改編、併入或隸屬於『特種空軍團』。本來是當地步兵防衛隊。這種軍章直到一九四七年才存在。所以沒有人會在一九四〇年送給維德太太。而且一九四〇年挪威的安達斯尼斯也沒有『藝術家步槍』團登陸。『西伍森林人』和『萊瑟斯特郡人』兩團是有的——兩者都是地方自衛隊。『藝術家步槍』團則沒有。我是不是太討人嫌了？」

史本賽把墜子放在茶几上，慢慢推到艾琳面前。他一句話也沒說。

「你以爲我不知道？」艾琳不屑地問我。

「妳以為英國戰爭署不知道嗎？」我反問她。

「其中顯然有誤會。」史本賽和和氣氣說。

我轉身狠狠瞪他一眼，「這是一種說法。」

艾琳冷冰冰說：「另一種說法就是我撒謊。我從來沒認識過名叫保羅．馬斯頓的人，從來沒愛過他，他也沒愛過我。他從來沒送我複製的軍團徽章，從未作戰失蹤，從來沒有存在過。我自己在紐約一家專賣進口英國奢侈品——例如皮貨、手製靴、軍團和學校制服領帶、板球運動衫、紋章小飾物之類——的店去買了這個軍徽。這樣的解釋你滿意嗎，馬羅先生？」

「最後一部分令人滿意。前面不見得。一定有人告訴過妳這是『藝術家步槍』團的軍徽，卻忘了提種類，也可能是不知情。但妳確實認識保羅．馬斯頓，他確實在該單位服役，而且在挪威作戰失蹤。但不是在一九四〇年，維德太太。是發生在一九四二年，當時他在突擊隊，地點不是安達斯尼斯，而是在突擊隊出擊的一座岸邊小島。」

「我看沒必要對這點小事這麼反感。」史本賽用行政人才的口吻說。現在他正把玩著面前的黃色紙張。我不知道他是想為我幫腔，還是心情不愉快。他拿起一疊黃色手稿，在手上掂掂重量。

「你要秤斤論磅買那些稿子嗎？」我問他。

他顯得大吃一驚，然後勉強擠出笑容。

他說：「艾琳在倫敦過得很艱苦。事情會在記憶中搞亂。」

我由口袋裡拿出一張摺好的紙。我說：「不錯，例如你跟誰結婚之類的。這是一份認證過的結婚證書。原件來自卡克斯頓市政府註冊署。結婚日期是一九四二年八月。雙方名叫保羅．愛德華．馬斯頓和艾琳．維多利亞．山普瑟。算起來維德太太也沒說錯。根本沒有保羅．愛德華．馬斯頓這個人。那是假名字，因為軍中必須上級批准才能結婚。那人假造身分。他在軍中另有名字。我手上有他完整的從軍史。我覺得真奇怪，只要打聽就行了，大家卻好像從來不知道。」

現在史本賽非常安靜。他仰靠著，瞪大眼睛，卻不是看我。他盯著艾琳。她含著女性擅長的半求饒半誘惑的微笑回頭望著他。

「霍華，可是他死了——遠在我認識羅傑之前。這有什麼關係呢？羅傑全知道。我一直使用婚前的姓氏。在那種情況下不得不如此。護照上那麼寫嘛。在他戰死之後——」她停下來，慢慢吸一口氣，手慢慢輕放在她膝上。「一切都結束了，一切都完了，一切都失落了。」

「妳確定羅傑知道？」他慢慢問她。

我說：「他知道一些。他對保羅．馬斯頓這個名字有印象。我問過他一次，他眼中露出古怪的表情。但他沒告訴我原因。」

她充耳不聞，跟史本賽說話。

「咦，羅傑當然全都知道。」現在她耐心對史本賽微笑，活像他的反應有點遲鈍似的。好詐。

史本賽淡然道：「那日期方面為什麼要撒謊呢？那人在一九四二年失蹤，為什麼要說是一九四〇年？為什麼戴一個不是他送的軍徽，卻特意說是他送的？」

她柔聲說：「也許我迷失在夢裡吧——說惡夢更精確。我有很多朋友都在轟炸中死亡。那時候道晚安盡量不讓人聽來像道別。可是晚安往往等於道別。跟軍人說再見——更慘。死的總是好心又溫文的人。」

他一言不發。我也一言不發。她低頭望著前面桌上的墜子。接著拿起來，重新鉤到項鍊上，身子泰然自若往後仰。

史本賽慢慢說：「艾琳，我知道我沒有權利反問妳。我們忘了這件事吧。馬羅對軍徽和結婚證書小題大作。害我一時也疑惑起來。」

她平平靜靜說：「馬羅先生對枝枝節節的事小題大作。可是該辦眞正的大事——例如救人一命——時他卻到湖邊看一艘蠢快艇去了。」

「而妳從來沒跟保羅．馬斯頓重逢。」我說。

「他死了，怎麼會重逢？」

「妳不知道他有沒有死。紅十字會沒有他的死亡紀錄。他也許被俘虜了。」

她突然打了個冷顫，慢慢說：「一九四二年十月，希特勒下詔一切英軍突擊隊俘虜都得交給蓋世太保處置。我想大家都知道那是什麼意思。在某一處蓋世太保地牢中受酷刑，無名無姓慘死。」她又哆嗦了一下。然後滿面怒容看著我，「你眞是恐怖的人。你要我重溫往事，懲罰我撒小謊。如果你愛的人被那些人逮住，你知道情形，那他或她可能會怎麼樣？我設法建立另外一種回憶——哪怕是假的，會顯得這麼奇怪嗎？」

史本賽說：「我需要喝一杯，非常需要。我可以喝一杯嗎？」

她拍拍手，坎迪照例不知從什麼地方冒出來。他向史本賽一鞠躬。

「你想喝什麼，史本賽先生？」

「純蘇格蘭威士忌，而且要很多。」史本賽說。

坎迪走到角落裡，把牆邊的吧檯拖出來。他拿起一瓶酒，倒了濃濃的一杯，回來放在史本賽面前。他舉腿要走。

艾琳平平靜靜說：「坎迪，說不定馬羅先生也想喝一杯。」

他停下來看看她，神色黯淡又固執。

我說：「不，多謝，我不喝。」

坎迪悶哼一聲走開了。又是一陣緘默。史本賽放下半杯酒，點了一根菸。他跟我說話，眼睛卻不看我。

「我相信維德太太或者坎迪會開車送我回比佛利山。否則我會叫計程車。我想你的話已經說完了。」

我重新摺好那份結婚證書，放回口袋。

「你確定要這樣？」我問他。

「換了誰都會希望如此。」

我站來，「好。我猜自己是傻瓜，才會這麼搞法。你是熱門出版商，腦筋好——如果幹這一行需要腦筋的話——你也許會知道我不只是來扮演大反派的。我重述歷史或自費查出事實，不只是要找人麻煩。我調查保羅・馬斯頓可不是因為蓋世太保殺了他，不是因為維德太太戴錯了軍徽，不是因為她搞錯日期，不是因為她在戰時克難嫁給他。開始調查他的時候，對這些事一無所知。我只知道他的名字。你們猜我怎麼知道的？」

「一定有人告訴你。」史本賽回了一句。

「沒錯，史本賽先生。有一個人戰後在紐約認識他，後來又在此地的餐館看見他們夫妻倆，是那人告訴我的。」

史本賽說：「馬斯頓是相當普遍的姓。」說完啜了一口威士忌。他的頭向旁邊轉，右眼皮垂下一點點，於是我又坐下，「連保羅・馬斯頓這個名字都不是獨一無二的。例如大紐約區電話簿一共有十九個霍華・史本賽。其中四位就叫霍華・史本賽而已，中間沒有縮寫字母。」

「對。你說會有多少位保羅・馬斯頓半邊臉被延後爆炸的迫擊砲彈毀容，而露出傷疤和事後整容的痕跡？」

史本賽嘴巴張開，吐出沉重的呼吸聲。他拿出手帕，拍拍鬢角。

「你說有多少位保羅．馬斯頓會在同一場合救過曼迪．曼能德茲和藍帝．史塔這兩個狠賭徒的性命？他們還在，他們的記憶力不錯。恰當時機他們會說出來。史本賽，何必再做作呢？保羅．馬斯頓和泰瑞．藍諾士是同一個人。可以證明，不會有一絲疑惑。」

我知道不會有人跳起六呎高，大聲尖叫，事實上，也沒人這麼做。但是現場的沉默幾乎和尖叫一樣響亮。我感覺到了，我感覺到那種氣氛濃濃重重圍在我的四周。我聽見廚房有水流聲。外面的路上可以聽見摺好的報紙砰的一聲打在車道上，還有一個男孩子在腳踏車上吹出不太準確的輕柔口哨聲。

我覺得頸背略微刺痛，連忙躲開，轉過身去。坎迪手拿刀子站在那兒。黑黑的面孔沒有表情，但他眼中有股我沒見過的光輝。

他柔聲說：「你累了，朋友。我給你弄一杯酒，不要嗎？」

「波本威士忌加冰塊，多謝。」我說。

「馬上來，先生。」

他一把闔上小刀，放進白襖側袋，就輕手輕腳走開了。這時候我終於看看艾琳。她前傾靜坐，雙手緊緊合在一起。面孔低垂著，就算有表情也看不出來。當她開口說話，嗓門跟電話中報時的機械聲音一樣清明空洞——一般人不會無緣無故繼續聽報時，如果繼續聽，電話會永遠告訴你幾分幾秒，音調沒有一絲改變。

「霍華，我見過他一次。只有一次。我根本沒跟他說話。他也沒跟我說話。他變得太厲害了。頭髮全白，面孔——再也不是同一張臉了。但我當然認得他，他當然也認得我。我們彼此對望，如此而已。然後他走出房間，第二天他離開她家。我是在洛林夫婦家看見他——還有她的。有一天下午近晚時分。你在場嘛，霍華。羅傑也在。我想你也看見他了。」

史本賽說：「我們被介紹認識。我知道他娶的是誰。」

「琳達．洛林告訴我說他失蹤了。他沒講理由，沒有爭吵過，不久那個女人就跟他離婚。後來我聽說她又找到了他，他落魄潦倒，兩人再度結婚，天知道爲什麼。我猜他沒錢，而且他也覺得無所謂了。他知道我已嫁給羅傑。我們失落了彼此。」

史本賽問道：「爲什麼？」

坎迪一言不發把酒放在我面前。他看看史本賽，史本賽搖搖頭。坎迪無聲無息走開了。沒有人理他。他就像中國國劇裡的道具人員，在舞台上把東西搬來搬去，演員和觀眾只當他不在場。

她反問道：「爲什麼？噢，你不會懂的。我們擁有的一切已經失去了。永遠不可能復原了。蓋世太保畢竟沒逮到他。一定是某些高尚的納粹黨員沒照希特勒的命令處置英軍突擊隊。所以他僥倖活命，他回來了。我以前一直騙自己說我會找到他，像往日一樣，熱情、年輕、未喪失本來面目。可是，發現他娶了那個紅髮娼婦——那就太噁心了。我已經知道她和羅傑有染。我相信保羅也知道。琳達．洛林也知道——她自己也是蕩婦，但沒那麼過份。他們都是一丘之貉。你問我爲什麼不離開羅傑，回到保羅的懷抱。既然他曾在她的懷抱中，而羅傑也曾投入同一個懷抱，我還要他嗎？不，謝了。我需要更能鼓舞人的東西。羅傑我可以原諒。他酗酒，他不知道自己幹什麼。他爲自己的作品擔憂，恨自己只是賣文牟利的文學匠。他衰弱，不妥協，飽受挫折，但可以理解。他只是個丈夫。保羅要嘛就更重要，要嘛就一無可取。結果他一無可取。」

我灌了一大口酒。史本賽那杯已經喝完了。他正在搔長沙發的布；完全忘了眼前的一大堆紙頭，已故暢銷作家未完成的小說。

「換了我，我不會說他一無可取。」我說。

她抬起眼睛，茫茫然看著我，又把眼皮垂下了。

「比一無可取更糟糕，」她說話的口氣含有新的諷刺意味，「他明知她是什麼貨色，還娶她。然後又爲了自己早知道的劣行而殺了她。到頭來更逃走又自殺。」

我說：「他沒有殺她，妳明明知道。」

她以平平穩穩的動作直起身子，獃獃瞪著我。史本賽發出某種聲音。

我說：「羅傑害死了她，妳也知道。」

「他告訴你的？」她靜靜問。

「用不著明說。他給我一兩次暗示。到時候他會告訴我或某個人。不說出來他會崩潰。」

她輕輕搖頭，「不，馬羅先生。他不是爲那個原因崩潰。羅傑不知道自己害死她。他完全失去了知覺。他知道有些事情不對勁，想讓它浮出意識表層，卻辦不到。震驚過度，使那件事的記憶完全毀掉了。後來也許會再想起來，也許在生命的最後一刻他確實想起來了。不過先前沒有。先前沒有。」

史本賽近乎咆哮道：「不會有那種事，艾琳。」

我說：「噢，有喔。我知道兩個知名的例子。其中之一是有個神智不清的酒鬼殺死一名在酒吧搭上的女人。他是用她脖子上的圍巾勒死她的——圍巾本來用一個時髦的鉤鉤套著。她跟他回家，後來發生什麼事沒人知道，只知道她死了，警方抓到他的時候，他自己領帶上別著那個時髦的鉤鉤，他完全想不起鉤鉤是哪裡來的。」

史本賽說：「永遠想不起來，抑或只是當時不記得？」

「他從來沒承認過。他已經沒辦法活著接受詢問了。他們用毒氣處死了他。另一個案子是頭部受傷。

他跟一個有錢的性變態住在一起，就是那種收集初版書、烹調時髦料理、牆板後面暗藏昂貴祕密圖書室的傢伙。他們倆吵了一架──滿屋子扭打，從一個房間到另一個房間，屋裡很亂，有錢的傢伙最後落敗了。他不斷凶手被捕的時候身上有幾十處瘀血，手指也斷了一根。他只確定自己頭痛，找不到路回帕薩迪納。他不斷繞圈子，在同一個服務站停下來問方向。服務站的人斷定他是瘋子，就打電話報警。繞到下一圈時他們正在等他。」

史本賽說：「我不相信羅傑會這樣。他跟我一樣正常。」

「他喝醉酒常神智不清。」我說。

「我在場。我看見他幹的。」艾琳冷靜地說。

我向史本賽咧嘴一笑。不是燦爛如花的笑，但我感覺自己的臉盡量裝出笑容。

我告訴他：「她要告訴我們了。只管聽。她會告訴我們。現在她情不自禁了。」

她一本正經說：「是的，是眞話。有些事我們連仇敵都不願告發，何況是自己的丈夫。霍華，我若在證人席公開講，你不會喜歡的。你這位斯文、多才、永遠受歡迎又很賺錢的作家會顯得很賤。性感，對吧？那是在紙上。可憐的傻瓜想努力做到文如其人！那個女人對他而言只是戰利品。我偷偷監視過他們。我應該羞愧才對。有些話不能不說。我一點也不慚愧。我看到了整個下流的場面。她用來偷情的客房剛好很幽靜，自有車庫，門開向死巷側街，有大樹遮擋。終於有一天──羅傑這些人一定會如此──他不再是令人滿意的情郎了。醉得過了頭。他想走，她追出來尖叫，渾身一絲不掛，手上揮舞著一尊小雕像。她罵的話實在太髒太下流，我不想講。然後她想用小雕像打他。你們倆都是男人，一定知道最叫男人震驚的莫過於聽一位理當高雅的女士使用淫猥不堪的語言。他醉了，他有過突然暴戾起來的前例，此時又發作了。他搶下她手裡的小雕像。其他的事你們猜得出來。」

「一定流了不少血。」我說。

「血？」她尖聲笑起來，「你們眞該看看他回家的樣子。我跑去開我的車逃走，他還站在那邊俯視她。後來他彎腰把她抱起來，抱進客房。那時候我才知道他受到震撼，已經半醒了。他大約一個鐘頭後回到家。他很安靜。看我等門，他嚇一大跳。但他當時沒有醉。他頭暈眼花。臉上、頭髮上、外套前胸都有血跡。我帶他到書房的廁所，幫他脫衣服，大致清洗一下，讓他上樓淋浴，安頓他上床。我找了一個舊皮箱下樓，收拾沾血的衣服，放進皮箱。我又洗了浴盆和地板，然後拿出一條溼毛巾，把他的車子擦乾淨，開去放好，又把我的車子開出來。我駛到恰斯渥斯水庫，你們猜得出我怎麼處置那個裝有染血衣物和毛巾的皮箱了吧。」

她停下來。史本賽正在搔左手掌。她飛快瞄他一眼，繼續往下說。

「我不在的時候，他起來喝了很多威士忌。第二天什麼事都想不起來。也就是說，他沒提半個字，腦子裡好像除了宿醉什麼都沒有。我也沒說什麼。」

「他一定奇怪那套衣服哪裡去了。」我說。

她點點頭，「我想他最後會這麼想——但他沒說出來。那段時間每一件事好像都即時發生了。報上滿是那條新聞，接著保羅失蹤，然後死在墨西哥。我怎麼知道會出這種事？羅傑是我丈夫。他做了可怕的事，但她是可怕的女人呀。而且他不知道自己做了什麼。後來報紙又突然不登了。一定跟琳達的父親有關。當然啦，羅傑看了報紙，他說話活像無辜的旁觀者，只是恰好認識涉案人罷了。」

「妳不害怕？」史本賽靜靜問她。

「霍華，我嚇死了。如果他想起來，可能會殺我。他是好演員——大部分作家都是——也許他已經知道，只是在等機會。但我不敢確定。他也許——只是也許——已經永遠忘了那件事。而保羅死了。」

我說：「如果他沒提過妳丟到水庫的衣服，證明他起疑了。記住，上回他留在打字機上的文章──他在樓上開槍，我看見妳從他手上奪下槍來那次──他在文章裡說有一個好人因他而死。」

「他這麼說？」她的眼睛睜得恰到好處。

「他這麼寫──在打字機上。我把它毀掉了，是他叫我毀掉的。我想妳已經看過了。」

「我從來不讀他正在書房寫的東西。」

「佛林傑帶走他那次，妳看過字條。妳甚至搜過字紙簍。」

她冷靜地說：「那不同。我正在找他可能去什麼地方的線索。」

「好吧，」我說著往後靠，「還有沒有？」

她慢慢搖頭，懷著深沉的悲哀。「我想沒有。最後一天，他自殺的那天下午，他也許想起來了。我們永遠不會知道。我們想知道嗎？」

史本賽乾咳一聲，「馬羅在這種事件中該做些什麼？是妳出主意要他來的。妳說服我去辦，妳知道。」

「我怕得要命。我怕羅傑，也替他擔心。馬羅先生是保羅的朋友，幾乎是熟人中最後見他的人。保羅也許跟他說過什麼。我必須弄清楚。他是危險的人物，我要他站在我這邊。他若查出了眞相，也許仍有辦法救羅傑。」

突然間，看不出什麼理由，史本賽竟發起狠來。他身子往前傾，下巴往外突。

「艾琳，讓我弄清楚一點。嗯，這兒有一位已經跟警方交惡的私家偵探。他們曾抓他下獄。據聞他曾協助保羅──妳這麼叫他，我也這麼叫法──逃出國外到墨西哥。如果保羅是凶手，協助逃亡是重罪。所以就算他查出眞相，能洗清罪名，他也會乾坐著不採取行動。妳是打這個主意吧？」

「我害怕，霍華。你不明白嗎？我跟凶手同處一室，他說不定是瘋子。而大部分時間我跟他單獨在一起。」

史本賽仍然很強硬，「我明白，但馬羅沒接受，妳孤零零一個人。後來羅傑開了那一槍，之後一星期妳仍是孤單單一個。然後羅傑自殺，這回是馬羅一個人在場，多方便啊。」

她說：「沒錯。那又怎麼樣？我有辦法嗎？」

史本賽說：「好吧。很可能妳認爲馬羅會發現眞相，在槍枝已響過一次的情況下，他會把槍遞給羅傑說：『聽著，老頭，你是凶手，我知道，你太太也知道。她是好女人。她受了不少罪。更別提雪維亞·藍諾士的丈夫了。何不行行好？扣一下扳機，人人都會以爲只是酗酒過度的案子。我要到湖邊散步抽根菸，老頭。祝你好運，再見。噢，槍在這裡，裡面有子彈，就交給你了。』」

「霍華，你說話眞可怕。我沒想過這種事。」

「妳告訴警官馬羅殺了羅傑。這話什麼意思？」

她幾乎是怯生生看我一眼，「說那種話是我不對。我不知道自己說什麼。」

「也許妳以爲馬羅開槍打他。」史本賽冷冷靜靜說。

她的眼睛瞇起來，「噢，不，霍華。爲什麼？他爲什麼要做那種事？這是可怕的說法。」

「爲什麼？」霍華問道：「有什麼可怕？警方也這麼想。坎迪還告訴了他們動機。他說羅傑在天花板射出一個洞的那晚，馬羅在妳房裡待了兩個鐘頭——在羅傑吃安眠藥睡著以後。」

她滿面羞紅，直紅到耳根，獃獃看著他。

史本賽兇巴巴說：「而且妳沒穿衣服。坎迪對警方說的。」

「但在偵察庭——」她說話開始支離破碎。史本賽打斷她的話。

「警方不相信坎迪。所以他沒在偵察庭說。」

「噢。」她舒了一口氣。

史本賽冷冷地說：「警方也懷疑妳。至今還存疑。只差動機。我想現在他們也許已想出動機了。」

她站起來，氣沖沖說：「我想你們倆最好離開我家。愈愈快愈好。」

「好啦，妳做了沒有？」史本賽問話很鎮定，伸手拿酒杯，發現酒杯是空的，此外一動也不動。

「我做了什麼沒有？」

「槍殺羅傑？」

她站在那兒瞪著他。臉上的紅暈消失了。面色白慘慘，綳得很緊，非常生氣。

「我只是問些妳在法庭上會被問到的話。」

「我出去了。我忘了帶鑰匙。我按鈴才進得了家門。我到家他已經死了。這些大家都知道。老天爺，你到底中了什麼邪？」

他拿出一條手帕來擦嘴，「艾琳，我在這棟房子裡逗留過二十次。我從來不知道妳們家前門白天會上鎖。我沒說妳射殺他。我只是問妳。別告訴我不可能。這種情況下很容易。」

「我射殺我丈夫？」她慢慢驚訝地問道。

史本賽用同樣漠然的語氣說：「假設他是妳丈夫的話。妳嫁他時另有丈夫。」

「謝謝你，霍華。多謝你。羅傑的最後一本書——他的天鵝曲——就在你面前。拿了走路。我想你最好打電話給警察，把你的想法告訴他們。這是我們友誼的迷人下場。迷人極了。再見，霍華。我累了，我頭疼。我要到房裡躺著。至於馬羅先生——我想這些都是他灌輸給你的——我只能跟他說，他就算沒有眞的殺羅傑，至少逼死了他。」

她轉身走開。我高聲說：「維德太太，等一下。我們把事情做完。沒有理由反感嘛。我們只是盡量做該做的事。妳丟進恰斯渥斯水庫的皮箱——重不重？」

她回頭瞪著我，「是舊皮箱，我說過。是的，很重。」

「妳怎麼把它甩過水庫的高鐵絲網？」

「什麼？鐵絲網？」她做了個無奈的手勢，「我想危急關頭人會有異常的力氣做自己必須做的事。反正我辦到了。如此而已。」

「那邊根本沒有鐵絲網。」我說。

「沒有鐵絲網？」她呆呆複述一遍，好像一點印象都沒有。

「羅傑衣服上也沒有血跡。雪維亞．藍諾士不是死在客房外面，是在屋裡的床上。事實上沒流血，因爲她已經死了——是用槍射死的——雕像砸爛她的臉時，砸的是死人。維德太太，死人很少流血。」

她不屑地抿抿嘴唇，「我猜你在場。」她滿懷輕蔑說。

接著她由我們身邊走開。我們看著她走。她慢慢爬上樓梯，動作安詳又優雅。她消失在房間內，門輕輕在她身後關牢了。寂靜無聲。

史本賽迷迷糊糊問我：「鐵絲網那番話是怎麼回事？」他的頭前後晃動，滿面通紅流著汗。他勇敢承受這些，但對他而言太難受了。

我說：「只是插科打諢。我從來沒有靠近恰斯渥斯水庫，不知道它長得什麼樣子。也許四周有圍欄，也許沒有。」

他悶悶不樂說：「我明白了。重點是她也不知道。」

「當然不知道。那兩個人是她殺的。」

43

這時候人影輕輕一閃，坎迪站在沙發末端往我瞧。他手上拿著摺疊刀。一按鈕，刀刃就彈出來。再按鈕，刀刃又回到把手內。他眼中有一道亮光。

他說：「一百萬個對不起，先生。我錯怪你了。是她殺了老闆。我想我——」他暫時打住，刀刃又彈出來了。

「不行。」我站起來伸出手，「坎迪，刀給我。你只是一個討人喜歡的墨西哥僕人。警方會把罪名推到你身上，而且高興死了。這正是他們最喜歡的煙幕彈。你不知道我說什麼。可是我知道。他們把事情搞得太糟，就算現在想矯正，也不可能了。而他們也不想矯正。他們會很快很快由你那兒弄出一份自白，你連自己的全名都來不及說清楚。星期二隔三個禮拜，你就會在聖昆丁監獄坐一輩子牢。」

「我跟你說過我不是墨西哥人。我是瓦巴瑞梭附近威娜狄瑪來的智利人。」

「刀給我，坎迪。那些我全知道。你是自由身。你存了點錢。你在家鄉可能有八個兄弟姊妹。放聰明些，回原來的地方去。這裡的工作完蛋了。」

他平平靜靜說：「工作多得很。」然後他伸手把刀放在我手上，「我是看在你的份上。」

我把刀扔進口袋。他抬眼看陽台。「夫人——現在我們怎麼辦？」

「不怎麼辦，什麼事都不做。夫人很累，她一直承受著很大的壓力，她不想被打擾。」

「我們必須報警。」史本賽堅定地說。

「爲什麼？」

「噢，老天爺，馬羅——我們非這樣不可。」

「明天吧。撿起你那堆未完成的小說，我們走吧。」

「我們必須報警。世上有法律這種東西存在。」

「我們不必做那種事。我們手上的證據不夠拍一隻蒼蠅。讓執法人員自己做他們的下流工作吧。讓律師們去想辦法。他們寫下法律，讓律師們在另一批名叫法官的律師人才面前剖析，好讓其他裁判說第一批法官是錯的，而最高法院又可以說第二批才有錯。世上確實有法律這種東西。我們深陷在裡面，逃也逃不掉。法律的作用幾乎全在給律師找生意。如果不是律師教他們運作，你想大亨級暴徒怎麼能歷久不衰？」

史本賽氣沖沖說：「跟這無關嘛。有人在這棟房子裡被殺。他恰好是作家，而且是很成功很重要的作家，但這也無關。他是人，你我都知道誰殺他。世上總有正義吧。」

「明天再說。」

「假如你讓她逍遙法外，你就跟她一樣壞。馬羅，我開始對你有些疑惑了。你若夠警覺，本來可以救他一命。而你等於讓她逍遙法外。就我所知今天下午的整個表演只是——一場表演而已。」

「對啊。喬裝的愛情場面。你看得出來艾琳正爲我癡狂。等事情平靜下來，我們也許會結婚。她應該已經準備好了。我還沒賺維德家一毛錢。我等不及了。」

他拿下眼鏡來擦，又擦掉眼窩凹處的汗水，重新戴上眼鏡，眼睛看著地板。

他說：「對不起。今天下午我狠狠挨了一記重拳。知道羅傑自殺已經夠慘了。這另外一種答案簡直叫我感到羞辱——光是知情就受不了。」他抬頭看我，「我能不能信任你？」

「做什麼？」

「正確的行動——無論是什麼。」他伸手撿起那堆黃稿紙，塞到腋下，「不，算了。我猜你知道自己在幹什麼。我是很好的出版人，但這事我外行。我猜我只是一個他媽的自負卻無足輕重的傢伙。」

他由我身邊走過去，坎迪連忙讓開，快步走到前門，把門拉開等著。史本賽點點頭，由他身邊走過去。我跟著出門，中途停在坎迪身邊，望著他亮晶晶的黑眸子。

「別做傻事，朋友。」我說。

他靜靜說：「夫人很累。她回房去了。她不能受干擾。我什麼都不知道，先生。我什麼都不懂……聽你吩咐，先生。」

我拿出口袋裡的刀遞給他。他露出笑容。

「沒人信任我，但我信任你，坎迪。」

「同病相憐，先生。多謝。」

史本賽已經在車上。我上車發動，順著車道倒車，載他回比佛利山。我在旅社門口讓他下車。

他下車時說：「我一路在想。她一定有點神經病。我猜他們不會判她有罪。」

我說：「他們連試都不會試。但她不知道這一點。」

他拚命拉扯腋下的那堆黃色稿紙，把它弄整齊，向我點點頭。我望著他推開門走進去。我放開煞車，奧斯摩比車就駛離白色的路欄，那是我最後一次見到霍華·史本賽。

我很晚才到家，又累又愁悶。今天是那種空氣沉重、噪音顯得很悶很遠的夜晚。天上有一輪高爽朦朧又淡漠的月亮。我在地板上踱方步，放幾張唱片，可以說根本沒聽。我好像聽見某一個地方有持續的滴答聲，但屋裡沒什麼會滴滴答答響的東西。滴答聲在我腦袋裡。我是單人守靈隊。

我想起第一次看見艾琳·維德的情形，還有第二次第三次第四次。後來她有些地方就不搭調了。她不再像眞人，一旦你知道某人是凶手，他總會變得虛幻起來。有人爲怨恨爲懼怕爲貪婪而殺人。有些狡猾的凶手事先計畫，指望逍遙法外。有些憤怒的凶手行事根本不經大腦。還有凶手愛上死亡，把殺人當做遠程自殺。說起來，他們都是神經病，卻不是史本賽指的那種意思。

我終於上床，已經快天亮了。

電話鈴聲把我由深眠中喚醒。我在床上翻個身，摸索拖鞋，才知道我不過睡了兩個鐘頭。我自覺像一塊在油膩膩的餐廳吃下而只消化一半的肉。眼睛黏在一起，滿嘴泥沙。我站起來，咚咚咚走到客廳，把電話由基座拿起來說：「別掛斷。」

我放下電話，走進浴室，用冷水拍臉。窗外有什麼東西卡嚓，卡嚓，卡嚓響。我茫茫然看外面，看見一張沒有表情的棕色面孔。那是一週來一次的日本園丁，我叫他「狠心的哈瑞」。他正在修剪金鐘花矮樹——就照日本園丁剪金鐘花樹的方式。你問了四次他才說：「下星期，」然後他在早晨六點鐘光臨，在你的臥室窗外修剪。

我把臉擦乾，走回電話邊。

「什麼事？」

「先生，我是坎迪。」

「早安，坎迪。」

「夫人死了。」他說的是西班牙語。

死了。在任何語言之中，這是多麼冷多麼黑又無聲無息的字眼。夫人死了。

「不是你幹的，我希望。」

「我想是藥物，叫德美羅。我想瓶子裡有四五十顆。現在空了。昨夜沒吃晚餐。今天早上我爬上梯子，往窗裡瞧。衣著跟昨天下午一模一樣。我弄開遮簾。夫人死了。冷得像冰水。」

冷得像冰水。「你打電話給誰沒有？」

「有，洛林醫生。他報了警。還沒來。」

「洛林醫生，呃？正是那個遲來的人。」

「我沒給他看信。」坎迪說。

「給誰的信？」

「史本賽先生。」

「交給警方，坎迪。別讓洛林醫生拿到。就交給警方。還有一點，坎迪。別隱瞞任何事，別對他們撒謊。我們到過那兒。說實話。這回說實話，而且全部照實說。」

對方靜默半晌，然後說：「是，我明白了。朋友，再見。」他掛斷了。

我撥電話到麗池比佛利旅社，找霍華·史本賽。

「請等一下，我給你轉櫃檯。」

一個男人的聲音說：「這是櫃檯。我能為你效勞嗎？」

「我找霍華·史本賽。我知道時間還早，不過很緊急。」

「史本賽先生昨天傍晚退房了。他搭八點的飛機到紐約。」

「噢，對不起，我不知道。」

我到廚房去弄咖啡——大量咖啡。甘醇，濃郁，苦澀，滾燙，無情，邪門。疲憊男人的生命寶血。

過了兩個鐘頭，勃尼·歐斯打電話給我。

他說：「好啦，智多星。到這邊來受罪吧。」

44

跟上回一樣，不過是在大白天，而且我們是到赫南德茲組長的辦公室——警長至聖塔巴巴拉爲「節慶週」主持開幕式去了。赫南德茲組長在場，再來就是勃尼．歐斯和一個法醫辦公室來的人；還有洛林醫生，一副墮胎被當場逮到的樣子，還有個姓勞福的男子，是地方檢察官辦公室來的代表，高高瘦瘦，面無表情，有人謠傳他的兄弟是中央大道區數字賭局的組頭。

赫南德茲面前有幾張手寫的字條，是淡粉紅色毛邊紙，用綠色墨水寫的。

人人都坐進硬椅子以後，赫南德茲說：「這是非正式的。沒有速記打字員或錄音設備。愛說什麼就說什麼。懷斯醫生代表法醫，他會決定需不需要開偵察庭。懷斯醫生？」

他胖胖的，很愉快，看來挺能幹的。他說：「我想不用開偵察庭。麻醉藥中毒的跡象很明顯。救護車抵達時，女人還有微弱的呼吸，她昏迷不醒，所有的反射作用都是負數。那種階段一百個救不活一個。她的皮膚冰冷，不仔細檢查看不出有呼吸。僕人以爲她死了。她在大約一小時後死亡。我聽說這位夫人偶爾有支氣管性哮喘。德美羅是洛林醫生開來急救用的。」

「懷斯醫生，對於服下的德美羅劑量有什麼數據或推論嗎？」

他微笑說：「致命的劑量。不知道病歷。後天或先天的容忍量，無法快速地斷定。根據她的自白，她服下兩千三百毫克，以非吸毒者而言超出最小致死量四、五倍。」他用質問的眼光看看洛林醫生。

洛林醫生冷冷說：「維德太太不是吸毒者。我開的劑量是一片五十毫克的藥片。最多容許二十四小時吃三片或四片。」

赫南德茲組長說：「可是你一口氣給她五十片。這種藥大量放在手頭相當危險，你不覺得嗎？她的支氣管性哮喘有多嚴重，醫生？」

洛林醫生露出不屑的笑容，「跟所有哮喘一樣，是間歇性的。從來沒到達我們所謂持續氣喘狀態，有窒息危險的程度。」

「懷斯醫生，有什麼意見嗎？」

懷斯醫生慢慢說：「噢，假如沒有那字條，又沒有別的證據顯示她服下多少，就可能是意外使用過量。安全極限並不寬。明天我們就可以確定了。赫南德茲，行行好，你不扣下字條嗎？」

赫南德茲在書桌旁蹙著眉頭，「我剛才還在奇怪呢。我不知道麻醉藥是標準的氣喘治療法。人真是每天都能開眼界啊。」

洛林滿面通紅，「組長，我說過，是急救用的。醫生不可能立刻趕到每一個地方。氣喘發作有時候非常突然。」

赫南德茲看了他一眼，轉向勞福，「我若把這封信交給新聞界，你的辦公室會如何？」

地方檢察官的代表茫茫然看著我，「這傢伙來這兒幹什麼，赫南德茲？」

「我請他來的。」

「我怎麼知道他不會對某一個記者轉述這邊說的話？」

「是啊，他是個大嘴巴。你發現啦——你叫人逮捕他那次。」

勞福咧嘴一笑，然後乾咳幾聲。他小心翼翼說：「我看過那份可疑的自白。我一點都不信。已知有情緒枯竭、傷慟、施用藥物、在英國轟炸下飽受戰時生活壓力、秘密結婚、男方回來……等等背景。她無疑產生一種罪惡感，想藉移情作用來淨化自己。」

他停下來環顧四周，只見一張張沒有表情的臉，「我不能代地方檢察官發言，但我自己覺得就算那女人還活著，你手頭的自白也不足以做爲起訴的根據。」

赫南德茲刻薄地說：「你已經相信一份自白，不願再相信另一份跟前面相反的自白。」

「放輕鬆，赫南德茲。執法機構必須考慮公共關係。如果報紙刊出這份自白，我們就麻煩了。絕對會。多的是野心勃勃的改革團體等著這種機會捅我們一刀。我們有個大陪審團對上週你的副組長獲准繼續調查——期限大約十天——已經神經兮兮了。」

赫南德茲說：「好吧，這是你的事。替我簽收據。」

他把粉紅色毛邊紙攏在一起，勞福低頭簽一份表格。他拿起粉紅紙張，摺好放進胸袋，然後走出去。

懷斯醫生站起身。他爲人堅強、和善、不自以爲是，「我們上次對維德家的調查做得太快了。我猜這次我們根本不會費心開偵察庭。」

他向歐斯和赫南德茲點點頭，正式跟洛林握手走出去。洛林起身要走，又猶豫不決。

「我想我可以通知某一個感興趣的人士，此案不會繼續調查下去吧？」他僵僵地說。

「醫生，抱歉妨礙你看病患這麼長的時間。」

洛林高聲說：「你還沒答覆我的問題。我不妨警告你——」

「滾吧，老兄。」赫南德茲說。

洛林醫生差一點驚得站不穩。然後他轉個身，快步摸索出門。門關上了，半分鐘沒人說話。赫南德茲抖抖身子，點了一根菸。然後看看我。

「好了吧？」他說。

「什麼好了吧？」

「你在等什麼？」

「那麼就此結案囉？完了？收場了。」

「告訴他吧，勃尼。」

歐斯說：「是的，確實結束了。我已經準備好要找她來問話。維德沒有開槍自殺。腦子裡的酒精含量太高。可是就像我說的，動機在哪裡？她的自白細部可能有錯，但證明她在窺伺他。她知道恩西諾那間客房的佈局。藍諾士家的淫婦從她手上搶走了兩個男人。客舍發生的事正如你的想像。有一個問題你忘了問史本賽。維德有沒有一把毛瑟P.P.K.槍？有的，他有一支小型毛瑟自動槍。今天我已經打電話跟史本賽談過話。維德是個失去知覺的酒鬼。可憐這個倒楣鬼大概自以爲殺了雪維亞．藍諾士，要不然就眞是他殺的，或者有理由知道是妻子下的手。不管哪種情形，到頭來他都得和盤托出。不錯，他早就酗酒了，但他娶的是空心大美人。墨西哥佬全知道。那個小雜種幾乎什麼都知道。那是個作夢的女孩。人在這裡，卻心繫往事。就算她熱情過，也不是爲她丈夫。懂我的意思吧？」

我沒搭腔。

「你不是差一點釣上她？」

我還是不搭腔。

歐斯和赫南德茲酸溜溜一笑。歐斯說：「我們這些人不是沒有大腦。我們知道她脫衣服的說法大有文章。你講贏他，他就讓你贏。他痛心、困惑，他喜歡維德，想把事情弄清楚。等他確定了，他會動刀。對他而言這是切身的事。他從未洩露維德的隱私。維德的太太倒有，她故意把問題攪亂，讓維德搞不清。全都累積起來。最後我猜她被他嚇到了。維德從來沒推她下樓。那是意外。她失足掉下去，那傢伙想抓住她。坎迪也看見了。」

「都不能解釋她爲什麼要我待在他們身邊。」

「我想得出幾個理由。其一是老套。每一個警察都碰過一百次。你是未解的問題，是協助藍諾士逃脫的人，是他的朋友，說不定還可以算他的心腹。他知道什麼，又跟你說了些什麼？他拿走殺死她的槍，而且知道已經發射過。她可能以爲對方是爲她這麼做的。這一來她會以爲他知道她用過那把槍。他自殺後，她確定了。但是你呢？你還是未解的問題。她想套你的話，而她有魅力可施展，還有現成的狀況可做爲接近你的藉口。假如她需要代罪羔羊，你是理想的人選。可以說她專門收集代罪羔羊。」

「你把她說得太有知識了。」我說。

歐斯把一根香菸折成兩半，開始嚼其中的一半。另一半插在耳後。

「另一個理由是她需要一個男人，一個可以把她緊抱在懷中、讓她再作夢的壯漢。」

我說：「她恨我。這個理由我不信。」

赫南德茲淡然插嘴說：「當然，你拒絕她了。但她可以克服那種恥辱。後來你又當面把一切抖出來，史本賽也在聽。」

「你們兩位最近看過精神科醫生？」

歐斯說：「老天啊，你沒聽過嗎？這年頭我們不斷受他們干擾。我們員工中就有兩位。這不再是警察業。漸漸變成醫療業的一支了。他們進出監獄、法庭和審問室。他們寫十五頁長的報告，大談某個不良少年爲什麼搶劫酒鋪或強暴女學生，或者賣茶給高年級班。再過十年赫南德茲和我這樣的人會大做羅夏赫心理測驗和字句測驗，不再拉單桿，練習打靶。我們出去辦案，會帶黑色小皮包，裝著手提測謊器和一瓶瓶讓人吐露眞言的藥。可惜我們沒抓到那四個痛宰大威利．馬鞏的猴崽子。否則我們或許可以調教他們，叫他們愛自己的母親。」

「我現在可以走了吧？」

赫南德茲啪啪彈著橡皮筋說：「你還有什麼不相信的？」

「我全相信。案子已了結。她死了，他們都死了。完全是得心應手的例行公務。除了回家忘掉這回事，一點辦法都沒有。我就這麼做吧。」

歐斯伸手拿耳背的半截香菸，看一眼，活像不知道菸怎麼會在那裡，然後把它扔到背後。

赫南德茲說：「你抱怨什麼？若不是沒槍可用，她說不定會創下完美的紀錄哩。」

歐斯兇巴巴說：「還有，昨天電話是通的。」

我說：「噢，沒錯。你們接到電話會飛奔而來，你們查出的會是一個捏造的故事，只承認撒些蠢蠢的小謊。今天早上你們拿到了我猜是完整的自白。你們沒讓我看，但若只是一張求愛的小便條，你們不會請地方檢察官來的。假如當初警方認眞查過藍諾士案，就會有人挖出他的戰爭檔案，查出他在什麼地方受傷等等。查案過程中跟維德夫婦的關連就會顯現出來。羅傑．維德知道保羅．馬斯頓是誰。我恰好接觸一位私家偵探，他也知道。」

赫南德茲承認：「可能。不過警方的調查不是那樣進行的。就算沒有壓力逼人結案，把事情忘掉，你也不會爲一目了然的案子虛擲光陰。我調查過數以百計殺人案。有些是完完整整，乾淨俐落，照書本來行事。大多數是有的地方說得通，有的地方說不通。可是你找到了動機、方法、機會，嫌犯逃了，有自白書，接著又自殺，就不再管它了。全世界沒有一個警署有人力和時間去質疑明顯的答案。藍諾士殺人的反證不過是有人認爲他爲人和善，不會幹這種事，而且有另外的人同樣可能幹這件事。但另外的人沒有逃亡，沒有寫自白，沒有拿槍打爛自己的腦袋。他有。至於說他爲人和善嘛，我想死在煤氣室、電椅或絞架的凶手百分之六、七十在鄰居眼中跟富樂刷子推銷員一樣無辜。正如羅傑・維德太太一樣無辜、文靜、有教養。你要看她寫的遺書？好吧，你看吧。我必須到大廳那邊去。」

他站起來，拉開抽屜，把一個摺疊小冊子放在桌面上，「馬羅，這兒有五份影印照片。別讓我逮到你偷看。」

他向門口走，然後回頭對歐斯說：「你要陪我去跟培修瑞談談嗎？」

歐斯點點頭，跟在後面走出去。等辦公室只剩我一個人，我翻開檔案夾的封面，看著黑底白字的影印照片。我只碰邊緣，數了一下。一共有六份，每份都是好幾張夾在一起。我拿起一份，捲起來放進口袋，然後閱讀下面一份。看完後我坐下來等。過了十分鐘左右，赫南德茲一個人回來。他又坐在書桌後面，將檔案夾裡的照片貼上標籤，整個放回書桌內。

他面無表情抬頭看我，「滿意了吧？」

「勞福知道你有這個？」

「不會從我這邊知道。也不會從勃尼那兒。勃尼親手做的。怎麼？」

「如果少了一份會怎麼樣？」

他露出不愉快的笑容，「不會。如果掉了，不會是警長辦公室的人。地方檢察官那邊也有影印照片的設備。」

「組長，你不太喜歡地方檢察官史普林格，對吧？」

他一臉驚訝，「我？我什麼人都喜歡，連你也不例外。滾吧。我有工作要幹。」

我起身要走。他突然說：「你這些日子都帶槍？」

「部分時間。」

「大威利．馬鞏帶兩支。我想不通他爲什麼不使用。」

「我猜他以爲人人都被他嚇呆了。」

赫南德茲漫不經心說：「可能是。」他拿起一條橡皮筋，用兩根大姆指拉長，愈拉愈長。最後啪的一聲斷了。他揉揉大姆指被彈到的地方，「人人都可能被繃得過緊，不管他看來多麼強韌。再見。」他說。

我走出門，快步離開那棟大樓。當過代罪羔羊，隨時會成爲代罪羔羊。

45

回到卡璜加大廈六樓的狗屋，我照例玩晨間郵件的雙殺遊戲。從郵孔傳到桌面再傳到字紙簍，由游擊手丁克傳給二壘手艾佛斯再傳給一壘手錢斯，成爲完美守備。我在桌面清出一塊沒有雜物的空間，攤開影印照片。剛才捲起來是怕弄出摺痕。

我重新看一遍。內容很詳細，合情合理，沒偏見的人一看就明白了。艾琳．維德一時醋勁大發，殺了泰瑞的太太，因爲確信羅傑知情，後來又安排好時機，殺了羅傑。那夜槍響打穿臥室天花板也是計畫的一部分。羅傑．維德爲什麼袖手讓她完成計畫，這是未找到答案也永遠無法解答的問題。他一定知道結局會如何。那麼他是看破自己，全不在乎囉。文字是他的事業，幾乎任何事都找得到話表達，對此卻無言以對。

她寫道：

「上次開的德美羅藥片，我還剩四十六顆。現在我打算全部服下，躺在床上。門鎖著。過一會兒我就沒救了。霍華，這大家必須了解。我寫的東西是臨終遺言。句句真話。我不後悔——可能只遺憾沒法逮到他們在一起，同時殺掉。對保羅，我沒有遺憾——你聽過人叫他泰瑞．藍諾士。他只是我愛過嫁過的那個人殘餘的空殼。他對我沒有任何意義。他戰後回來，我只在那天下午見過他一次——起先沒認出他。稍後我認出來了，他也立刻認出我。他理當年紀輕輕死在挪威，成為我獻給死神的戀人。他回來成了賭徒的朋友、富家婊子的丈夫、被寵壞和毀掉的男人，過去可能還當過騙子之類。光陰使一切變得卑賤、破敗、滿是缺陷。霍華，人生的悲劇不在於美麗的事物夭亡，而在於變老變賤。這種事不會發生在我身上。再見，霍華。」

我把影印照片收進抽屜鎖好。午餐時間到了，但我沒心情吃。我由深抽屜取出辦公室備用酒，倒了一杯，然後拿起桌邊掛鉤上的電話簿，查《新聞報》的號碼。我撥號請總機小姐接朗尼．摩根。

「摩根先生要四點左右才會進來。你不妨試試市政廳的記者招待室。」

我打過去，找到他了。他還記得我，「聽說你是大忙人。」

「我有東西要給你，如果你要的話。我想你不會要。」

「是嗎？譬如說？」

「兩件謀殺案的自白書影印照片。」

「你在哪裡？」

我跟他說了。他想要進一步的情報。我不肯在電話裡多說。他說他不跑犯罪新聞線。我說他仍是新聞人員，而且在本市唯一的獨立報紙寫稿。他還想爭辯。

「你這玩意兒是哪裡來的？我怎麼知道值得我花時間？」

「原件在地方檢察官辦公室。他們不會發出來。信件內容揭露了他們冰封的兩個案子。」

「我再打給你。我得跟上級商量一下。」

我們掛斷了。我到藥房雜貨店吃了一客雞肉沙拉三明治，喝了一些咖啡。咖啡煮過頭了，三明治充滿油膩味，簡直像舊襯衫撕下來的一塊布。美國人什麼都肯吃，只要烤過，用兩根牙籤串起來，旁邊伸出一截萵苣就行了，稍微枯萎的更好。

三點三十分左右，朗尼．摩根來找我，他還是跟載我出獄回家那夜一樣，瘦瘦長長像電線桿，一隨疲態，面無表情。他沒精打采跟我握手，從一個皺巴巴的紙包翻找香菸。

「薛曼先生——就是總編輯——說我可以找你，看你手上有什麼。」

「除非你同意我的條件，否則不能公開。」我打開書桌抽屜，把影印照片遞給他。他快速讀完四頁，然後慢慢再看一遍。表情顯得很興奮——興奮得有點像參加廉價葬禮的殯葬業者。

「電話給我。」

我把電話推到桌子那一頭。他撥號等了一會兒說：「我是摩根。讓我跟薛曼先生說話。」他等著，另一位女職員來接，然後接上他要找的人，請他用另一支電話回電。

他掛斷了，把電話捧在膝上，食指壓著按鈕。電話又響了，他把聽筒舉到耳邊。

「喔，薛曼先生。」

他讀得很慢很清楚。最後一陣停頓。然後是：「等一下，長官。」他放低電話，瞄向桌子這頭，「他想知道你是怎麼拿到的。」

我伸手過去，收回他手上的影印照片，「告訴他：怎麼拿到手不關他的事。哪裡拿的又是另一回事了。每頁背後都蓋了印，看得出來。」

「薛曼先生，這顯然是洛杉磯警長辦公室的正式文件。我想眞實性不難查。還有，這是有代價的。」

他又聽了一會兒，然後說：「是的，長官。就在這兒。」他把電話推過來，「要跟你談。」

對方語氣粗魯專制，「馬羅先生，你的條件是什麼？記住，洛杉磯只有《新聞報》會考慮碰這份資料。」

「薛曼先生，藍諾士你沒怎麼報導嘛。」

「我明白。不過當時純粹是爲非議而非議的問題。誰有罪不成問題。如果你的資料是眞的，現在我們手上的問題又不同了。你的條件是什麼？」

「你用複製照片的方式把自白書完整刊出來。否則根本不要刊。」

「要先求證。你明白嗎？」

「薛曼先生，我不懂怎麼求證。你若問地方檢察官，他會否認，或者交給市內的每一家報紙。他不這樣不行。你若問警長辦公室，他們會向地方檢察官提起。」

「別擔心，馬羅先生。我們有辦法。你的條件呢？」

「我剛跟你說過啦。」

「噢。你不指望收到酬金？」

「金錢方面不要。」

「好吧。我想你的事你自己最清楚。我能不能再跟摩根講話？」

我把電話交給朗尼・摩根。

他簡短說了幾句話就掛斷了。他說：「他同意。我拿那份影印照片，他去查。他會照你的話去做。縮成一半，會占『一A版』的半版左右。」

我把影印照片交還給他。他拿著，伸手拉拉長鼻子尖，「我說你是大傻瓜，你介意嗎？」

「我有同感。」

「你改變主意還來得及。」

「不。記得那夜你從市立監獄載我回家吧？你說我有個朋友要訣別。我還沒眞正跟他訣別過。假如你刊出這份影印照片，就等於告別式了。已經過好久——很久很久的了。」

他歪著嘴笑，「好吧，朋友。但我還是覺得你是大傻瓜。要我告訴你理由嗎？」

「但說無妨。」

「我對你所知比你想像中來得清楚。這是新聞工作叫人洩氣的地方。你總會知道很多你不能用的消息，漸漸就憤世嫉俗起來。假如這份自白刊在《新聞報》上，很多人會不高興。地方檢察官、法醫、一位有權有勢姓波特的老百姓，還有姓曼能德茲和史塔的兩位流氓。到頭來你可能進醫院或再度坐牢。」

「我想不會。」

「隨你怎麼想，老兄。我是跟你說我的看法。地方檢察官會生氣，因爲他曾遮掩過藍諾士案。就算藍諾士自殺，留下自白書，使他看來沒有錯，但很多人都會想知道無辜的藍諾士怎麼會寫下自白，怎麼死的，是眞自殺還是有人幫助他自殺，爲什麼警方沒調查過現場情況，整個案子爲什麼消失得那麼快。還有，他若擁有這份影印稿的原件，他會自以爲被警長的手下出賣了。」

「你用不著刊出背面的鑑定章。」

「我們不會。我們跟警長是朋友。我們認爲他是正人君子。我們不怪他阻止不了曼能德茲那種人。只要賭博在某些地方完全合法，在所有的地方部分合法，誰也禁不了賭博。你從警長辦公室偷來這份東西。我不知道你怎麼能逍遙無事。願意告訴我嗎？」

「不。」

「好吧。法醫會不高興，因爲維德自殺案他瞎搞一氣。地方檢察官也幫了他的忙。哈蘭・波特會不高興，因爲他運用很多權力封起的案件重新被人揭開了。曼能德茲和史塔先生生氣的理由我不敢確定，但我知道你受過告誡。這些傢伙看誰不順眼，誰就會倒楣。你可能會得到大威利・馬羣受過的待遇。」

「馬蒂辦事可能太苛了。」

摩根慢條斯理說：「爲什麼？因爲那些傢伙不能不令出必行。如果他們費心叫你別多事，你就別多事。你若不聽，他們不整你，他們就顯得軟弱了。經營事業的黑道、大亨們和理事會都不會用軟弱的人。他們很危險。再來還有克利斯．馬蒂。」

「聽說他等於統治內華達州。」

「你聽到的沒有錯，朋友。馬蒂是好人，但他知道怎麼樣管內華達州才正確。在雷諾城和拉斯維加斯活動的闊流氓小心不惹惱馬蒂先生。否則他們的稅金會很快升高，警方的合作會急速下降。於是東部的大頭頭會決定作些改變。跟克利斯．馬蒂合不來的江湖客等於行事不當。把他弄走，換個人來。對那些人來說，弄走他只有一個意思。裝在木匣裡運走。」

「他們沒聽過我的名字。」我說。

摩根皺皺眉，毫無意義地上下揮動手臂，「他們用不著。馬蒂在太浩湖畔靠內華達那邊的房地產，與哈蘭．波特的房地產爲鄰。說不定他們偶爾還打聲招呼呢。說不定馬蒂雇的某一個人聽見波特雇的另一個人說，有個姓馬羅的渾球大膽管了跟他無關的閒事。說不定這段閒言由電話傳到洛杉磯某一處公寓，一個肌肉發達的傢伙得到暗示，就找了兩三位朋友一起出操。若有人想要你翹辮子，肌肉發達的老兄們用不著聽理由。對他們來說是家常便飯。一點敵意都沒有。你只能靜靜坐著等人扭斷你的手臂。你要收回去嗎？」

他遞出影印照片。

「你明知我要什麼。」我說。

摩根慢慢站起來，把影印照片放進側面的口袋，「我可能說錯了。你也許比我更清楚。我不知道哈蘭・波特之流對事情的看法。」

我說：「他對一切都怒目而視。我見過他。但他不會出動暴徒。這不符合他的生活觀。」

摩根高聲說：「依我看，打一通電話阻止命案的調查和殺害證人來阻止只是方法問題。回頭見——但願如此。」

他無聲無息走出辦公室，像一件隨風飄零的東西。

46

我開車到維多酒吧，想喝一杯Gimlet，坐著等晨報的晚版上市。但是酒吧很擠，一點也不好玩。我認識的酒保來到我身邊，叫我的名字。

「你喜歡加一點苦汁吧？」

「平常不喜歡。只有今天晚上多加點苦汁。」

「最近沒看見你的朋友。加綠冰的那個。」

「我也沒看見他。」

他去端酒回來。我慢慢喝，希望拖久一點，因為我不想喝醉。要嘛就眞正大醉一場，要嘛就保持清醒。過一會兒我又叫了一杯同樣的。剛過六點，送報生進了酒吧。酒保吆喝他出去，但他快速在顧客間繞了一圈，才被一個服務生抓著推出門。我就是顧客之一。我打開《新聞報》，看看「一A」版。他們刊登了。全部登在上面。照片反印，變成白底黑字，尺寸縮小，剛好嵌入那一版的上半頁。另一頁有篇很兇的社論。還有一版刊出朗尼·摩根署名的半欄文章。

我喝完酒出門，到另一個地方吃晚餐，然後開車回家。

朗尼·摩根的文章坦白摘記藍諾士案和羅傑·維德「自殺」案所涉及的事件和事實——照他們公佈的事實寫。不加不減不歸咎什麼。只是清晰簡單又實際的報導。社論就不同了。文中提出了質詢——報紙逮到官員把柄時都會提出這一類的問題。

九點三十分左右，電話鈴響了，勃尼・歐斯說他回家的路上會順道來訪。

「看見《新聞報》沒有？」他羞怯地問完，沒等我回答就掛斷了。

他抵達後，抱怨階梯不好走，又說我若有咖啡，他要喝一杯。我答應來煮。我弄咖啡的時候他在屋裡四處逛，非常自在。

他說：「你這種會討人嫌的傢伙，住這裡太寂寞了。山背是什麼？」

「另一條街。怎麼？」

「隨便問問。你的灌木需要修剪了。」

我端咖啡進客廳，他坐下來一口一口喝。又點起我的一根香菸，抽了一兩分鐘就弄熄了。他說：「我漸漸不喜歡這玩意兒了。也許是電視廣告的關係。他們推銷什麼，就使人討厭什麼。老天，他們一定以爲大眾是傻瓜。每次有個穿白外套、脖子掛個聽診器的呆瓜展示一條牙膏、一包菸、一瓶啤酒或漱口水、一罐洗髮精，或者一小盒讓胖摔角選手體味如山丁香的什麼玩意兒，我總是記住永遠不買。渾蛋，就算我喜歡那種產品，也不會買。你看到《新聞報》了，呃？」

「我的一個朋友暗中通知了我。一位記者。」

他驚訝地問：「你有朋友？他沒告訴你資料怎麼拿到的吧？」

「沒有。這種狀況下他用不著說。」

「史普林格氣得跳腳。今天早上拿到信的地方檢察官助理勞福說他直接交給上司的，但令人起疑。《新聞報》刊出的好像是原件的直接複製品。」

我啜飲咖啡不說話。

歐斯繼續說：「活該。史普林格該親自處理。我個人不認爲是勞福走漏的。他也是政客。」他木然望著我。

「勃尼，你來有什麼事？你不喜歡我。我們以前是朋友——任何人都可以跟硬漢警察交上某種程度的朋友。可是友情略微發酸了。」

他傾身微笑——有點兇，「老百姓在警察背後幹警方的工作，沒有一個警察會喜歡的。如果維德死掉那次，你能告訴我維德和藍諾士家的蕩婦有關係，我就可以查出案情。如果你將維德太太和這位泰瑞・藍諾士連結在一起，我會把她放在手掌心——活生生的。如果你從開始就澄清，維德也許不會死。藍諾士就別提了。你自以爲聰明，對吧？」

「你要我說什麼？」

「沒有，太遲了。我告訴過你，聰明的人愚弄不了別人，只會愚弄自己。我直接跟你說得清清楚楚，原來沒有效。現在你最好離開本市，沒人喜歡你。有一兩個人不喜歡誰就會採取行動，我從一兩個線民那裡得到消息。」

「我沒那麼重要，勃尼。我們別再互相咆哮了。維德去世前，你甚至還沒參與辦案。他死後，你好像無所謂，法醫、地方檢察官或任何人好像都無所謂。也許我做錯了一些事。但眞相大白了。你昨天下午可能逮到她——憑什麼？」

「憑你不得不告訴我們的資料。」

「我？憑我在你們背後做的警察工作？」

他猛站起來，滿面通紅，「好吧，智多星。如果那樣，她現在還活著。我們可以以殺人嫌疑起訴她。你卻要她死，你這沒用的人，你自己也知道。」

「我要她靜靜地好好反省一番。她怎麼處理是她的事。我要爲一個無辜男子洗刷冤情。怎麼做我根本無所謂，現在還是無所謂。你若想對我採取什麼行動，隨時找得到我。」

「老兄啊，流氓會處置你。我用不著費心。你自以為不夠重要，麻煩不到他們。身爲姓馬羅的私家偵探，對。但你不是。你是奉命適可而止卻在報上公然抹他們一臉豆花的人，那可就不同了。這傷了他們的自尊。」

我說：「眞可悲。套一句你自己的話，我一想起來，內心就在淌血哩。」

他走到門邊，打開門，低頭看看紅木台階，眺望馬路對面小山上的樹，又抬眼看街尾的斜坡。

他說：「這裡很舒服很安靜。靜得恰到好處。」

他繼續走下台階，上車離去。警察從來不說再見。他們隨時希望在行列中再見到你。

47

第二天事態一時顯得鮮活起來。地方檢察官史普林格召開早場記者招待會，發出一份聲明。他是一個滿面紅光、黑眉毛、早生白髮的大塊頭，永遠在耍高明的政治手腕。

我讀到那份據稱是最近自殺的不幸女子所寫的自白——可能是真的也可能不是，就算是真的，顯然也是神智錯亂的產物。我願意假定《新聞報》是善意發表這份文件，儘管內容有很多荒謬和矛盾的地方，我就不一一列舉了。假若這些話是艾琳．維德寫的——我的辦公室和我敬重的助手彼德森警長的手下會很快聯手查出是不是她寫的——那我要告訴你們：她寫時頭腦一定不清楚，手也不穩。幾週前，可憐的夫人才發現丈夫自殺，倒在自己的血泊中。想想這麼劇烈的慘禍會帶來多大的震撼、絕望和完全的孤寂！現在她已追隨他赴死。攪動死者的餘灰有什麼好處呢？朋友們，除了賣出幾份嚴重滯銷的報紙，還會有什麼？什麼好處都沒有，朋友們，什麼好處都沒有。我們就到此為止吧。就像不朽文豪莎士比亞寫的戲劇傑作《哈姆雷特》中的奧菲莉亞一樣，艾琳．維德懷著與眾不同的悔恨。我的政敵想好好利用那份與眾不同，但我的朋友和選民不會上當的。他們知道本官署長期代表精明又成熟的執法，代表恩威並用的正義，代表堅實、穩定又保守的政府。《新聞報》不知道代表什麼，它代表什麼我不太關心。請通情達理的大眾自己來判斷。

《新聞報》在早版上刊出這段廢話（那是一家二十四小時出刊的報紙），總編輯亨利・薛曼立刻用一篇署名的評論反擊史普林格。

> 地方檢察官史普林格先生今天早上很有禮貌。他是個優雅的大人物，說話聲如洪鐘，很好聽。他沒提出一堆事實來煩我們。史著林格先生什麼時候希望我們證實那份文件的真實性，《新聞報》隨時樂意幫忙。我們不敢指望史普林格先生採取行動重審他批准或指揮下正式結案的案子，正如我們不敢指望史普林格先生倒立在市政廳高塔上。史普林格先生說得不錯，攪動死者的骨灰有什麼好處呢？或者，《新聞報》寧願說得粗一點，被殺的人都已經死了，查命案是誰幹的能得到什麼？除了正義和真相當然什麼好處都沒有。
>
> 《新聞報》要代表已故的莎士比亞，謝謝史普林格先生好意提到《哈姆雷特》，也謝謝他雖不正確卻豐富地提及奧菲莉亞。「你必須懷著與眾不同的悔恨」不是形容奧菲莉亞，是她說的話，我們這些沒那麼博學的人始終不太明白她的意思。但這就不再多談了。那句話聽來不錯，有助於使問題更混淆。也許我們可以同樣引一句《哈姆雷特》戲劇名作中的話，一句恰好由壞人說出的好話：「讓巨斧落在罪愆的所在吧。」

朗尼・摩根在中午左右打電話給我，問我感想如何。我說我覺得對史普林格不會有什麼傷害。

朗尼・摩根說：「只在知識份子心目中有差，而他們已經知道他的伎倆。我是指你呢？」

「我沒什麼。我正坐在這邊等一元紙鈔揉上我的面頰。」

「我不是那個意思。」

「我還很健康，別嚇我啦，我得到了我要的。如果藍諾士還活著，他會直接走到史普林格面前，對他的眼睛吐口水。」

「你是為了他，這時候史普林格已經知道了，他們有一百種方法陷害他們不喜歡的人。我想不通你何苦浪費時間，藍諾士也不是多麼了不起的人物。」

「跟他有什麼關係？」

他沉默片刻，然後說：「抱歉，馬羅。堵上我的大嘴巴。祝你好運。」

道聲尋常的再見後，我們掛斷了。

下午兩點左右，琳達．洛林打電話給我。她說：「別罵人，拜託。我剛從北邊那個大湖飛來。昨天晚上那邊有一個人為《新聞報》上的一篇報導氣得要命。我的準前夫正面挨了一記。我走的時候，可憐他正在哭呢。他是飛過去報告的。」

「準前夫是什麼意思？」

「別傻了。這回爹批准了。巴黎是靜悄悄離婚的好地方。所以我馬上要動身去那邊。你若還有一點腦筋，你至少花一點你給我看的那張雕版巨鈔中的錢，遠走高飛。」

「這跟我有什麼關係？」

「這是你問的第二個傻問題。馬羅，你愚弄不了誰，只愚弄了自己。你知道他們怎麼槍擊老虎嗎？」

「我怎麼知道？」

「他們把一隻羊綁在木樁上，然後埋伏起來。那隻羊可能很慘。我喜歡你。我不知道理由，但我就是喜歡。我討厭你當那隻羊。你努力試做該做的事——照你自己的想法。」

我說：「妳眞好。如果我伸出脖子，脖子被砍下來，還是我自己的脖子啊。」

她高聲說：「別逞英雄，你這傻瓜。我們認識的某個人寧可當替死鬼，你用不著學他。」

「妳若待在這邊久一點，我請妳喝酒。」

「在巴黎請我喝。巴黎秋天很迷人。」

「我也想啊。聽說春天更棒。我沒去過，所以不知道。」

「照你的情形，永遠去不了。」

「再見，琳達。希望妳找到自己要的東西。」

她冷冷說：「再見。我一向找得到自己要的東西。可是我找到後，就再也不想要了。」

她掛斷了。下半日一片空白。我吃晚餐，把奧斯摩比車留在一家通宵服務的車廠去檢查煞車閘帶，改搭計程車回家。街道照例空空如也。木製郵箱裡有一張免費的肥皀優待券，我慢慢上台階。那是一個柔和的夜晚，空中有一點霧。山上的樹幾乎一動也不動。沒有風。我開了門鎖，正要推門，突然打住了。門大約離門框十吋左右。屋裡黑漆漆，沒有聲音。但我感覺裡面的房間不是空的。也許是彈簧輕輕響，或者我瞥見屋裡白夾克一閃。也許在這樣一個溫暖安靜的夜，門裡的房間還不夠暖，不夠靜吧。也許空氣中漂浮著人味。也可能我只是神經過敏。

我由側面下了走廊，來到地面，俯身貼著灌木。什麼事都沒有。裡面沒有亮燈，四處也聽不見任何動靜，我左側的槍套裡有一支槍，槍托向前，是短筒的警用點三八槍。我拔出來，沒什麼用。寂靜依舊。我斷定自己是傻瓜。我直起身子，一隻腳正要跨步走回前門，一輛車突然拐過轉角，快速上坡，幾乎無聲無息停在我的台階下。是黑色大轎車，外型像凱迪拉克。可能是琳達．洛林的車，只有兩點不像。沒有人下車開門，而且靠我這邊的窗子緊閉著。我靜靜聆聽，緊挨著灌木蹲著，聽不到什麼，也沒什麼好等的。只是一輛黑車一動也不動停在我的紅木台階下，車窗緊閉而已。就算馬達還在轉，我也聽不見，這時候一盞紅色大燈卡嚓亮起，光柱伸到屋角過去二十呎的距離。接著大車慢慢倒退，讓大燈可以掃射房屋前面，掃射引擎蓋和上方的空間。

警察不開凱迪拉克。紅色大燈的凱迪拉克屬於大亨、市長和警察局長，也許還包括地方檢察官。說不定還有流氓。

大燈左右移動。我趴倒在地，但燈光找到了我。強光定在我身上不動。此外毫無動靜。車門還是沒開，屋裡還是靜靜的沒有燈光。

此時有個警報器低嚎一兩秒就停了。最後屋裡終於燈火通明，一個穿白色晚宴襖的男人來到台階頂，側望牆壁和灌木叢。

曼能德茲咯咯笑道：「進來吧，便宜貨。你家有客人。」

我本可射殺他，一點也不難。這時候他後退一步，來不及了——就算我本來能夠辦到，現在已嫌遲。接著車後面有一扇窗搖下來，我聽見開窗的篤篤聲。然後一支機關槍響了，遠遠射入我旁邊三十呎外的坡岸。

曼能德茲又在門口說：「進來吧，便宜貨。沒有別的地方可去了。」

於是我直起身子走路，大燈一路照著我。我把槍放回槍套。我踏上小紅木梯台，進了門，停在裡面。一個男人翹著二郎腳坐在房間那一頭，大腿上斜放著一把槍。他看來長手長腳，很強悍的樣子，皮膚顯得乾巴巴，像是長年生活在驕陽炙人的氣候中。身上穿一件深棕色軋別丁型的風衣，拉鍊幾乎敞開到腰部。他正望著我，眼睛和槍都一動也不動。他冷靜得像一堵月光下的泥磚牆。

48

我看他看得太久了。側面約略瞥見有人出手，肩胛骨頓時痛得發麻，整隻手臂一直麻到指尖。我回頭，看見一個表情兇巴巴的墨西哥壯漢。他沒笑，只是看著我。棕色的手上握著一把點四五手槍，垂在身旁。他留著髭鬚，腦袋鼓鼓的，油亮的黑髮往上、往後、往下梳、腦後有一頂髒兮兮的寬邊帽，皮質的帽帶呈兩股鬆鬆垂在汗酸味很重的手縫襯衫胸前。天下最狠的莫過於兇狠的墨西哥人，最柔的也莫過於柔和的墨西哥人，最正直的莫過於正直的墨西哥人，尤其最悲哀的莫過於悲哀的墨西哥人。這傢伙是個狠角。天下再也找不到更狠的了。

我揉揉手臂。有點刺痛，但原來的腫痛和麻痺感並沒有消失。我若試拔槍，說不定會拿不穩掉下去。

曼能德茲向暴徒伸出手。對方好像沒瞧一眼就把槍扔過去，曼能德茲接住了。現在他站在我面前，容光煥發，「你喜歡打在什麼地方，便宜貨?」他的黑眼珠閃閃爍爍。

我只是望著他。這種問題是沒有答案的。

「我問你話，便宜貨。」

我潤潤嘴唇，反問一句：「阿戈斯提諾怎麼啦?我以為他是你的荷槍手。」

「奇哥變得軟弱了。」他輕聲說。

「他素來軟弱——像他的老闆。」

椅子上的人輕輕眨眼睛，幾近微笑但又不全然。害我手臂發麻的小流氓不動也不說話。我知道他正在吸氣吐氣。我聞得出來。

「有人撞到你的手臂了，便宜貨？」

「我絆到一塊辣椒玉米肉餅了。」

他漫不經心，連看都不看我，用槍筒打我的臉。

「別對我太放肆，便宜貨。你已經沒時間來這一招了。你已得到警告，鄭重的警告。當我不厭其煩親自上門，叫一個人少管閒事——他就得少管閒事。否則他就躺下別起來了。」

我感覺一道鮮血順著臉頰往下淌。我感覺到顴骨那一記痛得發麻，一直擴散，整個頭都痛起來。出手不重，但他用的東西太硬了。我還能說話，沒人攔我。

「曼迪，你怎麼親自打人了？我以為打人是擊倒大威利．馬鞏的那幫小流氓該幹的苦力工作哩。」

他柔聲說：「這是私人手筆，因為我有個人的理由要教訓你。馬鞏那件事完全是公事。他以為他可以對我作威作福——他的衣服和汽車是我買的，保險箱是我幫他塡滿的，房屋信託借據是我幫他清償的。這些風紀組的寶貝都是一個樣。我還替他付小孩的學費哩。你一定以為這混帳該感恩圖報吧。結果他幹了什麼好事？他走進我的私人辦公室，當著手下的面打我耳光。」

我問他：「為什麼？」依稀希望他對別人發火。

「因為某一個塗了金漆的婊子說我們使用灌鉛的骰子。那個騷貨好像是陪他睡覺的女孩子之一。我把她攆出俱樂部——她帶進來的每一文錢都發給她帶走。」

我說：「似乎可以理解。馬鞏該如道沒有一個職業賭徒會詐賭。用不著嘛。可是我什麼地方得罪你了？」

他想一想又打我一下，「你讓我臉上無光。我這一行對人下命令不用說第二次的。就是厲害人物也不例外。他會馬上出去辦，否則就控制不了啦。控制不了就管不下去了。」

我說：「我預感事情沒那麼單純。請原諒我拿條手帕。」

我拿出一條手帕，擦擦臉上的血跡，槍一直押著我。

曼能德茲慢慢說：「三流的探子，以爲能把曼迪．曼能德茲當成猴子耍，以爲可以讓我成爲笑柄，以爲可以看我曼能德茲鬧笑話。便宜貨，我該在你身上動刀。我該把你切成一條條生肉。」

我望著他的眼睛說：「藍諾士是你的哥兒們。他死了。他像一隻狗被埋在土裡，連個墓碑都沒有。我想了一點辦法來證明他的清白。這叫你臉上無光，呃？他救這你的命，自己送了命，這對你沒有任何意義。你只想扮大人物。你一點都不關心別人，只關心自己。你不是大人物，只是愛出風頭。」

他的臉色冷冰冰，手轉回來打我第三次，這回力道不小，他的手臂還要伸回來，我連忙上前半步，踢他的胃窩。

我思考，沒計畫，沒考慮勝負問題或者自己有沒有機會。我只是受夠了他的吵嚷，疼痛流血，也許這次有點腦震盪吧。

他弓著腰喘氣，槍由手中落下來；拚命伸手去抓，喉嚨處發出不自然的聲音。我用膝蓋去頂他的臉。他發出尖叫。

椅子上的男人笑起來。我非常驚訝。這時候他站起身，手上的槍隨之舉起。

他溫和地說：「別打死他。我們要用他做活餌。」

接著大廳的人影有了動靜，歐斯由門口走進來，眼神空洞，面無表情，而且非常鎮定。他俯視曼能德茲。曼能德茲頭觸地板跪著。

歐斯說：「軟弱，軟得像玉米泥。」

我說：「他不是軟弱，他受傷了。誰都會受傷。大威利．馬犖軟弱嗎？」

歐斯看看我。另一個人也看看我。門口的墨西哥硬漢沒發出一點聲音。

我對歐斯咆哮：「拿掉你嘴上的渾蛋香菸。要嘛就抽，要嘛就別碰它。我看見你就噁心。我受不了你，就這句話。我受不了警察。」

他顯得很意外，咧了咧嘴。

他怡然說：「小子，這是騙局。你傷得重不重？那些兇鬼打了你的臉蛋兒？依我看，你自找的，你挨這記挺管用。」他低頭看曼迪。曼迪的膝蓋壓在身體下面。他恍如慢慢爬出深井，一次只爬幾吋，不住張口喘氣。

歐斯說：「他眞多話呀——沒帶三個狡猾律師教他住口。」

他把曼能德茲拉起來。曼迪的鼻子流血了，他由白色晚宴服掏出手帕，湊到鼻子上。一句話也沒說。

歐斯小心翼翼告訴他：「甜心，你上當了。我不大爲馬犖難過。他自找的。但他是警察，你們這些地痞流氓別再惹警察——永遠別再惹我們。」

曼能德茲垂下手帕，看看歐斯。他看看我，看看一直坐在椅子上的人，慢慢轉身，看看門口的墨西哥狠小子。他們都望著他，臉上一點表情都沒有。這時候一把刀不知從什麼地方突然亮出來，曼迪衝向歐斯。歐斯向旁邊跨一步，單手勒住他的喉嚨，輕輕鬆鬆近乎漠然打落了他手裡的刀。歐斯雙腳張開，伸直背部，微微屈腿，一手捏著曼能德茲的脖子把他由地面提起來。他拖著他到房間另一頭，將他按在牆上。然後放他下來，手卻沒離開他的咽喉。

歐斯說：「你用一根手指頭碰我，我就宰了你。一根手指頭。」然後才放下雙手。

曼迪不屑地向他笑一笑，看看手帕，摺起來蓋住血跡，又湊到鼻子上。他低頭看看剛才用來打我的槍。椅子上的人隨口說：「就算你拿得到，也沒裝子彈。」

曼迪對歐斯說：「騙局。我第一次聽你說。」

歐斯說：「你叫了三名打手，來的卻是三名內華達的警官。拉斯維加斯有人不喜歡你忘了跟他們澄清。那人想跟你談。你可以跟那些警官走，也可以跟我到市中心，被一副手銬吊在門背。那邊有一兩個人想看你歇業。」

「上帝救救內華達。」曼迪靜靜說著，又回頭看門口的墨西哥硬漢。然後飛快在胸前畫個十字，走出前門。墨西哥硬漢跟在他後面。接著另外一個——乾巴巴的沙漠型——撿起槍和刀也走出去。他關上門。歐斯一動也不動等著。外面傳來關門聲，一輛汽車駛入夜色中。

「你確定這些傻瓜都是警官？」我問歐斯。

他回頭，看我在場似乎很驚訝，「他們有警徽。」他簡短說了一句。

「幹得漂亮，勃尼。非常漂亮。你想他能活著到拉斯維加斯嗎，你這狠心的雜種？」

我走到浴室放冷水，用溼毛巾敷悸動的臉頰。我照照鏡子。面頰腫得變了形，顏色發青，上面有槍筒打到顴骨留下的鋸齒形傷痕。左眼下也變色了。我會難看好幾天。

這時候歐斯的映像出現在鏡中我的背後。他正在唇邊捲他媽的沒點燃的香菸，像貓在逗一隻半死的老鼠，想讓牠再逃一次。

他粗聲說：「下回別想計贏警方。你以爲我們讓你偷那份影印照片是鬧著玩的？我們預感曼迪會追獵你。我們跟史塔明說了。我們說我們不能在郡裡禁絕賭博，但我們可以使賭博變得很難搞，賺不了錢。暴徒毒打了警察——即使是壞警察——沒有一個能在我們管區逍遙法外。史塔要我們相信他跟此事無關，組織不高興這件事，曼能德茲該受點警告。所以曼迪打電話要一隊外地流氓來整整你的時候，史塔就派了三個他認識的傢伙，搭他自己的一輛車，花他自己的錢。史塔是拉斯維加斯的一名警察首長。」

我回頭看歐斯，「沙漠裡的土狼今天晚上會飽餐一頓。恭喜。勃尼，警察業眞是提升道德的理想工作。警界唯一不對勁的就是那些身在其中的警察。」

他突然冷靜又兇狠地說：「英雄，你眞慘。你走進自己的客廳來挨揍，我忍不住想笑。小子，我因此升官了。這是下流工作，必須幹得很下流。爲了讓這些人物招供，你得給他們一點權威感。你傷得不重，但我們得讓他們傷你一下。」

我說：「眞抱歉。眞抱歉你這麼難過。」

他繃緊的臉龐貼向我，粗聲粗氣說：「我討厭賭徒，就像討厭毒販。他們助長一種爲害不下於毒品的疾病。你以爲雷諾城和拉斯維加斯那些地方只是提供無傷大雅的樂趣？神經病，那些地方專門招待小人物、想不勞而獲的傻瓜、口袋裡裝著薪水袋逗留片刻便把週末雜貨店購物金輸光的小子。有錢的賭徒輸了四萬美元，一笑置之再回來賭。可是老兄，造就大黑窟的不是有錢的賭徒。最大的剝削是十分、二十五分、五毛錢，偶爾來個一元甚至五元，慢慢累積起來的。大黑錢像浴室水管裡的水，涓涓滴滴不停地流。任何時候有人要打倒職業賭徒，我都贊成。我喜歡。任何時候州政府從賭博收錢，稱做稅金，那個政府就是幫助暴徒營業。理髮師或美容院小姐直接扣下兩塊錢。那是給賭博集團的，那是利潤所在。民眾要正直的警方，對不對？要幹什麼用？保護那些持有優待卡的人？本州有合法的跑馬場，全年營業。他們正派經營；州政府可以分贓，跑馬場每收一元，到賭馬掮客那兒去賭的錢就有五十元。一張卡片上有八九場賽馬，其中一半是沒人注意的小賽局，只要某人開口，就可以作弊安排勝負。騎師贏一場比賽的方法只有一種，輸的方法卻有二十種，只要騎師在行，雖然每隔八根柱子就有一名總管守著，卻一點辦法都沒有。這是合法的賭博，老兄，乾淨又正直的事業，州政府批准的。所以是正當的，對不對？在我看來卻不見得。

因爲那是賭博，會培育出賭徒，整個算起來，賭博只有一種——全是不正當的。」

我在傷口上塗白碘酒，問他：「現在心情好些了吧？」

「我是個衰老、疲乏的警察。一肚子怨氣。」

我回頭瞪著他，「勃尼，你是他媽的好警察，但你還是錯得離譜。某方面說來警察全都是一個樣。他們都怪錯了對象。如果有人在骰子桌把薪水輸掉，就禁絕賭博。如果有人酗酒，就禁絕烈酒。如果有人開車撞死人，就禁絕製造汽車。如果有人跟女孩子在旅館開房間被扒，就禁絕性交。如果有人跌下樓梯，就不再蓋房子。」

「噢，住口！」

「好啊，封我的嘴呀。我只是老百姓。別再說了，勃尼。我們之所以有暴徒犯罪集團和打手，並不是因爲有奸詐的政客，以及他們佈在市政廳和立法機構的跟班。犯罪不是疾病，是病徵。警察就像給人阿斯匹靈治腦瘤的醫生，只是警察寧願用金屬棍棒來治罷了。我們是粗魯有錢又野氣的大民族，犯罪是我們爲此付出的代價，組織犯罪則是我們爲組織付出的代價。犯罪會伴隨我們很長的時間。組織犯罪只是強力美元的骯髒面罷了。」

「乾淨的一面是什麼？」

「我沒見過。也許哈蘭．波特可以告訴你。我們喝一杯吧。」

「你進門的時候氣色不錯。」歐斯說。

「曼迪拔刀向你的時候，你看來更棒。」

「握個手。」他說著伸出手來。

我們喝完酒，他就由後門走了。頭一天晚上他曾順道來探查軍情，今天撬開後門進屋，現在他也從那邊出去。後門向外一碰就開，門扉又太老舊，木頭都已經乾縮了。只要把絞鏈的栓釘敲出來，其他的再容易不過。歐斯要翻越山坡走回下一條街他停車的地方，臨走前先指給我看門框上的一處凹痕。他開前門幾乎一樣容易，但那樣得破壞門鎖。那就太明顯了。

我望著他前面射出一道手電筒的光芒，爬過樹影間，消失在斜坡外。我鎖好門，又調了一杯溫和的酒，回到客廳坐下。我看看手錶。還早。只是我回家至今好像隔了很久罷了。

我走到電話邊，撥給接線生，把洛林家的電話號碼告訴她。總管先問我是誰，然後去看洛林太太在不在。她在。

我說：「我是那隻誘餌羊沒錯。不過他們活捉到老虎了。我臉上青一塊紫一塊。」

「改天你千萬得說給我聽。」她活像已經在巴黎似的，聲音聽來好遙遠。

「我可以一面喝酒一面說給妳聽——如果妳有空的話。」

「今天晚上？噢，我正在收拾行李要搬出去。恐怕不可能。」

「是的，我明白。好吧，我只是以為妳或許有興趣知道。多謝妳好心警告我。跟妳家老子一點關係都沒有。」

「你確定？」

「確定。」

「噢，等我一下。」她離開一會兒，回來後語氣溫暖多了，「也許我可以湊合一杯。在哪裡？」

「地方隨妳選。我今天晚上沒有車，但我可以叫計程車。」

「胡扯，我來載你，不過要一小時甚至更久。那邊的地址呢？」

我告訴她，她就掛斷了。我把門廊的燈打開，站在敞開的門口吹夜風。現在涼爽多了。

我回屋裡，打電話給朗尼．摩根，卻聯絡不到他。接著莫名其妙打到拉斯維加斯的「泥龜俱樂部」，找藍帝．史塔先生。他可能不接，但他接了。他一副安靜能幹、經驗豐富的口吻。

「很高興接到你的電話，馬羅。泰瑞的朋友就是我的朋友。有什麼事要我效勞嗎？」

「曼迪已經上路了。」

「上路去哪裡？」

「到拉斯維加斯，跟你派去追他的三個暴徒坐一輛紅色大燈的黑色凱迪拉克大轎車，我猜是你的車？」

他笑起來，「正如某一個報社人員說的，我們拉斯維加斯人用凱迪拉克當拖車。究竟怎麼回事？」

「曼迪帶兩個小流氓到我家來釘梢。他想毒打我一頓——說得難聽一點——只為報上有一篇文章他好像認為該怪我。」

「該不該怪你呢？」

「我可沒開報社，史塔先生。」

「我也沒養凱迪拉克車上的暴徒，馬羅先生。」

「他們可能是警官。」

「我不敢說。還有別的事嗎？」

「他用手槍敲我。我踢他的肚子，用膝蓋頂他的鼻子。他似乎不滿意。但我仍希望他活著到達拉斯維加斯。」

「他若往這邊來，我確定他會活著抵達。現在我恐怕得切斷了。」

「等一下，史塔。歐塔托克蘭那件事你參加了嗎——還是曼迪一個人搞的？」

「又來了？」

「別開玩笑，史塔。曼迪生我的氣，不是爲了他說的理由——不至於因此到我家釘梢，像對待大威利·馬鞏一般待我。動機不夠。他警告我少管閒事，別挖藍諾士案的眞相。但我挖了，因爲事情剛好是那樣發展的。於是他採取了我剛才跟你說的行動，所以說一定有更充分的理由。」

「我明白了，」他緩慢、溫和又平靜地說：「你認爲泰瑞的死法有些地方不對勁？例如他沒有開槍自殺，是別人幹的？」

「我想說說細節會有幫助。他寫了一份自白，是假的。他寫了一封信給我，結果寄出了。旅社裡有服務生或雜役會偷帶出去替他寄。他被困在旅館不能出來。信裡附了一張大鈔，信末說有人來敲門了。我不知道當時進屋的是誰。」

「爲什麼？」

「若是雜役或服務生，泰瑞可以在信末再加一行說明。如果是警察，信就不會寄出了。那麼是誰呢——爲什麼泰瑞要寫那份自白？」

「不知道，馬羅。我完全不知道。」

「抱歉麻煩你了，史塔先生。」

「不麻煩，很高興接到你來電。我問曼迪他知不知道。」

「好的——如果你再見到他——活著。如果沒見到——想辦法查。否則別人會查。」

「你？」現在他的口氣轉硬，但仍平平靜靜的。

「不，史塔先生。不是我。是一個連大氣都不喘就可以把你吹出拉斯維加斯的人。相信我，史塔。只管相信我。這完全是直話直說。」

「我會活著見到曼迪。別擔心，馬羅。」

「我猜你全知道了。晚安，史塔先生。」

49

車子停在前面，門開了，我走出去，站在台階頂端向下喊話。可是中年黑人司機正開著門等她出來。然後手提一個小小的過夜提袋，跟她走上台階。於是我靜靜等。

她到達頂端，轉向司機說：「阿默斯，馬羅先生會開車送我回旅館。萬事多謝了。我早上再打電話給你。」

「是的，洛林太太。我能不能問馬羅先生一個問題？」

「當然可以，阿默斯。」

他把過夜提袋放在門裡，她從我身邊走進去，撇下我們倆。

「『我垂老……我垂老……我將捲起我的褲腳。』這是什麼意思，馬羅先生？」

「不是什麼了不得的話。只是音韻很好聽。」

他露出笑容，「是〈普夫洛克之歌〉的句子。還有一句，『屋裡女人來回走／大談米開朗基羅。』先生，你聽了有沒有什麼感想？」

「有啊——我覺得這傢伙不太懂女人。」

「我有同感，先生。然則我非常仰慕T．S．艾略特。」

「你是說『然則』？」

「怎麼，我是這麼說的。馬羅先生。不正確嗎？」

「沒有，可是別在百萬富翁面前說。他會以爲你要給他震撼。」

他悽然一笑，「我作夢都不會那麼想。你是不是出了什麼意外，先生？」

「沒有。是有計畫的。晚安，阿默斯。」

「晚安，先生。」

他順著台階走回下面，我則回到屋裡。琳達．洛林站在客廳中間四處張望。

她說：「阿默斯是霍華大學的畢業生。以一個這麼不安全的人來說，你住的地方不太安全吧？」

「世上沒有安全的地方。」

「你的臉眞可憐。誰幹的？」

「曼迪．曼能德茲。」

「你怎麼對付他？」

「沒什麼大不了。踢了他一兩次。他走進陷阱了。目前他在三、四名兇狠的內華達州警官陪同下，正要前往內華達州。別提他啦。」

她坐進長沙發。

「妳想喝什麼？」我問道。我拿出一個菸盒遞過去。她說她不想抽菸，喝什麼都行。

我說：「我想到香檳。我沒有冰桶，但酒很涼。我已經儲備好幾年了。兩瓶，紅帶牌。我猜不錯。我不是品酒專家。」

「儲備幹什麼？」她問道。

「儲備等妳呀。」

她露出笑容，眼睛盯著我的臉，「你滿臉是傷。」她伸出手指，輕輕摸我的臉頰，「儲備等我？不太可能。我們認識才兩個月。」

「那我就是儲備等我們認識。我去拿。」我拎起她的過夜提袋，向房間另一頭走去。

「你拎那個要去什麼地方？」她高聲問道。

「這是過夜提袋吧？」

「放下，回來。」

我照辦了。她的眼睛亮晶晶，同時也昏昏欲睡。

她慢慢說：「這倒新鮮。眞新鮮。」

「怎麼新鮮法？」

「你沒用一根手指碰過我，沒送過秋波，沒說過暗示的話，沒有親暱的撫摸，什麼都沒有。我以爲你粗暴、愛諷刺人、兇巴巴、冷冰冰。」

「我猜我是這樣——有時候。」

「現在我來了，我猜在毫無前兆的情況下，你打算等我們喝了相當份量的香檳後，就把我抓起來甩上床。對吧？」

我說：「坦白說我腦海深處確實激起了這個念頭。」

「我受寵若驚，但我如果不想這樣呢？我喜歡你。我非常喜歡你。但我不見得想跟你上床。你草率下了結論吧——只因爲我剛好隨身帶了一個過夜袋？」

「可能是我弄錯了。」我說。我走過去拿她的過夜提袋，放回前門邊，「我去拿香檳。」

「我不想傷你的感情。也許你寧願把香檳留到更幸福的場合再開。」

我說：「只有兩瓶。眞正幸運的場合需要一打。」

她突然生氣說：「噢，我明白了。我只是墊檔，等更美更迷人的女孩子出現。多謝你啦。現在你傷了我的感情，不過我猜我在這邊很安全。你若以爲一瓶香檳就能讓我變成蕩婦，我告訴你，你大錯特錯。」

「我已經認錯了。」

她還在生氣說：「我跟你說我要離婚，而且拿著過夜提袋叫阿默斯載我到這兒下車，並不表示我就這麼隨便。」

我咆哮道：「他媽的過夜提袋！滾他的過夜提袋！再提，我就把這鬼東西扔下台階。我邀妳來喝一杯，我要到廚房去拿酒，如此而已。我一點都沒有灌醉妳的念頭。妳不想跟我上床，我完全了解，沒有理由會想嘛。但我們還是可以共飲一兩杯香檳吧？用不著爭論誰會被誘惑，在何時何地，喝了多少香檳以後。」

她滿面通紅說：「你用不著發脾氣。」

我吼道：「這只是另一著棋。我知道五十招，但我全部討厭。每招都很假，而且都稍有眉來眼去的意味。」

她站起來，走到我旁邊，指尖輕輕掠過我臉上的傷口和腫起的地方，「對不起。我是個疲憊又失望的女人。請對我和氣一點。沒有人會覺得我物美價廉。」

「妳不比大多數人疲倦和失望。按理說妳應該像妳妹妹一樣，是個膚淺、被寵壞、隨便濫交的黃毛丫頭。結果出了奇蹟，妳居然不是。妳擁有家族中一切正直的美德和大部分的膽識。妳用不著別人善待妳。」

我轉身走出房間，順著大廳到廚房，從冰箱拿出一瓶香檳，拔出軟木塞，飛快倒出淺淺的兩小杯，喝下一杯，嗆得我流出眼淚，但我把一杯喝光，又重新倒滿。然後將酒杯酒瓶全放在托盤上，端進客廳。

她不在。過夜提袋也不在。我放下托盤，打開前門。我沒聽見開門聲，而且她也沒有車可用啊。我根本什麼聲音都沒聽見。

這時候她在我後面說話了，「白癡，你以爲我要逃走？」

我關門轉身。她已放下頭髮，光腳穿一雙帶羽毛的拖鞋，身穿一件夕陽色日本圖樣的絲袍。她含著出奇羞怯的笑容，慢慢向我走來。我遞了一杯給她。她接下，啜了兩口香檳，交還給我。

「很好喝。」她說。然後靜靜的，沒有一絲虛情假意，她投入我的懷抱，嘴巴貼上我的嘴，嘴唇和牙齒都張開了。她的舌尖碰到我的舌尖。過了好久，她腦袋往回縮，手臂仍摟著我的脖子。眼睛水汪汪的。

她說：「我一直都有此意。我只是必須難纏些。我不知道爲什麼。也許只是神經過敏吧。我其實根本不是放浪的女人。可惜嗎？」

「我若以爲妳是，第一次在維多酒吧認識妳的時候，我就會向妳送秋波了。」

她慢慢搖頭微笑，「我想不會。所以我才會來這裡。」

我說：「也許那天晚上不會。那夜屬於另一種情懷。」

「也許你永遠不會在酒吧向女人送秋波。」

「不常。燈光太黯淡了。」

「可是很多女人上酒吧，只爲讓人對她們獻殷勤。」

「很多女人早上起來就有這種念頭。」

「但烈酒是春藥——某種程度。」

「醫生就推薦烈酒。」

「誰談到醫生了？我要喝香檳。」

我再吻她一次。眞是輕鬆愉快的工作。

她說：「我要吻你可憐的面頰，」說著照做了，「熱得像火燒。」她說。

「我身體其他部分卻冷如冰霜。」

「才不呢。我要香檳。」

「爲什麼？」

「再不喝就會塌掉沒泡沫了。何況我喜歡那種味道。」

「好吧。」

「你是不是很愛我？我若跟你上床，你會愛我嗎？」

「可能。」

「你用不著跟我上床，你知道。我不完全堅持。」

「謝謝妳。」

「我要香檳。」

「妳有多少錢？」

「加起來？我怎麼知道？大約八百萬美元。」

「我決定跟妳上床。」

「唯利是圖的傭兵。」她說。

「香檳是我出錢買的。」

「滾你的香檳。」她說。

50

一個鐘頭後，她伸出光禿禿的手臂來搔我的耳朵說：「你會考慮娶我嗎？」

「維持不了六個月。」

她說：「好吧，看在老天爺份上，就算維持不了六個月。那不也值得？你指望從人生得到什麼——一切可能的風險全包了？」

「我今年四十三歲，獨立生活慣了。妳也被寵壞了——不太嚴重——被鈔票慣壞的。」

「我三十六歲。有錢不丟臉，嫁娶鈔票也不丟臉。大多數有錢人不配有錢，也不知道有錢該怎麼立身處世。但不會太久的。我們會再經歷一次戰爭，打完仗誰也不會有半文錢——除了騙子和投機客。我們其他的人都會被抽稅抽得一文不剩。」

我摸摸她的頭髮，將一撮髮絲纏在我指頭，「妳說的也許沒有錯。」

「我們可以飛到巴黎，快快活活玩一陣子。」她用手肘支起上半身，俯視著我。我看得見她眼中的亮光，但看不出她的表情，「你對婚姻有什麼反感嗎？」

「二百個人中有兩個婚姻非常美滿。其他人只是努力維持罷了。二十年後，男人只剩下車庫裡一張工作板凳，一無所有。美國女孩子棒極了。美國太太們兼併了太多領土。何況——」

「我要來點香檳。」

我說：「何況這對妳來說只是一段小插曲，只有頭一次離婚會爲難，接下來就只是經濟問題了。對妳來說不成問題。十年後妳也許在街上跟我錯肩而過，心想妳究竟在什麼地方見過我——如果妳會注意到我的話。」

「你這自足、自滿、自信、碰不得的雜種。我要一點香檳。」

「這樣妳才會記得我。」

「而且還自負。從頭到腳自負。現在多了一點瘀傷。你以爲我會記得你？你以爲無論我跟多少男人結過婚或睡過覺，我都會記得你？憑什麼？」

「抱歉，我高估了自己。我去給妳拿點香檳。」

她諷刺道：「我們不是挺甜蜜挺理性嗎？心肝，我是有錢的女人，以後我會遠比現在更富有。只要值得買，我會把全世界買給你。你現在有什麼？只有一間空房子可回，連隻狗或貓都沒有，只有一個又小又悶的辦公室可坐可等待。就算我跟你離婚，也絕不會讓你重新落到那步田地。」

「妳怎麼攔得住我？我又不是泰瑞・藍諾士。」

「拜託。我們別談他。也別談那個金色冰柱，那個維德家的女人。也別談她那可憐的酒鬼丈夫。你想當世上唯一拒絕我的男人？這算哪門子自尊？我已給了你有生以來最大的恭維。我求你娶我。」

「妳已給過我更大的恭維。」

她哭起來，「你這傻瓜，你這大傻瓜！」她的臉頰溼了。我觸到上面的淚水，「就算婚姻只維持半年、一年或兩年吧。你會有什麼損失呢？不過是少了一點辦公桌上的灰塵，百葉窗的灰塵，空虛生活的寂寞感。」

「妳還要來點香檳嗎？」

「好吧。」

我把她拉近來，她貼著我的肩膀哭。她沒有愛上我，我們倆都知道。她不是爲我哭，只是到了她想掉一兩滴淚的時候。

接著她退開，我下了床，她走進浴室去補妝。我拿了香檳。她回來的時候笑咪咪的。

她說：「抱歉我哭了。六個月後我甚至記不得你的名字。拿到客廳去吧。我想看燈光。」

我照她的話做。她像剛才那樣坐進大沙發。我把香檳端到她面前。她看看玻璃杯，但沒有碰它。

我說：「我會自我介紹。到時候我們再共飲一杯。」

「像今晚一樣？」

「永遠不會再像今晚了。」

她舉起她那杯香檳，慢慢喝一點，在大沙發上轉動身軀，把殘酒潑在我臉上，然後她又哭起來了。我拿出一條手帕來擦臉，也替她擦。

她說：「我不知道爲什麼這樣。可是看在老天爺份上，別說我是女人，別說女人永遠不知道自己爲什麼做什麼事。」

我又在她杯裡倒一些香檳，並嘲笑她。她慢慢喝，然後轉向另一側，倒在我膝上。

她說：「我累了。這回你得扛我過去。」

過了一會兒她就睡著了。

早上我起來弄咖啡，她還在睡。我淋浴、刮鬍子和更衣。這時候她才醒來。我們一起吃早餐。我叫了一輛計程車，把她的過夜提袋拎下台階。

我們道聲再見。我目送計程車消失。我回到台階上，走進浴室，把床鋪整個弄亂重鋪過。其中一個枕頭上有根淺黑色長髮。我的胃裡好像沉著一塊重重的鉛。

法國人有一句話形容那種感覺。那些雜種對任何事都有個說法，而且永遠是對的。道別等於死去一點點。

51

西維爾·恩迪柯特說他加班，我可以在傍晚七點三十分左右順道去找他。

他有個角間辦公室，地上鋪了藍地毯，有個四角雕花的紅木書桌，很古老而且顯然非常貴重，有幾個普普通通的玻璃門書架擺滿芥末黃色的法律書籍，英國那些名法官的「內幕消息專家」所繪的一般諷刺漫畫，南面的牆上有一幅奧利佛·溫德爾·福爾摩斯法官的大肖像，孤零零的。恩迪柯特的椅子鑲了黑色皮革。他手邊有一張敞開的捲蓋桌塞滿了紙頭。這樣的辦公室沒有一位設計師有機會再加以美化。

他只穿襯衫沒穿外套，顯得很疲勞，但他天生就是那種臉。他正在抽一根沒有味道的香菸。菸灰掉在鬆開的領帶上。軟軟的黑髮到處都是。

我坐下以後，他默默瞪著我。然後說：「你眞是我所認識的最固執的雜種。別告訴我你還在挖那件事。」

「有些事情叫我擔心。我若說你當時到監獄來看我是代表哈蘭·波特先生，現在沒關係了吧？」

他點點頭。我用指尖輕輕摸我的側臉。傷口痊癒了，腫脹也消了，但其中一記可能傷到了神經。臉頰部分地方還麻麻的。我不能不管。時間到了就會痊癒的。

「你前往歐塔托克蘭，是暫時被授權代理地方檢察官手下的人員？」

「是的，不過你別強調這一點，馬羅。那是有價值的人脈。也許我看得太重了些。」

「但願仍然有價值。」

他搖搖頭，「不，已經完了。波特先生現在是透過舊金山、紐約和華盛頓的事務所進行法律事務。」

「我猜他恨我大膽——如果細想的話。」

恩迪柯特微微一笑，「說也奇怪，他全怪他的女婿洛林醫生。哈蘭．波特這種人必須責怪別人。他自己是不可能有錯的。他覺得要不是洛林醫生給那個女人吃危險的藥物，一切都不會發生。」

「他弄錯了。你在歐塔托克蘭見過泰瑞．藍諾士的屍體了吧？」

「我確實看見了，在一家家具製造商店裡，他們那邊沒有正式的殯儀館。他也做棺材。屍體冰涼冰涼的。我看見太陽穴的傷。死者的身分不成問題，如果這方面你有什麼懷疑的話。」

「不，恩迪柯特先生，我沒懷疑，因爲以他的情況不太可能。但他化過妝吧？」

「臉和手顏色抹暗，頭髮染黑。但疤痕還很明顯。當然啦，從他在家碰過的東西，指紋很容易查。」

「他們那邊的警力是哪種？」

「很原始。頭頭大概只是粗通文墨。但他懂指紋。天氣很熱，你知道。相當熱。」他皺皺眉頭，拿出嘴裡的香菸，漫不經心丟進一個黑色玄武岩之類的大容器裡。他加上一句：「他們不得不從旅館拿冰來，大量的冰。」他又看看我，「沒有塗油防腐。一切必須快速進行。」

「你會說西班牙語，恩迪柯特先生？」

「只會幾句。由旅社經理翻譯。」他露出笑容，「那傢伙是衣著考究的斯文漢。看來強硬，但很有禮貌，幫助甚大。一下子就驗完了。」

「我收到一封泰瑞的信。我猜波特先生知道。我告訴過他女兒洛林太太。還拿給她看過。裡面有一張麥迪生肖像。」

「一張什麼？」

「五千元巨鈔。」

他揚起眉毛，「眞的。咦，他確實花得起。第二次結婚的時候，他太太足足給了給他二十五萬元。我想他打算到墨西哥生活——遠離這邊發生的一切。我不知道那些錢怎麼樣了。那事我沒查。」

「恩迪柯特先生，信在這兒，也許你想看看。」

我拿出來交給他。他以律師特有的方式仔細閱讀。看完把信放在桌上，向後仰，茫茫然瞪著虛空。

他靜靜說：「有點文謅謅，對不對？不知道他爲什麼要這樣。」

「你是指自殺，寫自白書，還是寫信給我？」

恩迪柯特高聲說：「我是指自白和自殺，當然。寫信可以理解。至少你爲他做的事——還有後來的一切，得到了合理的補償。」

我說：「郵箱問題叫我不安。他說窗外街上有個郵箱，旅館服務生會舉起信來給他看看再寄出，讓泰瑞確定信眞的寄出去了。」

恩迪柯特眼裡有睡意。他漠不關心地問道：「爲什麼？」他又從一個方盒子拿出一根濾嘴香菸。我隔桌遞上打火機。

「歐塔托克蘭那種地方不會有。」我說。

「說下去。」

「起先我沒想到。後來我查那個地方。只是小村子。人口約一萬到一萬二。只有一條鋪過半截的街道。警察頭子有一輛A型福特權充公務車。郵局在肉店一角。那兒有一家旅社、兩家小酒館，沒有良好的道路，有個小型機場。附近山區有人打獵——很頻繁，所以才有機場。到那邊唯一妥當的方法。」

「說下去。我知道打獵的事。」

「說街上有郵箱，就像有跑馬道和賽狗場，有高爾夫球場、回力球場，和設有彩色噴泉及音樂台的公園一樣。」

恩迪柯特冷冷說：「那就是他弄錯了。也許是什麼看來像郵箱的東西——例如垃圾容器之類。」

我站起來，伸手拿信，重新摺好放回口袋。

我說：「垃圾容器。不錯，就是那個玩意兒。漆上綠、白、紅的墨西哥色彩，上面有個標幟，用清晰的模板印刷大字標明：『維持本市清潔』。當然，是西班牙文。四周躺著七隻癩皮狗。」

「別耍寶，馬羅。」

「抱歉我把想法表現出來。另一個小問題我已經跟藍帝·史塔提過了。信怎麼會寄出來呢？照信上的說法，方法事先安排好了。原來有人告訴他郵箱的事。原來有人說謊。可是照樣有人寄出了裝有五千元巨鈔的信。錯綜複雜，你不同意嗎？」

他吐煙圈，望著香煙裊裊。

「你的結論是什麼——爲什麼把史塔扯進來呢？」

「史塔和一個姓曼能德茲的卑鄙小人——現在已經被趕出我們這兒——是泰瑞在英軍的戰友。他們某一方面——可以說幾乎每一方面都不對勁，但他們仍有自尊之類的。這邊有人基於明顯的理由策畫了一種障眼法。歐塔托克蘭那邊則基於完全不同的理由，另有一套障眼法。」

「你的結論是什麼？」他又問我一次，語氣更尖銳。

「你的結論呢？」

他沒有回答。於是我謝謝他花時間，就告辭了。

我開門的時候，他眉頭深鎖，我想他是困惑不解而皺眉，動機是正直的。也許他正試著回憶旅社外面是什麼樣子，有沒有郵箱。

又一個輪子開始轉動罷了。足足轉了一個月，才有了結果。

某一個星期五早晨，我發現有個陌生人在辦公室等我。他是衣著考究的墨西哥佬或南美人之類的。他坐在敞開的窗口抽一根氣味很濃的棕色香菸。個子又高又瘦，人很斯文，留著整齊的淺黑色髭鬚和頭髮，比我們一般的頭髮長，穿一件疏紋針織質料的淡褐色西裝，戴綠色太陽眼鏡。他客客氣氣站起來。

「馬羅先生？」

「有什麼事要我效勞嗎？」

他遞給我一張摺起的紙頭，「先生，這是拉斯維加斯的史塔先生給你的資料。你會說西班牙語嗎？」

「會，不過說不快。英語比較好。」

他說：「那就說英語吧。對我沒有差別。」

我接過紙條來看，「特此介紹我的一位朋友西斯科．梅爾拉諾斯。我想他可以替你解決問題。S。」

「我們進去吧，梅爾拉諾斯先生。」我說。

我替他拉著門。他走過時有一股香水味。眉毛也他媽的太秀氣了。但他面孔兩邊都有刀疤，人可能不像外表看來那麼秀氣。

52

他坐進顧客的椅子，兩膝交疊，「聽說你想要打聽藍諾士先生的事。」

「只要最後一幕。」

他聳聳肩說：「先生，當時我在場。我在旅社任職。職位不太重要，當然是臨時打工。我是領日薪的。」他的英語說得十全十美，但有西班牙韻律。西班牙語——我是指美洲的西班牙語——有明確的起落，在美國人的耳朵聽來好像跟語意無關。就像海洋的浪濤。

「你看來不像。」我說。

「人總有困難的時候嘛。」

「誰把信寄給我的？」

他遞上菸盒，「試一根。」

我搖搖頭，「對我來說太烈了。我喜歡哥倫比亞香菸。古巴菸嗆死人。」

他微微一笑，自己又點了一根，吐出煙霧。這傢伙他媽的太文雅了，漸漸惹我發起火來。

「信的事我知道。守衛駐紮後，服務生很怕到這位藍諾士先生的房間。守衛不是警察就是偵探之類的。於是我親自拿信給郵差。槍擊之後，你明白。」

「你該看看裡面。夾著一張大鈔哩。」

他冷冷說：「信是封好的。先生，榮譽不像螃蟹可以橫行。」

「我道歉。請說下去。」

「我進房間，讓守衛吃閉門羹的時候，藍諾士先生左手拿著一張一百披索的鈔票。右手拿一把手槍。信在他前面的桌上。還有一張紙我沒看內容。我拒收那張鈔票。」

我說：「錢太多了。」但他對我的諷刺沒有反應。

「他堅持。於是我終於收下鈔票，後來送給服務生了。我把信放在先前送咖啡的托盤上，藏在餐巾底下帶出去。偵探狠狠看著我。但他沒說話。我下樓梯下到一半，聽見槍響。我急忙藏好信，奔回樓上。偵探正想把門踢開。我用鑰匙。藍諾士先生已經死了。」

他指尖輕輕沿著桌邊移動，嘆了一口氣，「其他的事你一定都知道了。」

「旅社客滿了嗎？」

「不，沒有客滿。有五、六個客人。」

「美洲人？」

「兩個北美人。獵人。」

「眞的是英美人還是移殖的墨西哥佬？」

他一根指尖慢慢滑過膝上的淺黃褐色布塊，「我想其中一位很可能是西班牙裔。說的是邊境西班牙語。很粗。」

「他們有沒有靠近過藍諾士的房間？」

他猛抬起頭，但是綠色眼鏡擋著，我看不出什麼，「爲什麼要走近呢，先生？」

我點點頭，「好吧，多謝你來告訴我這件事，梅爾拉諾斯先生。請告訴藍帝我很感激，好嗎？」

「算不了什麼，先生。」

「以後他若有時間，請他派一個知道自己在說什麼的人來找我。」

「先生？」他的聲音很柔，卻冷冰冰的，「你不相信我的話？」

「你們這些傢伙老在談榮譽。榮譽是賊子的斗篷——有時候。別生氣。靜靜坐著，讓我換個方式說。」

他不屑地往後仰。

「請記住，我只是猜測。我可能想錯了。但也可能是對的。這兩位美國人在那邊有個目的。他們乘飛機來，假裝是獵人。其中一位姓曼能德茲，是賭徒。他可能化名登記，也可能沒有。我不知道。藍諾士知道他們在那兒，也知道理由。他寫信給我，是因爲良心不安。他把我當呆瓜耍，他是個好人，很難心安。他在信裡放那張鈔票——五千元喔，因爲他很有錢，而他知道我沒錢。他還放進一點不落俗套的小暗示，可能有效也可能不會有。他是那種老想做對事情卻陰錯陽差老出錯的人。你說你把信交給郵差。何不放進旅社前面的箱子？」

「箱子，先生？」

「郵箱。我想你們西班牙話叫做郵差箱（cajon cartero）。」

他微微一笑，「先生，歐塔托克蘭不是墨西哥市，是很原始的地方。歐塔托克蘭有街邊郵箱？那邊沒有人會懂是做什麼用的。沒有人會去收信。」

我說：「噢，好吧，不要緊。梅爾拉諾斯先生，你並沒有用托盤端什麼咖啡到藍諾士先生的房間。你沒有經過偵探身邊走進房間內。但那兩個美國人進去了。偵探被擺平了，當然。還有另外幾個人。美國人中有一位從後面猛揍藍諾士，然後拿出毛瑟槍，打開其中一個彈匣，取出子彈，再把空彈匣放回槍膛。接著他用槍頂著藍諾士的鬢角，扣了扳機。造成難看的傷口，卻沒把他打死。然後他被人擺在擔架上蓋起來、藏得好好的扛出去。等美國律師來了，藍諾士已被麻醉，覆上冰塊，擺在兼做棺材的木匠鋪裡。美國律師看見藍諾士在那兒，渾身冰冷，不省人事，太陽穴有血淋淋發黑的傷口。他看來已沒有生命。第二天棺材裝滿石頭下葬。美國律師帶著指紋和一份很棒的文件回家。你看怎麼樣，梅爾拉諾斯先生？」

他聳聳肩，「有可能，先生。這需要鈔票和勢力。如果這位曼能德茲先生跟歐塔托克蘭的村長、旅社老闆……等等重要人物有密切的關係，就有可能。」

「噢，這也不無可能。主意不錯。可以解釋他們爲什麼選一個像歐塔托克蘭那麼偏僻的小地方。」

他迅速露出笑容，「那麼藍諾士先生也許還在人間囉？」

「不錯。自殺是假的，爲了支持自白書的可信度。必須眞到可以騙過一位曾擔任地方檢察官的律師，但若事與願違，卻會使現任地方檢察官灰頭土臉。這位曼能德茲不如他自以爲的那般狠，但他卻不惜用手槍敲我，怪我多管閒事。所以他一定有理由。如果僞造案曝光，曼能德茲會成爲一場國際紛爭的中心。墨西哥人跟我們一樣討厭警察不正當胡搞。」

「我知道，都有可能，先生。但你指控我說謊。你說我沒有走進藍諾士先生的房間替他拿信。」

「你已經在房間裡了，朋友——你正在寫信。」

他伸手摘下墨鏡。誰也無法改變一個人眼珠子的色澤。

「我猜現在喝 Gimlet 嫌早了些。」

53

他們在墨西哥城給他動了絕妙的手術。有何不可?他們的醫生、技術人員、醫院、畫家、建築師都不比我們差。有時候還更好一點。有個墨西哥警察發明了彈藥硝酸鹽的石蠟試驗。他們不能把泰瑞的臉弄得十全十美,但成效已經不錯了。他們甚至給他的鼻子整容,拿掉一點骨頭,使鼻子看來扁一點,不那麼有北歐味。他們沒法除掉疤面的所有痕跡,乾脆在他另一邊臉上也弄出兩道疤。刀疤在拉丁美洲國家很常見。

他說:「他們甚至在這邊做了神經移植。」說著摸摸原先破相的半邊臉。

「我的猜測準到什麼程度?」

「相當接近。幾個細節錯了,但不重要。一切進行得很快,有些是臨時想的點子,我自己也不知道會有什麼結果。他們叫我做幾件事,留下一條清晰的行蹤。曼迪不贊成我寫信給你,但我堅持要寫。他有點低估了你。他沒注意到郵箱的問題。」

「你知道誰殺了雪維亞?」

他沒有直接回答,「以謀殺罪告發一個女人,很難下手——即使她在你心目中沒有多大的份量。」

「世事多艱。哈蘭.波特都知情?」

他又露出笑容,「他會跟人說嗎?我猜不可能。我猜他以為我死了。誰會告訴他我沒死——除非是你?」

「我願意跟他說的話不多。曼迪最近好嗎——現況如何？」

「他還好。在阿卡波可。因爲藍帝，他才逃過一劫。但他們並不贊成對警察耍狠。曼迪不像你想的那麼壞。他有一顆心。」

「蛇也有。」

「好吧，那杯Gimlet呢？」

我沒搭腔，站起來走向保險櫃。我轉動圓鈕，拿出裝有「麥迪生肖像」和五張帶咖啡味百元鈔票的信封。我把東西一古腦兒倒在桌上，然後撿起那五張鈔票。

「這些我留著。幾乎全花在費用及調查研究上了。麥迪生肖像我把玩得很開心。現在還給你。」

我把它攤在他前面的書桌上。他看一看，沒伸手碰它。

他說：「你可以留著。我有很多。你本來可以不管的。」

「我知道。她殺了丈夫，逍遙法外之後，情況也許可以好轉。他並不重要，當然。只是一個有血有腦有感情的人類罷了。他也知道眞相，努力帶著祕密活下去。他是作家。你也許聽過他。」

他慢慢說：「聽著，我做的事身不由己。我不想要任何人受傷害。在這邊我連一點機會都沒有。人沒法那麼快評估每一個角度。我嚇壞了，只好逃。我當時該怎麼做？」

「我不知道。」

「她有點瘋狂的癖性。她反正會殺他的。」

「是啊，可能。」

「好啦，放隨和些。我們找個涼爽安靜的地方喝一杯。」

「現在沒時間，梅爾拉諾斯先生。」

「我們曾是好朋友。」他悶悶不樂說。

「是嗎？我忘了。我覺得另外那兩個傢伙才是。你長住墨西哥？」

「噢，是的。我甚至不是合法到這兒。從來就不是。我跟你說我出生在鹽湖城。其實我生在蒙特婁。不久我就成爲墨西哥籍了。只要有個好律師就行了。我一向喜歡墨西哥。到維多酒吧喝杯 Gimlet 不會太冒險。」

「你的錢拿走，梅爾拉諾斯先生。上面太多血腥。」

「你是窮人。」

「你怎麼知道？」

他拿起巨鈔，在瘦瘦的手指間攤平，漫不經心放進側面的口袋。他用雪白的牙齒咬咬嘴唇，唯有褐色皮膚襯托下牙齒才會那麼白法。

「你載我到提瓦納的那天早上，能說的我都跟你說了。當時我給過你報案告發的機會。」

「我不是生你的氣。你就是那種人。有一段很長的時間我根本搞不懂你。你有好風範好品格，卻也有些地方不對勁。你有標準，努力以赴，但都是私人方面；無關乎任何倫理或顧忌。因爲你天性好，所以是好人。可是你跟正直的人在一起，或者跟暴徒流氓爲伍，同樣快樂——只要那些流氓英語流利，餐桌禮儀差強人意就行了。你是道德上的失敗主義者。我想也許是戰爭使然，又想你也許天生如此。」

他說：「我不明白，我眞的不明白。我想報答你，你卻不肯接受。我不可能告訴你更多了。你不會贊成的。」

「這是我聽過最客氣的話。」

「很高興我還有某些方面得你歡心。我陷入艱難的困境。我恰好認識那種會處理艱難困境的人。因爲一段很久以前在戰爭中發生的插曲，他們欠我的情。也許我一生中就那麼一次像老鼠般飛快做對了一件事。我需要他們的時候，他們伸出了援手，而且是免費的。馬羅，你不是世界上唯一不帶價碼的人。」

他從書桌對面探身，啪的一聲拿起我的一根香菸。他臉上曬黑的皮膚泛起不均勻的紅潮。對比之下疤痕顯出來了。我望著他由口袋裡拿出一個漂亮的瓦斯打火機，把菸點著。我吸到他傳來的香水味。

「你深深打動了我，泰瑞——憑一抹笑容、一頷首、一揮手或者在各處安靜的酒吧靜靜喝幾杯酒。友誼還在時倒不錯。別了，朋友。我不說再見。我在別有深意的訣別式中道過再見了。那時我道別，感覺很悲哀、很寂寞、很決絕。」

他說：「我回來太遲了。這些整容手術很花時間。」

「要不是我用煙把你薰出來，你根本不會露面。」

他眼裡突然閃出淚光，連忙把墨鏡重新戴上。

他說：「我不敢確定。我還沒打定主意。他們不肯讓我告訴你眞相。我只是還沒有打定主意。」

「別擔心，泰瑞。身邊總有人會替你拿主意。」

「老弟，我曾是突擊隊員。你若不行，他們不會收的。我受了重傷，跟那些納粹醫生在一起可不好玩。對我有些影響。」

「我全知道，泰瑞。你很多方面都是討人喜歡的漢子。我不是評斷你。我從來沒有。只是你已不在這兒。你早就走了。你穿講究的衣裳，抹香水，優雅得像收費五十元的妓女。」

「只是作戲嘛。」他幾近絕望說。

「你演得很爽吧？」

他嘴角下垂苦笑著，然後做了個有力又意味深長的拉丁式聳肩動作。

「當然。只是演戲。沒有別的。在這邊——」他用打火機輕拍胸脯——「什麼都沒有。我有過，馬羅。很久以前有過。好吧——我猜事情就這樣結束了。」

他站起來。我也站起來。他伸出一隻瘦瘦的手。我伸手握住。

「別了，梅爾拉諾斯先生。很高興認識你——儘管短暫。」

「再見。」

他轉身走出去。我望著門關上。我聆聽他的腳步順著仿大理石長廊走開。過了一會兒聲音漸小，終於靜下來。我還是繼續聽。聽什麼？莫非希望他突然止步，轉身回來，說服我改變心中的感受？算了，他沒有。那是我最後一次見到他。

我從未再見到他們任何一位——除了警察。還沒有人發明告別警察的方法。

準經典小說《漫長的告別》

The Long Goodbye 日文版譯者後記

村上春樹／文
張明敏／譯

文豪錢德勒

我第一次讀《漫長的告別》是在高中時代。我不記得確實的年紀，因爲當時讀了很多書，搞混先後順序，不過大約是十六、七歲吧。此後四十年，我只要有機會就會一再翻閱它。一開始我閱讀的是日文譯本（清水俊二譯），後來能讀英文時便讀原著。往後就依當時心情而定，時而讀譯本、時而讀原著。有時候我會從頭讀到尾，有時則順手翻開某一頁，只閱讀那部分而已。好比看油畫時偶爾會遠觀，偶爾則走近欣賞畫作的細部。因此，這本小說的各個細節我都能一一牢記。

爲什麼會一再地閱讀《漫長的告別》這本小說呢？更直接的說：爲什麼我會一讀再讀，都讀不膩《漫長的告別》呢？

讀不膩的理由，首先就是因爲感受到它的過人之處吧。在《漫長的告別》中，錢德勒獨特的豁達文體已經達到高峰。最初閱讀這本小說時，我就對它「非比尋常」的文體感到驚奇——竟然有這樣的小說啊！整體而言，錢德勒的文體極具個人特色以及原創性，這種文體是任何人都模仿不來的。在錢德勒生前及死後，許多人嘗試模仿他，但都不得要領。就這一層來看，錢德勒就好比是爵士樂界中的查理・帕克。一般人可以借用套用錢德勒的語法，他的語法也已成爲文化公共財，然而錢德勒文體的核心是誰都無法觸及的。之所以會這樣，因爲那純粹是屬於個人的私有資產。基本上，文章是可以直接臨摹的，但幾乎所有臨摹而來的文體都失去了原有的生命。

在寫作《漫長的告別》的過程中，錢德勒似乎也開始對自己的文筆感到自負。在一封給經紀人的信上，錢德勒寫道：

「總之，現在這個時候我想寫什麼就能寫什麼，想寫什麼都能隨心所欲。（中略）如果一直使用模仿來的、剽竊來的文體書寫，從某個時點開始，模仿人的作家就會被看出模仿的痕跡。因此對我來說，必須前進到別人都無法跟得上的地方。」

錢德勒的文體到底哪裡傑出？哪裡具有原創性呢？

純文學女作家喬伊斯．卡蘿．奧茲此人以文章精巧頗獲好評。她在一篇評論中對錢德勒這麼評價：

錢德勒的文章已臻至去除自我意識的雄辯高境（The prose rises to heights of unselfconscious eloquence.）。呈現在我們眼前的不僅是動作小說作家，而是確實擁有遠見的文豪、一位偉大的作家，這樣的事實讓人不禁正襟危坐。

奧茲這番評語，確實表達出了錢德勒文體某一部分的魅力。許多小說家不論是刻意或不自覺地會試圖將自我放入作品，或者運用各種手法來描寫自我與外界的關聯。這就是所謂「近代文學」基本的成立方式。我們決定文學作品的價值時，通常是根據某作品如何有效地以文學形式呈現人類的自我運作狀態——不論是具象的還是抽象的。不過錢德勒並非如此。他的文章雖然滔滔雄辯，但卻幾乎無意描寫人類意識，這應該就是奧茲所謂「去除自我意識的雄辯」吧。她的評論，在這樣的前提下是相當精確的。

那麼如此雄辯的錢德勒，他到底想要描寫什麼呢？簡單地說，就是敘述者菲力普·馬羅眼中擷取的世界景象。那是精確地被擷取的景象，雖然詳細而滔滔不絕地被敘述著，卻是幾乎不合常理的景象。馬羅大致是對很多景象陳述個人的意見，或者讓一些個人的對應呈現出來。然而我們讀到的是，這樣的意見或對應，未必直接和他的自我有關。

他的意見或對應並非完全沒有反映自我。應該說沒有任何個人意見或對應是完全不反映自我的。那意見當然具有一種一貫性。然而，馬羅藉著正確周詳地堅持自我或對應的具體樣態，藉著在風格形式上完美地保持一貫性，讓我們不免會抱著「難道自我的眞相巧妙地隱藏在某個地方？」這樣隱約的懷疑。因爲所謂的一貫性，終究不過是自我的一種機能而已。我認爲，這樣的作法，正好和錢德勒藉著確實地堅持自己的文體，將自己的血肉之軀隱藏在某處的謎樣姿態重疊吻合起來。

我們首先會對這種事物的樣態產生強烈的印象，甚至對它達到禁欲般的不爲所動、對其貫徹始終產生某種感動。透過馬羅的視線，世界一片一片被切割下來。各式各樣的景象得以呈現，形形色色的人物陸續登場，各種事情此起彼落地發生了。面對形形色色的事物，馬羅的表情幾乎不曾改變，只是淡然地信步走過。我們翻閱書頁，經由馬羅的一雙眼睛看待世界的發展。在許多情況下，我們進入他的視角，被他同化。儘管那視角有點逸出常軌、多餘過剩、誇張、矛盾，卻擁有不可思議的強烈說服力。正是錢德勒的文章的巧妙、視線的一貫性，以及逸出常軌——雖然這說法很怪——的普遍性，才能讓這一切發生。

讀了幾部以馬羅爲主角的小說後，我們就能知道他的想法如何，也理解他行動的基本樣式。哪怕只稱得上是小小的錢德勒迷，我們應該會對馬羅的生存態度產生共鳴、受其同化吧。然而藉著這一點，我們是否或多或少了解馬羅的個性本質了呢？答案恐怕是否定的。我們了解的，終究只是透過馬羅的「視角」擷取世界的方法，只有這個機械、精準的運作方式。雖然這些都是非常具體、能夠觸知的東西，卻不能帶領我們到何處去。他到底是怎樣的人呢？我們幾乎無法得知。我們會覺得其實馬羅是在距離幾個光年之遙的外太空，在一個再怎麼走也無法接近的靈魂邊境般的場所。不，或者正好相反，馬羅似乎潛入了我們自身中。他或許變成了肉眼無法辨識的分子，已經滲入我們的體內了。

詳細觀察的話，就可以理解很多諸如此類互相矛盾的要素、互相排斥的性質，在馬羅這個人物身上共存著。遠與近、具體與抽象、正確與曖昧不明、實用性與符號性。如此強烈的悖論性，很難在一般人類身上發現。若更深入思考這樣的悖論性，會產生這樣的結論——馬羅這號人物，與其說他是有血有肉的人類，還不如說是被設定的純粹假設，或是純粹假設的容器。至少我是如此認爲。若秉持這種看法的話，可以比較容易理解錢德勒的小說。

總之，我的結論如下：簡單地說，藉著確立馬羅這個人物，並雄辯地建立了有效的「假設系統」取代自我意識這一桎梏，或許可以說是錢德勒他個人在推理小說（mystery）這種次文類中，爲走投無路的近代文學另闢新徑，而且成功地向世界揭示了這條新徑普遍的可能性。而他把這可能性放在盤子上端到我們面前，說著：你瞧！

錢德勒的獨特性

像這樣的文學手法，當然不完全是錢德勒個人的發現，這種文體也不是他獨力打造的。在他之前打頭陣的有海明威、漢密特（Dashiell Hammett），他們採用徹底去除心理描寫的方式，就是所謂的「無情」的文學。由於海明威的出現，美國文學的文體才能革命性地大幅拓展。海明威認爲，行爲本身就是心理的表徵。

舉例來說，在《戰地春夢》接近尾聲時，主角心愛的女子在生死關頭徘徊之際，主角心中充滿不安與焦躁，海明威描寫此時主角到醫院附近的咖啡館用餐。關於主角內心的不安與焦躁，海明威幾乎隻字未提，只是細膩但簡潔地描寫主角的飲食內容，並簡單介紹咖啡館的樣子、咖啡館裡頭的人們，還有服務生和主角之間的對話。讀者閱讀這些描寫後，可以清楚地產生生理上的理解：主角在精神上被逼迫到何種地步。而海明威當然明確地知道自己在做什麼、想做什麼。由於人的行爲受自我強烈的影響，自我統治了許多領域，作家藉著具體而細膩地描寫人類的所做所爲，得以更客觀地描繪自我的輪廓。這就是海明威的書寫方式。在許多場合中，這遠比描寫「自我」本身要來得有效果。不過，前提當然是要寫得很好才行。

漢密特則將海明威建立起來的命題，更進一步向前推動。如果省略心理描寫是可能的，那麼把自我的存在這前提去除掉（就算暫時如此也好），不也是可行的嗎？漢密特雖然是優秀的作家，但是他的去除方式卻有如常會斷裂的利刃一樣危險。這是漢密特文章的極端的魅力，同時也是一種缺陷。漢密特的文章，有時會帶領我們到超現實、冷硬又冷酷的地方，有時會帶領我們到達很前衛的所在，有時候又把我們扔在冷感無味、令人難以忍受的缺乏人情味的場所。對現在人來說，就好比在閱讀湯瑪斯．品瓊（Thomas Pynchon）一樣。

錢德勒的文體和海明威不同，也不同於漢密特。自我存在之場所，對海明威而言是「前提上必須具備的」，對漢密特來說是「可有可無的」，而錢德勒則帶進了「假設」這個新概念。這正是做爲小說家的錢德勒所創造的、原創的部分。錢德勒把自我這個東西，設定爲一種黑盒子；那是無法開啓的堅固盒子，而且始終是符號性的盒子。自我確實就在那裡，在那裡發揮作用。不過雖然有自我，但內容卻是「搞不太懂」的東西。而我們不能奢求可以打開那盒子，也不能奢求可以確認盒子裡的內容；只要有「它在那裡」這個共識就好了。因此，行為沒有必要被自我的性質或用法束縛。換個說法，也可以說沒必要一一證明行為是被自我的性質或用法綁住的。這是錢德勒建立的在文體上的一個命題。

錢德勒為什麼要採用這樣的手法呢？他的目的只有一個，那就是為了讓他自己敘述的虛構故事更主動、更生動、更有說服力。在這個現實的世界，不論這是怎樣的世界，馬羅這樣的人物是不可能存在的。錢德勒自己也很清楚這一點。他曾寫道，小說中的私家偵探「並非眞有其人，而且不可能存在。他是一種行動的擬人化，一種可能性的誇張。」那當然是錢德勒刻意如此設定。如果在小說中必須設定馬羅是擁有寫實的自我、更加寫實的人物，像海明威小說中的尼克，那麼錢德勒的小說應該無法像現在這麼自在。且果眞如此的話，馬羅帶出的美學與哲學，或說他的行動規範與雄辯，也化為薄薄一層的布景而已，而小說本身就會變成不自然、拙劣的連環畫了。模仿錢德勒文體的作家所書寫的作品，好像往往落得如此下場。

不過錢德勒敏銳觀察行為與行為之間的相關性，確實在讀者心中建立了「假設的自我」這個概念。因為是假設，所以不需要明確的形象，是什麼樣子都沒關係。關於自我與現實的關聯，作者絲毫不需要做具體的說明。某行為與某行為之間產生了相關性A，其他行為和行為之間產生了相關性B，而相關性A和相關性B之間產生了相關性C……以此類推。在此狀況下，故事中的相關性自動地、等比級數地漸漸擴大。這樣的擴大是為了讓假設的自我的寫實性變得更為眞實。而經由無意識、雄辯地設定出的這假設的自我（是的，必須隨時隨地都是無意識的），作者和讀者的共鳴不需要再透過說明，徹底成為自發的、感受的累積。

關於故事的特徵，錢德勒曾經在備忘錄中如此寫道：「如果你要寫某人一早起來發現自己變成三隻手的故事，那故事必須描寫多出一隻手臂的原因（到底發生什麼事導致多了手臂）。你不必將多出手臂這件事正當化，這已經是它的前提了。」換句話說，主角採取了什麼行爲而多出了一隻手臂，而這行爲與它招徠的別的行爲之間的相關性中，應該可以自發地暗示多出手臂的理由，這就是錢德勒的思考方式。

而錢德勒的書寫方式到底對所謂「正統小說、純文學」的世界有何影響呢？有所影響是無庸置疑的。以我自己爲例，至少錢德勒對我有非常大的影響力。我看著他端到眼前的盤子，猛地恍然大悟：「噢，原來如此，也有這種寫作方式啊！」也就是說，我想，在「純文學」中，這樣的寫作方式應該能夠打通一條迴路吧。雖然這不能和哥倫布發現新大陸相提並論，但確實是新鮮的發現。我從來就沒打算寫推理小說，現在也不準備要寫。雖然我向來喜歡閱讀推理小說，但是我並不打算寫。我想要寫的，是和它不同形式的小說。不過大家應能輕易體會到，就整體小說世界而言，錢德勒帶來的，的確是原創的、具有深刻意義的新東西。容我稍微誇張地說，這也就等於發現了新世界。用語言把這種新奇性確實地表達出來，是非常困難的事，但我們體內自然感受到隱約接近遠方海上陸地的影子，卻並非難事。這是因爲最能理解寫作者無意識雄辯性的，不用說，就是讀者的無意識理解力。

錢德勒本人曾認眞考慮總有一天要脫離推理小說，書寫正統小說（純文學）。但這並不表示他要捨棄推理小說，而是希望留下一種擺脫那形式的小說。但錢德勒最後未能實現這個夢想，而這無法達成的願望對他來說一直是強烈的挫折，終身遺憾。因此錢德勒常擺盪於強烈自負與慢性不安之間。不過，這對錢德勒這樣的作家而言當然不構成瑕疵。這是因爲在推理小說這被限定的領域裡，他透過眞摯的態度（反過來說，正是透過這樣的寫作態度）持續寫作別無他人能完成的原創性作品，對推理小說以外的世界、對文學全體都帶來強烈且廣泛的影響。而這也因爲他的作品發表半個多世紀以來，其影響力幾乎沒有減弱之故。

對我來說，打從一開始錢德勒就對我意義重大，而其份量至今毫無改變。開始寫小說時，我從錢德勒的作品裡學到很多，他的寫作技法有很多可以具體學習之處。畢竟他是大作家，值得我們學習之處很多。然而我向他學到最重要的東西，其實是肉眼看不見的部分，那是一種禁慾克己的前衛思維——藉著在細節上做細膩的假設，慢慢累積並快速地切入世界的實相；切入的動作要乾淨俐落，那是種不造作的確切度。我認爲錢德勒作爲一位作家、一個文豪的眞正價值正在於此。

將錢德勒這種原創特質，以最優秀、最美好的形式強烈地呈現的，我認爲就是這本《漫長的告別》。錢德勒所有的小說，只要有馬羅出場，都是値得一讀的佳作，雖然就完成度來說或多或少有所差別，但沒有一本是劣作，這是大家一致公認的。然而在這些作品中，《漫長的告別》還是與眾不同。無庸置疑，它是出色的傑作、出類拔萃。容我誇張地說，這小說幾乎已臻至夢幻的境界。如果錢德勒沒有完成《漫長的告別》，他身爲作家的價値地位應該要比現在低一點（儘管水平相差不大，卻是易於察覺的程度）。

錢德勒與費滋傑羅

那麼，與其他錢德勒的作品相較，《漫長的告別》決定性的不同到底在哪裡呢？換個比較特定的問法：《漫長的告別》有的，而其他「馬羅系列」沒有的東西，到底是什麼呢？那就是泰瑞．藍諾士這個人物的存在。《漫長的告別》在錢德勒作品群之中如此突出，完全可以說是得力於泰瑞．藍諾士這個人物的造型。這篇小說是菲力普．馬羅的故事，同時也是泰瑞．藍諾士的故事。

讀過《漫長的告別》的讀者都知道，藍諾士英俊優雅，擁有多得無法想像的財富，而且是有著黑暗過去的謎樣人物。他具有打動人心的特殊魅力，但裡頭卻存在著神秘的過去。他的人格上大概有缺陷，但他卻以莫名的嚴格紀律規範自己。光明世界與黑暗世界、脆弱與頑強，在他內心無可避免地結合起來。馬羅被這樣的人吸引，結果捲入了錯綜複雜的血腥事件中。在此之前的馬羅系列小說中，找不到像藍諾士這麼具有存在感的人物。能發揮這種移情作用的人物（或說是這人物要求馬羅如此），以前從不曾出現過。馬羅終於不再只是強悍、犬儒的觀察者兼報告者，而可能成爲一個有血有肉的角色。在這部作品中，馬羅原本在小說中擔任假設符號的功能並沒有被捨棄，因爲它是馬羅這個敘述者的意義所在。然而這符號的功用不但達到效果，同時馬羅更是獲得身爲人類、做爲一種假設意識的擴大。而讓這樣的「擴大」成爲可能的，正是泰瑞．藍諾士這人物存在之故。

自某個時期起，我開始猜想《漫長的告別》這部作品難道不是以費滋傑羅的《大亨小傳》爲範本嗎？在這樣的假設下，我開始閱讀《漫長的告別》。如果這說法有點過於強硬，不妨讓我這麼說：把這兩部小說合而爲一，始終是我個人閱讀《漫長的告別》的方式。就像《漫長的告別》中出現的小說家羅傑．維德崇拜費滋傑羅，錢德勒也很喜歡費滋傑羅的文學作品，其中他特別欣賞《大亨小傳》。錢德勒在派拉蒙公司擔任劇作家時，其實曾和製作人共同策劃把《大亨小傳》改編爲電影。很遺憾，這個企劃沒有實現。但如果錢德勒改編的《大亨小傳》果真登上銀幕，那應該會是饒富趣味的作品。派拉蒙公司的這個企劃，後來並沒有讓錢德勒加入，但最後也拍出來了，亦即由亞倫．賴德（Alan Ladd）主演的B級片 The Great Gatsby（一九四九）。

錢德勒和費滋傑羅有幾個共同點：他們都是愛爾蘭裔，一生都爲酗酒問題所苦，爲了謀生不得不到好萊塢擔任劇作家，經歷過的時代背景也大致相同。錢德勒雖然年長幾歲，但費滋傑羅開始創作小說卻比錢德勒早得多。他們都擁有自己獨特的文體，都是傑出的大作家。他們都是天生的作家，寫作對他們而言是最重要的事。他們兩人都稍微具有毀滅性、有點多愁善感，有時還有自戀的傾向，也都留有大量的信件。最重要的是，他們都相信傳奇故事（romance）的力量，好比孩子們相信妖精的力量一樣……。把這幾個事實合起來看，我推測《大亨小傳》這部作品應該在錢德勒的腦中占有相當重要的分量。

錢德勒的文體常被指出受到海明威技法強烈的影響，這一點確實沒錯。錢德勒的文體很多得自海明威，這是大家一看就知的事實。不過依我個人所見，就更廣泛的精神層面這一點而言，費滋傑羅對錢德勒的影響力則比海明威來得更強。錢德勒的小說中可以讀到「朝向瓦解崩潰的船尾波浪」般向下沉淪的力量（那始終是沉默的、肉眼看不見的力量），這在海明威的作品中幾乎不曾出現。如果故事中出現這種力量，海明威的人物應該會正面迎戰它，或至少擺出對抗的姿態。

不過就海明威式的含義上來說，錢德勒的人物們是不會迎戰的，他們不會像拳擊手那樣正面戰鬥。因為他們的對手是看不見、聽不到的。他們先是默默接受那宿命般巨大的力量，被那個時刻所吞噬、擺布，但他們同時在那漩渦中努力尋找自保的策略。在此狀況下，他們必須對決的對象，就是他們自己的弱點、及本身被設定的界限。這樣的爭鬥大致是無聲的，使用的武器是個人的美學、規範、道義。在很多場合中，他們明知會戰敗告終，但是他們還是挺直背脊，不強辯、不自誇，只是咬緊牙關通過好幾個煉獄。在那裡，勝或負已不那麼重要了，重要的是能盡可能恪守自己訂立的規範。因為他們知道一旦喪失了道德倫理，就失去了人生的基本意義。

當人們面臨崩潰的危機，或預知危機接近時，他們表現的美學與道義，正是讓錢德勒作品生色的鮮明魅力之一。這也正是費滋傑羅的重要的本質。《漫長的告別》中，作家維德心中藏著深刻的罪惡感，因此耽溺於酒精之中、走向毀滅，他對勸他戒酒的馬羅說道：

「酒鬼不是培養的，是分裂繁殖。部分過程很好玩。部分過程則非常可怕。」

維德所謂瓦解崩潰（disintegration）的感覺，與費滋傑羅晚年（雖說晚年，其實他才剛過四十）描寫的「cracked-up」（毀滅）精彩地互相呼應。費滋傑羅在已破裂的美麗盤子裡，看見自己的敗退與幻滅的影像，他自虐而詳細地、但仍然優美地描寫它。維德、藍諾士，他們都乘著失去船槳的船隻，正漂流在朝向所謂「瓦解崩潰」這巨大瀑布流去的河川上。

他們明知無處可逃，但仍重新站起來拼命努力。不過遺憾的是，可讓他們依靠的道義卻已不知丟失在哪裡，留下來的只是那美學與規範的痕跡。馬羅的功用在於將自己的道義堅守到最後，確實看清他們難以逃避的末日，儘管這道義有多麼微不足道，有時甚至相當可笑。這正好呼應著尼克．卡拉威努力維持他那不矯飾的中西部道德，以及傑．蓋茨比看清自己用金錢讓已經死去的純粹夢想復活的無法逃避的末路。

若以「假設」的概念來讀《漫長的告別》的話，可以了解這部小說有很多地方和《大亨小傳》相符。如果藍諾士是《大亨小傳》的蓋茨比，馬羅就相當於敘述者卡拉威。《大亨小傳》往來於長島（市郊住宅區）、曼哈頓（大都市）的故事線，被換成懶人谷、洛杉磯的位置關係。藍諾士家財萬貫、鎮日尋歡作樂，背地裡和組織龐大的黑道掛鉤。正如謎樣男人蓋茨比一樣，藍諾士應該已經作惡多端，這在故事裡頭有明顯的提示。不論是蓋茨比或藍諾士，他們都懷著已經死去的單純美夢；美夢之所以死去，是因爲大型血腥戰爭帶來的結果。他們的人生被沉重的失落感支配著，大大改變生命之流，最後代替女性而死，或者說是變成行屍走肉。

馬羅明知藍諾士的人格缺陷、黑暗面以及道義的淪喪，但還是和他建立友誼，而在不知不覺中和藍諾士結爲莫逆。黑道份子曼能德茲當著馬羅的面取笑他和藍諾士的關係，根本就像青澀的友情小說裡的情節（就像小學生讀法蘭克．梅瑞維爾的英雄故事一樣），馬羅語塞無力反駁，最後只能別無選擇地賞曼能德茲肚子幾拳，行爲非常直接而幼稚。律師恩迪柯特第一次見到馬羅時也調侃說：「馬羅，你眞逗。有些方面你很天眞。」

不過在馬羅的一些幼稚反應中，我們自然就會注意到他那誤入叢林的小白兔的身影，可以在無意間感受到其中隱藏的困惑。馬羅在面目模糊的大都市洛杉磯中討生活，爲了維護自己的規範，他的行爲有時很幼稚，有時甚至變得很可笑。這幼稚與可笑彷彿呼應著卡拉威頑固的一本正經。而且馬羅最後背負的深刻的憂愁與孤獨感，變成卡拉威在東部繁華都市中、在前所未見的大好景氣中的體驗，兩個憧憬與幻滅的故事完全重疊吻合。它們也是個人與都市互相戰鬥的故事。作家費滋傑羅和錢德勒共通之處，就是他們分別對紐約、洛杉磯始終抱著愛恨交織之情。雖然兩人很多作品都以這些都市爲舞台，但在現實生活中，他們從來不覺得那是自己的居所。費滋傑羅的靈魂之根在故鄉中西部，錢德勒則一心嚮往渡過青少年時代的英國。不過即使如此，他們的心常被巨大的都市所吸引，因爲這是要讓他們的虛構故事成立所必需的巨大樓閣。

兩位精彩的敘述者

在這些故事之中，馬羅和尼克都發揮了第一人稱敘述者的功用，成爲其故事的敘事聲音（Voice）。他們都敏於觀察周遭人事現象，可以栩栩如生地轉述所見所聞。他們時時刻刻移動自己的身體、自己的視線，隨時向我們報導藍諾士和蓋茨比的故事發展。他們有時緊迫盯人、有時若即若離、有時一走了之，但故事確實在往前推進。他們的眼光把世界的片斷切了下來，他們的個性(儘管尼克和馬羅的個性大不相同)將敘述變成非常人類、非常驚悚的東西。每個被敘述的細節都具有同等的魅力。讀者在傾聽這些生動轉述的同時，只能默默地被帶領到一個不祥之地，跟著走向那裡應有的致命瀑布的景象。

對讀過《漫長的告別》和《大亨小傳》這兩本小說的讀者而言，敘述者卡拉威對蓋茨比逐漸直覺地產生悖反的、無法自拔的深刻感覺（由於它滲透至深，就連本人都不可能拿捏正確距離），類似這樣的現象，也在馬羅與藍諾士之間形成。讀者應該都能體會在這兩部作品中，這種靜靜滋生情感的方式與極微妙的運作方式，對故事的發展是不可或缺的。但在這兩部小說中，本來那都不是被積極追求的感覺。敘述者並沒有刻意去追求它，只是透過一種偶然的累積，宿命般地被連繫起來的。那麼他們爲什麼會如此感同身受呢？這是因爲他們（敘述者）從各自的對象（蓋茨比與藍諾士）身上看到自己的分身，宛如在凝視哈哈鏡中自己奇形怪狀的影像。在那裡有一種身體被扭曲的認同感、有強烈的嫌惡，也有不可抗拒的憧憬。將敘述對象內在的矛盾暴露出來，就等於把鏡中自己具有的自我矛盾暴露出來。然而，他們卻又不得不暴露它。因爲讓自己不要偏離正道所需要的規範和道義，是他們主動追求的東西。

《漫長的告別》中的作家維德對解救他的偵探馬羅說：「我好像漸漸喜歡你了。你有點渾球——跟我一樣。」維德使用「渾球」（bastard）這一詞時，也包含了「世人無法接納的人」之意。維德本能地感受到這點，於是對馬羅產生扭曲的友誼（或說是共鳴）。這對藍諾士也言之成理。馬羅也好，藍諾士也好，維德也好，絕不是一般人能夠接納的，是只能生存於普通世界之外的人。正因如此，他們能在心靈深處相通，結果這樣的友誼於是變得和一般友誼大異其趣。更進一步來說，或許必須更加純粹才行。然而只要稍有差池，也可能歪斜得厲害、變成血腥的靈魂接觸（在故事開展當中，實際上事物都偏斜了，並變得充滿血腥味）。然而正因如此，他們常常鉅細靡遺地認眞檢驗，凡事事必躬親，有時眞的如字面所說的「賭上性命」。因此，事物都不免帶著儀式般的趣味，有時也不得不幼稚了起來。

是的，這些故事眞正是心靈交流的故事，是人與人之間自發地相互理解的故事，是人們懷抱的美好幻想與它不免帶來深刻幻滅的故事。若沒有這樣切實的情感（sentiment），《大亨小傳》和《漫長的告別》

不可能經過如此長久時間而獲得文學上的成功，並持續被讀者喜愛。可以確定的，在那裡有著共通的東西。換言之，錢德勒把推理小說這個形式運用自如，並始終執著於那結構，透過這個方式精彩地創造出自己的《大亨小傳》。再換個說法，錢德勒創造的馬羅的都市傳說，是他自己花費時間仔細栓緊細節的螺絲、奠定穩固的基礎，再結合費滋傑羅創造的華麗都市寓言的架構，因此成功描繪了新穎而豐富的小說世界。對他來說，這樣的成功是一個福音，同時對推理小說這種文類而言也是無法取代的福音。而且它以回饋的方式，變成文學全體的一大福音。這是我對《漫長的告別》這部小說的基本想法。

錢德勒這個人

以下我想簡單介紹錢德勒的生平及他的人格形成背景。一八八八年，錢德勒生於美國伊利諾州芝加哥市，父親是愛爾蘭裔的貴格派教徒，在鐵路公司擔任工程師，因爲工作之故常在美國四處遷徙。母親是從愛爾蘭來到美國的移民，也是貴格派教徒。然而錢德勒的父親酗酒成性，雙親因此離異。錢德勒回想道：「父親幾乎都不在家，在家時總是爛醉如泥。」錢德勒七歲時，母親帶著他到英國去。從此以後，錢德勒完全和父親失聯，也從不想調查父親的下落。錢德勒的母親未曾在他面前提起前夫的事。在現實生活中，錢德勒有如沒有父親，也可以說他的生命中已失去了「父親」這個概念。錢德勒自己並不想生養小孩，也許就是因爲這個緣故。對於這個酒癮極深的父親，錢德勒說他是「豬一般的男人」，但錢德勒自己也爲酗酒問題所苦。

錢德勒的少年時代在倫敦近郊渡過，受舅舅家人的照顧（那絕不是幸福的生活），並就讀公立學校。錢德勒逐漸對寫作產生興趣。他在校的成績雖然不差，但因爲家中經濟無法供他上大學，於是他從公立學校輟學取得公務員資格，加入了海軍。不過他很快就對這種無聊的庶務性質工作生厭，六個月後就乾脆辭職了。然後他開始如願從事寫作相關工作，也寫了很多詩。雖說如此，報紙或雜誌的工作都很繁瑣，而且幾乎不可能維持生計，因此錢德勒決定離開英國。一九一三年，錢德勒在二十三歲時重新踏上美國的土地。

在英國生活十六年，對錢德勒的人格產生難以磨滅的影響。他的文化素養幾乎都是在英國的公立學校、在青春期奠立的，這和他後來生活的美國西海岸文化有極大的差異。與其說錢德勒的母語是美式英語，不如說是英式英語。一直到生命的終點，他的英國腔還是無法去除（這當然是從美國人的角度來看的）。錢德勒在自己的小說中大量使用美國人的口語，但那終究是學習、調查而來的。他小說中使用的俚語，有一半是在街頭蒐集的，另一半是從別人的小說學來的。換句話說，這和納布可夫（譯注：Vladimir Nabokov，1899-1977，美國作家，原爲俄國貴族）、康拉德（譯注：Joseph Conrad，1857-1924，英國作家，生於波蘭）遠離故國，用後天學習的語言（英語）寫作小說具有相同意義，錢德勒大概都是用後天學習的美國口語來書寫小說的。閱讀錢德勒的原著時，可以輕易察覺他的小說中確實使用過剩的口語，甚至有些地方讓人覺得是刻意爲俚語而俚語的。這些地方總讓人覺得像穿上借來的衣服，在微妙的地方大小不合，體型與味道都不配。不過這種異國的過剩性，正是錢德勒文體的一大魅力。

回到美國的錢德勒，由於沒有特殊技能、找不到像樣的工作，有段時間生活並不如意。不久後，錢德勒從軍加入第一次世界大戰。因爲錢德勒具有雙重國籍（這是象徵性的事實），所以他並未加入美軍，而成爲加拿大軍隊的一員。後來他被動員到歐洲，立刻就被派遣到戰線急遽擴大的前線。他的部隊被德軍砲火殲滅，只剩他一人生還。或許因爲這樣的戰爭創傷，錢德勒後來幾乎從來不提自己的戰爭經歷，就像他從來不提有關父親的事。不過這時期的戰爭經歷，應該對於描寫藍諾士在挪威戰場遭遇的浴血戰場景有很大的影響（錢德勒經歷第一次世界大戰，藍諾士則加入第二次世界大戰），至少對錢德勒來說這並非憑空虛構的。

戰爭結束後不久，錢德勒回到美國，並且結婚成家。他的妻子是美麗又有魅力的女性，但比他大十八歲。或許是因爲在青少年時代，錢德勒身邊環繞許多年長的女性（他在英國成長的家庭中，只有他一個男性），似乎和年長的女性一起生活會讓他本能地感到安心。一九五四年，錢德勒的妻子去世，享年八十四歲。直到她生命最後，錢德勒都深愛她、照顧著她；她死後錢德勒傷心欲絕，甚至曾企圖自殺。而錢德勒本人病逝於一九五九年，就在妻子去世五年之後。《漫長的告別》是他在病榻旁照顧妻子時寫下的嘔心瀝血之作。妻子死亡後，他曾在一封信上寫道：

> 其實我在很久以前就已經和她告別了。這兩年之間每當午夜夢迴時，我深切感覺到失去她只是時間的問題而已。然而當它真正發生時，還是難過得無法自已。……經過三十年又十個月又兩天，她是照亮我人生的光明，是我所有的野心所在。我完成的其他事情，都不過是溫暖她雙手的火苗而已。除此之外都不值得一提。

婚後的錢德勒在美西的石油相關企業上班，甚至升上了副總經理一職。搭上一九二〇年代經濟繁榮的列車，他的收入大增，並因自己的才幹而活躍商場，不過工作上的壓力也變大了。不知不覺中，錢德勒開始酗酒、開始沉迷女色，結果惹上麻煩，在四十四歲時（一九三二年）丟掉了飯碗。錢德勒雖然頭腦靈敏，也具有在社會生存的潛能，但他似乎是無法適應正常工作的人。

失業後的錢德勒與妻子搬到洛杉磯定居，並且辛苦地戒酒成功，再度努力朝作家之路邁進。錢德勒喜愛古典文學與詩，本想從事純文學寫作，但身爲肩負養家重擔的中年男子，不得不書寫一些能快點變現的東西。過了四十五歲以後才立志成爲作家，因此根本不敢有何奢望。少許的存款馬上就見底，必須快點拿到收入。於是錢德勒目光瞄準了刊登煽情偵探小說的廉價雜誌，而這樣的雜誌需要的正是大量的作品。爲廉價雜誌寫作的作家，都被要求在短時間寫下爲數驚人的稿件。如果這樣的作品還能有自己的風格，小說內容就不會被批評爲流於叨絮。因爲這正是「量重於質」的境界。而錢德勒就在這裡邊寫邊學小說的作法，並且成爲自己的一套東西。

眾所周知，錢德勒寫小說是直接以漢密特爲師的。漢密特是名利雙收的推理作家，在文藝期刊的世界裡也是獨樹一格，早已是眾所推崇的人物。因此錢德勒早期確實的目標，就是要書寫「像漢密特的小說」。不過他雖把漢密特當做爲一個目標，卻不認爲他是「眞正優秀的大作家」。錢德勒曾寫道：「漢密特想要達到的事都辦得很好。但他辦不到的事也不少。」

五年間，錢德勒持續爲廉價雜誌寫下許多短篇小說（內容參差不齊，但其中許多短篇後來成爲長篇小說的素材），他不斷摸索著，然後突飛猛進，慢慢確立了自己的小說世界，終於在一九三八年完成長篇小說《大眠》。錢德勒的才華受到 **Knopf** 出版社老闆 **Alfred Knopf** 的青睞，直接委託他寫作新作品。《大眠》是私家偵探菲力普·馬羅系列的第一砲，這位偵探有別於其他短篇出場的偵探，具有令人難忘的特質：沉默寡言、強悍、機智、孤獨、黑道味、浪漫，馬羅這樣的個性吸引了許多讀者。

菲力普·馬羅與好萊塢

往後錢德勒的表現，大家有目共睹，不需在此贅述。《大眠》之後，二十年之間，錢德勒共寫了七本以馬羅爲主角的長篇小說，以下按照年代順序列舉。而最後的馬羅系列是長篇《豪門恩怨》（The Poodle Springs Story），錢德勒在寫了前面幾章後即與世長辭（後來本書由錢德勒的崇拜者勞勃・帕克〔Robert B. Parker〕續寫完成）。

1.《大眠》，一九三九年
2.《再見，吾愛》，一九四〇年
3.《高窗》，一九四二年
4.《湖中女子》，一九四三年
5.《小妹》，一九四九年
6.《漫長的告別》，一九五三年
7.《重播》，一九五八年

錢德勒的長篇處女作《大眠》（對他而言這是最早的精裝本）出版後一年，費滋傑羅在好萊塢一間小小的公寓過世。費滋傑羅在好萊塢擔任劇作家，當時正在撰寫野心之作、長篇小說《最後大亨》（*The Last Tycoon*），但那年十二月他心臟病發作而無法完成作品，因此黯然落寞地辭世了。就好像和錢德勒交換位置一樣。費滋傑羅的訃聞在報紙上占了小小的篇幅，只有非常少數的讀者注意到。

錢德勒幾年才完成一部長篇小說，不足以維持家計，因此與費滋傑羅及福克納一樣，迫於無奈不得已受雇於好萊塢製片廠，擔任劇本的寫作工作。當時有許多純文學作家，都是在高級的商業雜誌（例如《紐約客》、《君子》等）上發表短篇作品，才得以維持生計。而推理小說作家則在推理專門雜誌上寫連載小說，量產稿件來確保收入。總之，光靠單行本的版稅收入維生，對作家而言是極為困難的事。不過錢德勒基本上還是志在於創作長篇小說。他的短篇小說和高級商業雜誌有點格格不入，而他也不可能為推理雜誌寫連載小說，因為他的藝術良心已臻至很高的境界，他也太習慣自我主義的（換言之是對自我更誠實的）創作風格。對他這樣的作家——等待創作時機成熟、花費時間埋首寫作、不想寫時就擱在一邊、偶爾做其他事情、想寫時又從中途開始接著寫、終於完成後還要仔細琢磨原稿——而言，被每個月截稿期限追著跑、為推理雜誌寫連載小說是不可能的事。與其如此，倒不如寫劇本領週薪來得好。

在好萊塢，錢德勒和希區考克、比利．懷德（Bill Wilde）等優秀劇作家一起工作，薪資相當優渥（這一點則和費滋傑羅不同），是頗受好評的劇作家，而他也透過劇本寫作學到不少書寫小說的技巧。他的劇本《雙重保險》（Double Indemnity, 1944）還曾獲得奧斯卡獎的最佳劇本提名。儘管如此，錢德勒本人對於電影相關工作遲遲無法適應，而且他的個性也不適合團體工作。此外，當時正值戰爭期間，宗教界與軍方嚴格篩選劇本，許多現實的制約讓劇作家很難自由發揮。錢德勒必須和製片廠幹部周旋，也得和要求一大堆的導演在緊迫時間下合作，壓力變得很大，他變得見人就吵，陷入厭世的情緒之中，於是又開始酗酒。對於女性發揮的母性，錢德勒非常寬容接受，很多時候還會去積極追求它。但當面臨父權，或者當他感受到被施加類似的力量時，他就會自發地惱火動怒。這樣的傾向，和馬羅反抗所有威權的個性或許是吻合的。即使明知自己會因此遭受傷害，但對於上級專橫的作法，馬羅絕不可能袖手旁觀。對於馬羅這種態度，當然我們自然會產生共鳴。

此外，錢德勒對於自己的精裝本銷路不佳感到非常不滿。他認為自己被歸類為次文類的推理作家，並沒有得到藝術家與文學作者的合理評價，這種情形在美國特別明顯。他受到許多自命清高的文藝評論者或舊世代的正統推理作家冷眼相待，對此他實在忍無可忍。當然，其中也有人給予錢德勒好評，但是他們大多不會以純文學層面來評論錢德勒的作品，這一點即有別於漢密特的評論。錢德勒的新書甚至不會出現在報紙的書評欄，因此也不會引發社會的討論。由於銷售量不佳，因此就沒有出版平裝本。評論者被漢密特作品中的時髦、不同凡響所吸引，但卻不知爲何無視於錢德勒作品中的靜默的革新性與新鮮的魅力。

在《漫長的告別》中，作者錢德勒藉著虛構的作家維德之口，藉酒壯膽痛批社會上的文藝評論者。有關錢德勒的評論，在英國方面的評價要比美國高，英國的評論者視錢德勒爲超越文類限制的文學作家。而其精裝本的銷售量，英國方面有時也會超過美國。錢德勒寫給編輯和經紀人的許多信件中，一直流露對此出版狀況的不平不滿。《漫長的告別》中，有些地方對出版社老闆霍華·史本賽這個人物揶揄嘲弄，可說是反映出錢德勒對美東大型出版社（尤其是Knopf）的不信任與不滿吧。

錢德勒的腦筋動得很快，也頗具幽默感，只要他本人願意，也可以是一個極有魅力的人。英國作家毛姆造訪加州時和錢德勒相談甚歡，後來還說：「我從不曾見過這麼風趣的人。他若不是有志當作家，一定會成爲有名的喜劇演員。」不過在大多數場合中，錢德勒又神經質又愛挑剔，儘量避免和人交際。他的自尊心很強，只要情緒、用語稍微不對就會讓他自尊受損。這種人往往一副劍拔弩張的樣子，常會傷害周遭的人。因爲他能言善辯、語鋒銳利。尤其是黃酒下肚時，這種傾向就變得更明顯。錢德勒有時酗酒無法自拔，有時斷然戒酒滴酒不沾。雖然深愛妻子，有時卻沉迷女色。雖然我沒有直接見過他，當然不能說得很確定，但也許他是個不好相處的人。

不過寫作與愛貓，自始至終都是錢德勒的「本性」。換句話說，總之他的個性是自然而然不得不寫作。好比爲了求生存，所有的人都必須具備肺和支氣管來呼吸，錢德勒爲了活下去就必須用鉛筆或打字機寫作。而不論他寫的是什麼，個人書簡也好、備忘錄也好，他都會盡力把它寫好。把文章寫好，對錢德勒來說是重要的道德。他在一封信中寫道：

「我認為具有生命的文章，大概都是用心寫就的。寫作會讓人疲勞、消耗體力，就這個意義來說是激烈的勞動，但就意識的努力而言，卻不能說是辛苦的勞動。對於從事寫作這一行的人來說，重要的是一天要有四小時左右不能做寫作之外的事。這段時間什麼都不寫也可以，如果沒有靈感的話，沒有必要勉強寫東西。望著窗外發呆、倒立、在床上打滾也沒關係，但就是不要讀書、寫信、打開雜誌、簽開支票等等，不要做這些有意圖性的事。這四小時內要二選一：書寫作品，不然就是什麼也不做。（中略）這樣的方法很有用。只有兩項規則，非常單純：1.不必勉強寫東西，2.不能做其他的事。以後就隨便怎樣都可以。」

錢德勒所言深得我心。專業作家每天都要和書寫行為正面相對，就算連一個字也寫不出來，還是要確實懷著書寫的心態。這大概是和專業道德密切相關的問題。

關於翻譯

日文版《漫長的告別》已經有清水俊二的譯本（長いお別れ），也是由早川書房出版。我把這本書的書名譯為The Long Goodbye（ロング・グッドバイ），原因之一就是要和清水先生的譯本有所區別。如前所述，我也是透過清水先生的翻譯才開始接觸《漫長的告別》這本小說的。他的譯本傑出而易讀。不過，這是「早川口袋推理小說」系列的翻譯作品之一，初版時間是一九五八年，就本文寫作的時點來說（二〇〇七年），馬上就要迎接半世紀了。若以房子比喻翻譯，二十五年就差不多需要修補，五十年就要大幅改建或重蓋，我總認為這是大致的方向。當然，翻譯和房子一樣，由於種類不同，變質的程度也不同，但經過五十年後，儘管在這期間曾做了修訂，讀者慢慢就會看到選擇的語言或表達方式的老化。

不只是語言，翻譯的方法就有很大的改變，翻譯技巧確實是日益在進步的。此外，自從有了網際網路後，有關其他文化、語言的資訊，以及有關作家、作品背景的資訊，現在查詢起來都遠比以前方便。就此意義而言，或許由我說來有點不太恰當，然而《漫長的告別》新譯本的問世，時機應該是非常妥當的。說起翻譯本書的緣由，那是在兩年多前，早川書局的編輯部向我打聽是否有意翻譯這本書，由於我一直就想要翻譯它，便立刻一口答應下來。

我敢於挑戰《漫長的告別》的重譯，還有另一個理由。清水先生的譯文中有許多部分，或說是譯文的細節，事實上是被刻意省略掉了。經過了許多年，喜歡錢德勒小說的很多讀者也產生不少的不滿。到底為了什麼原因，清水先生大幅刪除細節部分？我當然也不知道為什麼。這是出版社的意思呢，還是譯者本身的意思呢？不過在一九五八年當時（只比美國出版晚四年），錢德勒在美國文學上的地位，至少日本人尚未充分認識，而我推測這可能就是「把整篇小說砍短」的重要原因之一。一般而言，或許在當時有著這樣的概念：「推理懸疑小說不必譯得那麼詳細、那麼正確，只要理解梗概和氣氛就好。」而歷經半世紀，現在這部分的原因還是充滿了謎。

不過我必須補充，眾多讀者都認為他的譯本「即使細節省略不譯也沒關係，也沒有任何不足，能讓人讀得很高興，而且它是非常生動的讀物。」而且清水先生筆下的《漫長的告別》確實為日本推理小說界的歷史帶來非常大的影響。這功績理應受到讚揚，我也想對前輩的譯業表達深刻、坦誠的敬意。我也是因為清水先生的譯本而開始閱讀這本小說，並且深感佩服，必須敬致我個人的感謝之意。總之，在那古老而美好的時代，當時所謂怡然自在的翻譯，是不太拘泥細節、具有大將之風的翻譯。

然而儘管如此，我認為現在就錢德勒這位作家的重要性而言，以及就這部作品在他作品群中的地位而言，必須要有《漫長的告別》的完整譯本，細節部份都要詳實翻譯，用貼近現代的感覺來重新詮釋。而且它應該和清水先生的譯本並列，並有其存在的必要性。因為《漫長的告別》已達到應被稱為「準經典小說」的境界。當然，有些讀者會希望「可能的話還是想要讀到完整的譯本」，也或許有人認為「刪掉多少也沒關係，只要讀得高興就好」，決定權完全掌握在每一位讀者手中。或許也有讀者想要一起閱讀兩種譯本。其實若是這樣，對我來說是非常值得欣喜的事。

脫節的達人、細節的名人

接著我想繼續談論細節方面的話題。翻開錢德勒的小說，細細閱讀從主要情節脫節的部分，對我而言是很愉快的事。與情節幾乎無關的脫節，例如做得太過頭的文章修飾、漫無目的的比喻、為比喻而比喻、多餘的自吹自擂、令人驚訝的詳細描寫、無用的喋喋不休、獨特的迂迴措詞、使用雙關語……，錢德勒不停祭出這些繽紛、過剩的花招，卻強烈地吸引著我，或許到了可說是上了癮的狀態（我暗自相信，這種人不只我一個而已）。藉著這次重譯，我可以有機會一一重新檢視「偉大的脫節」的細節，對我來說是極為幸福的事。翻譯這部分的時候，我的嘴角常在不知不覺中就變柔和了。

舉實例來說，我一直很喜歡小說中描寫金髮女性出場的那一段。在馬羅的腦子裡，列舉了世上各式各樣的金髮美女的特徵。這段描寫並不是非常傑出，整體看來是脫離正軌的、可以刪除的部分。如果拿掉這一段，或許小說整體會比較清爽。細心周到的編輯還可能會給他忠告：「錢德勒先生，這裡是不必要的，還是痛快地把它刪掉吧。」不過，重複多讀幾次的話，就會不可思議地喜歡上起初覺得「多餘的」那部分。當然那是可以刪除的部分，但在那裡我宛如能聽到錢德勒本人在說話，那「可刪除性」（有點怪異的說法）就奇妙地、恰如其份地留在心版上，毫無理由地牢記在腦子裡。這樣的部分，在《漫長的告別》及其他作品中都出現了不少。

我個人也很喜歡馬羅在一天之內去找三位醫師的那一段。他要去尋找姓氏以V字母開頭的醫師，三位與辦案有關聯的醫師。其實後來讀者會知道佛林傑醫師才是眞正的目標，其他兩位醫師只是附加存在而已，和故事的情節發展完全沒有關係。他們只在故事發展中露一下臉，往後就不再出現，然而這兩人所占篇幅並不算短。而這和正軌無關的設定，以及兩人表情、動作或說話的方式，這些細節都栩栩如生，讀起來讓人非常開心。有關他們的工作場所，不僅描寫細膩，也具有說服力。閱讀錢德勒小說的妙趣之一，可說要品味這種「脫節段落」中包含的生活方式吧。我曾說錢德勒：「不論他寫的是什麼，他都會盡力把它寫好，」正是這樣的部分。

我也不太清楚到底稱之爲「脫節」好不好，然而喋喋不休批判社會現況，是錢德勒的拿手好戲，本書有很多地方都可以讀到。哈蘭．波特批判現代文明、記者羅尼．摩根批評新聞行業都是精彩片段，但刑事組副組長勃尼．歐斯唾棄賭博惡德，更是壓軸之處。不過他們突然長篇大論起來時，不管對方是誰，一定會在這裡插話。歐斯激昂地唾棄權力的腐敗時，馬羅故意激他：「你說話像共產黨，」對此歐斯不屑地反駁：「我不知道，還沒有被調查過。」當然，錢德勒藉著人物插話可讓那直言不諱的發言保持適度的含蓄，也爲了要妥善維持娛樂讀物的平衡，但在那裡畢竟還是留下一種苦悶感。

《漫長的告別》出版於一九五三年，但在四〇年代末到五〇年代前半葉，美國反共氣氛高漲，颳起「掃紅」旋風。凡是被認爲過去屬於共產黨的人，會被眾議院非美委員會盤查忠誠度，有人便遭到革職、撤職、限制活動的命運。當時當局活用強迫密告的方式，出賣同夥就可免於革職，可以存活下去。尤其是在好萊塢，進步的電影人全都成為犧牲品。漢密特也被迫參與盤查，但他拒絕作證（亦即拒絕供出過去同伴的真實姓名），因而短期入獄。許多良心之士因此失望地離開美國，到國外尋找適合的居所。憶測、背信與恐怖氣氛瀰漫在整個社會。歐斯所說關於「忠誠調查」的一番話，就是具有如此黑暗、陰鬱的社會背景。錢德勒始終無黨無派，對於「掃紅」問題也保持一定距離，但他本來就和漢密特同樣是叛逆的自由主義者。在不景氣的一九三〇年代，許多年輕作家的生活哲學都是如此。尤其一九三〇年代到四〇年代，新型態的推理小說作家輩出，許多都在描寫社會低階層、都市裡另一面的人們，他們對這些無名的人們的連帶感、同情心尤其強烈。

錢德勒的小說中，有多處諸如此類對社會體制按捺不住的憤怒。當然這不是圖解式的政治宣傳，也不是單向的聲明。這是作者透過自己的眼光，確實擷取的世界觀。不過一九五〇年代以後，這種熱切敏銳的眼光就慢慢從推理小說中消失了。非美活動委員會的中心人物參議員約瑟夫．麥卡錫（Joseph McCarthy），他自己不久後也失勢，但遺留下的反動政治氣氛成為一種既成事實，仍然存在於美國社會中，有形無形地控制、操縱美國文化活動。此後美國的自由主義者就本能地避免表示自己的政治傾向。在一般的文學世界裡，雖然也有人嘗試進行劃時代的革新，但結果大多僅只成了另一種知識上的設計的取代而已。可見麥卡錫主義荼毒之深。若理解這層政治背景，再傾聽錢德勒的人物批判體制的長篇大論，就可以感受到時代之風。有時不禁讓人聯想到：他們所控訴的事，現在不也幾乎沒有改變嗎？而且當時錢德勒感受到的苦悶，也流傳下來成為現代人自身的痛苦。

此外，相對於喋喋不休的長篇大論，錢德勒也擅長用三言兩語就把人類的特徵一下子就勾勒出來，錢德勒這樣的描寫能力真的非常精彩。甚至具有目睹優秀畫家現場素描之趣。例如有關刑事組哥里葛瑞斯組長的描寫：

腦袋禿得像磚塊，腰部粗圓，跟所有肌肉結實的中年人差不多。魚肚灰色眼珠子，大鼻子微血管破裂，密佈如蛛網。他正在喝咖啡，喝得很大聲。粗壯的手背長滿濃毛，灰白的毛簇由耳朵伸出來。

「卡尼機構」的喬治．彼德斯：

他是個笨手笨腳的長腿兄，臉很瘦，鬢角線很高；一副憔悴相，似乎常在户外，飽經日曬雨淋。他的眼睛深陷，上唇幾乎跟鼻子一般長。笑起來下半邊臉不見了，只剩兩道大溝從鼻孔直通到寬寬的嘴巴末端。

有關歐斯的描寫：

歐斯中等身材，體型壯碩，一頭褪色的金黃短髮和一對褪色的藍眼珠。他的眉毛白白硬硬的，在他還沒放棄帽子以前，每當他脱帽你總會有點訝異——頭比預料中大得多。他是一個強悍的警察，人生觀嚴苛，骨子裡卻是個高尚的漢子。

一般作家多少都會覺得配角的外表描述是「因爲不得不寫所以才寫」，結果就淪爲平板的解說。但錢德勒的描寫則完全不同。簡單幾句就能抓住任何人物的眞髓，讀者眼前便能清晰浮現那個人的姿態。沒有過與不及的地方，而且被描寫的景象也包含著總覺得不太尋常的東西，彷彿可以實際感受到那裡有一個世界在運作著。我非常喜歡錢德勒這種文章形態，讀著讀著心情就會變好。宛如正好搔到癢處的感覺。優秀的文章就是這樣。錢德勒的弱點，或許可說是對女性的描寫有欠精彩，往往是同一個調調，這和男性出場人物活靈活現的描寫比較下稍嫌遜色。或許這是因爲錢德勒本人至死都對女性抱著浪漫的想法之故吧。

要能將人物描寫得栩栩如生，必須經常細心觀察周圍的人。可能是天生的本能，也可能是習以爲常，不論身在何處，錢德勒都會仔細觀察事物。就算他想：「今天稍微放鬆吧，暫且不要觀察什麼吧，」但這樣的想法無關緊要，在日常生活中他的眼睛就會擅自轉動觀察起來。就像裝了自動攝影裝置的精密相機一樣。他常常保持這樣的張力，神經大概也沒機會好好休息。敏銳而深刻的觀察力，對人類的深入洞察力，這是錢德勒天賦的才能，同時也是他的詛咒。優秀的筆鋒和銳利的刀鋒是相同的東西，它們可以有效切開世界的萬事萬象，但有時也讓自己皮開肉綻。

成爲翻譯問題的部分

在翻譯上，Knopf出版社的編輯馬丁（Marty Asher）給我很多幫助。我和他是舊識，以前他在Vintage編輯現在發行的錢德勒叢書，也是《馬羅名言錄》（*Phillip Marlowe's Guide to Life*）一書的作者。我翻譯時若碰到實在搞不懂的地方，就可以直接問他，他幫了很大的忙，在此深表致謝。

例如在第二章，計程車司機說舊金山是：「藩市」（Frisco），馬羅糾正他是：「三藩市」（San Francisco），計程車司機回道：「我叫它藩市，去他的少數族群。」英文原文是：

"I call it Frisco," he said. "The hell with them minority groups."

這句話的弦外之音我也不太了解，於是向馬丁請教。他說：

「一九六〇年代，我曾經在舊金山住過幾年（雖然人家說，說自己記得六〇年代的事情的傢伙，其實是並沒有活在當時的傢伙，不過那又是另外的故事了），到處可以看到『勿說Frisco』的宣傳口號。據我所知，這是Herb Caen（一九九七年去世）這位舊金山當地知名的專欄作家在幾十年前提出來的。錢德勒描寫的計程車司機提及少數民族時，應該是指移民團體，主要就是西班牙語裔，大概還包括義大利裔。對於世界主義的、清潔消毒過的舊金山形象，計程車司機採取：『哼，你知道嗎？』的態度，他執著於藍領階級的偏見世界。當然這是我的解釋，無法如此斷言。」

我想應該正如馬丁的解釋，計程車司機的說話背景包含著一項政治正確運動：「San Francisco是西班牙語的聖人名字，所以爲了表達敬意，請勿省略稱呼之。」因此，這和他的說話內容是相通的。因此我翻譯的結果是：「我叫它藩市。我才不管尊重少數民族那些廢話。」（俺はフリスコと呼ぶ。少数民族を尊重しろなんて御託は願い下げだね。）

不過馬丁雖爲錢德勒的權威，也有好幾個地方會讓他歪著頭懷疑：「這是什麼意思呢？」例如在第三十六章中，錢德勒列舉了一些自殺的方法，其中有以下一句：

They have hanged themselves in bars and gassed themselves in garages.

直譯的話就是：「有人在酒吧上吊，有人在車庫裡開煤氣，」但我總覺得詞不達意。錢德勒在此為了與小說內容對照，針對自殺的方法舉了好幾個例子。我認為這裡可能把barn誤植為bar了。如果說：「有人在穀倉上吊，有人在車庫裡開煤氣」，這樣就講得通了。在酒吧上吊，再怎麼說都不自然，而且沒有必然性。不過我問了馬丁，結果他想了想後答道：「應該不可能是印錯的。應該還是在酒吧上吊的吧。」不過向來注意把文章寫得勻稱的錢德勒，竟會寫出：「有人在酒吧上吊，有人在車庫裡開煤氣，」對我來說是無法想像的事。我查了很多書，發現有一篇記述錢德勒對《漫長的告別》的出版社印刷錯誤、校正疏失、事實查證的失敗等問題，一直都很傷腦筋。關於這件事作者似乎相當憤怒，並且覺得混亂。換言之，這應該並不是單純的「不可能」印錯了。因此，我再三考慮後還是翻譯成「穀倉」。附帶一提，清水俊二也是譯為「穀倉」，我們的意見剛好一致。

如果再詳細列舉下去會沒完沒了的，因此有關翻譯問題我只舉以上二例。而畢竟《漫長的告別》是鼎鼎大名之作，書迷為數眾多，我希望不要譯錯、在能力許可下注意翻譯到各個細節。為了表示對大作家錢德勒的敬意，我雖然小心翼翼地忠實翻譯原文，但在重視正確性之餘，也努力別讓它身為小說的自然氣勢有所削減。為了讓譯文成為淺顯易懂的日文，有的地方稍微補上幾句，有的地方稍微刪掉一點。而且在會話部分，不少地方可以讓我自由發揮。因為時代的演進、口語表現的個性的變化，因此我覺得可以不必太死板。當然，這也是因為我自己想要開心地享受一下。這個部分還請大家見諒。

還有一點，每次我提到自己在翻譯《漫長的告別》時，常被人問到：「道別等於死去一點點」這句怎麼譯呢？

To say goodbye is to die a little.

這句話，在日本可說被認爲是《漫長的告別》的招牌台詞。然而其實它並不是錢德勒創造出來的。早在四〇年代，知名作曲家柯爾·波特（Cole Porter）就創作了*Every Time We Say Goodbye*（*I Die a Little*）一曲，它是非常流行的歌曲。也就是說，這句台詞對當時的美國人來說，應該已經深印在腦海了。錢德勒（以及馬羅）只不過是配合情節而借用這個有名的句子。錢德勒在小說中使用「法國人有一句話形容那種感覺」來引導這句台詞，所以它本來就是法國的慣用語。或許波特也是引用這句話，因爲他長期住在法國，這是言之成理的。一般認爲法國詩人Edmond Haraucourt以下一詩是波特的靈感來源：

離別等於死去一點點。因為
為了心愛的人而死的
不論何時何地，人們
留下自己的一部分而去

不論如何，借來的台詞在日本被認爲是錢德勒的商標，並獲得大家讚賞，錢德勒若地下有知，也許會苦笑吧。也許它被當做一種諷刺來理解的。不過這畢竟是很棒的台詞啊。

關於洛杉磯的警察體系

關於洛杉磯警察體系也是翻譯細節的問題，但我想在此附加說明。洛杉磯跟美國大多數地區一樣實施

「郡制」（county），郡的警察體系以郡警長（county sheriff）爲首，警長是由當地居民經過普選選出的。郡警長制基本上和西部電影裡頭小鎮的警長制度相同，只是規模要大得多。雖然根據各州不同而有細節上的差異，但郡警長制度之外還有市警察制，很多時候他們互相分攤功能。大致上來說，大都會的實際警察機能是由近代體系中的市警察局負責，一般的維持治安等工作，以及在都市周邊的警察機能大多是由郡警長辦公室負責。以洛杉磯郡爲例，郡內有三十九個市警局，在大都會區發揮警察的機能。而其他地區的警察機能，就由郡警長辦公室來負責。

具體來說，《漫長的告別》中，雪維亞．藍諾士被殺害的地方恩西諾是由洛杉磯市內的市警負責管轄，維德被殺害（還是自殺）之地懶人谷（虛構的地名）則由市區以外的郡警長辦公室管轄。這是相當複雜的體系，如果不了解的話，就會混淆故事的情節發展。也就是說，欺負馬羅的哥里葛瑞斯組長是隸屬洛杉磯市警，而赫南德茲組長、歐斯副組長則隸屬郡警長辦公室。哥里葛瑞斯組長把馬羅送去的地方是「市拘留所」，但管轄洛杉磯郡的史普林格地方檢察官從市警手中接手案件時，他就被移送到「郡監獄」，哥里葛瑞斯就再也無法插手了。本想欺負馬羅的哥里葛瑞斯，當然不喜歡這樣的結果。

市警察和郡警長辦公室的警員頭銜也不一樣。例如副警長（deputy sheriff）相當於市警察的一般警官（officer），而日語譯爲「保安官助手」，這用語有點西部片的感覺，因此我一律譯爲「警官」。我認爲如此一來就不會有語言上的排斥感，實際上也因爲這兩者的職務完全沒有差別。同理，日文中的「郡保安官」我譯爲「（郡）警察署長」；「保安出張所」我譯爲「分署」。若要挑剔細節，或許應該使用正確的用語才好，但如果據實翻譯，因爲絕大多數讀者都不了解美國的警察體系（在譯本書之前我也不是完全清楚），而會產生日語語氣上的不自然，因此我就採用意譯，並在這裡附加這項說明。希望大家見諒。

附帶一提，郡警長、地方檢察官都不是任命制，而是由居民經普選而選出。因此正如本書所述，不少人把它利用爲晉升政壇的墊腳石，常可見到勾結政黨的有力人士而流於腐敗的例子。在選舉中，很多時候外表、個人魅力要比實務能力來得重要。錢德勒筆下生動而辛辣地描寫這種體系的可笑之處。彼德森警長或是地方檢察官史普林格的形象即歷歷在目（參考第三十八章）。在美國，很多較老舊而小型的社區的規範就那樣被編入大規模的體系中。這爲社會帶來各種的矛盾與膠著混沌的現象。在英國長大的錢德勒，應該可以比一般美國人更正確、更客觀看待這樣的狀況吧。將錢德勒的小說當做以半個外國人的眼光觀察的「美國誌」，這也是相當有意思的工作。

最後要感謝負責封面設計的 chip kid。（編按：這裡村上指的是日譯本封面。）

參考文獻

Dorothy Gardiner and Katherine Sorley Walker(ed.); *Raymond Chandler Speaking* (University of California Press, 1962)

Frank MacShane; *The Life of Raymond Chandler* (Dutton, 1976)

Tom Hiney; *Raymond Chandler, A Biography* (Grove Press, 1997)

Tom Hiney and Frank MacShane; *The Raymond Chandler Papers* (Grove Press, 2002)

上野治男《米国の警察》（良書普及会，一九八一年）

本文譯者簡介：

張明敏：美國哥倫比亞大學教育哲學碩士，高雄第一科技大學應用日語碩士，現爲輔仁大學比較文學研究所博士生，並爲東京大學藤井省三教授主持之「二十世紀東亞文學史中之村上春樹研究計畫」之成員。

大師名作坊105

漫長的告別

作　者—瑞蒙．錢德勒
譯　者—宋碧雲
副總編輯—葉美瑤
編　輯—邱淑鈴
美術設計—永真急制Workshop
執行企畫—黃千芳
校　對—邱淑鈴、葉美瑤

董 事 長—趙政岷
出 版 者—時報文化出版企業股份有限公司
108019台北市和平西路三段二四〇號三樓
發行專線—（〇二）二三〇六—六八四二
讀者服務專線—〇八〇〇—二三一—七〇五．（〇二）二三〇四—七一〇三
讀者服務傳真—（〇二）二三〇四—六八五八
郵撥—一九三四四七二四時報文化出版公司
信箱—10899臺北華江橋郵局第九九信箱
時報悅讀網—http://www.readingtimes.com.tw
電子郵件信箱—liter@readingtimes.com.tw
法律顧問—理律法律事務所　陳長文律師、李念祖律師
印　刷—紘億印刷有限公司
初版一刷—二〇〇八年七月一日
初版七刷—二〇二四年六月六日
定　價—新台幣三八〇元
（缺頁或破損的書，請寄回更換）

時報文化出版公司成立於一九七五年，
一九九九年股票上櫃公開發行，二〇〇八年脫離中時集團非屬旺中，
以「尊重智慧與創的文化事業」爲信念。

漫長的告別／瑞蒙．錢德勒著；宋碧雲譯.
-- 初版. -- 臺北市：時報文化, 2008.06
面；　公分. --（大師名作坊；105）
譯自：The long goodbye
ISBN 978-957-13-4870-4（平裝）

874.57　　97011087

ISBN 978-957-13-4870-4
Printed in Taiwan